楠木正成
河内熱風録

Masuda Masafumi
増田晶文

草思社

楠木正成　河内熱風録　目次

楠木正成　河内熱風録

序章　望楼の男

ちっぽけな山城《やまじろ》の、ひょろりと高い望楼《ぼうろう》に人がたった。

その男の眼下には、塀を乗りこえようと血気にはやる坂東武者《ばんどうむしゃ》たちが群がっている。

櫓上《ろじょう》から、男はにこやかにいった。

「はるばる、遠いとこからご苦労さん」

彼は中肉中背、冑《かぶと》の緒をきりっと締めた頰はゆたかで、女子《おなご》さながらに色白く、餅のようにやわらかそう。だが、眉は太く濃い。瞳には、どこかしぶとい光が宿っている。

彼は塀に続く斜面、さらに遠方へと視線を移す。

「つい、こないだ（この間）まで、あっちゃこっちゃで河内の皆がごちゃごちゃしとったのに」

城を急ごしらえしている時、いつも眼にしていた光景が浮かんだ。

下り勾配《こうばい》はだんだん緩くなり、ほどなく平地にいたる。

家々の屋根がひしめき、その下で河内の衆は遠慮なく喜怒哀楽をぶつけあっていた。

青々と繁る森、林。稲穂は田を黄金《こがね》に染める。畑に実りの緑、紺、黄。稲を刈れば、次は麦を撒《ま》く。

艶やかな褐色の土に農夫が鍬《くわ》、鋤《すき》をふるい、牛は犂《からすき》を引く。

だが——男の眺望する河内の野は数万の兵で黒々と埋め尽くされていた。豊穣の地に北条執権の家の子、郎党《ろうとう》どもが布陣しているのだ。

「関東の威光なんぞナンボのもんじゃい。河内はわしが守ったるさかいに」

櫓《やぐら》の上の男は再び、足元で気炎をあげる坂東武者たちをみやった。

「それにしても、ぎょうさんおるな」

かざしていた手を降ろすと微笑がすっと消えた。

「ほな、ぼちぼち始めよか」

塀を取り囲んだ武者たちは顔をみあわせる。関八州《かんはっしゅう》と河内では、なにかと作法が異なるときいてはいたが……。戦の口火を切るのに、あのいいぐさは何だ。

「鎌倉殿の御家人《ごけにん》を愚弄するにもほどがある」。彼らはいきりたった。

「無礼者っ！　名乗りをあげい」

男はぐいっと胸を反《そ》らせた。

「わしは河内の土塊《つちくれ》から生まれ、河内の水を呑んで大きなった。あんたら東国の武辺者《ぶへんもの》とは氏素性《うじすじょう》どころか育ち、志まで違《ちゃ》うんや」

彼はひと呼吸おいてから、朗々といってのけた。

「わしは河内の田舎侍、いうたら土ン侍《どんざむらい》や！」

塀に打ちつけた木板の隙間から、小石交じりの砂が転げ落ちた。

坂東武者は鼻先をかすめた砂を追い払いながら吐き捨てた。

「こんな小さな砦、すぐに捻《ひね》りつぶしてくれる」

侮《あなど》りの色は隠しようがない。士卒たちはこぞって嘲笑する。

愚弄《ぐろう》の諸声が総攻撃の合図となった。

弓が引かれ、鉤縄《かぎなわ》も投げ込まれる。突き出される槍の穂先が光った。

「せいのっ！」と数人がかりで塀に体当たりをくらわす。関八州の軍兵は戦上手《いくさじょうず》。敵城に籠《こも》るは、のらくら揃いと評判の河内衆。勝負のゆくえは明白――。

塀が軋み、また隙間から小石がこぼれた。木板はもう支えきれないといわんばかりに膨らんでいる。

じっと櫓上から戦況をみまもっていた男が、この機を逃さず号令した。

「よっしゃ、縄を切り落とせ！」

男の声が坂東武者の耳から消えぬうち、城を囲んだ塀がいっせいに倒れかかる。

「あっ」「おっ」、武者たちは短く叫ぶ。

まさか塀が！　弓と騎馬では日の本一の軍勢が突拍子もない攻撃に息をのんだ。塀は急襲してくる。それをわかっていながら、唖然とするあまり身動きがとれない。

「うっ」、木目の粗い板の下敷きになって、ようやく武者たちはわめいた。

「クソッ、塀が二重になっていたとは」

「縄で外塀を結わえていたのか」

だが、奇策はこれだけで終わらない。

外塀の裏には大小の岩石が積まれていた。それらが地鳴りをおこし、もうもうと土煙をたて転がり落ちる。

うぐっ。岩石は塀の板を割り、下の士卒の胸や腹を圧し潰す。

ぎゃっ。巨岩と正面から組みあってしまった武士が、そのまま斜面をくるくる回っていく。巨岩は、ひとりの獲物で満足しない。つぎつぎに坂東武者を蹂躙《じゅうりん》する。転がる岩は溝を穿《うが》つ。そこには、ぺちゃんこの死体がいくつも横たわった。

ぐきっ。臼くらいもある岩に腰を砕かれ武者がうずくまる。

ぐしゃっ。小岩が顔面を直撃した。鼻柱はひん曲がり、裂けた唇から歯が飛びちった。

冑を割られ、だらだらと血を流した武者が太刀を杖にしていざる。片腕をぶらぶらさせたり、片脚を引きずったりしながらも敵城めがけ斜面を上がろうとする兵がいる。

だが、ほどなく彼らも力尽き、どす黒い朱に染まった地面に伏した——。

侮りの大きかったぶん、鎌倉の軍兵の狼狽《ろうばい》はただごとでない。

主が討たれているのに従者は知らぬふり、子は手負いの親を見捨て逃げていく。

騎手のいない馬がいななき、後ろ脚で棹立《さおだ》ちする。

望楼の男は太い息をつき、そっと瞑目《めいもく》した。


秋の風が、城のあちこちに掲げられた菊水の幟《のぼり》をはためかせている。

その風は、城の斜面に転がった屍《しかばね》の放つ臭いを追いやる。かわって、夏の名残《なごり》というべき青葉が蒸れたような匂いを運んできた。

午後の陽光がふりそそぎ、城の東を流れる千早《ちはや》川の水面は銀色にさざめく。

城の背後には偉容を誇る金剛山《こんごうさん》。その北に葛城山《かつらぎさん》、二上山《にじょうざん》がきて信貴山《しぎさん》、さらに生駒山《いこまやま》と峰が連なる。山々の西麓には河内の野が扇をひらいたように広がっていた。

ふたたび小鳥がさえずりはじめた。戦なんぞしていなければ昼寝をしたいくらいだ。

二枚目の板塀から、河内の兵たちが顔を覗《のぞ》かせた。

彼らの格好ときたら、胸と腹をまもる腹巻をつけているだけ。蚊や蚋《ぶよ》に喰われ放題の腕、擦《す》りむいてかさぶただらけの脛《すね》はもちろん、薄汚い褌《ふんどし》まで丸みえ。粗野を絵に描いたようなありさまだった。

それでも奇想天外な作戦の大成功で意気軒高、鼻息は荒い。

「あはは、東国のやつらのザマをみてみィ。揃いも揃うて、あかんたれや」

「あないになってしもたら、カエルをしばいたんと変わらんで」

天下の関八州の武人も叩きつけられた蛙に喩《たと》えられては立つ瀬がない。

「せやけど東夷《あずまえびす》ども、上等の冑やら鎧《よろい》を着とる」

「馬までほかして逃げよって。葦毛《あしげ》に黒鹿毛《くろかげ》、栗毛……選り取りみどりやんけ」

「陽が暮れんうちに降りていって冑のひとつ、馬の一匹でもチョロマカしたろ」

「明日は糸緋威《いとひおどし》の鎧、キラキラの立物《たてもの》ついた冑をかぶって、連銭葦毛《れんぜんあしげ》の馬で出陣や」

「アホが眠たいことぬかしとる。それは総大将の出で立ちやないけ」

「ほんまや、そないな格好しとったら真っ先に狙われてまう。えらいこっちゃ」

オッサンらは乱杭歯《らんくいば》を剝きだしでラチもない話に興じる。

彼らの背後から声がかかった。

「おい、われら。しょーむないことというてんのやないで」

櫓上で奇襲の指揮をとっていた男だ。

「あら、まあ。お館《やかた》はんやおまへんか」

「こんなとこで、何してはりまんねん？」

「何しとるとはえらい挨拶や」

男は顔をしかめる。だが、きつく咎《とが》めているわけではない。兵たちにしても、親戚に声をかけるような口調の裏に、しっかり敬愛と畏怖が織りこまれている。

「今度メも、お館の策がまんまと決まりまいたな」

「次はどないなやり方で、あいつらをいてこましまんねん？」

河内の軍兵は口々に唾を飛ばす。男はオッサンたちを制した。

「心配せいでええ。ケッタイでナンギなんを、ぎょうさん考えたある」

そんなことより、男はさして広くもない城内を指さした。

「仕事はなんぼでもあるやろ。早う持ち場に戻ったらんかい」


男は本丸の前の広場に足を向けた。

きえーっ、どうっ、たあーっ。

裂帛《れっぱく》の気合といいたいが、破れかぶれの絶叫としかきこえない蛮声がぶつかりあう。

「やっとる、やっとる」。男は眼をほそめた。

積まれた丸太の前に河内の兵が並ぶ。手にしているのは山に転がっていた枝、どれも優に三尺三寸（約一メートル）ほどある。これは実戦で用いる野太刀《のだち》と同じ寸法だ。

「ごちゃごちゃいわんと、ようみさらせ」。指南番《しなんばん》が見本をしめす。

「ええか、太刀を握ったら右の肘に左の拳を当てる。こうしたら重たい刀でもぶれへん」

右に構えた手は棒と一体化し天を突くがごとく。二本の足は前後に大きくひらき、爪先立ちする。

「おいど（尻）の穴をギュギュッとすぼめるんや」

手のひらは棒を隙間なく包み、薬指と小指で握りしめ、親指と人差し指を添える。中指は締めず緩めずの力加減。腕や肩やの力ではなく腰のふんばりを活《い》かせ――乱暴そうにみえても、指導は微に入り細をうがつ。

彼の眼は炯々《けいけい》とし、こめかみに青筋がはしった。

「おどりゃーっ！」

腰を落としながら棒が振り降ろされた。丸太の樹皮が飛びちる。腕どころか総身までじんじんと痺《しび》れそう。

「丸太の高さは関東武士の背丈にしたある」

彼はすばやく棒をあげ構えを左にかえた。また腰が沈む。先ほどをしのぐ速さと豪胆さ、本当に敵と向かいあっているような気迫、河内の兵も息をのむ。

「丸太どころか地面に届かすつもりで一気に斬り落とす」

まさしく一撃必殺、鎌倉武士の冑は砕け、鎧ごと真っ二つにされるだろう。

指南番は息を弾ませながらもう一度、右に構える。

「鎌倉のアホんだらどもの、ド頭《たま》から股ぐらまで斬り裂くんや！」

先手必勝、攻撃のみの特訓。防御は教えない。鎌倉武士の剣術とは似ても似つかぬ、河内の無手勝《むてかつ》流《りゅう》であった。

とうとう丸太はへこみ、棒が砕けてしまった。指南番は怒鳴る。

「ボーっとしてるんやない。さあ、稽古《けいこ》や稽古！」

きえーっ、どうっ、たあーっ。再び野猿《やえん》さながらの奇声があがる。

「手ェ抜いたらアカン。合戦でそないなことさらしたら、おんどれら死んでまうど」

指南番が男を認めた。たちまち鬼面が崩れ、無邪気な笑顔を浮かべる。

「兄《にい》やん、みてくれてたんか。どないや、こいつらの出来は？」

「ええがな、上々やないか」

「へへへ、それはおおきに」

照れとうれしさが入り混じったうえ、鼻までずんっと高くなった。

「兄やんの河内一党は畏《おそ》れ多くも帝《みかど》の軍やさかいにな」

指南番のほうが男より五つ、六つは年下にみえる。背丈は兵たちのなかで図抜けて高い。細身だが、鍛錬のゆき届いた体軀は精気にあふれている。浅黒い肌、頰は削《そ》げて眼つきが鋭い。狼のような青年だ。

「さっき櫓の上で兄やんのいうてたん、あれ、はじめてきいたわ」

「おう、土ン侍《どんざむらい》ちゅうやつか」

「それや、それ。耳に馴染みはないけど、胸にぐっときたやんけ」

「関東侍に名乗りをあげろといわれて、ひょいと口から出たんや」

男は嚙みしめるように語りはじめた。

「わしらは河内に根をはる雑草や。踏んでも引っこ抜いてもまた芽を出す」

城に籠《こも》る河内衆は、武器をもつという意味では侍であった。

だが、一所懸命《いっしょけんめい》の土地をまもり、いざ鎌倉と馳《は》せ参じる御家人《ごけにん》とは大いに異なる。

武家の名門に生まれたわけでも、北条の家来でもない。

いつしか河内に住みつき、己《おのれ》の力で地を拓き、才覚と工夫で生きてきた。

河内衆は独立独歩、不羈奔放《ふきほんぽう》。ちょっとやそっとでは飼い馴らせない。

河内の地に対する愛着は尋常でなく強い。

鎌倉武士に名花の名分と矜持《きょうじ》があるなら、河内衆は雑草ならばこその強《したた》かさと自負に満ちている。

城に集まった兵の出自は、百姓が大半ながら職人や川漁師、商人に河内の産物を畿内一円へ運ぶという新しい仕事に就いている者もいた。なかには公卿《くぎょう》や寺社の禄を食《は》む武士が混じっていたし、悪党に野伏《のぶせり》、破落戸《ごろつき》まで入りこんでいる。

彼らは土地に家族、富そして束縛のない日々のために太刀や槍、弓をかまえた。

鎌倉幕府はそんな河内衆を凡下《ぼんげ》、非御家人などと軽んじてきた。

「土ン侍ちゅうのはモノの本に載ってへん。けど、わしらにぴったりやろ?」

「兄やんのいうこと、すること、肚《はら》のなかのことは、いっこも間違いあれへんわ」

「おおきに」。男は腕を差しのばし指南番の肩に手をかけた。

「わしも弟のことはだいたい間違いないと心得とる」

「だいたい、とは何じゃい。それ、えらい引っ掛かるやんけ」

「アハハ、堪忍《かんにん》したらんかい」

ふたり、いや楠木正成と弟正季《まさすえ》の影が長く伸びた。

ふたつの影の先が重なるあたりで、河内の土ン侍たちはヨレヨレになりながらも剣術の稽古を続けている。

第一章
河内の土ン侍

一

月あかりを受け、河内の東に横たわる山並は影の連なりとなった。

その稜線でいちばん高い金剛山《こんごうさん》の麓《ふもと》、河内の民が「赤坂」と呼ぶ一帯に、ぽっこりと甲取山《かぶとりやま》が盛りあがっている。

楠木正成と一党が籠《こも》る城は、この、猫がうずくまったような小山に築かれていた。

今夜も甲取山の頂だけが、あかあかと焔《ほむら》を揺らめかせている。

「もっと派手に燃やさんかい！」

楠木正成は篝火《かがりび》の当番に命じた。

「木ィやったら、裏山になんぼでも生えてんねから遠慮せんでええ」

「へいっ、お館《やかた》はんのいわはるとおりで」。河内の兵が薪を抱えて走っていく。

城をぐるりと囲う木柵に沿って十数本の篝籠《かがりかご》が掲げられている。

バチッ、無造作に突っ込まれた割り木が爆ぜた。

パチパチッ、火の粉が舞い散り夜空を焦がす。

燃えさかる火は城内の士気を象徴している。

たった五百人にすぎない正成一党ながら、何十倍もの敵兵と対峙して一歩も引く気はない。それどころか、大勝利を挙げてみせようと本気になっているのだ。正成は頰を緩めた。

「関東の手勢にしたら、この山が火ィ噴いてるみたいやろな」

鎌倉軍は一里（四キロ）ほど離れた石川の岸で帯を延べたように陣取っていた。

一方、この城は本当にちんまりとしている。

敷地はせいぜい二町（二ヘクタール）ほど。そこに本丸、二の丸、三の丸を構え、本丸の北のやや下がったところには、ちょこなんとした出丸まで備えてあった。

ただ、建物は急づくりのうえ平屋ばかり。お世辞にも立派といえない。敵の士卒から「丘の上の貧相な砦」「ひと捻《ひね》りにしてやる」と嘲笑されたのも当然のこと――。

だが、小さく粗末であっても山の頂に築城する例はきわめて珍しい。

城の東西と北は二百尺余り（七〇メートル）の険しい懸崖《けんがい》になっている。これら三面の急勾配は鎌倉軍を手こずらせた。南面は高塚山《たかつかやま》から金剛山へと続く鬱蒼《うっそう》とした山地で容易に人を近づけない。

しかも、正成は崖にいたるまでの丘陵に深く塹壕《ざんごう》を掘り、鋭い棘《とげ》をもつ柊《ひいらぎ》や楤木《たらのき》を敷いた。先を尖らせた丸太を組んだ逆茂木《さかもぎ》もいたるところに配してある。

しかし、正成は満足していなかった。

「こんくらいのことは関東の連中かて心づもりしとるやろ」

正成の兵法は「敵に最大の被害、味方の損失は最小」を念頭に置いている。

「究極は、戦わずして勝つ――奇計と嗤《わら》われ、悪だくみと罵《ののし》られてもかまへん」

そういえば、城普請の最中にこんなことがあった。

塹壕づくりの陣頭にたっていた正成がいきなり声を張りあげたのだ。

「そやっ！」。彼は手にした鍬《くわ》を捨てた。

正季《まさすえ》が顔をあげた。裸の胸板の谷間や背中の溝に滝のような汗が流れている。

「兄《にい》やん、どないしたんや？」

「ええ案がある」

「何やと！　性懲《しょうこ》りものう、またケッタイなこと考えついたんか」

弟は少々げんなりしている。だが兄はもう、うきうきとしていた。

「正季、ワレ、穴から這い出て筵《むしろ》をぎょうさんもってこんかい」

「はあ？　あんなもん何に使うねん。しんどいさかい横になるんか」

「誰がそないなことするんじゃい、穴の天井を塞《ふさ》ぐんや」

さっそく筵が穴の上に敷かれた。正成は細かく指示する。

「むふふ。ていねいに土を被《かぶ》し、葉っぱ散らしてや」

「兄やんは、てんご（いたずら）する権太くれ（悪童）と変わらんの」

弟は呆れることしきり。しかし、城攻めした幕軍の体たらくときたら――。

どわーっ、いけーっ。鬨《とき》の声が山肌にぶつかる。

先駆けの軍列、馬にまたがった御家人や槍をかまえた徒立《かちだ》ちの兵は一気呵成《いっきかせい》に攻めてきた。後列の兵員も負けずに土を蹴っていく。

ところが、あっちこっちでふっと兵馬の姿が消えた。急に隣の徒士《かち》がいなくなった兵が、つんのめりながら左右をみれば、ぽっかりと大穴が開いている。後に続く隊も勢いづいたのがアダとなった。足を止めようにも間に合わず、真っ逆さまに落ちていく。

穴底で立ち上がろうともがく軍兵、その上に次々と馬、武士が降ってくる。身と身、甲と冑がぶつかる鈍い音、いいいいいななきや悲鳴が交錯した。

その後も二重になった釣り塀、岩石落としなど、正成の繰り出す山岳奇襲戦は常に敵の意表をついた。たかが河内の土ン侍を前にして、天下無双と謳《うた》われた関東騎馬軍団は地団駄を踏むばかり。

幕軍には、燃えさかる篝火がさぞ忌々《いまいま》しく禍々《まがまが》しく映っていることだろう。

「してみると、火山どころか山の怪《け》が灯《とぼ》す鬼火かいな」

正成はニヤリとしながら嘯《うそぶ》く。

「最初はわしらを甘うみて、ほてから憎らしゅうなって……今では恐《おと》ろしゅうて、ビビッてけつかる」

正成は木柵の間から敵軍の様子を遠見した。

紀伊国から流れ、河内国で大和川と合流する石川。その河辺に沿って関東武者の焚火が点々と連なり、夜目に川筋を浮かび上がらせている。

「呑気《のんき》にしてられんのも今のうちや、せいだい火に手かざして温《ぬく》もっとけ」

正成は木柵から離れた。

二

本丸の広間、諸将が板張りの床で車座になり軍議のはじまりを待っている。

外では秋の虫たちがかまびすしい。時おり、それを叱るかのように梟《ふくろう》が低く啼《な》いた。

一同は、舎弟正季をはじめ正成これぞと見込んだ猛者《もさ》ばかり。

その正季が袴から出た脛をぼりぼりと掻いた。

「兄やんは何しとんのや。酒はあらへん女子《おなご》もおらん。むっさいオッサンばっかしでオモロイことも何ともあれへんやんけ」

正成が選りすぐった臣下は顔をみあわせ苦笑する。初老の侍が白毛の目立つ眉を寄せた。

「控えんかい。大事の軍議を前になんちゅうことをいうてけつかる」

正季は兄の座る床几《しょうぎ》の左側、副将として遇されている。諫《いさ》める侍は右に陣取っていた。

「ちぇっ、恩爺《おんじい》はいちいち口うるさいのう」

「だれが爺やねん。いうとくけど、ワイはまだまだ若い者に負けへん」

憤然としてガラガラ声を響かせる。ついでにたぷついた下瞼《したまぶた》までふるえた。正季はいっかな悪びれない。今度は鼻毛を抜きだした。

「こんなこっちゃったら、柿食うて屁ェこいて寝たほうがまっしゃで」

今度はあちこちから笑い声が漏れた。初老の侍が皆を睨《にら》みつける。屈強の男たちはバツが悪そうに眼を伏せた。

年かさの侍は恩智左近満一《おんぢさこんみちかず》という。

河内国の二之宮の格式を誇る恩智神社の社家《しやけ》であり、信貴山の西にある恩智荘を根城とする土豪でもあった。恩智家と楠木一族は正成、正季兄弟の父祖の時代から誼《よしみ》を交わしている。正成がこの城で挙兵する際も満一は郎党を率いて、いの一番に駆けつけてくれた。正季は指先を胸元で拭いながら恩智の皺《しわ》の目立つ丸顔をみやった。

「ほな先に夜襲の策でも練っとこかい」

「あかん、お館はん抜きで軍議はでけへん」

「ふんっ、年寄りはえらい気が長いのう」

恩智は不本意でならないのだが、正季どころか正成までが親愛をこめ「恩爺」と呼んでいる。しかし、恩爺は世故《せこ》に長《た》け情勢のゆくえに目端《めはし》が利く。楠木軍の知恵袋、口やかましいけれど頼りになる叔父貴のような存在だ。

一同は、今しばらく大将の登場を待つことにした。椀型の灯明皿から突き出た灯芯の火が大きくなったり小さくなったりしながら彼らの横顔を照らす。

「えらい遅なってしもた。すまん、すまん」

ようやく正成が姿を現した。ぼそぼそと私語を交わしていた諸将が顔をあげる。

正成は上座《かみざ》に設《しつら》えた床几に向かい円陣の左から回っていく。正季の後ろにきたとき、弟の頭をポカリとやった。

「痛っ、何をさらすんじゃい」

「アホッ。ちゃらこいことを、鼻の下伸ばしてベラベラしゃべっとるからや」

正季は隣の武将と摂津の神崎、江口あたりの遊び女《め》の話に興じていたのだ。

正成は軽く咳払いをし、神仏を祀《まつ》る壇を前に居住まいを正した。正季、恩智ら諸将も立ちあがって彼にならう。

中央の掛け軸は天照皇大神《あまてらすすめおおかみ》、右が城を構えた南河内の産土神《うぶすながみ》で楠木一党が氏神と崇《あが》める水分大明神《みくまり》、左に正成の守護尊たる多聞天《たもんてん》こと毘沙門天《びしゃもんてん》。墨痕あざやかに御神号、仏神の名が書かれている。皆は深く頭《こうべ》をたれ、手をあわせた。

次いで、正成は眼を細めて掛け軸の前に恭《うやうや》しく飾ってある太刀《たち》を凝視した。鞘から鐔《つば》、金具にいたるまで黒漆《こくしつ》で塗られたひと振り。質実剛健の拵《こしら》えならではの凄みに加え、華美な装飾を削《そ》いだことで高潔な気品を放っている。

この刀にも一礼し、円座に向き直る。正成は皆をみわたした。

河内侍たちは武骨な面持ちをひきしめる。数こそ十人に満たぬが、連日の奮戦に疲れた様子はない。しかも、一人とて欠けていない。面魂《つらだましい》は、戦の美学を説く東国武士の心得顔、公卿《くぎょう》たちが漂わせる雅《みやび》さとはほど遠い。色黒で粗野、いかにも田舎じみて土くさい。だが、彼らほど心強い腹心はいない。

正成はうなずいた。形の整った、細長く濃い眉があがり、色白で豊かな頬に少し朱がさした。彼は朗々としていながら、落ちつきのある美声を響かせる。

「あっちゃこっちゃから、ぎょうさんの知らせが届いたんや」

「ほう、城の外のやつらも遊んどるわけやおまへんな」と恩智。

城に入ったわずか五百人を正成の総勢と合点してはいけない。

河内野は南北に細長く、淀川に近い北河内、玉櫛《たまくし》川や久宝寺《きゅうほうじ》川をいただく広大な中河内、さらに南へくだった大和川、石川流域の南河内にいたる。そのあちこちに楠木の郎党が散らばっていた。庶民たちはこぞって正成を支援してくれている。僧、神職しかり。普段はいがみあう地頭と悪党も、今は手を組み正成に恭順の意を示している。

そればかりか山中や川筋、湊《みなと》にたむろする野伏《のぶせり》、ならず者や浮浪者までもが内通しているのだ。山伏、杣人《そまびと》たちと気脈が通じているのも見逃せない。時として彼らは各所各人からの貴重な知らせを取り次いでくれる。生駒、信貴、金剛の尾根を伝い獣道《けものみち》に踏み入り、まんまと関東幕府軍の眼をかいくぐってみせた。

もちろん、いたるところに間諜《かんちょう》を放《はな》ってある。こういった報知の網により、河内一円だけでなく京に畿内、ときおり東国の情勢までがもたらされる。

「状況は刻々と変わってきとる。それを噛んで含めてド頭《たま》に放り込んで、ほてから次の策を練るのに、ちと時がかかってしもた」

「で、兄やん。城の外の動きっちゅうのはどないなっとるんや」

弟の問いに、正成は「うむ」と低く唸《うな》った。

正成は床几を払い、皆と同じく板間のうえにどっかと腰をおろした。

「執権得宗家《とくそうけ》の首魁《しゅかい》、北条高時が選り抜いた大軍が帝《みかど》のおわす笠置山《かさぎやま》を目指しとる」

大隊が鎌倉を発ったのは九月二十日のこと——。

「そろそろ京に近づきよるがな」。正季、恩智はじめ一同がどよめいた。

正成は、それが収まらぬうちに二の句を継ぐ。

「こいつらは第一軍から三軍までおるそうや」

第一軍に大仏陸奥守貞直《おさらぎむつのかみさだなお》、第二軍が金沢右馬助貞冬《かねさわうまのすけさだふゆ》、第三軍を指揮する江馬越前入道《えまえちぜんにゅうどう》と河内にまで名の知られた名将が揃う。おまけに軍勢は巨多《きょた》だ。先頭の軍隊が近江にさしかかったとき、その後に陸続と連なる隊列のしんがりは三河遠江《みかわとおとうみ》のあたりだったと噂されている。

正成はわざと嘆息してみせた。

「東海道が関東の兵馬で埋まったらしいから、どんならんわい」

「そらまた、えらいこっちゃないかい。あいつらいったい何人おるんや」と正季。

「きいて腰を抜かしさらすなよ」。正成は弟を横目にする。

「二十万七千六百余騎ちゅうことや」

「えっ？　そないにぎょうさん……わやくちゃやんけ」

正成らの城を攻める幕軍はざっと一万。それですら大軍というのに——さしもの正季も絶句してしまった。恩智が訝《いぶか》る。

「いつもの鎌倉のやり口、大風呂敷を広げてけつかんのと違《ちゃ》いまっか？」

「そや、二十万というのは大げさすぎる、たいがいにしとかなあかん」

だが情報を仔細に検討すれば——少なくとも七、八万ほどの兵馬が押し寄せてくるのは間違いなさそうだ。

「ついでに第四軍ちゅうのまでいてけつかる」。正成は付け加えた。

「こいつらで二、三万はおるそうやから、笠置攻めの総計は十万人ほどかいな」

正成は、四番目の師団が足利治部大輔高氏《あしかがじぶのだいぶたかうじ》なる人物に率いられていることもきいていた。

いくつかの情報筋が、高氏について「油断ならず」「くせもの」「寝業師」など警句を寄せている。何より、高氏は無類の戦上手《いくさ》だという。正成は、まだみぬ敵将に興味を抱いた。

足利の棟梁《とうりょう》の高氏ちゅうのはナンギでケッタイなやつみたいや。せやけど、わしはそういうクセが強い武将と一戦交えるんが大好きやねん。戦の知恵比べなら負けへんで。

正成は敵の意表をつく策を考えると生き生きしてくる。弟にいわせるとこうだ。

「心もかだら（身体）も毬《まり》みたいに弾んどる」

とはいえ、権力を手にして政《まつりごと》をあやつる気はさらさらあれへん。敵をアッといわせるのはおもろいけど、政局の渦のなかで権謀術策を弄《ろう》するなんぞ御免こうむりたい。

天下国家の差配なんぞ、どうでもええ。

わしの願いは、河内衆が生き生きと暮らせる世の中にすることだけなんや。

正成は束の間、あれこれと想いをはせる。だが、すぐ現《うつつ》にもどって声を張りあげた。

「総攻撃を喰ろたら、帝のおわす笠置山はせいぜい持って二日やろな」

たった一両日で一天万乗《いってんばんじょう》の君《きみ》の拠点が陥落してしまう。正成のあけすけな意見は皆々を圧倒した。

諸将は天井を仰いだり、腕をくんだりしている。

正成は、わざと唇を尖らせてみせた。

「泣く子も黙る河内の土ン侍がなんちゅう辛気《しんき》くさい顔さらしとるんや」

「せやけどお館……」。ひとりが口をひらくと皆は次々に重ねてきた。

「鎌倉の大軍に囲まれたら、お天子《てんし》はんはどないなりまんねん」

「倒幕の戦も笠置山が落城してもたら終《し》まいでっか」

「いざとなったら、ワイらも城を出て加勢せなあかんのとちゃいまっか」

侍たちの声が広間の天井に響く。正成は両手をかざして部下を制した。

「おいおい、待ったらんかい」

この土ン侍の大将は、大事や変事が起ころうという時ほど落ち着き妙策も浮かぶ。

「どっちにせい、この城も笠置山もナンギな展開になんのは間違いあれへんわい」

後醍醐帝の境遇、帝が企てた政変の行く末、北条執権の猛攻……。

「せやけど、めっさ（滅多）とない苦境は、裏を返したらドえらい好機なんじゃい」

「ほな、お館どないしまんねん？」

諸将は揃って膝をつめる。正成は籠城生活でずいぶん伸びた顎ヒゲを軽くしごいた。

「まずは、明日からこの城の戦いをめっちゃえげつないもんにする」

たちまち、弟がまどろっこしそうに吠える。

「こっちゃの城のことやのうて、あっちゃの笠置山の策をいうたらんかい！」

正成はすっと眉をあげ、微笑んでみせた。

「正季だけやのうて皆も耳の穴ほじくって、ようききさらせ」

笠置山に援軍を差し向けるのは事実上、不可能。かといって指をくわえてみているわけにもいかない。まして討幕の火を消してしまってはならない。そのために――。

「この城は太《ぶ》っとい魚の骨や。わしらが河内で気張ればキバるほど、鎌倉の喉にグイッと突き刺さる。北条執権や京の六波羅探題《ろくはらたんだい》のやつらはおちおち飯も食われへん」

幕軍が笠置山を攻めるにしても、たとえ彼らが帝を捕縛したとしても。

河内で北条政権をぶちのめす戦が継続され、この城から畿内、西国《さいごく》へと拡散すれば。

敵軍の指揮官どころか、鎌倉にいる北条高時も枕を高くして眠られまい。

「河内の戦がのっぴきならんとなったら、北条方も帝や親王、ご随身らにめっさな狼藉《ろうぜき》はできん。そんなんさらしたら、河内どころか西国一円を敵に回す大《おお》けな戦になってまう」

正成は小さな笑みを頬全体に広げてみせた。

「せやさかい、この城の戦いを派手なもんにするんや」。彼はさらなる策を披露する。

「討幕戦に呼応するよう、備後《びんご》の桜山四郎茲俊《さくらやましろうこれとし》はん、播磨《はりま》の赤松円心則村《あかまつえんしんのりむら》はんはじめ伊賀や紀伊にも密使を遣わしたある」

「ほほう、いずれも名うての土豪、悪党でんな」。恩智が合点した。

「……兄やん、わかった……そういうことなら、それを先にいわんかい」

正季はバツが悪そうに、皺くちゃになった烏帽子《えぼし》のうえから鬢《びん》のあたりを掻く。

「ワレこそ最後まで兄やんのいうことをきかんかい」

正成は舎弟を軽く一喝してから、改めて諸将に活をいれた。

「明日からの戦は朝駆け夜討ち、当たり前。奇策も出し惜しみせえへん。岩の次は丸太を転がし、熱《あ》っつい湯ゥを頭からかぶせたれ！」

「よっしゃ！　敵の首の百や二百はすっ刎《ぱ》ねたるわい」

正季が脇に置いた五尺（一五〇センチ）はありそうな背負い野太刀を構えてみせる。

曇っていた諸将の顔に精気がよみがえった。正成はさらに彼らを煽《あお》った。

「生きた心地がせえへんどころか、鎌倉武士の高い鼻をボキンと折ってもたれ！」

本丸の外の風が強くなった。木々の梢はざわめき、葉が擦《こす》れ乾いた音をさざめかせた。連子窓《れんじまど》から夜風が吹き込む。さえざえとした夜気は昼との寒暖の差を感じさせる。

しかし、正成と配下たちはうっすら汗ばんでいた。

第二章　笠置山

一

正成は寝床にはいってても眼がさえたままだった。沸きたった河内軍の興奮がまだ尾をひいていることもある。だが、想いを笠置山に移せば昂揚に酔ってばかりもいられない。

帝はきっと御不安なことだろう。あれこれ策を打つとはいえ、やはり気になる。

「河内で兵を挙げて幾日《いつか》になんねん」

ひい、ふう、みい……右手の五指だけでなく左手も折って数え、また右手へ。時の経つのは遅いようで早く、日にちの重なりは短いようでいて長い。

ふ〜っ、また溜息が漏れた。薄い壁板を隔てた隣室で正季の豪快な鼾《いびき》がする。

この八月九日（一三三一）、後醍醐天皇は元徳《げんとく》から「元弘《げんこう》」に改元した。

同月二十四日、倒幕の企てがこともあろうに帝の側近の内通で露見してしまった。

帝は六波羅探題の捕縛から逃れるため慌ただしく京を脱出、大和の東大寺を頼った。

しかし、東大寺には鎌倉への遠慮が見え隠れする。南都《なんと》に落ちつくことなく、踵《きびす》を返して宇治に近い鷲峰山《じゅぶせん》の金胎寺《こんたい》を目指した。

主上《しゅじょう》を追う六波羅探題の詮索は容赦ない。金胎寺も危うく、木津《きづ》川の流れに沿って九十九折《つづら》りの隘路《あいろ》をたどり笠置山へ――。

二十七日、帝は山を境内とする笠置寺《かさぎでら》に入り行宮《あんぐう》と定めた。

これで討幕の旗幟《きし》は確固たるものとなった。鎌倉方は謀反《むほん》とみなし「元弘の乱」と呼ぶ。

正成が行宮に参内《さんだい》したのは八月の晦日《みそか》だった。

思いもよらぬというべきか、今からすればそういうことやったんかいな、と納得すべきか。後醍醐帝の人脈は広く深い。河内にも帝を支持し討幕を志す人々が多数いる。彼らはそれぞれの思惑を抱きつつも、たったひとつ、楠木正成という的《まと》に白羽の矢を立てた。

あれや、これやの人たちが訪ねてきて、帝を御助けするよう掻き口説いた。

そうして、こうして……正成は皇軍参加を決意し、朝見をゆるされたのだ。

笠置寺には四十九もの堂宇《どうう》が居並ぶ。点在する巨岩や怪石が奇観を呈している。御本尊は、高さ幅とも五十尺（十五メートル）近い巨石に彫られた阿弥陀如来におわす。

正成は摩崖仏《まがいぶつ》の前に佇《たたず》んだ。

装束は田舎侍らしく実用一辺倒の甲冑姿。それでも、鎧は一族郎党から晴れの武装を掻き集めて選んだ一張羅、鍬形《くわがた》の中央に宝剣の立った愛用の兜を携えている。

正成は摩崖仏を仰《あお》ぎみた。巨石のうえで鴉《からす》が羽づくろいをしている。漆黒の艶羽《あでは》と銀鼠《ぎんねず》の岩肌、その背後には薄墨を刷《は》いたような鬱々とした空がひろがっていた。

鴉は小首を傾げるようにして、帝が政務をとる行在所《あんざいしょ》のあたりを窺《うかが》ってから、ひどく耳障りな濁声《だみごえ》を残して飛んでいった。

行在所へは五十余段の階段をあがる。正成の甲冑がガシャガシャと音をたてた。

石段の左右には紅葉が林立し屋根のように枝を伸ばしている。案内する近習《きんじゅ》の若者が立ち止まり振り返った。正成も緑の濃淡で埋まる深々とした木津川の谷間をみおろす。

「霜月《しもつき》ともなれば、早暁《そうぎょう》に川霧が湧きあがって谷を埋め極楽浄土の如くだそうです」

「雲海というやつですか、それは見事な眺めでしょうな」

そつのない返答をしながら、正成は肚《はら》のうちでいささか心もとなく思っている。

笠置山が天然の要塞、攻めづらいちゅうのは心強い。せやけど、この軍勢と防備やったら、とても霜月まで持ちこたえられへんやろ。

「それがしの他にも幾人かの武将が召されましたか?」

「いえ、かようなことは耳にしておじゃりませぬ」

帝を御護《おまも》りする公家侍《くげざむらい》に笠置寺、延暦寺をはじめ有志の僧兵。侍は三河足助《あすけ》や大和に伊勢、紀伊、伊賀などの兵が数百ずつ参集しているという。

それやったら、せいぜい三千というところやがな。「治天《ちてん》の君《きみ》を奉る」やら「北条の横暴は許すまじ」ちゅうとったヤツらは何しとんねん。

「畿内はもとより諸国の義軍を蹶起《けっき》させねばなりません」

「とはいえ素性の卑しい武者どもに皇軍を名乗らせるわけにはいきますまい」

近習から、ぷぅんと選民意識が滲《にじ》みでる。この若者は探るような眼つきになった。

「楠木兵衛《ひょうえ》殿は橘朝臣《たちばなのあそん》のご末裔《まつえい》とおききしましたが……」

ふん、そのことかいな。舌打ちしたいところだが、おくびにも出さない。

「左様、第三十代敏達《びだつ》帝を祖と仰ぐ、大和国は井手の左大臣橘諸兄《たちばなのもろえ》公の末孫《ばっそん》でござる」

すらすらと言葉がでた。参内が決まった時、あれこれ知恵を授けてくれた尊師の顔が浮かぶ。おおきに、と胸のなかで礼をした。師は河内の名刹《めいさつ》・観心寺《かんしんじ》の僧侶。僧門やら門閥、閨閥《けいばつ》をたぐっていけば、驚いたことに帝の側近にまでいきつくという。

世の中、誰がどこで、どう繫がっとるかわからんもんや。

もっとも、尊師からは丸出しの河内弁を慎めときつく命じられている。それを律儀に守っているから口の中がもぞもぞしてならない。

正成は舌先を左右の奥歯に行き来させてからいった。

「父祖伝来の家系図を開帳せねばなりませぬか?」

「いや、そこまでは……」

実は正成、家系図も持参している。参内の決まった日、師がぴかぴかに剃りあげた頭《つむり》をつるりと撫で、おもむろに古びた巻紙に墨の濃淡を織り交ぜ認《したた》めてくれたのだ。

「公家の藤原、武家なら北条が平家で源氏は鎌倉将軍、源平藤《げんぺいとう》の次なら橘《きつ》ということになろう」

しょせんは箔をつけるだけのこと。尊師はアホらしいと首を振ったものの、次に至極まじめな口調で愛弟子を諭した。

「主上は殿上《てんじょう》の官位官職や地下《じげ》の弓取り云々に拘泥《こうでい》されるような蒙昧《もうまい》にあらず。正成が東夷《とうい》討伐に欠かせぬと思《おぼ》し召したからこそ御呼び立てなされたのじゃ」

乱世に氏素性《うじすじょう》は屁の突っ張りにもならん。大事なんは知略と武略の両刀を遣うこっちゃ。

「正成、おまえなら必ずや主上の叡感《えいかん》を賜わることができよう」


師の言を反芻《はんすう》しながら正成は行在所へと連なる階段に向きなおった。

近習は一段、先になりながら、またしてもいわずもがなのことをしゃべった。

「楠木殿が微禄の兵衛尉《ひょうえのじょう》というのを咎《とが》める声もなくはありません」

帝の側近たちは古式、故実にこだわる。正成の官職は兵衛尉で位階が六位。本来ならば帝への拝謁は許されない。しかも河内のしがない土豪、それどころか時に悪党と呼ばれることもある。正成の参内など、もってのほかと息巻く廷臣は少なくないのだろう──。

だが、帝の討幕の英断は揺るぎないはず。だからこそ、秀《ひい》でた将を渇望し賜う。草莽《そうもう》の侍にまでお声がけされた御真情と御厚意は背中合わせ。皇軍の人材不足は明らか、このままではとても幕軍に勝てまいと深く憂慮なされているのだろう。

どっちにせい、数刻後にはわしの命運も定まっとるわけや。

覚悟を決めた正成は、やわらかな顔つきでこともなげにいってみせた。

「河内に根を張る微賤《びせん》の臣《しん》ながら、畏《おそ》れ多くもかしこくも帝の勅諚《ちょくじょう》を賜り、身に余る栄誉と心得ております」

二

正成は本堂にあがった。後醍醐帝はここで政務をとっている。

帝の玉座は本堂の奥、内陣《ないじん》と呼ばれる須弥壇《しゅみだん》が据えられているあたり。その前には御簾《みす》が重々しく垂れさがり、下々《しもじも》ごときに御尊顔を窺《うかが》うことは許されない。

正成は、平時なら参拝者が座る外陣《げじん》の板間で平伏する。

折しも重くのしかかっていた雲が切れた。正成の背中ごしに光が差し込む。雲間から放たれた光芒は御簾を照らした。

やがて、御簾の内から厳《おごそ》かなしわぶきがひとつ。正成は平伏したまま身を固くする。

居並ぶ朝臣《ちょうしん》たちは眼を交わしうなずきあった。正成と齢のかわらぬとみえる、三十半ばらしき公卿が御簾の前で帝の言葉を取り次いだ。

「河内の弓取り楠木兵衛正成、主上の格別の思《おぼ》し召しぞ。ありがたく参進《さんしん》せよ」

「はっ」。正成は恭《うやうや》しく膝行《しっこう》する。

「東夷を征伐し天下を改め創るため、いかなる謀《はかりごと》をめぐらせるや。遠慮のう仔細を申せ」

「心得ましてございます」。正成は身を起こす。

侍臣《じしん》たちの視線が痛い。なかには、あからさまな非難や軽侮の色がみてとれた。

くそっ、けたくその悪いこっちゃ。負けん気が噴きだしそうになる。

先ほどの公卿がつっと正成の傍《かたわら》へ近寄り、耳もとで囁《ささや》いた。

「正成こらえよ――これもまた主上から直々のお言葉でおわす」

「はっ」。正成もすばやく彼へ眼をやる。ふたりの視線が交わった。

「承知いたしました……よろしければ、貴殿のお名前を」

「中納言万里小路藤房《までのこうじふじふさ》と申す。正成殿、後ほどゆるりと語り合おう」

藤房はん、おおきに。今は廷臣らのいけずにかかずらってる場合やない。わしは帝に直々《じきじき》献策申し上げるため、河内から馬をとばし馳せ参じたんや。


正成は威儀をただし、本堂の天井がふるえるほどの迫力で申し述べた。

「畏れながら勅命を拝し、この正成が申し上げます！」

まず武力を鑑《かんが》みれば北条高時が率いる武蔵・相模はじめ関八州の軍団は屈強そのもの。

「主上のもと、宣旨《せんじ》を賜って日の本六十余州の兵が集まったとしても、なかなか打ち破れるものではございますまい」

ズバリ、皇軍は兵力で劣る。こう直言され朝臣たちにざわめきがおこった。だが、御簾を隔てた帝はじっと耳を傾けている様子だ。

「されど幕軍は太刀の刃を折り、甲冑を砕くことのみに注力して参りましょう」

数と勢いに任せた猛攻は綻《ほころ》びが生じやすい。そこを逆手《さかて》にとるのが智略というもの。

「秀でた智略は兵力の劣勢を挽回するどころか、勝利を呼び込みまする」

朝臣たちは笏《しゃく》で口もとを隠しひそひそやっている。

あんさんら、まだわしが信用でけへんか？　ほんなら、と開き直った。

「この正成、智略をもって東夷《あずまえびす》を成敗してみせましょう」

あまりの大言壮語に朝臣はこそこそ話も忘れ、河内からきた侍を注視した。

しかし藤房卿は正成をみやり莞爾《かんじ》とほほ笑んだ。正成も眼で応え、再び帝に奏上する。

「ただし、合戦には運も加味せねばなりません」

一時の運に左右され局地戦の勝敗が決することがある。だから、幕府を壊滅させ大勝を得るまでは時々刻々の戦況に一喜一憂してはならない。引くとみせながら押し、押すと思わせて引くが肝要。裏の裏では足らず、もう一度ひっくり返して敵を惑わせる。

主上におかれましては、大局を見据え勝利の結末を確信していただきたい。

「皇軍ことごとく一敗地《いっぱいち》に塗《まみ》れるといえども、正成と河内の兵がおりますれば、帝の御聖運は尽きておりません。必ずや討幕の成果を帝に献じまする！」

へんっ、どないや。わしは肚の中にあるモンをすっくり申し上げたまで。正成なんぞ皇軍にいらんのなら、早いことそういうてんか。

とっとと尻《けつ》まくって河内へ帰ったるわい。


その時、正成の前に垂らされた御簾の向こうで、かさこそと衣《きぬ》ずれの音が――。

藤房卿は慌てて膝を進めた。御簾を隔てて短いやりとり、そして、思いもかけず、正成のうえに威厳さに満ちた声が降りそそいだ。諸卿は一斉に額《ぬか》づく。

「よういうてくれた。朕《ちん》はそちの献策をうれしくおもうぞ」

少し高めだが透きとおり、耳ではなく胸に直接響くようだ。正成は帝直々の仰せにかしこまる。藤房卿が弾んだ調子で言上した。

「まことに兵衛正成の申す謀《はかりごと》、われら廷臣一同も心強いかぎりでございます」

「うむ。向後《こうご》、東夷との戦は正成を大将に据え、存分に腕をふるわせるがよかろう」

治天の君に拝謁できただけでなく玉音まで！

正成は事のなりゆきに啞然としてしまいそうだ。

しかし幸甚《こうじん》はこれに留まらない。あろうことか御簾がするりとあがった。まさに青天の霹靂《へきれき》、正成は蜘蛛《くも》のようにひれ伏す。

「苦しゅうない。面をあげよ」

脇の下を汗が玉になって転がり落ちる。正成は身を剝ぐようにして顔をあげた。

数段高い玉座に帝はおわした。

「ほう、鄙《ひな》の侍にしては優美な顔《かんばせ》、じゃが心根は頑固で図太そうじゃの」

正成もおそるおそる後醍醐帝の竜顔《りゅうがん》を拝する。

白皙《はくせき》にして眉目秀麗《びもくしゅうれい》、射抜くようなまなざし。触れなばたちまち斬れる銘刀の鋭利さ。理知に長《た》け、才気煥発でおわすことは疑いようがない。九十六代を数える日の本の王家の長《おさ》ならではの偉容であった。さしもの正成も感服し気圧《けお》されていた。

河内中、どこを見渡してもこないに立派な御姿にはおめにかかれへん……。

この御方のもと、河内いや日の本をもっともっとええ国にこさえ（つくり）直すんや。

だが、正成は感心ばかりしていたわけでもない。かような場にあっても、しっかり人となりや状況を見定められるのが、河内の土ン侍《どんざむらい》を自称する男の特質であった。

正成は帝に怜悧《れいり》と冷徹が同居している印象をもった。

ひょっとしたら、ご自身の叡智のほかは何も心底から信用されへんのかもしれん……。

同時に師が遠慮なくいった「異形の帝」のひと言が脳裏をかすめた。

それに無類の政事《せいじ》好き。これもまた帝を知る者が必ず口にすることだ。


帝は正成から眼を離すと、列挙する朝臣たちに仰せ出された。

「朕が河内国から正成を参内させたのは、先般の夢に由来する」

紫宸殿《ししんでん》の庭前に橘の大木がそびえ立っていた。そのもとには太政《だじょう》、左右大臣ら百官が序列する。だが南面に設《しつら》えた玉座には誰もいない。

そこへ忽然《こつぜん》と高貴なるふたりの童子が現れ宣《のたも》うた。

「この大木の南の御座は安泰、安全であります。どうぞ、心安くおわしませ」

童子たちは言上するや掻き消えてしまった。

「朕思うに、あの童子こそは日光菩薩《にっこう》と月光菩薩《がっこう》が身をやつされたのであるまいか」

帝は感慨深そうにまた正成を御覧になった。すぐさま藤房卿が後を継ぐ。

「橘の大木、その南面の御夢の示唆するところを解き明かせば――」

すなわち橘朝臣の系譜に連なる、南の木と称する武将が主上を御援《おたす》け申し上げるということにほかなるまい。

「河内に楠木と名乗る武士ありと、すぐさまご奏上申し上げた次第」

また公卿たちがざわめいた。しかし、正成をみる眼が少し変わったようだ。

正成は帝の御言葉を拝受しつつ、心の中でニヤリとした。

橘の血統、南面の木で楠木ちゅう話をこさえたんは、観心寺のお師匠《つしょ》はんやのうて藤房はんやったんかいな。ひょっとして帝が御みずから……まさか。いや、どっちにせい、かまへんわ。せやけど、これは絶好の機会や。今度メの戦のやり方、そいつの大筋をしゃべったろ。

「幸いにして笠置山は天然の要塞でございます」

一刻、一日でも長く敵の攻撃を凌《しの》ぐ。そうすれば北条の焦りは募《つの》り、緩みが生じる。

「この正成はさっそく河内へ戻り、彼の地で東夷征伐の狼煙《のろし》をあげまする」

すぐ築城に着手し、急ごしらえであっても要塞の体裁を整えなあかん。

「相手は平場《ひらば》の騎馬戦が得意でございます」

険阻《けんそ》な山岳、山林か湿地帯なら馬は役に立てへんし、攻めるに難《かた》く守るに分がある。たちまちにして赤坂の地が浮かんだ。戦では不意打ちを繰り返し、撃ったらすぐに逃げ、間をおかず次の奇策で敵の裏をかく。寡兵で大軍に対するにはこれしかあれへん。

「東夷は笠置山と河内の二手に軍を割《さ》かざるを得ません。両方に手を焼いている間に、各地の討幕勢力を参集させ一大勢力となった時こそ皇軍が打って出る時でございます」

とにも、かくにも。緒戦はちっこい（小さい）城で、でっかい軍勢を防ぐことになるやろ。けど、皇軍の将となるべしと勅命を賜った以上は、えらいこっちゃ、どんならんというてる暇はない。大事なんは新しい国づくり。そのために北条軍を打ち負かすことや。

帝は泰然として正成の献策をおききになっている。

「正成、そちの智略と武略こそ頼もしい。とくと恃《たの》んだぞ」

「河内の微臣《びしん》にすぎぬ身とはいえ死力を尽くす所存でございます」

正成は平伏する。そうしながら、するりと口をついた己の言葉に驚いた。
ナンや知らん、わしは観音さんの掌《てのひら》にすっぽり包まれた孫悟空みたいなもんや。

第三章 坂東武者

一

ずるずる、ばりぼり。ずーっずるずる、ばりぼりぼりばり。

おかいさん（粥）をすすり、こおこ（漬物）を噛む音。

女子《おなご》も顔負けのしゃべりが多い河内男どもながら、飯を喰う段となれば一心不乱、無言を貫く。ひたすら箸を椀と皿の間に行き来させている。

開け放った戸の向こう、朝陽が広場の隅々まで照らし地表を銀色にきらめかせていた。河内の朝食といえば農家に商家、職人であろうが粥と漬物の一点張り。もちろん戦場も例外ではない。

「ぶふぁ、うっぷ」。正季が椀を置き盛大にげっぷを漏らした。

「ワレら早う喰うてまえよ。せやないと朝飯どころのこっちゃのうなるで」

恩智も歯に挟まった漬物をこそげながらいった。

「さっきん（さっき）お館はんが頬かむりしていかはったぞ」

「ありゃ、兄《にい》やんもう支度《したく》してけつかんのか」

どりゃ、ワイもいこかい。正季は手拭を二枚も重ね、慎重に鼻と口を覆った。

「ほてからに、兄やんが考えよったオモロイ策の当番は誰ぞい？」

「へえ」「はあ」「ワイらでんがな」

朝飯の場のあちこちから、恨めしそうな、情けない声がした。

「それはご苦労なこっちゃ」。正季は覆面ごしにも分かるニタニタ笑いを浮かべる。

「兄やんに、ワレらの晩飯の菜《さい》を一品多めにつけといたれというといたる」


正成が後醍醐帝の玉顔を拝してから、さらに暦は進んだ。

もう河内では稲刈りが終わった。金色に染まった田はたちまち黒い野へ戻った。鎌倉軍の徴発《ちょうはつ》を逃れるため、農民たちはろくに稲架《はさ》掛けもせずに稲穂を片付けてしまったからだ。正成は心底、彼らに詫びた。

「鎌倉の兵馬に踏まれてワヤになった稲もぎょうさんあったやろ……すまん」

そうこうするうち、十万をこす関東の軍勢がやってくる。

だが、それとて正成にとって先読みの範囲内ではあった。

「ほな、河内で眼にものみせたろやないか」

危地を前にして、大将の悠然たる態度に諸将、兵卒とも心強く浮足立ったところはない。

この日、正成は城の北東、鬼門といわれる、日当たりがわるい一画であれこれ兵卒に指示をとばしていた。湿った土、その一面に十薬《ドクダミ》が葉を繁茂させている。

「釜は憚《はばか》り（便所）のほん、ねき（すぐ近く）に据えとこか」

釜といっても百二十升（二一五リットル）は湯を沸かせる巨大なものだ。そいつを兵卒たちが、うんうんと顔を真っ赤にして運ぶ。時ならぬ騒ぎに、便所こおろぎ（カマドウマ）があちこちで跳び逃げている。正季らが小便担桶《しょうべんたご》をかついできた。

「兄やん、こいで準備は揃うたで」

「ごくろうはん」

「鎌倉のイキった若武者が攻めてきよるんが、今から愉しみや」

あいつらヒイヒイ泣きよるで。兄からきかされた策を想いニヤニヤする。

「正季、ここはもうええわ。ワレ、例の仕掛けにかかってくれ」

「河内の総大将は人づかいが荒うてかなわんわ」

「あっちの策はワレに任せるさかい」

「わかってまんがな」

一服する間もあれへん。正季はブツブツこぼすが、二重の覆面のおかげで兄の耳には届かないようだ。

「ほな、先に気張ってきまっさ」

文句はいっても、すぐ気持ちを切り替えられるのが正季のいいところ。彼は肥柄杓《こえびしゃく》を手にすると、戦で必ず背負う、自慢の五尺もある野太刀よろしく振り回す。兄はそんな舎弟が可愛く、また頼もしくてならない。それでも、苦笑交じりに怒鳴ってみせた。

「アホッ。柄杓に残っとるもんが飛び散るやないか。早う大手門へいきさらせ」

正成のみならず兵卒たちの明るい笑い声に送られ舎弟は走っていく。

正成は厠《かわや》で準備する連中に事細かな指示を与え、おもむろに大手門へと足を運ぶ。

そこへ、若い武将が駆けよった。顔が強《こわ》ばっている。

「お館、笠置山から急報っ！　朝敵が総攻撃をはじめよりました」

ふむ。正成はうなずく。逆算すれば猛攻は数刻前にはじまっているはず。

「笠置山のてっぺんから岩を落とすちゅうのは上々の成果やったらしいが」

この城でも使った奇襲の策は笠置山に伝えてある。

「そやけど、鎌倉を出た十万の兵はまだ勢揃いしとらんやろ」

「あいつらやのうて、六波羅探題軍が攻めとるそうです」

「……それはそれでキツいわなぁ」

とにかく持ちこたえてくれ。正成は祈った。

恩智も肩で息をしながらやってきた。

「取り急ぎ、兼ねての段取りに従うてもらうよう手配しまいた」

正成は笠置陥落という事態を見据え、帝や親王に河内へ御動座《どうざ》いただくよう要請していた。若い武将が切迫の表情のまま正成に尋ねる。

「せやけど、この城のどこに……」

「そうなんや」

正成はもう一回うなずいた。城は手狭なうえ、建屋なんぞ簡素を通り越してみすぼらしい。とても帝の行宮《あんぐう》にはなるまい。

「恩爺、葛城《かつらぎ》神社さんと転法輪寺《てんぽうりん》さんにも密使を走らせてや」

「手抜かりはあらしまへん。朝護孫子寺《ちょうごそんし》さんにも使わせまいた」

河内の背骨ともいうべき山々、そこには数々の霊峰があり、頂上に寺社がおわす。すなわち葛城山の葛城神社、金剛山に転法輪寺、そして信貴山は朝護孫子寺。いずれも由緒正しい。ここなら帝をお迎えできよう。

「さすがはお館。それやったら安心でんな」

若い武将は胸をなでおろす。彼は志紀朝氏《しきあさうじ》という。志紀は恩智と同じく中河内の有力な土豪、やはり楠木とは縁が深く同盟を結んでいる。

朝氏は志紀一門を代表する形で城に入ってくれた。彼は正季よりまだ三つ、四つ若く二十代後半だ。温和で算盤勘定《そろばんかんじょう》にも明るい。

「朝氏、わしと一緒に大手門へのぼれ」。いってから恩智に向き直る。

「恩爺は次の知らせの受け取りを頼んます」

「よっしゃ、任しといておくんなはれ」。恩智は丸っこい身体を揺らして本丸へ戻った。

正成は空を仰ぎ風向きも確かめた。

「ふふふ、風は西を向いとるし、この雲行きやとひと雨きよるな」

天気もこっちゃに味方してくれてるで。正成はニンマリする。その傍らで志紀が城を囲む木柵の向こう側を指さした。

「お館、そうこういうてる間に敵の数がえらい増えよりました」

北条軍が陣を張る河原には、昨日にも増して夥《おびただ》しい兵や馬、幔幕《まんまく》がひしめいている。

「ははァん、そういうことかいな」

「ん、ん？　お館、どういうこってんねん」

鎌倉を出た大軍は、軍勢の一部を笠置山ではなく河内へ急行させたのだろう。小城ひとつ落とせぬ先行軍に対する、北条高時の憤懣がみてとれる。

「笠置山を攻め落とすのに十万を超える兵はいらんからな」

「お館、オモロそうにいうてはりますけど、今度メはワイらがえらいこってんがな」

「心配せんでええ。な〜んもえらいこっちゃない。却《かえ》って願ったり叶ったりや」

ドンッ。正成は志紀の広い背中をどやすと、ひょうきんな口真似をしてみせた。

「さぁて皆さま、楠木一座の猿楽《さるがく》の始まり始まりぃ〜」

二

大手門の大戸がぎしぎしと軋みながら開く。

いくつもの人影が飛び出し、すばやく動いた。

ほどなく、弓を引き、太刀や薙刀なども構えた兵が列をなした。

その勇ましい姿は、当然のごとく敵陣を刺激するだろう。

正成は志紀をしたがえ大手門にあがる。連子窓から、隊に指示を飛ばす正季がみえる。正成は顎のヒゲに手をやった。最近この所作が癖になっている。

「どうれ、正季のお手並み拝見や」

「そうでんな」。合戦を前に志紀は緊張ぎみだ。

「朝氏、われは北条軍の側にたって考えてみたことあるか?」

「はあ……」。志紀は要領を得ない。正成は嚙んで含めるように説く。

「ハナからおるやつらは、大軍でわしらを囲んだけど、にっちもさっちもいかへん」

そこへ高時の肝煎《きもい》り、精鋭の援軍が送り込まれてきた。

「…………」

「最初からおるやつらにしたら、そんなもん体裁が悪うてしゃあない」

「そら、そうですわ」

志紀にも敵の切歯扼腕《せっしやくわん》ぶりは手にとるようにわかる。正成は応じた。

「楠木一党はしょうもない小細工ばっかりしよりまんねんってボヤきよるで」

「あはは、そないなこともいいよりますやろな」

「けど、そんなん弁解でしかあらへん。いうだけアホやとおもわれるがな」

援軍の軽蔑した視線は、先行した包囲軍の忸怩《じくじ》のみならず反発を呼びおこすはず。

「そこがわしらのつけ入るところやで」

正成は微笑するとまた髭に手をやった。


北条軍の陣内の動きがあわただしくなった。

「すわっ、楠木どもが打って出よったぞ」

「ちょこざいな奇策の種も尽きたとみゆる」

「うむ。それが誠であればよいが、ひょっとして、また……」

正成から受けた手痛い損害は、兵や武器を減じさせただけでなく軍の士気をも大いに蝕んでいる。

ずっと楠木の城を囲んでいた師団は疑心暗鬼にとらわれた。

「いや、やはり何か臭うぞ」

「しかし、敵が弓を構えておるのに黙って指をくわえておってよいものか」

攻めるか否か、軍議は堂々巡りになった。

笠置攻めから外され、南河内へ廻された軍団は先から逗留する連中を嘲笑《あざわら》う。

「あの城の貧弱さときたら」

「それを攻め落としもできぬとは、よほどのぼんくら」

つい口をついた失言が、先乗りしていた武将を激怒させる。

「ぼんくら……その言、直ちに取り消されよ」

新旧軍勢の間に亀裂が生じた。そうする内にも北条方の間者《かんじゃ》から次々に笠置山の戦況がもたらされる。状況は圧勝、この戦に参加できなかった武将たちは地団駄を踏んだ。

「南無三、六波羅探題の軍勢は笠置山を陥落させるぞ」

「三日もせぬうちに鎌倉の本隊もくる」

「それよ、それ。あやつらにばかり武功を先取りされてしまうわい」

「しかも、笠置山のカタがつけば本隊と六波羅軍が勢いづいてこっちへ転戦してくる」

ぐずぐずしていると、河内の手柄まで横取りされてしまう。

「躊躇《ちゅうちょ》は無用、一気に楠木一党を潰せ」、これが援軍の趨勢《すうせい》だ。

しかし、正成の怖さが骨身に染みている先行軍は首肯《しゅこう》しかねている。

「待て、楠木は曲者《くせもの》。迂闊《うかつ》に手を出すと大やけどをしてしまう」

幹部の迷いと対立は部隊、兵士にも波及する。

年の頃なら二十歳、器量骨柄にすぐれ、絵に描いたごとくの偉丈夫《いじょうふ》が吠えた。

「爺さんどもの辛気臭い評議を待つ間が惜しい」

物見も彼の前に侍った。

「門の前へ揃った田舎侍どもの数は百。こちらを睨みつけております」

「きいたか、敵が大手門の前で合戦を待っておるのだ」

彼は北条得宗家《とくそうけ》の御内人《みうちびと》、高時から直々に手柄をあげてこいと檄《げき》を飛ばされた。ところが体よく後醍醐天皇を打ち負かす戦から外され、河内の南端くんだりへ廻された。

「われらは戦をするために鎌倉を発ったのじゃ」

軍規違反なんぞ、臆するものかは。彼の荒い鼻息に周囲の武士も勇みたつ。


北条軍の陣営から騎馬武者の一群が凄まじい勢いで繰り出した。

先頭は先ほどの若侍、手綱さばきも鮮やかに愛馬を疾駆させる。

馬は四肢に胸、尻とも堅肉、白の毛並みがつやつやと光り、ひと目で名馬とわかる。察するに南部産の優駿《ゆうしゅん》であろう。

馬には銀で縁飾りを施した白鞍《しろくら》。若武者は金梨地《きんなしじ》の鞘に納めた太刀を腰に佩《お》び、脇にしっかり槍を抱え込む。背負う箙《えびら》から、尾白鷲の尾羽をはいた矢が覗く。同行する騎馬隊もいずれ劣らぬ華麗な装束の坂東武者たちだ。

彼らは大手門をみあげる懸崖《けんがい》の前で馬をとめた。

この斜面こそ、先行した軍勢が散々に苦汁を呑まされた険難《けんなん》。

だが若武者は躊躇《ちゅうちょ》しない。白馬に鞭をくれた。馬は首を大きく上げ下げし、眼と歯を剝きながら勾配をのぼる。当然のこと、皆々は後に続く。なかには早くも弓に矢をつがえる者がいる。五人掛かりでようやく引けるという強弓《ごうきゅう》を幼児の玩具のように操るのが坂東武者の誇りだ。

「鎌倉武士の一矢で河内の田舎侍十人を一気に刺し貫いてやる」

吶喊《とっかん》！　これに呼応して騎馬隊全員が地響きのような鬨《かちどき》をあげた。


城の最前線では隊伍を組んだ河内の兵たちが黙然と敵の進軍を待ち受けている。

いずれも武器を構え微動だにしない。ぶ〜んと羽虫が寄ってきても払おうともせず、じっと正面を睨みつけている。正季が首を突き出した。

「おおっ。きよった、きよった。関東のイチビったんがお馬《んま》に跨《また》り戦《いくさ》の稽古や」

正季の肩ごしに、腹心の部下もつま先だちして覗きこむ。

「あの首とったらナンボの褒美《ほうび》になりまんねん？」

「そやなあ、当分は酒と女子《おなご》に苦労せえへんのと違《ちゃ》うか……」

正季は算段しかけるも、すぐに鋭い肘うちを喰らわす。背後でウゲッという呻き声。

「どアホ、取らぬ狸の皮算用しとる場合やない」

彼は配下のオッサンどもにいった。

「おんどれらは、弓矢に刀を構えとる隊列の後ろにつけ！」

河内の兵が蜘蛛の子のように散っていく。正季はずんずん前へ出た。

「ワイの戦《いくさ》ぶり、眼ン玉ひらいてようみさらせ」

おもむろに背中の野太刀を引き抜く。

ギラリ、不遜な光を放つ刃に餓狼のような猛々《たけだけ》しい面立ちが映った。この太刀、長さが尋常でなければ刃身の分厚さも普通の倍以上ある。斬れ味はもちろん、峰をぶち当てるだけで骨が砕けそう。正季は剛刀を片手で軽々と扱った。

そこへ件の若武者が斜面を駈け上ってくる。

正季を認め、手綱を引き両脚で白馬の胴を締めつけた。愛馬は急停止、後肢を力の限りふんばって鞍上の主人を支える。

正季と若武者の距離は三十三間（六〇メートル）、矢巧者なら正季の胸元を射ることのできる間合いだ。若武者は馬上から大呼して名乗りをあげた。

「やあやあ音にこそ聞け、近くば寄って眼にもみよ。

われこそは桓武平氏の末裔、平常信《たいらのつねのぶ》の一子・曾我祐家《そがすけいえ》が相模国《さがみのくに》曾我荘にて曾我大夫を称したることに由来する曾我一族の――」

彼の武装は鎌倉武士の美意識の粋ともいうべきもの。

朱の絹地に牡丹模様を織った直垂《ひたたれ》を着こみ、その上の大鎧は気位高き紫糸で織った緘《おどし》、あちこちに金物の飾りが揺れている。兜はといえば鉢の頂辺《てっぺん》から眉庇《まびさし》にかけて碁石ほどもある銀星が並ぶ。首を護り覆う錣《しころ》は五枚重ね。錣の前部、左右に反った吹返《ふきかえし》には金の龍と銀の虎を彫り抜いた細工が輝く。

いずれ、名うての匠《たくみ》がしつらえた逸品に違いあるまい。

そして、この若武者は度外れの洒落者であろう。

「――曾我の係累に連なる奥太郎時助《おくたろうときすけ》を父に仰ぎ、長じて天下の北条得宗家を束ねる高時殿の寵愛を一身に受け――」

正季はげんなりして顔をしかめ、愛刀の峰でぽんぽんと肩を叩く。

ついでに「ふぁ～あ」と大あくびを一発。

ちなみに楠木軍副将の格好ときたら……洗いざらした生成《きな》りの麻の直垂《ひたたれ》、腹巻といわれる鎧を胴にぐるりと一周させているだけ。兜には矢傷がいくつも。腕を籠手《こて》、肩上《わたがみ》を杏葉《あんずば》で防護しているけれど、あちこちの革が剝がれている。

これでは、お世辞にも美麗とはいいがたい。

だが、簡素な武装は、彼の細身ながら逞《たくま》しい肉体を強調してやまない。甲冑の傷は歴戦の兵《つわもの》であることの証、何より不敵なまでの強面《こわもて》、これがまた凄みたっぷりときている。

「おんどれ、いつまで四の五の抜かしてけっかるんや」

陽ィが暮れてまうやんけ、と大いにぼやく。

「ワイは河内の楠木七郎正季っちゅうねん。兄やんは土ン侍の総大将、楠木正成や！」

正季は野太刀を振り上げた。

「口上は以上っ、こんだけじゃ！」

「うぬ、河内の鄙侍《ひなざむらい》どもは戦の作法も知らぬとみゆる」

若武者らは口々に謗《そし》る。正季はそれを無視し、雄叫びをあげ斬りかかっていく。

ドスッ、ボコッ。太刀は面前に群がる鎌倉武士の美麗な兜を叩き砕く。兜の下の烏帽子も破れ、頭髪がたんぽぽの綿毛のように飛び散る。頭部から鮮血がドビュッと噴きあがった。

ペコッ、ボキッ、グサッ。胴を襲った一撃も度外れだ。豪華な鎧も身を護る用をなさず、肋骨が折れ、刃は臓腑まで届く。正成の舎弟が太刀を縦横にふるうたび、敵たちは地面に突っ伏した。さすがは楠木軍の剣術指南役、鬼神の働きぶりをみせつける。

「おのれ、楠木正季と申したか。少しは腕がたつようじゃ、いざ尋常に勝負せい！」

若武者が白馬の鞍上から槍をかざす。正季は仁王立ちして若武者を睨みつけた。

「隙があったら、どっからでもかかってこんかい！」

「参るぞっ！」。若武者が槍を突き出す。正季は長身を屈めてかわすと、そのまま剛刀を力いっぱい薙いだ。

ブフォヒヒーン。馬のいななき、悲痛で悲哀たっぷりの悲鳴が響く。

明るい青に染まった秋の空、そこに純白の異なものが天駈けるがごとく弧を描いた。

「く」の字の形、長さ二尺（六〇センチ）ほど。それが二本、すじ雲の白に重なる。

白馬の前脚が斬られ宙を舞ったのだ。

馬は、どうと前倒れになる。若武者は、もんどり打って頭から地に落ちた。崖を転がったが、槍を地面に突き立て起き上がる。白馬は激しく痙攣《けいれん》していた。

正季は野太刀を振って血を払う。乾いて赤茶けた地面に点々と染みができた。

彼はくるりと背を向け、風をまいて大手門へ走りだした。正季隊も一斉に従う。

「卑怯者、敵に背をみせるのか！」

「アホんだら。卑怯もクソもあるかい、戦は勝ってナンボのもんなんじゃ！」

首だけ回して正季は怒鳴り、徒士《かち》となった若武者が追う。鎌倉武士たちも突進する。

彼らの前に百人の河内の兵が立ち塞《ふさ》がった。皆、黒い面頰《めんぼお》で顔を隠している。粗末な衣服に兜、鎧ながら黒で統一した不気味な軍団であった。

「矢を射よ、太刀を揮え、槍で刺し薙刀《なぎなた》で叩き潰せ！」。若武者がわめく。

鎌倉方の矢数の夥《おびただ》しいこと。黒軍団は針山と化した。だが、悲鳴を上げぬし血も流さない。黙然と立ち尽くしている。

「うぬっ。どうも様子がおかしい……」

「どアホッ。眼ン玉ひん剝いてようみさらせ」

正季が大手門の扉に手をかけ大笑いする。

「おんどれらが相手しとんのは藁《わら》人形じゃい！」

若武者が黒軍団に駆け寄り太刀を光らせる。刎《は》ねた首がコトリと落ち藁屑《わらくず》が散った。

「しまった、謀《はか》られた」

若武者たちが顔を引きつらせるのと同時に、大手門から火矢が飛んだ。焰の矢先はことごとく黒軍団の背中に刺さる。パチパチと爆ぜた音がして人形が勢いよく燃え出した。

「藁人形には油がしみこませてあんにゃ」

ゴゴーッ、ギギーッ。正季の高笑いと一緒に大手門が閉まる。

鎌倉方は突撃しようにも、火炎につつまれた百体の人形が邪魔をする。武者の衣服が燃え、肌は焼け火ぶくれした。

しかし――端麗な軍装と戦場の古式を踏まえた鎌倉武者たちの不幸はこれで終わらなかった。

「藁の焼ける臭いとは別の異な臭いが……」

若武者が鼻先を指でぬぐう。城をぐるりと囲む木柵から河内の兵が十数人、ぬっと首を出した。今度は全員が黒の面頬ならぬ手拭で鼻から下を覆っている。

「藁人形に矢を射尽くしてしもたんとちゃいまっか？」

「ここまできて、槍で突きさらせ」

腹巻よりさらに簡素な腹当という前掛けのような鎧、寸法があわずちょこんと頭に乗せたり、ぶかぶかの兜、身も蓋もない姿の河内の兵たちが挑発の限りを尽くす。

「ほれ、的はこれや」、褌が食い込んだ汚い尻をみせペンペンと叩く。

「あやつら、どこまで愚弄するつもりか」

鎌倉武士たちは怒り狂い、燃える藁人形を押し倒し木柵へ殺到した。

「そらっ、ほれっ、よいやっさっ」

河内の兵の声が揃った。木柵の上に三十本近い柄杓《ひしゃく》が掲げられた。熱傷の敵に冷たい水をかけてやろうという温情か……だが、河内の兵はそんなに甘くはない。

先ほど白馬の前脚が弧を描いた真っ青な秋空。

それを再び背景にして、今度は黄土色の泥水のようなものが飛沫をあげ撒かれた。

凄まじい臭気、ぐつぐつと煮沸された湯気。

籠城蜂起からどれだけ日が経ったか、溜まりに溜まった河内のオッサンどもの糞尿だ。

おぞましい汚物が鎌倉武士たちに降り注ぐ。斜面の悲劇、どうしても鎌倉武者は木柵を仰ぎみる。その顔々に容赦なく肥壺の中身がぶちまけられた。

あろうことか、木柵に片脚をかけ小便をする輩まで――。

「臭い」「うぎゃ」「穢《きたな》い」「オエーッ」「熱いっ」「ゲーゲー」

鎌倉武士たちの頬は赤剝《あかむ》け、眼が沁みて眩《くら》み、口にも容赦なく……。

若武者は膝をつくと武具を捨て、臆面もなく号泣した。

坂東無比と謳われた名馬を失い、子どもだましの藁人形に騙され高価な弓を使い果たし、挙句の果てに汚穢《おわい》にまみれている。彼はボロボロと涙を流しながら叫ぶ。

「楠木と戦うなんぞ、もうイヤじゃーーーーっ」


正成は大手門の階上で鼻を摘《つ》まみもせず、じっと鎌倉武士たちをみつめている。

その横で志紀が伺いをたてた。

「お館、すぐに追手を出して東夷《あずまえびす》どもを一網打尽にしまひょか」

「あっこまで徹底してやっつけたんや、もう放《ほ》っといたれ」

「せやけど、生かして帰すわけにはいきまへんで」

「いや、かまへんねん。とりわけ、あの子は本陣へ帰らしたって」

志紀はぷうっと頬を膨らます。だが、すぐ元に戻した。出陣の際、父からとくと念押しされたことを思い出したのだ。

「お館はんの考えはることは一筋縄ではいかん。ありゃ、河内一の策士やで」

せやけど、と父はつくづく感に入ったようにいった。

「正成はんのお人柄はいたって気散《きさん》じ（さばけている）やし、明朗快活そのものや」

父は息子の背中を押した。

「お側《そば》にお仕えして、せぇだい（大いに努力して）爪の垢でも煎じて呑ませてもらえ」

志紀は考えをめぐらせる。ついさっき、敵側の心理を考えろと諭《さと》されたばかりだ。

「………そうか！」

戦こそ鎌倉武者の晴れの場。ええカッコしたろと、軍規を破ってまで華美壮麗な軍装で駆けつけた。なのに、相手は戦の作法を踏みにじったうえ、とんでもなく貧相な武具でしかない。

そんな河内の土ン侍を相手に、ことごとく術策にはまってしまった。

「まさに生き恥、わやくちゃでんな」

「わしらの策ちゅうんは、六韜三略《りくとうさんりゃく》の兵法書にもない奇天烈《きてれつ》なんばっかりや」

「ババ（糞）まみれで帰陣したら、先からおった連中はそれみたことかと嗤《わら》いまっせ」

一方、援軍は若武者らの惨状に、常識が通じぬ楠木軍の恐ろしさを痛感する。

若武者は面目など打ち捨てて直訴するだろう。

「河内くんだりで犬死したくない、すぐに鎌倉へ帰らせてくれ」

幹部がそれを許すわけにはいかない。だが援軍の戦意は半減し、もとからの軍勢も明日はわが身ということに思いが至るはず。

「敵軍はグチャグチャになってしまいよります」と志紀はまとめた。

「うん。まあ、そういうこっちゃ」。正成はいった。

あれだけいい天気だったのが急変した。

ポツポツと粒が落ちてきたとおもったら、あっという間に激しい雨になった。

「すじ雲の端っこが曲がってたら降るっちゅうのはホンマやな」、正成は独りごつ。

敵兵はぞろぞろと退却をはじめた。出撃時の居丈高《いたけだか》さはどこへやら、兵馬とも悄然として急斜面に足を取られながら崖を下っていく。

コツン。最後尾の若武者の兜に、河内の兵が投げた小石が当たった。彼は振り返る気力もなく、憮然とした表情のまま天の滴《しずく》に打たれている。

やがて、その姿も煙る豪雨にかすんでしまった。

滝落としのおかげで、撒き散らされた汚物はすっかり洗い清められた。

三

元弘元年（一三三一）九月二十七日、笠置山落城の悲報が届いた。

後醍醐天皇が笠置山へ御臨幸されてからひと月あまり、よくぞ大軍を凌《しの》いだものだ。正成は感心しつつも、次の展開に備えて諸将を集め軍議をひらいた。

楠木一党の諜報参謀、恩智が集まった情報を申し述べる。

「天子様と親王様たちは北条軍が押し入る前に、かねてお館が献策しやはったとおり笠置寺から河内を指して御逃げになりまいた」

帝には万里小路藤房卿らが御供をし、三種の神器を携えておわす。

「皇子《おうじ》たちは帝と別行動で河内への道を探ってはります」

正成は眼を閉じ、腕を組んだまま報告をきいている。恩智は続けた。

「笠置寺は火ィつけられ、全山すっくり焼けてしもたそうでっせ」

巨万の鎌倉軍の到着を待たず、六波羅探題の侍たちは火攻めにかかった。あの摩崖仏も業火に焼けただれてしまったという。

主上のおわす行宮《あんぐう》が陥落した以上、鎌倉軍の目標はこの河内に絞られる。

「足利高氏に率いられた第四軍も含めた総勢がこっちゃへかかってきよります」

副将格の正季がフンッと鼻を鳴らした。

「兄やん、いよいよ関東の総軍と一騎打ちやの」

計数に強い志紀が手元の帳面に眼をやりながらいう。

「米と味噌の蓄えがだいぶん少《すけ》のうなっとります」

正成は沈思したままだ。諸将は大将が何というか固唾《かたず》を呑んで待った。

笠置山陥落は皇軍が危地にあることを如実に物語っている。

今や正成は楠木一党のみならず、討幕軍の大将として英断を下さねばならない。

正成は諸将の息づかいを感じながら、このところの政情を吟味する。

北条高時は圧倒的な武力で後醍醐天皇を攻めるだけでなく、九月二十日に光厳《こうごん》天皇を新帝とする践《せん》祚《そ》を断行してみせた。

しかし、後醍醐帝に譲位の御意思は微塵もなく、まして御自身の皇子でない光厳天皇を容認されるわけがない。そも、帝が幕府に叛意を示したのは皇位継承問題が大きな要因となっている。幕府はそれを承知していながら、敢《あ》えて後醍醐帝の逆鱗《げきりん》に触れることをしでかしたのだ。帝と幕府の反目はますます深まるばかり。

それどころか、日の本開闢《かいびゃく》以来の珍事、ふたりの治天の君がおわす異常事態を呈している――。

ようやく正成が沈黙を破った。

「おんどれらにいうておく、楠木一党が北条に降伏することは金輪際《こんりんざい》あれへんぞ！」

この、ひとことで諸将はわっと声をあげた。

城を囲む森で百舌鳥《もず》が布を裂くような鳴き声をあげている。そういえば、塹壕に仕掛けた楤《たら》の鋭い棘に野鼠が早贄《はやにえ》になっているのをみつけた番兵がいた。

「百舌鳥が高鳴きしたら、七十五日目に霜が降りるらしいでんな」

晩秋の気配は日増しに濃くなっている。褌いっちょうで暴れまわってくれた兵たちだが、あの格好のままでは風邪をひいてしまう。乏しくなってきた食糧も心配だ。

「北条を倒すには二、三年かかるわい。戦はまだまだ続くんやで」

諸将がうなずく。正季ですら神妙な顔をしている。だが、正成は太い息をつくわけでもなく平然といってのけた。

「ええか。敵が何万、何十万とおろうがビビることはない」

楠木一党には河内の地の利があり、大軍を翻弄する策がある。

ただ、気懸りは帝が御無事でおられるか否か。さらには畿内や西国で蜂起する勢力が、なかなかあらわれないことにも苛立ちを覚える。だが、楠木一党はそれらを踏まえつつ、河内で手強さをみせつけなければいけない。河内の行方が日の本の今後を左右するだろう。

「何や知らん、敵の数が増え、敵が強うなるほどわしはウキウキしてくるんや」

心底うれしそうな様子に、正季や志紀ばかりか諸将も呆《あき》れ、恩智はまじまじと正成をみつめた。

「なんぞ、頬《ほ》べたについとるか？」

「いうたら悪いでっけど、お館はんってつくづくケッタイなオッサンでんな」

「今ごろ何をいうてけつかる。そんなん、ハナからわかってたこっちゃがな」

ぷっ、恩智だけでなく正季や志紀まで吹きだす。正成は目配《めくば》せした。

「北条の選りすぐりが攻めてきよる。河内の土ン侍のやり方で歓待したろやないか」

そういや足利高氏ちゅうのは、わしに負けず劣らんケッタイな武将らしい。

知らず知らずのうち、正成は腕を撫《ぶ》していた。

第四章 大塔宮

一

城内の河内の兵たちは背筋をピンッと伸ばし整列している。諸将も緊張の面持《おもも》ちを隠しきれない。

はらり、はらはら。赤や黄に染まった数枚の葉が舞い落ちた。たちまち、箒《ほうき》を手にした兵が飛び出して地面を掃き清める。

正成はそんな兵たちの肩肘はった所作を穏《おだ》やかにみつめている。彼は、かつて笠置山で後醍醐天皇に拝謁した時と同じ甲冑をまとっていた。

ほどなく、城の裏手から山伏姿の一行があらわれた。

一団の中心に、前後左右をしっかりと警護された若者がいる。正成はその姿を認めるや、静かに進み出て膝をつき頭《こうべ》を垂れた。若者は正成が口上を述べる前に声を発した。

「久しいの、楠木正成。しばらく厄介になる。よろしゅうたのむぞ」

声には安堵の色合いが濃い。正成は低頭したままいった。

「むさ苦しい小城でございますが、しばし御気を楽にしてくださいませ」

笠置山落城の知らせから数日後、河内の楠木一党は皇子《おうじ》の大塔宮尊雲法親王《おおとうのみやそんうんほっしんのう》を迎え入れた。

「正成、この砦が気にいったぞ」

「はっ。もったいなきことに存じます」

大塔宮は河内の兵を見渡す。

「それに河内の兵も大いに気にいった」

木肌より濃く日焼けし、いかにも利かん気そうな面魂《つらだましい》の皆々は、ぐいっと奥歯を噛みしめ、彼らなりに精いっぱいの威儀をただしている。ただ、やはり、初めて拝謁する皇族が気になって仕方がない。眼はチラチラと落ち着きなく宮を窺《うかが》ってしまう。

「さすが、これだけの人数で何万もの東夷の軍勢を凌《しの》いでいるだけのことはある」

褒められると、思わず知らずニヤけてしまうのが河内の男たち。恩爺《おんじい》がすぐ小声で注意する。兵は慌てて緩《ゆる》んだ頬を引き締めた。

「兄君はかなり遅れそうだの」

大塔宮は兄君の尊良《たかよし》親王と共に笠置山を抜け出た。だが、尊良親王は膂力《りょりょく》に勝《まさ》り健脚の大塔宮についていけず、生駒山のあたりで半ば置き去りにされた。それを知った正成はすぐさま馬を仕立て御迎えに急行させている。

「兄君も今度の合戦で、歌の道に血道をあげても甲斐がないと御分りになったろう」

大塔宮がいうと側近たちも追従《ついしょう》して哄笑する。だが正成は表情を変えはしなかった。

大塔宮は後醍醐帝の第三皇子にあたる。

第一の宮が尊良親王、第二の宮の世良《よよし》親王は一年前の元徳二年（一三三〇）秋に流行り病で早世していた。帝《みかど》には八人の妃がいて、十六人をこえる皇子皇女《おうじょ》がいる。

大塔宮は御年二十三。幼少時より聡明で健勝、帝の期待は大きかった。六歳にして比叡山にのぼり、二十歳で天台の宗門を統《す》べる座主《ざす》となった。

正成は大塔宮の経歴をきき、なるほどと了察《りょうさつ》した。

比叡山延暦寺には四つの絶大な力がある。

まず宗門総本山の権威。そして、広大な荘園を背景とした巨財。さらに、多数の僧兵を擁する軍事力。いずれも討幕の大きな礎《いしずえ》となろう。

四つ目が仏神の威光だ。延暦寺は朝廷の信任が厚く、国家規模の加持祈禱《かじきとう》や調伏《ちょうぶく》をおこなう。その法力、霊験《れいげん》は人々の畏敬の念を生むばかりか、呪詛《じゅそ》への懼《おそ》れに直結している。

勇猛が自慢の関東武者かて、仏罰《ばち》があたるといわれたらビビッてしまいよる。

延暦寺や東大寺、興福寺など仏教勢力は、朝廷と幕府に伍する権力を誇っているのだ。

朝廷が延暦寺を味方につけたら断然優位にたてる。後醍醐帝は早くから王政復古を画策していたからこそ、聡明で壮健な皇子を比叡山の中枢へ送りこんだのだろう。

果たして大塔宮は台密《たいみつ》教学を修養する一方で僧兵の強化育成に熱心だった。

宮が「不思議の貫主《かんじゅ》」の異名をとったのは軍事教練への傾注を揶揄《やゆ》されてのことでもある。山の悪坊主では飽き足らず、京の破落戸《ごろつき》に頭を丸めさせ薙刀《なぎなた》を持たせたという。

正成は呆《あき》れたような、感心したような心もちがした。

父帝《ちちみかど》が「異形《いぎょう》の天子」なら、皇子は「不思議の貫主」かいな。

この型破りな父子の信頼関係は強固、大塔宮は帝の片腕と目されていた。元弘の乱においても軍事だけでなく、寺社勢力との交渉面で卓抜の働きがある。

正成はそんな宮に、何を模索すべきかを提言するつもりでいた。

河内だけやのうて、諸国の土豪、悪党を取り込んで徹底抗戦せなあかん。


正成は広間に大塔宮を招き入れた。

ここも格子の隙間の埃《ほこり》を払い、板間まで磨きたててある。

軍議が開かれたり食事をしたり、時に負傷者が運びこまれるなど人が多く集まる場だが、今はふたりしかいない。

棚の隅に青紫も鮮やかな竜胆《りんどう》の花が活けてある。

宮のためにせめて可憐な野の花を、という風趣を心得た河内の兵がいるようだ。もっとも、壺は普段使いのせいで縁が欠けていたが。

大塔宮はつかつかと上座に進み莫蓙《ござ》の上に腰をおろす。正成は恐縮しきりだ。

「金襴緞子《きんらんどんす》の座布団の用意もできず……」

「戦時ではないか、気にせいでいい」。宮は微笑しながら莫蓙に手をやった。

「ふむ、これは編んだばかりじゃな。城の者々にはえらく手間をとらせたようだ」

宮は白湯《さゆ》もためらいなく呑んだ。茶碗ひとつを手にとる所作ですら優美でしなやかだ。

「甘露よのう、ありがたい」

正成は宮のものいいに嘘はないと直感した。いたって気さく、意外に純朴なところがおわす。畏れ多いことながら、冷徹な印象が拭いきれない主上《しゅじょう》とは少し気性が異なるようだ。

「おお、これは父君からの太刀ではないのか？」

大塔宮はめざとい。鞘、鐔《つば》、金具まで漆黒、ただ菊水の文様だけが黄金の太刀。備前長船《びぜんおさふね》の刀匠・景光《かげみつ》が鍛えた銘刀だ。朝見の後、万里小路藤房《までのこうじふじふさ》から渡された。

「父君は菊花の紋を許し賜うたのに、正成はわざわざ菊水を所望《しょもう》したそうじゃの」

「私の一存で無理をきいていただきました」

正成は菊水紋を申し出た理由を大塔宮に説明する。

「菊花を賜わりしは身に余る光栄。されど川はぜひとも加えたい紋様です」

河内には大和川、久宝寺（長瀬）川や玉櫛川などの河川が流れ、無数の支流と池沼《ちしょう》を生んでいる。河内はその恩恵にあずかる水郷地帯だ。

「菊花を水源とすれば、そこから溢れる水が川となり河内の野を流れます」

帝の御心から発した討幕の志が河内の国の隅々まで広がっていく。

「そして、もうひとつの解釈がございます」

先ほどとは反対に、川が菊花に注ぎ込んでいるとみてほしい。

「菊花は大海原、河内に浸透した東夷征伐の機運が大河となり帝のもとへ——」

「ほう。そういう絵解きとはのう」

宮はわかってくれたようだ。しかし、正成はホンネの一部を胸にしまっておいた。

河内の土ン侍《どんざむらい》に、お天子さまと同じ紋はあまりにたいそ（大層）や。まして、楠木のやつらが、それを鼻にかけとると思われたら、それこそけたくそ悪いがな。

大塔宮は祭壇の刀架に手を伸ばした。

黒鞘から白銀の光を放つ刃を抜く。心なしか、宮の顔つきが硬くなっている。

シュッ、シュッ、空を斬る太刀の音が鋭い。

宮から快活さが消えていく。替わって胸を凍らせるような緊迫の気配が忍び寄る。

世に妖刀というものがあるという。この太刀も宮の心を激しく揺さぶっているのか。

「そちは、父君が一敗地《いっぱいち》に塗《まみ》れようとも、正成さえおれば東夷征伐はなしえると申したな」

案の定、宮の声から柔和さがなくなり尖ったものになった。

「父君の戦《いくさ》は、此度《こたび》も敗北に終わった」

やにわに刃が正成に向けられ、鼻先でピタリと止まる。

正成は微動だにしない。宮も正成をみすえたままいった。

「菊花紋の嚆矢《こうし》は後鳥羽上皇におわす」

百十年前、上皇は北条義時を倒さんと承久《じょうきゅう》合戦を起こし、御旗《みはた》にこの紋を用いた。

「父君も上皇の御志《おこころざし》を継いでおわし、菊花には存外に強い思い入れを持っておられる」

宮の口調が難詰するものになってきた。

「それを知ってのうえで菊花を断わり、菊水紋を所望したか」

正成は身じろぎもしない。

わしは今、宮だけやのうて後醍醐帝に試されとる。

だが、河内の土ン侍としての生き方を変えるつもりはない。

宮は太刀を突きつけても怯《おび》えぬ正成に少し焦《じ》れたようだ。

「そちにとっての大事《だいじ》は河内だけではないのか。父君の大志をいかがいたす」

「…………」

「正成、どうなのじゃ？」

「…………」

静謐《せいひつ》ながら、のっぴきならない緊張に包まれた対峙、ふたりは瞬《また》きすらしない。

正成はそっと指で太刀の切先を払った。宮の片方の眉が、かすかに動く。

「宮様、改めて太刀を御覧ください」

後醍醐帝から賜った一刀は、高位の公卿が儀式で佩用する絢爛豪華な飾剣《かざりたち》ではない。珠玉や螺鈿《らでん》など華美な装飾はことごとく排されている。

「帝は正成《まさ》に野太刀を下賜《かし》されたのでございます」

それは正しく実戦に供《きょう》するために鍛えあげられた打ち物。ひと振りすれば、たちまち敵将の首が飛ぶだろう。

そして、帝が敵を討つためだけの太刀を下賜するのは異例中の異例だ。

「この太刀をもって命が尽きるまで戦え――これが帝の思《おぼ》し召しでありましょう」

「…………」

今度は大塔宮が黙りこくる番だった。一方、正成の声音に厳しい響きが加わる。

「正成は、帝の宸意《しんい》に御応え申しあげる所存でございます」

「…………」

宮は太刀を睨みつけている。やがて、憑き物が落ちたかのようにボソリといった。

「正成すまぬ。父君のことになると、どうも気がたかぶってしまうようじゃ」

ようやく、妖しい光を放つ刃が黒鞘に納められた。

二

山が動き、風は哭《な》く。川が逆巻き、空まで揺れた。

十万の鎌倉軍が楠木一党の小城をめがけ殺到してくる。

摂津《せっつ》や和泉国《いずみのくに》の海でみた荒波のように、すべてを呑みこむように寄せてきた。楠木一党は寡兵《かへい》でよく凌《しの》いだ。大塔宮と側近たちも甲冑姿で応戦してくれた。

すると、敵は引く。ところが、始末の悪いことに引いた波は倍の勢いで再び襲ってきた。

背後の金剛山側からも関八州の兵の怒号がきこえてくる。

正成は城内を行き来し的確な指示をとばす。傷ついた兵も目立つが、彼らは大将の顔をみると途端に覇気を取りもどした。弟が肩で息をつきながら隣に並ぶ。

「兄《にい》やん、ワイは裏門へ回るど」

「正季、門ごとこっちゃ側から押し倒して敵をぺしゃんこにせい」

「よっしゃ。ほてからに、いやっちゅうほど矢を射てこましたろかい」

「うむ。そんなら手勢を裏の森に散らせて木に登らせとけ」

「おう、先に敵を囲んで、あいつらのド頭《たま》のうえから打ちかけるんやな」

正季の片袖は破れ、蝶のようにひらひらしている。腕に血がにじんでいた。

「ええい、邪魔やっちゅうねん」。弟は袖を引きちぎった。

一万の敵は退けたし、その倍、三倍の勢力でも想像がついた。しかし十倍となると威力は桁外《けたはず》れだ。さしもの正成にも敵の脅威が肚《はら》にまで響いた。

「オンベイシラマンダヤソワカ」

思わず知らず多聞天の真言が口をつく。甲冑の裏には亡き母から授かった御守りが忍ばせてある。正成はあわせて舎弟と一党の無事も祈った。

とはいえ、鎌倉軍の大攻勢を誘発したのは他ならない正成だ。

ここのところ河内の農民ばかりか野伏《のぶせり》、破落戸《ごろつき》たちに号令して夜ごと敵陣を襲わせている。民まで動員した遊撃戦、野戦であった。

せやけど人殺しはさせへん。食べ物《もん》や太刀なんぞを失敬させるんや。

敵の兵站も的にした。街道、川筋、山道に忍んだ楠木別働隊が京から運ばれる食糧や武器をかすめとる。十万の鎌倉軍の胃袋は充分に満たされることがないうえ、兵は慢性的な睡眠不足に悩んだ。矢は減り、馬や甲冑まで盗まれた。

敵の御飯《おまんま》と弓矢はすっくり、わしらのもんになっとる。

関東の軍勢はじわりと衰退していく。余力のあるうちに、と総攻撃を仕掛けてきた。

「正成、勝機はあるか？」

今度は大塔宮が近づいてくる。鎌倉武者を凌駕する華麗な鎧に意匠を凝らした兜。凜々《りり》しい中にも皇子らしい気品にあふれた姿だ。

「ご心配めさるな」

「城は堅固、兵も奮闘しておるが、笠置山攻めを超す軍勢にどこまで耐えられる？」

「宮さま、ほどなく敵軍はほうほうのていで城攻めを止めるはず」

そうなるように、ちゃ～んと先手を打ってまんねん。

「お館、火が出ましたで」。恩智が注進した。

「正季が裏門で火矢でもかましよったんかい」

「違《ちゃ》いまんがな、石川べりの敵陣のあちこちから火の手があがってまんねん」

「河内のやんちゃくれどもの仕業《しわざ》か」

敵陣は、すっからかんも同然。ここぞとガラの悪い連中が陣幕に忍び込んだようだ。

「あのガキら、えげつないことしよる」

命じた本人の正成が空とぼける。恩智は返事のかわりに口の端をあげてみせた。

「正成、噂に違わぬ策士じゃの」

大塔宮にまでいわれ正成は苦笑する。

「これしきは序の口。正成が火遊びすれば満天下が腰を抜かしましょう」

正成は嘯《うそぶ》いてから、恩智に命じた。

「ほな、そろそろ鎌倉からお借りしたもんを返したろか」

貝のように固く閉ざされていた大手門がひらいた。

それっ！　巨万の兵力を誇る鎌倉軍が力まかせに押しに押してくる。そこへ正成はまたしても奇策を見舞った。

「すわっ、地震か」

凄まじい地鳴り。地面が跳ねるように上下し鎌倉武者はよろけた。

「うわぁ、馬じゃ。裸馬が崖を駆け下りてくるぞ」

「逃げろ！　いや、待て。先頭にいる栗毛は拙者の愛馬だ」

鎌倉軍からかっさらった馬の一団が懸崖《けんがい》を駆けおりる。

裸馬の群れは、たてがみをなびかせ、歯を剝いて鎌倉武者に襲いかかった。

馬は弓矢や薙刀よりたちが悪い。馬体と馬力そのものが猛々《たけだけ》しい武器になる。

鎌倉武者は悍馬《かんば》をもって名馬とした。悍馬とは暴れ馬、その威力は十人の歩兵にも相当する。荒馬は臆することなく敵を前脚で抱き倒し、後ろ足で蹴り飛ばす。喰いついたら骨を砕く。踏めば臓腑まで潰してしまう。

馬の破壊力を熟知しているだけに鎌倉軍の狼狽は激しい。それでも果敢な武士がいる。

「馬術ならお任せあれ！」

曲乗りよろしく馬に飛び乗ろうとする。しかし、興奮した荒馬がいうことをきくわけがない。振り落とされ、馬群に揉まれ、数十本もの馬脚に蹂躙《じゅうりん》された。

「皆の者、引け、引けーっ！」

退却を命じる隊長も馬の体当たりをくらって弾《はじ》け飛んだ。


粥を炊き、川魚を焼く匂いが城内に満ちている。

負傷した片腕を首から吊った兵は鼻をひくひくと動かす。布で腿のあたりをぐるぐる巻きにした兵の腹がぐぅ〜っと鳴った。

月夜に加え、いつものように篝火は派手に焔をあげ各所を照らしている。

それだけに、城内の其処此処《そここ》で手当てをうける者の姿がいやでも眼につく。

一方、石川べりの敵陣は悄然《しょうぜん》としている。ようやくあちこちの火事を消したが、とても夕飯の用意にまで手が回らない。盗まれた軍馬は河内の野に散り、蹴り殺された屍《しかばね》は城下の崖に放ったまま。馬、遺体とも回収する気力さえ失せたようだ。

「勝敗だけでいうたら、勝ったたっちゅうこっちゃが――」

正成は唇を噛んだ。五百の軍勢の一兵たりとも失わず戦い抜くつもりでいた。

だが、さすがに鎌倉軍の乾坤一擲《けんこんいってき》の猛攻は凄まじかった。

命を落とした同志は筵《むしろ》をかけられ、枕元に線香が手向《たむ》けてあった。

「お館、飯の用意ができました」

正成を呼びにきた志紀も頬に小さな傷を負っている。

「わしは後でかまへん。まずは皆に腹いっぱい喰わせたって」

そや、手に怪我したやつは介添えしたらなあかんな。正成は率先して負傷兵に椀と匙《さじ》を差し出す。

「ほれ、粥や。ア〜ンせんかい」

「お館、かんにんして。お館にそんなんされたら、かえって喰いづらい」

大塔宮はそんな正成と郎党のやりとりを注視している。

「楠木正成という男は聞きしにまさる名将ぞ」

宮を取り囲む側近たちも揃ってうなずくのだった。

河内の軍勢は正成から諸将、兵にいたるまで同じものを食す。ふだんは粥におここ（漬物）の一点張り。戦勝の日に鯉や田螺《たにし》、鮒といった川魚が供されるくらいだ。もちろん酒はご法度《はっと》になっている。

とはいえ、正季なんぞは山鳥や兎を仕留めてくる。この季節は栗に榧《かや》の実がうまく、甘酸っぱいあけびも捨てがたい。野蒜《のびる》は粥の薬味にいいし、自然薯《じねんじょ》は美味のうえ滋養強壮の特効薬だ。

大塔宮は出された料理を文句もいわずに食した。

「皇子に下賤《げせん》なものを！」と色をなしたのは側近たちだ。正成は諫《いさ》めた。

「宮さまは非常時ということをよく承知してらっしゃいますぞ」

急ぎ、信貴山朝護孫子寺《ちょうごそんしじ》に移ってもらう心づもりだったが、敵の大襲来で断念せざるを得なかった。この城にいる限り、飯も河内の流儀にしたがってもらうしかない。

「さらには帝の御身が気になります」

帝の行方は間者を放ち山人や修験者に探索させてもわからない。藤房卿や公家侍《くげざむらい》がそばについているとはいえ、これほど心もとないことはない。

帝が鎌倉に捕縛されてしもたら……。

現に大塔宮に遅れて入城した尊良親王の例がある。親王は正成や大塔宮が止めるのもきかず、父帝を求めて城を出た。

ほしたら、やっぱり捕まってしまいはった。

「大塔宮さまは皇軍の要《かなめ》。敵の手が届きにくい深山の寺社に身を隠していただく所存」

帝の代わりを務められんのは大塔宮様しかおらへん。

「向後《こうご》の困苦をおもえば、河内の民草《たみくさ》の食事すら御馳走ではありませんか」

三

正成はいつものように櫓《やぐら》にのぼった。

今朝は金剛山からの風が頬をなぶり、手すりを持つ指先が少し悴《かじか》んだ。

あと二十日もすれば霊峰は雪化粧を施すはず。木々の枝も凍てつき、氷の刃を構えたようになる。冠雪と樹氷、白と銀色に反射する冷たい光はまぶしかろう。

「ぬくぬくとした部屋で、嫁はん相手にうまい酒をチクとやりたいわい」

正成は己《おのれ》の言葉に苦笑する。

「そろそろ潮時やな……」

この小城で巨万の幕府軍を相手によく耐えたものだ。

背後に人の気配がした。

「楠木殿、宮様の御用意が整いました」

大塔宮の側近のひとり赤松則祐《のりすけ》だ。この若者は延暦寺時代から宮のそばにいる。だが、ただの天台僧ではなく、播州《ばんしゅう》に勢力を張る土豪の息子だ。彼の生家もまた正成同様、悪党と呼ばれている。正成は青年にいった。

「宮様の行き先、親父《おや》っさんには知らせたんかいな」

「…………」。青年は正成の真意をつかみかねているようだ。

「答えとうないんやったら、それでもかまへんわ」

青年の父は赤松円心則村《えんしんのりむら》、正成はかねてから討幕戦に呼応するよう秋波《しゅうは》をおくっている。

せやけど、赤松はんの腰は石臼より重たい。ぜんぜん動っきょれへんがな。

正成に続いて挙兵した備後の桜山四郎は、笠置山陥落で勢いを失い壊滅状態に陥ってしまった。赤松が播州で打って出るのをためらうのは無理もなかろう。

そのくせ、赤松はんは宮のそばに早うから、この三男を侍《はべ》らせとるんやからな。

挙兵は様子をみるが、帝の周辺でもここぞという勘所《かんどころ》に息子を配す深謀遠慮。正成がもっとも苦手にする政治の腹芸だ。そっちには、まったく知恵がまわらない。

親父っさんから噛んで含められたことは、ぎょうさんあるんやろな。

そのせいか青年の眼つきは、どこか油断がならない。それでも正成はいった。

「あんじょう、よう、宮様を御守りしてや」

赤松の息子は黙ってうなずくと櫓をおりていった。


再び山伏姿に身をやつした大塔宮一行は金剛山の尾根をつたって熊野を目指す。

正成は懸念を伝えた。

「どうも熊野三山は鎌倉方に内通しているとの報がございますれば……」

「三山の別当は武家方と承知しておるが、父君に心酔する者も多いときいておる」

有力寺社は宗門の対立、地域や荘園の権益抗争、果ては内部紛争などが絡んで皇軍、幕軍の色分けがむつかしい。

「熊野に少しでも怪しい動きがあれば、まよわず吉野を目指さはるべきかと」

「わかった。正成も達者でおれ」

「おおきに、いや違《ちご》た、ありがとうございます」

「正成がいう驚天動地の火遊びをみられぬのが残念じゃ」

「あれは戯言《ざれごと》、されど奇策のひと花を大きく咲かせるつもりでおります」

「頼もしいぞ正成……それにしても、この城も兵卒たちも名残《なごり》惜しい」

大塔宮は今さらながらに、手狭な城内をみわたした。

「叶うものなら正成や河内の兵たちとずっと共にいたい」。宮は絞りだすようにいう。

正成とて想いは同じ。だが、大きくゆっくりと首をふった。


鎌倉方は楠木一党の壊滅を急ぐ一方、帝と宮の探索に躍起となっている。

そんな中、後醍醐帝の捕縛という確かな報《しらせ》が入った。

帝と藤房卿らは、笠置山から険路《けんろ》をいった大和国多加郡《やまとのくにたかのこおり》の有王山《ありおうざん》で敵の手に落ち、京の六波羅探題に幽閉された。

三種の神器は後醍醐帝の手を離れ光厳帝のもとにあるという。

これで趨勢は決まった。

だが楠木一党の抗戦と大塔宮の存在がある限り、北条高時はまだまだ枕を高くできまい。正成と宮の首に多額の賞金がかかったのは焦りの証拠といえよう。

「宮と正成がひと所におれば、鎌倉の手にかかり共倒れになる危険が高くなります」

そないなことになってしもたら、いっぺんに討幕の機運がしぼんでしまいまんがな。

宮もこの道理はわかっている。正成の説得に応じてくれた。それでも憂慮は尽きない。

「案ずるのは父君の御身の上じゃ」

「いずれ沙汰がくだると思われます」

だが、さすがに極刑はない。かつて幕府に弓を引いた後鳥羽上皇の顰《ひそみ》にならえば流罪《るざい》となろう。行先は隠岐《おき》あるいは佐渡――正成はそう睨《にら》んでいる。

「父帝が生きておわし、宮が在野で指揮される限り倒幕の火は消えませぬ」

宮の側近から延暦寺の僧兵をもって帝を奪還する強硬策も出た。だが、正成は諫めた。

「比叡山の僧兵では六波羅軍や鎌倉軍を相手に合戦は無理です」

しょせん僧侶の身なりをした与太者の素人軍団、戦の玄人《くろうと》が集まる幕府軍の敵ではない。

「この後は大塔宮様を核として倒幕運動を続けることが肝要です」

時に山中に雌伏《しふく》し、時には市井《しせい》にまぎれながら諸国の土豪、悪党に蹶起を促す。

正成が好例、地方の新勢力は戦のやり方を心得ている。しかも農工商、物流をとおして民としっかり結びついている。ここが幕府とのいちばんの違い――。

それに播州の赤松しかり、土豪や悪党は世の動きに敏だ。

「幕府の政治はもう破綻しております。御家人の貧困と堕落も歴然」

農民ばかりか商人や町人の憤懣《ふんまん》は限界、民は新しい世を待っている。

「もうひと押し、ふた押しがあれば土豪、悪党は立ちます」

ここで、うっかりホンネが舌に乗っかりそうになる。正成はそれをぐっとこらえた。

連中に効くんは大義やのうて利得や。儲かるんやったらナンボでも動きよる。

「正成の火遊びが終わればしばらく雌伏の時期がきます」

その後は宮といっそう緊密に連携しながら討幕運動を続けていく。

「宮様、蹶起《けっき》の時は必ずまいります」

「正成、ともに再び戦おうぞ」

大塔宮らは朝陽に向かって歩き出した。正成は逆光のまぶしさに眼をすがめつつ見送る。

木漏れ日を浴びた一行の姿がだんだん小さくなっていく。金剛颪《こんごうおろし》の先触れか、櫓で頬に感じたのよりも冷たい風が吹き、木々の枝葉をはげしくゆらした。

第五章　炎上

一

この日も幕軍十万の総攻撃は凄まじかった。

櫛の歯が欠けるように楠木一党の数も減っていく。

「そろそろ、あの策に打って出る」

正成がいうと諸将たちに静かなざわめきが起こった。

「くっそう、ワイは討ち死にするまで戦うつもりやのに！」

正季は無念をぶちまけた。恩智や志紀も顔をこわばらせている。

「何ちゅうこっちゃ、鎌倉のドアホどもめ。けったくそ悪いやんけ」

正季はどうにも気が収まらぬようだ。兄は舎弟を諭す。

「いうとくけど、わしらは負けたわけやないぞ」

「そんなん当たり前じゃ！」

「ほしたら、最後の仕事をきっちりやったらんかい」

「ううう……」、狼さながらの唸《うな》り声をあげ正季が立ちあがった。

「負傷の兵はどないしまんねん」と恩智。

「先に城から出したれ」

足の動かぬ者は、無事の兵が背負うなり戸板に乗せて運ぶ。

「米は残らず炊いて握り飯にせい。腹いっぱい喰うた残りは皆に持たせたれ」


正成は生き残りの全員を広場に集めた。

「ワレらようききさらせ、いよいよ、いっちゃんごっつい策で敵をいてこますぞ」

血糊や土、泥で汚れ、肉の削げた兵たち。眼玉をギョロリと青白く光らせ正成をみつめている。

正成にはひとり、ひとりの名がわかっていた。できることなら、彼らの手をとってひとり、ひとりに話したかった。

「今夜、お月さんが空のてっぺんにきたら、それが合図や」

河内の兵たちも、この日が来ることは承知している。それぞれ、うなずいたり唇を噛んだりしながら正成の命令をきいていた。誰も、普段のように他愛もないボケをかましたりしない。ホッとしたり、肩の荷がおりたという態度をとる者も皆無だ。

こいつら、最後の最後まで戦う気でいてくさる。

正成は鼻の奥がツ〜ンとしてきた。ひと月以上もの間、粗末な城で苦楽をともにしてきた河内の兵たち。数々の奇策奇襲が成功したのも、このむさ苦しいオッサンどもがいたからこそ。猥雑で粗野で乱暴だけど、性根《しょうね》は一本気で気持ちのいい連中。

「おんどれら城から出たら逃げて、逃げて、逃げまくって必ず生き延びるんやど！」

正成が叫ぶ。兵たちも口々に応えた。

「お館」「正成はん」「大将」

彼らもそこから先は言葉にならない。恥も外聞もなく、屈強の男たちはすすり泣いた。

あかん。これは、あかん。正成は呻《うめ》いた。堪《こら》えようとすればするほど熱いものがこみあげてくる。

正成は眼がしらを押さえつつ志紀に合図を送った。

志紀が革袋を積み上げ、やはり涙声でいう。

「お館はんからの心づけや」

「ほん、めめくそやけど（本当に少ない）、これで堪忍したってや」

革袋の中身は砂金だった。志紀は過不足のないよう、キラキラまぶしい細かな黄金を器用に取り分けた。

「命を銭で、というつもりやあれへん。けど、これがあったらしばらく暮らせる」

正成は己《おのれ》にいいきかせるかのようにつぶやく。兵たちは顔を見合わせていたが、それでも順に手を差し出した。正成は付け加えるのを忘れない。

「死んでくれたやつらの家にも後できっちり配ったるさかいに」


正季が五尺の大太刀を背に結わえたまま部下の周りを行き来している。

「兄やんも粋なことさらっしょるで、ほんまに」

楠木軍でいちばんの猛将の隊でもずいぶん死傷者を出してしまった。

「おんどれら生き残れて二重に得やったの。遠慮せんと貰《もろ》うとけ」

正季は手をかざし、河内平野を遠望する真似をした。

「無事に家に帰ったら嫁はんに着物でも買うたれや」

「アホらし。ワイはすぐに酒と女子《おなご》を買いに走りまっさ」

ようやく出た兵の戯言《ざれごと》。涙の伝った頬がゆっくり緩《ゆる》み、あちこちで笑い声があがる。


正成がこれだけの砂金を用意できたのには理由がある。

いや、河内の土豪が鎌倉討幕の片翼をになえた理由といい直すべきか。

それは土ン侍を自認する彼が一方で悪党といわれる由縁でもあった。


悪党は破落戸《ごろつき》、野伏《のぶせり》のような民に悪さをしたり迷惑をかける連中とは違う。

悪党は鎌倉幕府の御家人にあらず。とはいえ侍としての武力をもっている。

荘園、幕府領を管理する守護、地頭でもない。それでもちゃんと所領を経営している。

悪党は田畑を耕すばかりか銭を動かし、物を売り買いする。加えて、物を遠くまで運び、遠くの物を持ってきた。馬、牛、船、人に道と川、海……物を運ぶ手段まで掌握している。

悪党は軍隊と土地を有し金融、商売、流通、交通などで大いに銭を稼ぐ。

おまけに悪党は幕府に朝廷、寺社の三大権力の統治と支配の外で生きていた。

そして、悪党はたいていが権力者に反抗的ときている。

治世する側にとっては頭の痛い存在——彼らが「悪党」と呼ぶのもわからなくはない。


楠木正成も悪党と呼ばれることがある。

河内一円に所領を持ち、時に地頭と争った。利権をめぐっては他の悪党とも戦う。あれだけの砂金を蓄えられたのは、河内各所の市場を差配し、京や大和、西国との交易にかかわっているからだ。

南河内で産する辰砂《しんしゃ》、水銀の原鉱の採掘権を握っているのも富をもたらす。

余談だが、辰砂は朱砂《しゅしゃ》ともいい朱絵具の原料となる。楠木一党の籠った城のある土地は赤坂という。その土もまた朱を帯びていた。


ただ、正成は自分が悪党という枠に収まり切れないことを強く自覚している。

「悪党は考えてること、やることが狭《せば》いわい。ワレさえ儲かったらええと思てけつかる。けど、わしはそれで満足でけへんねや」

悪党が武家、朝廷、寺社に次ぐ権力者になれないのは、やはり狭矮《きょうわい》な価値観から脱することなく、目先の利益に走ってしまうからだった。

「そこを広げて深うしていったら、これまでと違う新しい世の中がでけるのに」

ボヤくことしきりの正成、単なる悪党でいるつもりはまったくなかった。

二

広場に累々と遺体が並べられている。

下弦の月は正成たちの頭のうえにあった。墨染の幔幕《まんまく》のような夜空、そこに散らばる星たち。ひときわ明るい昴《すばる》こと六連星《むつらぼし》の橙色の輝き――。

正成は甲冑を脱ぎ、戦死者のうえに置いた。

「道明寺の八っちゃん、最後までよう戦うてくれたな」

おおきに。八ちゃんの死に顔に正成の涙が落ちた。

「ワイのは渋川の権助に着てもらうわ」と正季。

「そうしてもらえ」

諸将も楠木兄弟に倣《なら》う。奮戦のすえに逝《い》った兵たちだが、もうひと仕事を託す。正成はじめ諸将の甲冑をまとって身代わりになってもらうのだ。恩智が懐から数珠をとりだした。

「なんまいだぶ……」

せっせと薪や炭、油を運んでいた兵たちが立ち止まった。

「お館、こいつら極楽往生できまっしゃろか？」

「往生せいでか！」

もし無念が残ったとしても、次の戦いで必ず晴らしてみせる。正成は誓った。

死んでいった者たちのぐるりに薪炭《しんたん》の輪ができた。正季が油をまく。

「なんまいだぶ、なんまいだぶ……」

恩智の声が一段と大きくなった。生き残った兵たちも、戦友のため、喉も裂けよとばかりに六文字の称名《しょうみょう》を唱える。

「なんまいだぶ、なんまいだぶ、なんまいだぶ……」

正成が松明を高く掲げた。

「なんまいだぶ、なんまいだぶ、なんまいだぶ、なんまいだぶ……」

森では夜に啼く鳥が、山奥からは獣たちが遠吠えで応えた。

止むことのない南無阿弥陀仏の唱和、それが波紋となり夜空にこだまする。

正成は松明を投げ込んだ。


その時、鎌倉勢はようやく軍議を終えたところだった。

「明朝に再び総攻撃をかける——これを最後にしたいものじゃ」

外では、先ほどから念仏が闇を震わせている。武将のひとりが不安げにいった。

「何事だ、えらく大勢で南無阿弥陀仏を唱えておるぞ」

「薄気味が悪いうえ、やけに肚《はら》に響く」

これは正成の新手《あらて》の奇襲ではござらぬか。鎌倉武将たちは嫌な予感につつまれる。そこへ物見が息を切らして飛び込んできた。

「し、城が、く、楠木の城が燃えております！」

「いつもの大篝火ではないのか」

「違います、城が丸ごと大火事に！」

武将たちはぞろぞろと幔幕を出る。

「あっ」——猛将たちはそれっきり言葉を失った。

焔は朱砂の赤よりもっと派手に、あたかも紅蓮《ぐれん》の花びらの如く。

夜空を焼きあげてしまう勢いで楠木の砦が燃えている。

「最初の百日までは、楠木正成が自害して果てたといいふらしてくれ」

正成は城を逃れ出る兵たちに最後の命令をくだす。

「ほんで百一日目から、正成は死んでへんかった、生きてんのをみたというんや」

「よっしゃ、そのとおりにしまっせ」

「頼んだで、人の噂ちゅうのは矢より速いし、刀より強いからな」

「お館、お達者で」

「おう、ほとぼりが冷めたら必ず訪《た》ンねていくさかい！」

頭から水をかぶった正季が兄に怒鳴った。

「本丸から出丸、厠《かわや》まですっくり火の手が回ったど」

同じく全身水浸し、草鞋をぐちゅぐちゅいわせながら志紀も報告した。

「ようやっと全員が逃げました」

焔が正成と舎弟、志紀の頬をなめる。三人の顔が赤と黒、黄、橙のまんだらに染まった。

「よし、わしらも退散や」

「兄やん、どこへいきさらすんじゃ？」

「河内は広いわい。どこなと隠れるとこはあるわい」

志紀がふたりの間に入った。

「約束どおり、落ち着き先は観心寺の瀧覚《りゅうかく》和尚に伝えまっさ」

「おんどれら、最後までぬかるなよ」

「誰にぬかしてけつかるんじゃ、兄やんこそ気ィつけさらせ」

「お館、わかっとりま」

河内の勇将はてんでバラバラの方向へ散っていく。

ゴゴゴーーーッ。太い火柱が本丸の屋根を突き破り高々と噴きあがる。

火だるまとなった本丸は、左右に揺れながら倒壊した。

第六章

雌伏

一

船べりに身を寄せる。

川面《かわも》は春めいてきた陽を照らし、小躍りするかのように波立っていた。

水をすくう誘惑に勝てず手をのばす。最初こそ冷やっとしたが、指先はすぐに温《ぬる》んだ。

「小《ちい》ちゃい子みたいなことしゃある」

船頭にいわれ、楠木正成は「ほんまや」照れ笑いする。そのくせ、今度は小さな渦をつくった。

「いうた尻から、またや」、船頭は呆れている。

元弘二年（一三三二）の二月初旬。

南河内で城が大炎上して早くも百日以上たった。

鎌倉幕府は正成はじめ楠木一党の中枢がことごとく自害したと公表している。京の六条河原には焼けただれ正体のわからぬ首が正成のものとして晒《さら》された——。

しかし、正成が生きているという噂は根強い。南北に分かれる六波羅探題は別個に、あるいは共同で探索を継続していた。河内に潜伏した彼らを苛立たせたのは、あちこちで正成が英雄として語られ、よみがえりを待望する声の多いことだった。

　そんな正成は小さな舟にのり、河内平野を北上している。

　大和川は大河で幅が百七十間（三〇九メートル）をこえるところもある。しかし、大中小の船がひっきりなしに行き交うから、広いはずの川筋は妙に狭く感じられた。

　両岸を遠望すれば、ここも活況、道ゆく人は気ぜわしそうに足をはこんでいる。

「河内者《もん》はいらち（せっかち）でいかんわ」

　正成は岸をいく荷車や牛、馬にも眼をやる。けっこうな数だ。正成は眼をほそめた。

「運送ちゅう仕事は、いろんな商売がうまいことといくほど忙しなるさかい」

　籠城戦から三か月たって、ようやく河内にも活気が戻ってきた——。

　船頭が背後で「ふんっ」と鼻を鳴らした。

「鎌倉のやつらのせいで河内がどんなけナンギやったか」

　略奪、押収があった。生業《なりわい》に支障が生じた。娘や嫁も凌辱された。戦《いくさ》は日常を踏みにじる。小船のうえという、思いもよらぬところで手きびしく咎《とが》められ、正成は悄然《しょうぜん》とした。

「すまんこっちゃった」。民の苦痛は何よりつらい。

「あやまるだけやったら簡単やわ」

　船頭は正成の背中に辛辣な言葉を投げつける。

「ほんに戦はかなわん。どっか遠いとこで、男だけで好いただけやったええねン」

「…………」

「五百で十万の敵を凌《しの》いだ、打った策が的中したちゅうてええ気にならんといて」

「！」

さすがの正成も、ひとこと返そうと振り向く。だが、その途端に小舟がひどく傾いた。ひっくり返らぬよう平衡をとるのが先決、反論どころではなくなってしまった――。

船体はすぐ元に戻った。櫓《かい》を器用にさばきながら、船頭がクスッと笑っている。


大和川は柏原《かしわら》をすぎてから久宝寺（長瀬）川と玉櫛川に分かれる。いずれも流れは豊かだ。

正成の小舟は東側、玉櫛川へ入っていく。数艘の船が浜に舳先を並べ、人足たちが膝まで浸かって荷をおろしていた。その荷駄を運ぶ馬が堤の草をむしゃむしゃ喰っている。

「もう若江《わかえ》のあたりかいな」

この一帯は中河内、河内平野の中心部だ。生駒の山並みにちらり、枚岡《ひらおか》神社の壮麗な社殿がみえた。

「じっきに五條に着きまっさかい」

急かしたつもりはない。だが舟は速さを増す。蕗《ふき》や若牛蒡《わかごぼう》、河内の春野菜を山と積んだ船に並んだと思ったら、もう艇身の半分ほど先に出た。

櫓を操るオッサンが怒鳴る。地黒の肌に頑丈そうな顎、いかにも腕っぷしが強そうだ。

「おんどれ、こらっ。お先にすんまへんくらいの挨拶せんかれ！」

「つべこべ、（う）るっさいわ。抜かれて悔しけりゃ、とっとと抜き返しくされ！」

正成は「えらい、ほげたやなあ」と感心ならぬ寒心しきり。

「な、な、なんやと」、オッサンは頭から湯気をたてて漕ぐ。

野菜満載の船が意地になって先に出た。その櫓脚《ろあし》が川面をなぶり、正成のところまで水が跳ねる。船頭は舌打ちしたものの、軽やかに波をきってみせる。舟尾にあざやかな引き波が生じた。小船は水すましのようにすいーっと進む――。勝負あった。

船頭は手拭の頰っかむりをとった。その顔を認めたオッサンがひどく狼狽した。

「あんさんは水走《みずはや》の……」

正成は、やれやれとばかりにいった。

「お吟《ぎん》ちゃん、あんまし大人にてんご（いたずら）しぃなや」

船頭は娘、齢が十六か七くらい。健やかに伸びた肢体が眩しい。目鼻立ちは整っており、切れ長の眼が涼しく、いかにも勝ち気そうだ。

「わて、ごてくさ（ぐずぐず）いわれんのがいっちゃん嫌やわ」


生駒山から信貴山に連なる山並みは、中河内のどこにいても眼にはいる。

その生駒山に、京の公卿邸かと見紛う立派な寝殿造りの屋敷を構えるのが水走一族だ。数ある河内の土豪のなかでも指折りの系譜と格式を誇っている。

当主は九代目の康政《やすまさ》で、正成よりひと回り若い二十六歳。船頭をつとめてくれたお吟は、康政の末妹にあたる。

当主は重臣らをしたがえ中門で出迎えてくれた。

「正成殿、ご無事でなにより」

「正成？　そら誰のこっちゃ？　わしは河内のマサやんやで」

「おおっ、そうやった」

康政のみならず背後の家臣も白い歯をみせる。康政がいった。

「せっかくやさかい、ゆっくりしていかはったらどないだ」

「京の六波羅探題や河内の国司、地頭かて、水走の館には手ェ出しよれへんか？」

兄より先に末妹が河内のマサやんにこたえる。

「何せ枚岡さん（神社）は春日《かすが》さん（大社）の元の神さんやさかい」

お吟のいうとおり。枚岡神社から分霊して南都の春日大社が創建された。ゆえに枚岡神社は「元春日」と敬われ、河内国の一之宮として威厳と格式を誇っている。

春日大社は藤原氏の氏神として名高い。水走家は藤原季忠《ふじわらのすえただ》を始祖とするうえ、枚岡神社の神職も世襲している。三大権力のうち公家と寺社、それも指折りの権門に繫《つな》がっているわけだ。

「昨日《きんの》、おっきい鯉がとれましてな。盥《たらい》で泥を吐かせてまんねん」

康政は「今夜はこいつを肴に」と、盃を口元へやる仕草をする。

水走家は河内の水運を掌握しており、川漁師たちの網元もつとめていた。

借船に川湊《かわみなと》の管理や荷揚げ、人足の手配、運搬などの権益は莫大な富をもたらしている。

また、川や沼池の一部は御厨《みくりや》といわれる朝廷領で、その釣果は贄《にえ》（税）として帝に献上される。これを差配するのも水走家、皇室と直のツテを持つ豪族なのだ。

「楠木なんぞ偉い先祖はおらんし由緒もコネもあれへんけど、水走は違《ちゃ》うからのう」

正成は素直に水走の門地《もんち》に感心する。

「お天子はんから河内の大将を任されたんはあんたのおかげやさかい」

朝廷が正成の存在を知ったのは水走家の推挙も大きい。だが康政は謙遜した。

「正成はんのことを薦めはったんは、わしだけやのうてぎょうさんいてはります」


水走の館からは中河内が一望できる。

幾多の水脈、沼や池、沢……河内平野のいたるところで水がきらめいていた。

「ほう、川はまんで（まるで）太刀みたいに光ってるし、とぼり（溜まり沼）は磨いた珠みたいや」

正成が感嘆すると、待ってましたとばかりに、お吟が当てつける。

「そんなええもんとちゃうわ」

「これっ、さっきからお館はんになんちゅうことを」

「せやかて、この人は正成はんやのうてマサやんなんやろ？」

康政が叱るもののお吟は平気だ。

「わては総大将の正成はんより、河内のオッサンのマサやんの方が好っきゃわ」

小船でのやりとり然《しか》り、さしもの正成も小娘にはたじたじとなる。

「いやいや河内は畿内でも有数の水郷の地、水の恵みあっての河内やないか」

大河は支流に分かれ、支流は傍流を生む。

大和川の水系は複雑に入りくみ河内全体を網羅している。飛鳥川、葛城川、高田川、富雄川、立田川、石川、久宝寺（長瀬）川、玉櫛川、吉田川、菱江川に恩智川、平野川……。

正成は思いつくだけ、河内にかかわる川をあげた。

「名もない小川まで入れたらどんなけの数になんのやろ」

これらの河川はたびたび氾濫《はんらん》、堤防を壊し田畑を流し人家を蝕んだ。

「かわちは河の内やない。河は川のこっちゃけど〝ち〟は大蛇。八岐大蛇《やまたのおろち》の〝ち〟や」

郷土の話になると興がのる。

「河がオロチみたいに暴れよるから、昔から河内の百姓はナンギしてきた」

「北条をやっつけたら、お天子はんにいうて大和川を付け替えてもらいはったら？」

お吟がしれっという。正成は、いっちょ前にと思いつつ、一方でなるほどと感心した。

「いや、そういうことは皆の力でやるほうが河内らしゅうてええわ」

またひとつ、やらなあかんことが増えた。正成はお吟を横目でみた。


溢れた水は低地から引かずに溜まり沼や池となる。

これらも河内のいたるところに点在していた。正成は思い出す。

「小ちゃい頃は夏ンなったら、とぼりで一日中泳いどった」

「がたろ（河童）に尻コ玉を抜かれんでよろしおした」。お吟は口が減らない。

屋敷の北西には河内の沼池でもひときわ大きい深野池《ふこのいけ》と、これに繫がる新開池がみえる。康政が賢《さか》しら顔になった。

「大昔は生駒山のねき（近く）まで海やったそうでんな。海水が引いた後にでっかい河内湖ちゅうのがでけて、これが深野池と新開池になりましてん」

広々とした深野池にはたくさんの川漁師の舟が浮かんでいる。投網の波だちと水紋の花があちこちで咲く。池の端に背高く茂った葦原から鴫《しぎ》が群れ飛んだ。

二

その夜、水走の屋敷で酒宴が催された。

わいわいと騒がしいのは、遊び女《め》が酌をし白拍子《しらびょうし》の舞いがあるからではない。

「ワイが仁王立ちして睨《にら》んだったら、狼のガキめ尻尾まるめて逃げていっこった」

正季が生駒山中での武勇伝を披露している。隣の恩智満一が塩辛声でいう。

「そら、こいつに頭からかぶりつかれたら、山犬もかなわんからのう」

「正季はん、狼を喰うたことあるんでっか?」。志紀朝氏が混ぜっ返す。

「猪に鹿、羚羊《かもしか》はいけるけど、狼なんどもみのう（まずく）てあかんわい」

「やっぱし喰ろたんや」

恩智が突っ込むと広間が笑いに包まれた。

この日、久々に楠木一党の諸将が顔を揃えた。

河内の各所に散った面々は、百日のあいだ息をひそめていた。

「そろそろ蛙や虫も土ン中から起き出す頃や。わしらもグズグズしてられへん」

正成が発声すると諸将は箸や盃をおく。

「京の様子について知らせがある――」

まず笠置山の囚人の処遇が続々と決まっている。尊良《たかよし》親王が土佐、妙法院宮《みょうほういんのみや》を讃岐《さぬき》、静尊法《せいそんほう》親王は但馬《たじま》へ流配《るはい》となった。

「どうやら後醍醐帝は隠岐《おき》へ流罪《るざい》になる公算が強い」

後醍醐、光厳《こうごん》の両帝が並立する異常事態は三種の神器の受け渡しで終結し、改めて光厳帝即位の準備が進んでいる。

「鎌倉のドアホどもは、それで一件落着と思てけつかんのか?」

正季は忌々《いまいま》しそうだ。正成は弟だけでなく皆に目配せする。

「鎌倉が安心さらそうが監視を強うしようがわしらのやることはひとっちゃ(ひとつだ)」

討幕の志を失ってはいけない。この河内から世の中を動かさねばならない。

正季はじめ康政や恩智、志紀たちはうなずいた。

「大塔宮《おおとうのみや》はんはどないしてはりまんねん……」

恩智はここまでいって口を閉ざし、広間の隅々に眼をやった。

障子は開けられている。吹き込む風は酔った頬に心地よい。夜の帳《とばり》のなかを遠望すれば、河内の民の家々に灯る火が満天の星のように点在している。

だが誰いうとなく、すべての障子が閉められ、にわかに密談の色が濃くなった。


正成も声をひそめる。

「宮は今、大和国と紀伊国の境の山奥、十津川《とつかわ》あたりにおわす」

当初、頼ろうとした熊野三山を統括する別当の定遍《じょうへん》はやはり幕府方と判明した。

宮は吉野を拠点にしての朝敵討伐を目指し、山伏装束を解くこともなく、赤松則祐ら少数の側近を従え再び険しい杣道《そまみち》にわけいった。

「この道中は三十里の間に一軒の民家もあれへんとこや……」

しかも熊野の定遍は多数の僧兵をやって宮を追いかけた。

「なんちゅうことをさらすんじゃ」

正季が酔いにまかせて激昂する。その怒りはもっとも。正成は舎弟をなだめた。

「わしも宮のことが心配でならんので手勢を差し向けた……」

しかし熊野の山深さは信貴、生駒や金剛の比ではない。正成の命を受けた一味は、宮の足跡こそわかったものの一行と出逢うことなく戻ってくるしかなかった――。

「兄やん、そないに大事な仕事はワイに任せんかれ」

「アホ、おんどれは十日ほど、どこに失せたんやら行方不明の音信不通やったやないか」

「あっ、その件は……ごめんちゃい」

酒と女ばかりか博打にも眼のない正季のことだ。河内どころか摂津、和泉まで足を延ばして怪しげな場所に入り浸っていたのだろう。シュンとする弟を尻目に正成は続ける。

「せやけど、皆、安心してくれ」

宮は十津川の竹原八郎なる豪族にかくまわれ、手厚くもてなされている。

「竹原はんは三、四百の軍勢をもっとる。定遍の僧兵も手出しでけへんかった」

ようやく一座から安堵の息が漏れた。

「いずれ、わしも宮のもとへ参上するつもりや」

大塔宮に令旨《りょうじ》を発してもらい、畿内はもとより諸国の有志へ討幕を呼びかける。帝は流刑に処されても、宮が吉野に移り帝に代わって総指揮を執る。今度こそ！

「その前に……わしも河内できっちりやっとかなあかんことがある」

城の大炎上から百日以上が過ぎ、ゆるりと次の策を講じる段階にきた。

まずは河内のあちこちで、正成をみた、河内の大将は生きてはるという噂がたちはじめている。すべて、目論見《もくろみ》どおりだ。


再び酒宴となった。

「兄やん、もっと呑まんかれ」。正季が大ぶりの銚子を突き出す。

くいっ、正成は豪快に土器《かわらけ》の盃をあおる。

「うまい！　この酒、棍棒でド突かれたみたいや」

河内の地酒は、大和の僧房で醸され世評名高い南都諸白《なんともろはく》に比べると実に濃醇《のうじゅん》。強烈な酸味と甘味に辛さ、苦み渋みが絡む。骨太で図太い味わいは河内の民に似ている。

正成は康政とも酒を酌み交わす。酔いで耳まで真っ赤にした康政がたずねた。

「お館はんはどこに潜伏してはりましたんや？」

「南河内の陣屋には六波羅の眼が光っとるから帰らずじまいやねん」

妻子は、師匠の瀧覚《りゅうかく》和尚がいる観心寺にかくまってもらっている。

「ちょこっと観心寺に忍んで、嫁はんやガキどもの顔を拝ましてもろたけど……」

健気《けなげ》に夫、父の武運を祈ってくれている家族。たちまち瞼《まぶた》に妻子の顔が浮かぶ。

「わしもアカンタレやさかい、あいつらと逢うたら里心がついてかなわん」

正成は鼻水をすすった。河内一の武将にも泣き所があるようだ。そんな正成をみて康政まで眼がしらを押さえている。ふたりは照れもあり、また盃に手をやった。

「けどな、せっかくの機会やさかい、河内のあちこちをうろちょろしとったんや」

「今はどこにいてはりまんねん」

「足代《あじろ》や岸田堂のへんにおんねん」

正成が名をあげた地は河内の西端、摂津と国境を接している。

「ほう。ということは摂津に狙いがおまんねな」

「そのとおりや。平野のあたりを根城にしとる、さる御仁を口説き落とそうと思てんねん」

「それは、よろしな。手堅い味方になりまっせ」


水走の館の女子《おなご》たちが追加の酒と料理を運んできた。

大皿に盛られたのは鮒の昆布巻き、小皿に田螺《たにし》のぬた、椀には滋養たっぷりで宿酔も防いでくれる鯉こく。中河内らしい淡水の幸だ。

「ワイは肴なんどいらん、酒さえあったらええねン」

正季が唾をとばすと、女たちに交じったお吟が鼻先に樽を突き出した。

「どうぞ、好いただけ呑んどくなはれ」

「うっ、なんちゅう気の強い女子や」、さしもの猛将もへどもどしている。

お吟は正成の隣に侍った。薄く化粧を施した横顔には一人前の女の色香がただよう。

「また近いうちに鎌倉とやらかさはりまんの？」

「そん時はお吟ちゃんの兄やんにも手伝《てつと》うてもらうで」

正成は口をもぐもぐさせ、田螺のコリコリした歯応えを愉しむ。

お吟は正成をまっすぐにみた。

「今度メの戦は先だってより、もっと、もぅ～と山の奥でやっとくんなはれ」

お吟のことをみくびってはいけない。正成は急いで田螺をのみこんだ。

「なんでや？」

「戦で河内のあちこちを、わや（むちゃくちゃ）にされんの、かなわんもん」

「ほうか……」

「女子や子ども、おじんにおばんには迷惑かけンといてほしおまんねン」

言葉に窮する正成に、お吟は盃を突き出した。

「わてにもお酒ちょうだい」

「兄やんに叱られへんか？」

「かまへん」

正成はちらっと、席を離れた康政をみやる。お吟の長兄は恩爺と話し込んでいた。

「ほな、ちょびっとだけやで」

お吟は苦もなく盃をあける。有無をいわさぬ勢いで二杯目を催促した。

「男は勝手に戦にいって、勝手に死んでいっこる」

お吟は凄い眼で正成、次いで座中の男どもを睨みつけた。

「嫁はんやお母ん、子どものことなんか何も考えてへん」

「……………」

お吟は盃を伏せ、「なんや暑いわ」と胸もとを少しはだけた。鎖骨のうえに小さな黒子がひとつ、それが白い肌をいっそう際立たせている。

傍《はた》からすれば、河内の大将と水走の娘がよろしくやっているようにみえたかもしれない。だが正成はそれどころではない。酔いはすっかり醒めてしまっている。

お吟のいうてることは、河内の民のホンネちゅうやつか……。

三

翌日、正成は摂津・平野の地にいた。

池を取り巻く蘆《あし》や荻が揺れるのは風のせいばかりではない。

正成の姿は草々の間から現れたと思ったら、またすぐに隠れた。蓬色《よもぎいろ》の筒袖に茶の括袴《くくりばかま》という格好もあって、草むらにまぎれると、どこにいるのかわからなくなってしまう。

池の淵では、ひとりの男が釣竿を差し伸べている。鏡のような池水に正成が映った。

「よう、ここがわかりましたな」

男は竿を置いた。大きな鼻に厚い唇、白身の多い眼で正成をみあげる。その面魂はひと癖ありそうだ。男は含みのある口調になった。

「商人《あきんど》みたいななりしやはって。おまけに刀も差さんと不用心な」

その時、草むらが左右に大きく割れ、躍りかかるようにして黒い影が飛び出した。

正季だ。しっかりと例の五尺もある大太刀を背負っている。

「おっとっと」。勢いあまって池に落ちそうになりながら、正季は何とか踏みとどまる。

甲羅干しをしていた亀が驚いて逃げ出した。男は油断なく正成と舎弟に眼を配った。

「河内の名物兄弟が揃《そろ》てのお越しとはご苦労なこって」

正成も負けじと不敵な笑いを浮かべる。

「摂津の大物にご出馬をお願いするとなると、二人掛かりやないと心もとない」

「ワイは兄やんの懐刀《ふところがたな》、いっつも一緒や」と正季もニヤリ。

「ここで物騒なもんを抜かんといてや」

釣りをしていた男は正季の肩越しに覗《のぞ》く刀の柄を指さす。

「あんさんの太刀がタチ悪いのはよう知ってまっさかい」

「しょーもない洒落、いうてんやないで」。正季は吐きすてる。

正成はふたりから少し離れ、石ころを横手で投げた。
一、二、三、四、五……平べったい石が小気味よく何段にも水面を切っていく。男と正季も石が跳ぶのを眼で追う。正成は小さな諍《いさか》いが収まったとみていった。
「ワレの屋敷は六波羅の間者が見張っとるさかい、うかつに近寄れん」

「楠木正成とはエンもユカリもないちゅうのに、あいつら信用せえへんのですわ」

「六波羅が探っとるんは、わしとの仲を疑うてのことだけやないやろ」

「へぇ？　なんのこっちゃワイにはわかりまへんな」

正成が口説き落とそうというのは摂津の顔役、平野将監重吉《ひらのしょうげんしげよし》。

彼が根城とする平野の地は、杭全《くまた》荘ともいわれ中河内から陸続きだ。

ここも低湿地帯で、大和川や支流の平野川の恵みを享受しながら、思い出したような氾濫に泣かされていた。

だが平野は、摂津と河内だけでなく京や南都、高野山などに通じる街道が何本も通る要衝《ようしょう》の地でもある。陸路の物流や運搬からあがる利益は河川にまけず大きい。

平野将監は富の蓄積に余念がないだけでなく、政治の世界でも抜け目なく動いている。

まずは朝廷の二大勢力のひとつ、持明院統《じみょういんとう》の有力公卿の家人という横顔がある。

摂津を根城にしながら、しっかり京でも名を売っているのだ。

ちなみに後醍醐帝は持明院統と対立する大覚寺統《だいかくじとう》の系譜におわす。ならば平野は帝に敵対しているのかといえば、そうでもない。ちゃっかり大覚寺統にも繋がっている。

正成はその点を充分に意識していった。

「あっちゃについたり、こっちに味方したり忙しいこっちゃ」

もっとも、こんなセリフでさえ皮肉めいて響かないのは正成の人柄というもの。

「おんどれみたいなんを二股膏薬《ふたまたこうやく》ちゅうんじゃい」

こう正季がやったら、たちまち取っ組み合いになってしまうだろう。

平野も、正成の口調から険《けん》が感じられないのをいいことに悪びれない。

「ワイの本性は悪党でっさかいな。悪党ちゅうんは利のある方へなびくんですわ」

先般も摂津の海辺にある荘園をめぐるいざこざに首を突っ込み、大覚寺統と持明院統の間を行き来している。しかも多額の裏金を要求した。

「ワイのいうことが通らへんかったら、兵を差し向けて力づくでやったりまんねん」

「わしも悪党といわれるけど、ワレみたいにえげつのう（ひどく）利に聡《さと》いと思われてんのかいな」

それやったら、かなわんな。正成はボヤきながら眼の前にたった蚊柱を払った。

「楠木のお館はんはとくべっ（特別）ちゃ」

アホのつくほど正直なお方やさかい——平野は毒のある言葉を返す。

すかさず正季が「ワレ兄やんにアホっちゅうたな」といきまく。正成は弟を制した。

「そや、きっとわしはアホなんやわ」

アホやのうたら十万もの鎌倉軍と戦うたりせえへんもん。正成に屈託はない。

「せやけど、な。アホにアホちゅうヤツがほんまのアホやで」

平野は強面《こわもて》を崩さぬものの、眼尻を震わせ口元もヒクヒクさせている。ほどなく抜け目のない摂津の悪党がアッハッハと腹をかかえた。

「楠木はんには負けた。ほな屋敷に戻って討幕の話をききまひょか」

「おおきに。わしが何しにきたんか、ちゃんとわかってくれてんにゃ」

「けど、ワレんとこには六波羅の間者がいさらすやないけ」

正季が文句をつけると、平野はたちまち悪相に戻った。

「あんなヤツら、ちょびっと銭をつかませたら眼ェつぶりよりまんがな」

第七章
瀧覚

壮年の寺男が山門から金堂にいたる長くて幅の広い石段をのぼっていく。

境内の梅の花は散り、桜の咲き誇るまで少し間がある。しばらくは若葉の薄く淡い緑が僧院を彩ってくれよう。

寺男の足さばきは急いでいるようにみえぬものの実に速い。心もち前かがみになり、五十もの階段を息ひとつ乱さずにあがっていく。


寺男は堂宇《どうう》の下で色あせた皺くちゃの烏帽子をとった。

常香炉《じょうこうろ》から立ちのぼる春霞のような煙を浴び小声で「六根清浄《ろっこんしょうじょう》」と唱える。

参拝者が途絶えるのを待って金堂にはいる。なかは薄暗く、ひんやりとしていた。しかし陽光がまわらぬといっても、陰湿や暗鬱とは縁遠い。凜とした、荘厳の気に支配されている。

「多聞丸《たもんまる》か？」僧侶の声が低く響いた。男が僧の隣に正座する。

「瀧覚《りゅうかく》師匠、お達者そうで何より」

「わしもじっきに古希や。いつポックリいくかわからんで」

瀧覚と呼ばれた僧侶はおもしろくもなさそうにいってから、片方の眉だけあげる。

「北条を討たぬと後生《ごしょう》まで安心できぬ」

男は小さく首をすくめる。僧はまじまじと彼をみた。

「われにそんな寺男の格好は似合わん。甲冑をまとってひと暴れせい」

「仏弟子から戦をせいといわれるとは、世も末でおますな」

「まさに今生は末世じゃ、早う楠木正成に戻り北条の世を糺《ただ》せということよ」


正成は南河内の名刹・檜尾山《ひのおさん》観心寺に瀧覚和尚を訪《おとな》った。

瀧覚は正成が多聞丸と呼ばれた幼少時からの師、仏道ばかりか和漢の学問、剣術にいたるまで諸事万端を徹底的に叩きこまれた。

お師匠はんは名僧なんやろか……いうたら悪いけど怪僧、奇僧の方がしっくりくるわ。

とりわけ北条執権得宗家《とくそうけ》に対する敵愾心《てきがいしん》は凄まじい。

「北条は怨敵、世が乱れる元凶も北条。何としても北条の治世を覆さねばならぬ」

これには、あどけない正成も辟易《へきえき》させられた。


だが、瀧覚には北条を敵視する立派な理由がある。

瀧覚の俗名は和田朝正《ともまさ》、曾祖父が豪傑として名高い和田義盛《よしもり》。義盛は源頼朝のもと功績をあげ、幕府成立後は軍事と警察を束ねる侍所別当《さむらいどころべっとう》の要職を得た。頼朝の逝去後も二代将軍頼家を援《たす》ける鎌倉殿の十三人に名を連ねている。

しかし義盛は二代北条執権義時と激しく反目する。奸計《かんけい》をめぐらされた挙句、北条の挑発に乗り挙兵してしまう――結果は惨敗だった。

以降、和田一族は逼塞《ひっそく》と臥薪嘗胆《がしんしょうたん》の歳月を余儀なくされた。

義盛から三代くだった朝正は京の泉涌寺《せんにゅうじ》で仏道を修め瀧覚と名乗る。泉涌寺は皇室との縁、浅からぬ。ここで瀧覚に朝廷との手蔓《てづる》ができた。

彼はやがて、役小角《えんのおづぬ》が開山し空海の中興になる観心寺に身を置く。

ほどなく瀧覚は河内の有力土豪から長子の養育を任された。時に正成が八歳、瀧覚は男盛りの三十八歳。以来、師弟関係は三十年にも及ぶ。

こないな、ちょっとナンギな御仁《ごじん》のほうがわしの師匠にはぴったしや。


このところ、正成は瀧覚と世情を分析し、意見を交換することが多くなった。

もっとも、正成は師匠訪問に際して身をやつすことを忘れない。何しろ、正成が生きているという風評は河内どころか京にまで伝わっている。六波羅はその真偽を知ろうと躍起になっていた。

師弟はまず本尊の如意輪観音に手をあわせる。

「ご本尊の前で北条撲滅の策を腹蔵なく話せい。足らぬ知恵は観音力に頼ればよい」

瀧覚は矍鑠《かくしゃく》としている。福々しい顔は、ひと刷《は》けの油を塗ったように血色がいい。読経と説教で鍛えた図太い声だけでなく、眼力もしかり、ギロリと睨みつけたら破落戸《ごろつき》さえ震えあがる。

これやと古希どころか米寿まで生きはるで。

そのうえ博覧強記、京や鎌倉の政情にも詳しい。「なんで、そないなことまで?」と舌を巻くほど世相に精通している。

ただ、口が悪いのんは持て余してしまう。

毎度のお約束というわけで、瀧覚はまず北条執権批判を並べる。

「北条高時は世の不安をひとつもわかっとらん」

蒙古が二度目に来襲した弘安の役（一二八一年）で武家体制にヒビが入って以来、世の中はずっとざわついている。元弘に元号がかわる直前（一三三一年）の夏、西では紀州を襲った大地震で二十町（二〇万平方メートル）もの干潟が陸地と化した。

「東は富士山の頂が崩れ落ちるという験《げん》の悪い天変地異じゃ」

武家政治のタガが緩《ゆる》みきっていることは隠しようもない。

「御家人は京風の贅沢《ぜいたく》に染まり、借金がかさんで首が回らぬ」

刀や甲冑どころか、幕府から賜ったご恩の土地まで売ったり質入れするありさま。荘園の管理も乱れ放題。御家人に代わって、銭を稼ぎ貯めこんだ庶民が台頭している。

「そういう連中を有徳《うとく》の人と呼ぶのンは時代の写し鏡でんな」。正成も嘆息する。

「かような天下の一大事に高時は闘犬に狂い、田楽に入れあげておる」

気に入りの白拍子《しらびょうし》も両手にあまるほどおるらしいわい、と瀧覚は忌々《いまいま》しそうだ。

「河内の民も新しい世がくることに大きな期待を寄せとります」

だが討幕勢力の蹶起は捗々《はかばか》しくない。そこに師弟の歯痒さがあった。さらに正成は、お吟から指摘された、戦をめぐって河内の民が抱く不満と不安が忘れられない。

新しい世の中をこしらえるちゅうのは、しんどいこっちゃ。

それでも正成は眼の前にある課題をひとつずつ解決していこうと決めている。

「北条をいてまう前に、やらんならんことがぎょうさんおます」

「そうよな、河内にあっては顕幸《けんこう》入道の動向が気になろう」

「そないなところでんな」

瀧覚は数珠《じゅず》をたぐり八つ目で指を止めた。一転して河内弁をつかう。

「眼ェのうえのたんこぶ、八尾《やお》のド坊主《ぼず》め」

「八尾のド坊主って、それ、お師匠はんナンボなんでも口が悪うおます」

瀧覚は坂東八平氏《ばんどうはちへいし》の系譜、若くして諸国を放浪し京の暮らしも経験した。おかげで関東、京、河内の言葉を器用に操る。とりわけ、河内弁を使う時は忖度《そんたく》や遠慮が姿を消す。

「顕幸なんど、やまこ（はったり）坊主もええとこやないかい」

「あやつが耳にしたら怒髪《どはつ》天を衝くっちゅうことになりまっせ」

「アホを抜かすな、坊主に毛ェなんどあるかい」

武将や土豪、悪党に出家は少なくない。ほかならぬ鎌倉の首魁《しゅかい》北条高時もまた九年前に執権職を譲った際、頭を丸め日輪寺崇鑑《にちりんじそうかん》の法名を得ている。

「どいつもこいつも法門になんど帰依《きえ》しとるかれ。あいつら揃うて腐れ仏徒じゃい」

顕幸入道は中河内の要所たる八尾を支配している。

八尾は正成の父祖が本拠とした玉櫛と近隣、ゆえに両者は敵対してきた。そして正成の初陣《ういじん》は数えの十二、ほかならぬ顕幸との戦だった。

「梅檀《せんだん》は双葉《ふたば》より芳《かんば》し、父御に奇襲を献策して見事に勝ちよった」

瀧覚は愛弟子の昔日《せきじつ》の手柄をつい最近のことのように、そして我がことのようによろこぶ。初陣に際し正成は夜討ち朝駆けを提唱、顕幸軍の寝入りばな、早暁《そうぎょう》の惰眠《だみん》を襲って蹴散らしたのだ。

「ええと……その後も数えの十六、十七、二十三の時かえ？　三、四回は刃《やいば》を交えたの」

無論、正成は齢を重ねてもすべての戦で勝利をおさめている。瀧覚は容赦ない。

「そのくせ、顕幸は軍門には下りよらん。ケツの穴の小っこいやつや」

先だっての籠城戦でも陣に加わらなかった。

「あないなビビンチョ、一気にいてもたれ」

「いやいや、お師匠はん。わしは河内の町中で戦をすんのもかなわんし、河内者同士で斬りあいすんのも御免でんねん」

「ほほう……」。瀧覚は改めて愛弟子をみつめる。

「ようやっと、そこまで想いを馳《は》せるようになりよったか。多聞丸も成長したのう」

河内どころか皇軍の名将もこの和尚《おしょう》にかかると子ども扱いだ。

それでも正成は得心している。

いちびって偉そうにしたら、たちまちお師匠はんに怒鳴られるわい。

それに、瀧覚になら安心して甘えたり、弱みをみせることもできる――。

正成は八尾顕幸入道をどうやって従わせるかの話題に移る。

「平野将監入道が討幕軍に加担すると誓詞《せいし》を書いてくれよりました」

「あれもド坊主のクチや。けど損得を計算したら多聞丸についた方がええと踏みよったな」

「将監の嫁は八尾顕幸の娘でおます」

この関係を使わぬ手はない。娘と義理の息子から説得してもらう段取りをつけた。

「けど、それだけではどうにも不安ですねん」

「もそっと強うに八尾のド坊主を揺さぶりたいわけやな」

それそれ、そのことでんがな。

正成はニヤリ、つっと師匠に身をよせ大きな耳朶《みみたぶ》に秘策を打ち明ける。

「なるほどのう、多聞丸も悪知恵が働くわい」

「悪知恵やおまへん。世のため人のために使うんやから如意輪観音のお智慧《ちえ》でっせ」

瀧覚は僧籍にあるというより現役の武家さながらのぶっ太い腕を組み、ニタリ。

「ほざくなゴンタくれ（悪ガキ）め、大塔宮護良《もりよし》親王まで巻き込むなんぞ——」

正成はわざとらしく「しーっ」と唇に指をあてる。瀧覚も大げさに周囲を窺《うかが》う。そうやって師匠と弟子は、いたずらを仕掛ける悪童さながら、やんちゃな顔でうなずきあった。


堂宇《どうう》の向こうで目白がチーチュルチーチュルチチルと高く澄み、よく響く美声を披露している。小さな身体を大きく膨らませてさえずっている様子が眼にうかぶ。

すると金堂の軒先で、人の子の黄色い歓声がおこった。

「わあっ、お父ちゃん！」

「きてはる、いてはる！」

ふたりの男児が草履《ぞうり》を脱ぎ捨て堂内に駆けあがってきた。

「………！」。正成が立ちあがる。

どしんっ。ふたつの頭が腹にぶつかった。反動でのけ反りそうになった子を、正成は両手でしっかり抱きしめる。子どもたちはうれしさのあまり、父の腕のなかで暴れまわる。正成は腰を屈め、長子で数え七つの正行《まさつら》、年子の次男正時《まさとき》に頬ずりした。

「お父やんの髭《ひげ》、痛い」「ほんまや、ちくちくするわ」

もうひとつ人の影が差した。妻の久子だ。

「塔頭《たっちゅう》でお待ちしてたんでっけど、正行と正時がお館に逢いたいいちゅうてききまへん」

「かまへん、お師匠はんとの用事はつい最前《さいぜん》に終わったとこや」

正成は改めて久子をみやる。それに気づいた久子が頰を赤らめた。

「いややわ、ウチら。そないにジロジロみんといとくなはれ」

「うむ」。正成は曖昧に返事する。どうも妻がふっくらとしたような気がしてならない。

「お前、ひょっとして」

久子は夫のいいたいことを解し、頰の朱色を濃くさせた。

「はい……やや（赤子）ができたようでおます」

顔を見合わせる夫婦。その間で息子たちがぴょんぴょん飛び跳ねる。

この時、なぜかお吟の面影がうかび正成は狼狽《ろうばい》した。彼女の幻影は冷やかに正成一家を一瞥《いちべつ》してから、ふっと消えた。瀧覚が法衣の袖を翻《ひるがえ》す。

「多聞丸、どうやら今日は潜伏先に帰るわけにいかんぞ」

真っ先に正行と正時が反応する。

「やったーっ、お父ちゃんが泊まっていかはる」

「双六、竹馬、小弓！　お父やん、やろやろ」

「その前に四書五経の勉強じゃい」。瀧覚が一喝する。

「え〜〜っ」「そんなんイヤや」。たちまち正行と正時はシュンとなってしまった。

「学問は大事やからの。お師匠はんに教えてもろてから、裏山でせいだい遊んだる」

久子も今宵は夫が傍にいてくれると知って心なしかウキウキしている。

「ほな、天野《あまの》酒のおいしいのんを買いに走らせまっさ」

南河内のうまい酒ときいて瀧覚のいかつい顔が緩み、ゴクリと喉まで鳴った。

「和尚はんもご一緒にどうぞ」。久子が如才なくいい添える。

正成は息子たちを軽々と左右の腕に抱きあげながら、笑顔で独りごつ。

「今夜は酔いつぶれるまで呑まんならんわい」

第八章
築城

一

楠木正成は馬上で竹の水筒をつかい、口元をぬぐった。

ぶるん、愛馬がたてがみを揺らす。灰白色の胴、胸と尻のあたりに黒味の強い輪の模様が散らばった連銭葦毛《れんぜんあしげ》、たくましくも美しい佇《たたず》まいだ。

正成は烏帽子を鉢巻きでぎゅっと巻いている。

形の整った眉、強い光を放つ眼、引き締まった口元。

中年だけに心もち丸みを帯びた身体ながら、鍛錬は怠っていない。いつもは、やさし気《げ》な色が差す頬も今日は凜々《りり》しさが勝っている。

まとった直垂《ひたたれ》の身幅と裄《ゆき》はややゆったり。反対に袴は心もち細めに仕立ててあった。

足元は革足袋に毛覆《けぐつ》。これに籠手《こて》やら喉輪《のどわ》、臑当《すねあて》なんぞを着ければ陣中の出で立ちと変わらない。

しかも、正成は頭から足元まで黒一色ときている。腰にも黒漆塗の鞘に黄金の菊水紋が輝く野太刀、後醍醐帝より下賜された銘刀景光《かげみつ》を佩《は》いていた。

黒装束と葦毛の偉容、河内の総大将は人馬とも異彩を放っている。

正成は馬首を返した。

河内の野のあちこちから田植え唄がながれてくる。

〽ひと粒植えれば万になれ　万の実りは銭となれ　銭であれ買えこれを売れ――。

愛馬も大きな耳を立て、ききいっているかのようだ。

赤の襷《たすき》に菅《すげ》の笠。早乙女たちの姿は満面の田の水に映え、照り返した初夏の陽が彼女たちを輝かせていた。

「鎌倉との戦は避けられへん……。けど百姓の皆には迷惑かけんようにするさかい」

正成はこう誓いながら、広々とした河内の野の光景にみいった。


やがて、河内だけでなく摂津、和泉の各所から、楠木一党に名を連ねる土豪や悪党たちが単騎で集まってきた。

水走康政《みずはやすまさ》や平野将監《しょうげん》の顔がある。前回の戦《いくさ》に参加しなかった将たちも少なくない。

京より枚方《ひらかた》を経て生駒山地の西麓を北から南、河内を縦断し橋本へと至る東高野街道でのひと齣《こま》であった。

この幹線道路を行き来する人たちは、まぶしそうに彼らをみている。

「ええ天気でおまんな」と親しそうに話しかけてくるオッサン、オバハンたち。恩智満一なんぞはそんな連中と気安く言葉を交わしている。

「恩爺《おんじい》、知り合いなんか？」

「いや全然。最前《さいぜん》、はじめて顔みた」

河内らしいといえば、これほど河内らしいことはあるまい。

中河内の玉櫛の方から、土埃をたて凄まじい勢いで駈けてくる馬がいる。

小さな点が、たちまち手綱の主までわかる大きさになった。

「あいや、ワイがどベタ（最後）かいな」

楠木正季《まさすえ》が天を仰ぐ。青毛の駿馬《しゅんめ》は主同様に四肢や胸もと、尻の筋肉がくっきりと浮き出ている。

その馬体は汗に濡れ、毛並みがいっそう黒く光った。

「遊び女《め》どもがなかなか離っしょらへん。おかげでこのザマやんけ」

弟ばかりか、馬まで一緒に鼻を鳴らした。


「全員きてくれたようやな」

諸将は轡《くつわ》をいっせいに正成へ向けた。

「教練をかねて遠駈けすんで。なまったかだら（身体）をしゃきっとさせてや」

「ナンかしてけっかんねん。兄やんこそ、下腹に肉つきさらしとんのと違うんかい」

「またほげた（口が悪い）いうとんな。ほな、われと一番争いじゃい」

「望むところや。兄やんが相手やちゅうて手加減せえへんど」

ほれっ！　正成が葦毛にひと鞭いれる。すかさず青毛が追う。

諸将も遅れてはならじ、次々に駈けだす。

楠木の一団は河内の野を南へ、南へ。金剛山《こんごう》をめざして疾駆する。

水田が広がり、川が流れ船がいく。道が通り、人が動き物が運ばれ、市が立つ。

先頭をいく正成の眼に河内の情景が次々に飛び込んでくる。

そのすべてが愛おしい。

日の本には六十六とも六十八ともいわれる国がある。

平安の御代《みよ》の延喜式《えんぎしき》は、この六十余州を大国から上国、中国、下国に振りわけた。

河内は大和や近江、播磨《はりま》、伊勢などと共に大国に選ばれている。大国は十三しかない。

風土、民力、歴史などが有数のものだと認められたのだ。

ちなみに、河内と陸続きの摂津《せっつ》は上国、和泉《いずみ》が下国。

摂河泉《せっかせん》とひと括《くく》りにすることも多い。だが、摂河泉と呼ぶ時、人々の念頭にはまず大国の河内が浮かぶ。

その河内を変え、鎌倉執権の世を覆そうとする男たちが地煙をあげ驀進《ばくしん》している。

二

武将たちが、河内でいちばん高い金剛山の頂に並んだ。

「生駒山のてっぺんでみる中河内もええが、金剛山から眺める南河内も絶景や」

正成が感服すると、長身の正季は背伸びまでしている。

「南から順に千早《ちはや》川、こっちが足谷《あしたに》川。いっちゃん北に水越《みずこし》川やな」

正季の胸あたりまでしかない恩智がいう。

「アホと煙はちょっとでも高いとこへいくっちゅうけど、こらホンマのこっちゃな」

「恩爺、何をごちゃごちゃぬかしとるんじゃ」

「ふん、きこえとったんかい。ええ耳しとるわ」

懐かしいような、アホらしいような——恩爺と正季のお馴染みのやりとりに諸将も笑いを禁じえない。正成も「このふたりには勝てんな」といいつつ話を本題に戻す。

「ええか、金剛山そのものが堅固な城なんや」

この山を攻めのぼるのは尋常のことではない。とりわけ鎌倉勢にとって痛いのは馬が使えないこと。楠木一党ですら中腹で愛馬から降り徒歩であがってきた。

「関八州の侍が騎馬戦の名手やっちゅうても、わしらの前では絵に描いた餅やで」

そして、鎌倉軍は前回の籠城戦の痛手を忘れていないはず。

彼らにとって金剛山は鬼門、耳にしただけでしかめっ面になるだろう。戦は兵や騎馬の数で決まらない。心理戦もまた勝敗の行く手を左右する。さっそく水走が合点した。

「この山を今度メも根城にするのんはそないな意味がおまんねんな」

正成は水走の棟梁をチラリとみた。

ワレの末妹のお吟のいうたことも、わしの心の隅にひっかかっとるさかい。

だが、それは胸にしまっておくつもりでいる。

戦となれば、いつ、いかなる状況に直面するかわからない。

たとえ河内一帯を戦火にさらすことになっても、北条執権政治を倒すためなら総大将は尻ごみなどしてはならない。

ただ、正成はチョロリと舌の先を出した。

そうならんように、うまいこと差配すんのが楠木流の土ン侍兵法ちゅうもんや。

「兄やん、何をニヤついとるんじゃ。ケッタイな城づくりの策でも思いついたんか」

弟にみとがめられ、正成はあわてて取り繕う。

「そや。これから皆でこさえる城の数は、ひとつやふたつ、みっつの騒ぎやないど」

間、髪を容れずに恩智が図面を広げた。

「お館はんの心づもりでは十七、十八も城と砦をこしらえるんや」

「そないにぎょうさん！」。たちまち諸将が図面のまわりを取り囲んだ。

「城と砦は独立さすんやのうて、それぞれ緊密に連絡でけるようにする」

正成は千早川や足谷川だけでなく、いくつもの稜線と麓にかけてあちこちを指さす。諸将はそのたびに視線を移し、うなずいたり唸るような声をあげたりしている。

「さっきンもいうたが、金剛山のぜ〜んぶが城やと心得たらんかい」

正成は築城計画の根幹を説明した。

「本城《ほんじょう》は金剛山の麓のねき（近いところ）にこさえる。名づけたら上赤坂城《かみあかさかじょう》ということやな」

上赤坂城の背後、さらに尾根を高くのぼったあたりに最後の拠点となる城も備える。

他の城や砦は、基幹となる両城の前後左右に配されていた。

いずれも激戦の場となろう。今回ばかりは命を失う武将がでるかもしれない。

ゴクリ、誰かの生唾《なまつば》を呑む音がきこえた。

「この詰城《つめじろ》は〝ちはや城〟と呼ぼか」

あてる字は千早川にちなんだ「千早」が妥当だろう。だが、正成としては「千剣破《ちはや》」の名を冠したくもある。さっそく舎弟が反応した。

「千の剣を破る城！　それをきいたらワイの大太刀が小躍りさらっしょる！」

正季が戯《たわむ》れとはいえ、背中の大太刀の柄に手をやるものだから、諸将は大げさにのけぞったり飛びのいたりした。枝にとまっていた鳥までバサバサと羽音をたて逃げていく。

「おんどれら、なんぼなんでも大げさやで」

正季はわざとらしい反応に興醒めしてしまったようだ。

「ワイ、ちょっといちびりすぎなんやろか」

兄は悪びれる弟をなぐさめてやった。

「気ィの張った場で、おちょけて（ふざけて）気ィを揉みほぐすンも将たるモンの心得や」

恩智もワザとらしくうなずく。

「たまにはアホなことしてくれんと気ずつのうて（気づまりで）いかん」

「恩爺、ワレさっきンからいいたい放題やの」

ふたりの絶妙の間に皆はクスクスする。正成の口角もあがった。

だが次の瞬間、河内の土ン侍の大将は敢えて再び諸将の気をグイッと引き締める。

「ええか、城や砦を普請するっちゅうことは――もう次の戦がはじまっとるんやど！」

河内の土ン侍たちは城を普請する位置を念入りに確認した。

「お館はんらしい鉄壁の守りでんな」

こういった武将は固太りした巨体のうえ、鼻下から頬、顎にかけてゴワゴワと強《こわ》い髭で覆われている。山中で出逢ったら巨大な獣と間違えてしまいそうだ。

「和田熊、おんどれのこっちゃさかい、守りはともかく攻めていきたいんやろ？」

正成に指摘され、和田熊いや和田（橘）五郎正隆《まさたか》はエへへと照れる。そんなところは、なかなか愛嬌もある。だが和田正隆は楠木一党において正季と並ぶ剛腕、ことに槍を持たせたら畿内で一、二を争う使い手だ。前回の籠城戦でも抜群の軍功をあげている。

「今度メはどっかの城か砦をワイに任してもらいとうおます」

「うむ。そのことは策のなかに練り込んだある。和田熊、よろしゅう頼むで」

正成にいわれ、偉丈夫《いじょうふ》の和田は熊なみの巨軀《きょく》の隅々にまで喜色を浮かべた。

和田を尻目に平野将監が歯にモノがはさまったようないいかたをした。

「上の赤坂城があるんやったら、下の赤坂城もおまんのか？」

正成は地図の端っこ、河内の野に近いところを指さした。かつて激戦を重ねた城のあった場所だ。

「この辺《あた》りはわしらにとって験《げん》のええ土地やさかい城にはもってこいや」

地図を囲んだ武将たちは口々にまくしたてる。

「そこは前に籠《こも》った」「火ィつけた城のあった」「甲取山《かぶとりやま》ちゅう名ァでしたな」

だが恩智が眉を曇らせる。

「お館、せやけどあしこにはもう……」

「恩爺のいうとおりなんや」

正成は地図の一点を指先でトントンと叩いた。

「せやけど、やっぱし下赤坂城はここで決まりや」

彼は立ちあがると、遠く麓をみやった。恩智たちも大将にならう。

「ありがたいことにわしらが普請をせんでも、けっこうな城がでけたある」

「と、いうことは」「あしこをすっくりと」「いてこますっちゅうわけでっか」

あの不敗の地には、鎌倉幕府の肝煎りで立派な構えの城が再建されている。

和田熊が忌々《いまいま》しそうにいった。

「紀州の方から荒武者を呼びさらして城を任せとるらしいでんな」

「ほう、そないに強い侍はんが地頭になって気張ってはるんか？」

正成はトボける。舎弟が兄の脇腹をつついた。

「とうの昔に知っとるくせ、兄やんもいけずやのう」

正成は脇腹をさすりながら正季と和田に目配《めくば》せする。

「おまえら河内の豪傑ふたりで、あの城にガツンとかましたれ」

正季が待ってましたと大太刀の柄に手をやる。和田はさっと槍を構える身振り。

むふふ。だが、いけずな正成はこう付け加えるのを忘れない。

「ただし、そこは楠木流兵法じゃい。敵の大将の首を取るだけが能やないで」

「はあ？」「な、なんと！」。餓狼と大熊は顔をみあわせた。

両雄が河内の総大将の真意を知るのはもう少し後のことになる――。

三

正成が城普請の縄張りを決めた頃、天下はいっそう混迷の色を濃くしていた。

最大の要因は三月にあった後醍醐帝の流刑《るけい》だ。

北条は、お天子はんに手ェかけただけやのうて、遠い隠岐《おき》の島に流してしもた。

こう、京や河内をはじめ畿内の民はさざめきあった。

日の本の政《まつりごと》は朝廷と幕府が牽制しあい微妙な按配で均衡を保っている。

だが、朝廷のお膝元たる京や河内においては「まずはお天子はん」の認識が強い。臣下たる武家が帝《みかど》に罰を下した事実に人々は眉をひそめた。

また、都では関八州なんぞ田舎と決めつけ格下の扱い。なのに東夷《あずまえびす》ごときが帝を裁いた。これが京《きょう》童《わらべ》（京の民）の心証をいたく害した。正成は潜伏中にみた都の状況を思い出す。

「先だっての戦で京にのぼってきた兵が、ぎょうさん居残って悪さをしとるんや」

彼らの傍若無人、狼藉は眼にあまる。それに乗じて破落戸《ごろつき》や野伏《のぶせり》も跋扈《ばっこ》。今や京の町の夜歩きは危険と同義語のありさま。坂東《ばんどう》武士は嫌われ者の代名詞となっている。

帝に対する判官贔屓《ほうがんびいき》の風も吹きつけた。

流刑地に御供《おとも》を許された公卿は一条頭中将行房《いちじょうとうのちゅうじょうゆきふさ》、六条少将忠顕《ただあき》に、女御が三位《さんみ》の阿野廉子《あのれんし》ら極めて少数でしかない。

三月八日、御車を軋ませ都を落ちる一行を、大路小路《おおじこうじ》に並んだ民の同情と悲憤の涙が見送った。帝は石清水《いわしみず》八幡宮に参拝して湊川、神崎、加古川と進み山陽道を経て山陰道に入る。そうして、出雲国の三尾（美保）湊《みなと》から荒海を渡った。

隠岐到着は京を出て二十七日目、四月四日のことだった。

あれや、それやで畿内の民意はことごとく後醍醐帝に傾いている。

「きっともう一回、お天子はんは帝位に就《つ》かはるとえらい評判になっとるわい」

鎌倉の治世は悪評ふんぷん、流刑の旧帝が人気——せっかく海の彼方へ封じ込めたのに、そこが鎌倉嫌いの発火点となり赤く燃え盛るとは。

「おまけに死んだはずの楠木正成はピンピンしとるっちゅうんやからのう」

正成は大笑いする。北条の首魁《しゅかい》高時にとっては予想もつかなかった展開であろう。

「むふふ。もうじっきに河内と吉野でもえらい火ィがつくさかい」

正成はこう嘯《うそぶ》き、黒塗りの野太刀にそっと触れた。

四

野鼠をくわえた母狸が脚をとめ周囲を窺う。

獣のほかは杣人《そまびと》や山の民、山伏くらいしか通らぬ深山の間道、そこを人工《にんく》たちが急ぎ足でいく。オッサンばかりか、でっかいおいど（尻）を振り振りオバハンも混じっているのが河内という土地柄。力自慢は男ばかりではない。オバハンが母狸に気づいた。

「ごめん、ごめん。ワテら悪させえへんさかい安心して子育てしてや」

「ちょっとの間、この道を使わしてもらうで」と大工の棟梁も手を合わせる。

人の言葉がわかるのか、母狸は再び獲物を口にすると豆狸《まめだ》の待つ巣へ走った。

田植えが終わるのを待って、楠木一党の城と砦の普請が始まった。

物資は河内の西端に連なる峰々の隠れ道を使って運ばれた。さらに山の向こうの紀州と大和、地続きながら監視の弱い和泉からも。すべて正成の指示だ。

「六波羅や地頭どもは河内の動きにばっかり眼をやっとるさかいにな」

本城の上赤坂城と後詰めの千剣破城には城郭都市の機能を加える構想もある。

「城ン中に河内の町をちょこっと移してこますんじゃい」

武具を筆頭に衣服、草鞋《わらじ》や沓《くつ》など戦時に欠かせぬ物品は数多い。鍛冶や裁縫などの職人を常住させこれらを城内で賄う。当然、医師や薬師《くすし》も。料理上手だって欲しい。

「職人の命はきっちり守るし、仕事の口銭《こうせん》はわしが全額保証する」

瀧覚《りゅうかく》のお師匠《つしょ》はんを呼んで兵法を講じてもらうのもオモロイやろな。

戦の定法《じょうほう》と常識を知れば正成の繰り出す奇策の狙いや意義が明確になろう。瀧覚和尚なら最新の世の動きを解説し、宋学なんて帝もご執心の学問まで教えてくれるはず。

「ただ、北条憎しの御高説には猛者《もさ》どもかてウンザリしよるで」

食糧に資材などは河内の民から徴収せず、北条ゆかりの荘園の備蓄を頂戴する。

「鎌倉べったりの地頭なんぞ屁みたいなもんやけど、ええ軍事教練になるやろ」

オッサン、オバハンから寄進があったら「おおきに」で済まさず必ず対価を支払う。

「天下をひっくり返す戦や、絶対に民を敵に回したり、借りをつくったらアカン」

それにしても――戦をするには多大な資金が必要になる。

「朝廷の連中は銭勘定に疎《うと》いうえ、たいがいの公卿はんが貧乏《びんぼ》タレやさかいにのう」

正成はついボヤいてしまう。確かに、帝に連なる側から戦費の供与はある。しかし、持ち出しがかなりの額に膨れあがっている。

天下を左右する大戦《おおいくさ》の資金は悪党風情《ふぜい》の懐《ふところ》頼みということなのだ。

「せやけど冥土《めいど》にまで金は持っていかれへんわい」

どうせ使うなら新しい世の中のために。河内者はドのつくケチ、えげつないほど利に聡《さと》い。だが、ここぞという時には椀飯《おうばん》振る舞いを厭《いと》わない。


その日、正成は金剛山をおり中河内の町に姿をあらわした。

城普請の総指揮も大事ながら、軍資金調達の談判になると正成が乗り出さねばならない。土ン侍の大将には、商人という、もうひとつの大事な横顔がある。

正成は、小体《こてい》ながら贅《ぜい》を凝らした屋敷から出てきた。後ろにいるのは楠木一党の金庫番、志紀朝氏。正成に随身するのは志紀ひとりのようだ。

さらに中年の恰幅《かっぷく》のいい男たちがぞろぞろと。いずれも肉づきがよく、高価で着心地の良さそうな装束《しょうぞく》をまとっている。

誰も、男たちを侍や百姓とは思わないだろう。

武張ったいかつさとは縁遠く、土のにおいを背負った武骨な実直さとも違う。上面《うわつら》こそ柔和《にゅうわ》だが、いずれも眼や口元あたりに、どこか気を許せぬものを秘めている。

その点、やはり正成の立ち居振る舞いには武辺者《ぶへんしゃ》の影がつきまとう。男たちとは意味こそ異なるが、正成もまた隙のない緊張感を漂わせていた。

チラッ。正成は首だけ回すと後ろ手で男たちに合図した。

「ここでかまへんさかい、屋敷に戻って」

「滅相《めっそう》もない。お館はんの姿が豆粒になるまで見送らせてもらいまっさ」

いちばん年かさの、鬢《びん》に白いものが混じった男が揉み手する。正成と同い年くらいの男も媚《こび》を含んだ声をだす。

「ええ商いのお話、ホンマにおおきに」

ほかの男たちも眼を細めたり、白い歯をみせたり、すこぶる愛想がいい。

正成は首だけでなく身体ごと回し、男たちの正面にたった。

「商いは損して得とれっちゅうてな」。正成は男たちをみわたす。

「あんたらに儲けさせた分は、いずれきっちり倍返しにしてもらうつもりや」

年長の男がさも驚いたかのように両手を広げた。ただ顔はニヤけたままだ。

「ムチャなこというもんやおまへんで」

正成はニコリともしない。志紀も厳しい視線を男たちに注いでいる。

「わしには帝を御助けして北条執権を滅ぼすっちゅう大義名分がある」

これは損得の問題やない。身代《しんだい》を潰してでもやってみせる。

けど、あんたらが今日、楠木一党に懸けてくれたんは利を求めてのこっちゃ。

「戦がはじまったら苦しむんは民。それに乗じてあんたらは大儲けでける」

鎌倉成敗《せいばい》があんじょうよういったら、新しい世の中になる。

「ええか、そん時がきたら、苦しんだ民のためにせいだい銭を廻したってや」

「…………」

冷や水を浴びせられ男たちは押し黙ったままだ。

屋敷の裏の広大な畑で雲雀《ひばり》が啼《な》いている。甲高い声をあげ天を目指して飛んでいく。ピィチク、ヒィチブ、リィートゥル、リートル——日一分、日一分、利取る、利取る。けたたましいさえずりは、どうにも妙な語呂《ごろ》になってきこえてくる。

「あんたらの胸算用《むなざんよう》、雲雀かてよう知っとるがな」

痛烈な皮肉をグサリ、商人たちに突き立て、正成は志紀を促し屋敷を後にした。


歩きながら志紀が強《こわ》ばっていた表情をゆるめた。

「お館がいうてくれはったんでワイの気持ちもスカっとしましたわ」

「商人《あきんど》にはあれくらい灸《きゅう》をすえとかんと、な」

屋敷に集まったのは、高利で銭を融通する借上《かしあげ》。

港に川湊《かわみなと》、街道での運送にいっちょ噛みして中継ぎや委託販売で利を稼ぐ問丸《といまる》。

彼らは、今いちばん勢いのある商人といえよう。

新興のやり手たちは世の動乱に乗じて大いに儲けている。当初こそ荘園の中でちまちまと商いをしていた。しかし、天下の趨勢がみとおせないのを好機として、領主や地頭らなど歯牙《しが》にもかけぬ勢いだ。領主、地頭も金子《きんす》を融通してもらったり、荘園の物品を市で売りさばいた利益のおこぼれにあずかったり……すっかり銭の力に屈してしまっている。

そんなテイタラクに志紀が憤慨する。

「あいつら米を蔵に貯め込んで、ごっつ値が上がんのを待っとるんでっせ」

エヘヘ。正成は鼻の横をコチョコチョと掻いてみせる。

「わしかって南河内や親父《おや》っさんに縁深い玉櫛《たまぐし》で似たような商いをやっとる」

「せやけどお館はんは、悪どく儲けたりしやはりません」

正成は膨大な戦費を賄うため富裕商人たちと談判した。

「秋までに討幕のため、まとまった銭を用意してもらいたい」

額をきいて商人たちは口をあんぐりさせた。すかさず正成が切り出す。

「そんだけの銭を出す値打ちはあるんやで」

大きな眼目《がんもく》となったのは正成が独占している辰砂《しんしゃ》の商いだ。

辰砂、この赤い鉱物は朱砂《しゅしゃ》、丹《たん》とも呼ばれ珍重されている。顔料だけでなく化粧品の原料として高価で取引されるほか、辰砂から精製される水銀は鍍金《めっき》や船底に塗ったり用途が広い。辰砂を不老長寿の秘薬として使うムキもある。

正成は新興商人たちに辰砂を卸すことにした。戦の期間、楠木家が手掛ける流通と運搬業、市の運営権も委託する。

提示された好条件、連中は眉に唾をたっぷり塗っていた。だが、忙《せわ》しく損得を比べたあげく、損はないと踏んだのだった。

正成は、商人たちの油断のならない表情を思い出しながらいった。

「何はともあれ……当分は戦の銭の心配はせんでもええ」

とはいえ、商人たちが討幕運動に心酔しているわけではない。見据えているのは利益だけだ。

「あいつら、討幕軍に分があると睨んだからこそ条件を吞みよった」

「そうでんな。けど、帝ちゅうより楠木正成というお方の人望と実力ゆえのことでっせ」

正成は唇を歪めるようにして無理に笑った。

「あんまし買いかぶったらアカン。わしなんてホンマはビビンチョ（小心者）なんや」

そんなことより――まだ陽は高い。正成は志紀を誘った。

「あんまし遠ないとこに、おっけな市がある。ちょっと覗いていこか」

「そういや今日は十二日でしたな」

五

この市は中河内でも有数の規模を誇っている。

市がたつのは二、十二、二十二と二のつく日。月に三回開催するので三斎市《さんさいいち》といわれる。足代《あじろ》、衣《き》摺《ずり》、小阪《こさか》、御厨《みくりや》に若江《わかえ》、八尾《やお》、太子堂《たいしどう》……近郷から衣食住に関わるあれこれ、武具、遊具にいたるまで品々が並ぶ。店先の野菜の泥を落としながらオッサンがいう。

「この市に無いモンは無いっちゅうのが自慢だんねん」

地面に柱を据え、日差しや雨露をしのぐ板を渡して屋根にした掘っ立て小屋が多い。商品は筵《むしろ》のうえに並べてある。こんな貧相な店でも百、二百と集まれば壮観だ。

市は南北に三本の筋、横も三つの通があり、一の筋、二の通と呼びならわす。筋と通が交差する辻は四つの店が向き合い、とりわけ繁昌《はんじょう》している。待ち合わせにも都合がいい。

どこもかしこも人、人、人、人……ごったがえしている。

前掛けをしたオバハン、青洟《あおばな》たらした子ども、揉《も》み烏帽子《えぼし》をあみだにかぶったオッサン。若い男は品物より行き交う女子に鋭い視線を走らせる。着物の裾を膝まで持ち上げた壺装束《つぼしょうぞく》、薄い布を垂らした市女笠《いちめがさ》で顔を隠した高貴な婦人もちらほら。

道端で欠け茶碗を差し出す乞食。ここなら喰い物にありつけると野良犬がうろつく。

市の隣では田楽や猿楽が催され、それ目当ての客も多い。

老若男女、貴賤、富貧を問わず売る側、買う方とも上気している。

「これ一個なんぼや？」

「ケチ臭いこといわんと四つ五つまとめて買いなはれ、せいだい勉強しまっさ」

あちこちで銭がやりとりされる。京から遠い鄙《ひな》の地は知らず、河内で物々交換の時代は終わっていた。ただ、銭は宋銭を輸入して使っている。

帝は天下を手にしたら、日の本で自前の銭を鋳造するというてはる。

正成はその日が来るのが待ち遠しい。人ごみを掻き分けながら志紀がいった。

「どうせなら二十、二十一、二十二……二のつく日、ぜ～んぶ市にしたらよろしねン」

「京では常設の見世棚《みせだな》ちゅうのがでけて大繁昌や」

戦が終わったら、さっそく河内でもやってこましたろ。

市の活況は河内の民の盛況、思わず知らず正成の心が弾む。

城の普請の監督ちゅうのは気ィの抜けん仕事や。

しかも、城が完成したら戦に突入する。

こうして河内の町の喧騒にまみれてると、ええ息抜きになる。

正成はあっちでぶら下がった山鳥の肉づきを確かめ、こっちの壺を指先で弾き、そっちの着物に袖をとおした。

茹《ゆ》でた菱《ひし》の実を買い、口に放り込む。

栗にも蓮根にも似た、もっちりとした食感がいい。菱の実は、水郷の地でもある河内のあちこちの沼池でとれる。正成にとってはおふくろの味でもある。

「菱の殻は二本角とか四本角や。これ、触ったら痛いねん」

もちろん、茹でた実は硬くて危険な殻を剝いてある。

「菱の殻を投げられたり、地べたに撒《ま》いたァったら、北条のヤツらナンギしよるで」

正成はまんざらでもない。みるもの、きくものだけでなく口にするものまで戦に結びつけてしまう。

そんな彼を、もうひとりの正成がみつめている。

どうやら、わしもすっくり戦闘態勢に入ったわい。

自覚しながら、正成は敢《あ》えてひと息をいれた。

焦ったらアカン。今から入れ込んでたら、かだら(身体)と気持ちが続けへん。

生駒山に葛城山、金剛山。大和川と長瀬川、玉櫛川のようにどっしり、ゆったり構えておかねば。

これからいくつもの合戦がある。珍事《ちんじ》や椿事が出来《しゅったい》しよう。

そして、鎌倉方には手合わせしていない手強《てごわ》い武将がいるはず。

自慢の奇策も百発百中というわけにはいかないだろう。

そういうたら足利高氏《あしかがたかうじ》ちゅう将軍はどないしとるんや。先だっての籠城戦は、とうとう姿をみせよらへんかった。

今度メはひと泡もふた泡も吹かせたるで。

六

「お館、お館っ！」。志紀が袖を引く。

「ん？」。正成は我にもどった。

「菱の実がこぼれてまんがな」

「あちゃ」。地面に転がった実をひろいフッフッと息を吐きつけ、土をはたく。

「みっつ数えるうちやったら大丈夫っちゅうことにしよ」

「ハハハ、それも楠木流でっか」

「食べるモンは大事にせな。眼ェが潰れるさかいに、な」

クウ〜ン。めざとく走り寄ってきた白毛の仔犬がうらめしそうにみあげた。

「欲しいんか、ほれ」正成は腰を落とす。新しい実を掌《てのひら》に転がし喰わせてやった。

市でもっとも繁華な二の筋と三の通の交わる辻が喧騒につつまれている。

怒声に悲鳴、雄叫び、泣き声。その合間に、とってつけたような哄笑《こうしょう》。

「ワイがみてきます」

志紀が駆け出した。正成も押っ取り刀で向かう。さっきの仔犬が追いかけた。

辻の真ん中、そこだけがぽっかりと空き、周りに幾重《いくえ》もの人垣ができている。

「虫の喰った晒《さら》しを売りつけやがって」。若い男が店主に布を突きつけていた。

「河内ってェのはふてえヤツばっかだな」。別の若いのが地に唾《つば》をはく。

「すんまへん、かんにんしとくなはれ」

店主は震えながら手を合わせている。志紀が野次馬を押し分けていく。正成は、その露はらいで出来た隙間を進む。仔犬も、ちょこまかとついてくる。

ふたりと一匹は最前列に割り込んだ。

「てめえら、見世物じゃねえぞ！」。三人目の若者が詰めかけた群衆を恫喝《どうかつ》した。

「荒《あら》くたいのがイキっとりまっせ」。志紀が舌打ちまじりにいった。

「揃いも揃うてケッタイな格好しとりまんな」

「あれ、な。京で流行っとる婆娑羅《ばさら》っちゅうやっちゃ」。正成は小鼻に皺《しわ》をよせた。

辻の真ん中で息まくチビ、デブ、ノッポの三人組。

帯刀しているからには侍、あるいは悪党だろう。

赤や緑、黄と派手な女物の着物を肩からゾロリと引っ掛けている。

三人とも、男なら必携の烏帽子をかぶっていない。髪は伸び放題、髻《もとどり》を結わず風にそよがせている。

足元は比叡山の僧兵御用達《ごようたし》の朴歯《ほおば》の高下駄、華奢《きゃしゃ》な女物の草履、布でぶっとい鼻緒を別誂《べつあつら》えした藁草《わらぞう》履《り》というちぐはぐさだ。

いずれも攻撃的な色彩、均整を無視し良識に盾突く選択だった。

奇天烈にして豪奢、無秩序と無遠慮に放埒《ほうらつ》をぶちまけた風体《ふうてい》、それが婆娑羅——しかし常識破りの異様さが迫力を生み、その場を席巻《せっけん》していた。

「むふふ」。正成が思い出し笑いをする。

「正季も籠城戦のちィと前まで、あんな格好さらしてけつかった」

婆娑羅で身をやつしたら、河内でも若い女子にモテるらしいわい。

だが弟のふるまいは若気《わかげ》の至り。注意もせず、みてみぬふりをしていたら、熱病が治るようにストンとおさまってしまった。

「婆娑羅が着るもんで済んだらええけど、性根まで掟破りになってしもたらナンギや」

オラッ。短躯《たんく》の侍が店主を蹴りとばす。太ったのは店の品々を散々にひっくり返した。長身が下卑《げび》た笑いを浮かべ店主の女房の肩を抱く。

「しかし河内の男も情けない」。今度は正成が舌打ちした。

チャッチャと出ていって、サッサと狼藉者《ろうぜきもの》をキューッといわしてもたらんかい！

「いやいや、そういうてるモンが率先してせなアカンねん」

正成はすたすたと辻の真ん中へ進んだ。

志紀があわてて後を追う。仔犬も尻尾を振りながら正成をみあげた。

「なんだ、お前？」。高下駄でかなり背丈を稼いでいるけれど、それでもちんちくりんの男が凄む。

「名乗るほどもない、わいは河内のオッサンや」。正成は三人組を順にみやった。

「おんどれらは、どこのどいつやねん？」

言葉をきいてたら河内のモンやない。耳に残っている関東の訛《なま》りに違いない。

「京の警護を任された大番役《おおばんやく》でおじゃるよ」。背の低いのが貴族っぽいしなをつくった。

「関八州軍の大将、足利高氏殿の郎党《ろうとう》じゃ」。太ったのはふんぞり返る。

高氏ときいて正成の頰がピクリと動く。

「ふ〜ん。ほんなら婆娑羅かぶれの鎌倉御家人ちゅうわけや」

高氏は先だっての戦が終わったら、さっさと東国《とうごく》へ帰ったっちゅうこっちゃ。けど、こないなアホが京に残ってくさったんやな。

都の警邏《けいら》だ、後醍醐軍の残党探しだといいながら狼藉三昧《ろうぜきざんまい》の関東武士、それも高氏の配下とはききすてならぬ。正成は眼をすがめた。

「おんどれら、都で飽き足らんと河内にまできててんご（悪さ）してくさるんかい」

正成は悪さをする小童《こわっぱ》を叱るようにいった
「迷惑料のイロつけて代金を払うて、店の片づけをせい」

「モノのいいかたに気をつけろよ」

女房の乳をまさぐっていた長軀が襟から手を抜き正成にいいよった。

残りのふたりもニヤつきながら太刀を抜く。刃の総身が冷たく光る。野次馬が後ずさった。にぎやかだった物売りの声が消え、正成の横顔は傾いた陽を浴びている。

正成は商用とて刀を帯びていない。ただ志紀は太刀を佩《は》いている。彼は抜き身を切り、じりじりと前にでた。仔犬も頭を低くし唸《うな》っている。

正成は布屋の隣の農具屋の店先から鍬《くわ》をつかんだ。刃の部分を後ろに回し、柄の先を突き出す。鍬で戦おうという正成に、高氏の郎党どもは腹を抱えた。

「河内の百姓剣法、とくと拝見させてもらうぜ」

短軀の侍が高下駄を放り投げるようにして脱ぎ捨て、突っ込んできた。

「お館、こいつはワイが相手しまっさかい」

正季や和田熊にはかなわぬが志紀とて一軍の将、腕に覚えはある。

「任せたで」といい終わらぬうちに正成が跳躍した。

鍬を上段に構え、一角の獣のようになった正成の影。

それが辻の地面に映った次の瞬間、凄まじい速さの一撃。

長身の武士が太刀を落とした。ざっくり柘榴《ざくろ》のように割れた頭を抱え、のたうちまわる。着地した正成は横っ腹へ容赦のない蹴りを入れた。白濁した液が口から漏れた。

「おどりゃーっ！」。肥満体の太刀が横薙《よこな》ぎに正成を襲った。

だが、正成はすでに彼の動きを察知している。

刃をかわして飛びのき、すかさず肩を打つ。よろめいたところに突きを喰らわす。腹に鍬の柄が三寸余りもめり込む。それを引っこ抜き、力いっぱいに股間をすくいあげた。

仔犬が駆けつけ、ピクピクと痙攣《けいれん》する巨漢のブヨブヨした脚にかぶりつく。

「鍬の刃でカマしとったら命がなかったで」

正成は、横たわった関東武士どもから財布を抜き出し布屋の主に渡してやる。

「オッサン、釣りはいらん。とっといて」

そうして、ふと気づいたように志紀に声をかけた。

「助太刀しよか？」

「かましまへん、そこでみといとくんなはれ」。短身の侍と鍔《つば》ぜり合いする志紀が叫んだ。

「ほな、そうさしてもらお」

正成は仔犬の首根っこをつかんで太っちょの脚から離すと、抱きかかえた。

「一緒に応援しよやないか」。仔犬はペロリと正成の頬を舐《な》めた。


さしもの志紀も息が乱れている。

だが相手とて同様だ。正成は仔犬に話しかけた。

「おっ、鎌倉はんの構えが弛《ゆる》んできよった」

志紀は指摘をきき逃さない。鋭い一刀が籠手《こて》を襲う。右の手首がポトリと落ちた。

正成は仔犬を懐に入れると志紀に近づき肩を叩いた。汗びっしょりの志紀がうなずく。

正成は這いつくばっている三人組にいった。

「今日はこのへんで堪忍《かんにん》しといたる」

命があるだけ、おおきにと思え。頭や手の傷はさっきさンの布でも巻いときさらせ。

「お前ら、京へ戻ったら間違いのう上役に伝えるんやど」

正成の声が厳しさを増した。

「河内で楠木正成にえらい眼エにあわされました、とな」

いいはなってから、また、もうひとりの正成がつぶやいた。

とうとう、足利高氏に果たし状を渡したったで。

第九章　吉野山

一

高く山にのぼり、森へ深く分け入るほど樹木の息吹が濃密になっていく。

「金剛山もたいした山やが、吉野の御山《おやま》はもっとごっついのう」

楠木正成は感心しきり。随身するのは弟の正季と和田熊こと和田正隆、双璧と謳われる豪傑たちだ。

三人は山伏姿に身をやつしていた。右足で岩角をグッと踏みしめ、左足は地表にあらわれた大木の根にかける。白衣の袖と枝葉が触れ、衣ずれに似た音をたてた。

「金剛山にせい吉野山かてかなわん。ワイ、つくづく平たい土地が恋しいわ」

正季はぼやくことしきり、和田熊も顔一面を埋める髭から汗を滴らせる。

「城普請で鍛えられてへんかったら、途中で音ェあげてまんな」

「そうやのう。知らん間に、わしらもすっかり山侍や」

正成は振り返りのぼってきた道なき道をみやる。

「五、六貫（約二十キロ）もある鎧きて歩いたと考えてみィ」

半泣きになる正季、和田熊はガクッと片膝をつく。毎度おなじみの大仰な反応だ。

こいつらとおったら飽きへんわ。

皮肉ではない。むしろ、正成はそういう河内人らしさに好感を抱いている。

「山っちゅうのは、わしらにとって万人力の味方やろ」

正成は前に向き直った。

「それに大塔宮《おおとうのみや》さまは毎日こないなとこを行き来してはるんやで」

「むむむ」「ううむ」正季と和田熊は同時にうめいた。


吉野山《よしのやま》から金峰山《きんぽうざん》、大峰山《おおみねさん》へ。

大和国の南に延びる山岳は百年を経た木々が鬱蒼《うっそう》としている。

急峻《きゅうしゅん》にして千尋《せんじん》の深さの断崖絶壁、おどろおどろしい奇岩怪石、たちこめた白霧には神気《しんき》が漂う。

天から望めば幾重にも山筋が連なり、あたかも龍が横たわっているかのようだ。

空を駈けること日に数千里、鬼神を操ること自由自在――修験道の開祖役行者《えんのぎょうじゃ》が吉野を第一の霊場としたのは、むべなるかな。

そのくせ吉野の山々は季節の彩りに富み、見事な変化をみせつけてくれる。

春の桜の薄紅、夏の深い緑、秋の紅葉の朱と黄、冬の真っ白な雪化粧。

元弘二年（一三三二）の梅雨が明け、夏になった。

つい先頃まで萌黄《もえぎ》色だった葉は、口に含めばさぞや苦かろうと思えるほど濃い。

大塔宮は吉野山の城塞化をすすめ討幕勢力の拠点にしつつある。

深山には金峯山寺《きんぷせんじ》を筆頭に三十六坊の寺院が居並び、麓にかけてさらに百数十もの子院がひしめく。

吉野大衆《だいしゅ》の異名をもつ僧兵たちの腕っぷしは、北嶺《ほくれい》比叡山が擁する山法師《やまほうし》、南都《なんと》の東大寺や興福寺の奈良法師《ならほうし》にひけをとらない。

山全体を城とする発想は、正成の金剛山要害化を踏襲《とうしゅう》している。

鎌倉軍は何万と吉野めがけて押し寄せてきよるで。

正成は吉野山のあちこちをみまわった。柵に塀、濠、要塞としての寺院のつくり。武具と兵糧。侍や僧兵の演習。

うなずいたり、首を傾げたり、腕を組んだり。

戦の備えに満点なぞあろうわけがない。用心のうえに配慮を重ねても、どこからか不安が芽吹いてくる。

「わし、カンショヤミ（癇性病み・神経質）やゆうて、よう嗤《わら》われるねん」

正成は自嘲する。だが、自得している信条は揺るがない。

「しょーもない（くだらない）ことが原因で負け戦《いくさ》になってしまうんや」

大和川の巨大な堤も小さな蟻の穴から崩れる……。

「金剛山の城構えに比べたら、吉野山は危うい気がしてならんわい」

心ゆるした舎弟と和田熊の前では、ついホンネが漏れてしまう。

正季には痛いほど兄の心配がわかっている。それゆえ、ことさら明るくふるまった。

「せやけど、関東武士どもは山攻めがめちゃくちゃヘタクソやからのう」

「智慧や工夫なしに力攻めしよるんは眼ェにみえてまっせ」。和田熊も同調する。

「あいつらアホばっかりやけど、兄《にい》やんは違うやないけ」

正季はこめかみのあたりをコツン、コツンと叩いた。

「とっておきの奇策をふたつ、みっつ、宮さまに教えといたれや」

二

顔をあげた正成と大塔宮の眼があった。

正成はすばやく大塔宮の顔や身体に眼をくばる。

大塔宮も懐かしげに河内の総大将をみつめた。

ゴゥ〜ン。吉野城の本営、愛染宝塔《あいぜんほうとう》の梵鐘《ぼんしょう》の響きが山々に染みわたった。


久々に逢う宮は以前と少し違っている。口を開こうとした正成を宮が制した。

「吉野で山籠り、寺籠りをはじめた途端に髪を伸ばすようになった」

比叡山で第百十六、百十八世と二度も座主《ざす》を勤めた宮は還俗《げんぞく》し、尊雲法親王《そんうんほっしんのう》を改め護良《もりよし》親王と名乗っている。

「されど中身と志が変わったわけではない。正成、心おきなく語り合おうぞ」

大塔宮は手招きし、ことさら親しい態度を示す。正成には鹿の敷皮のうえに座ることもゆるしている。下座の板間で長身を折り曲げている弟、縮こめた巨体が窮屈そうな和田熊にも、それがうれしく誇らしい。

「どや、兄やん、なかなかのモンやろ」

「ホンマでんな!」

「あないにみえて、大塔宮はん、けっこう捌《さば》けたとこもあんねや」

「ホンマでっか?」

ギロリ、陪臣が河内の荒くれ侍を睨みつける。

肩をすくめ、叩頭《こうとう》しながら正季はべかこ(あかんべえ)をした。


正成と大塔宮の会話は大いに弾んだ。

この吉野で、いにしえの日に大海人皇子《おおあまのおうじ》が壬申《じんしん》の乱をおこしたこと。鎌倉幕府成立の大立者、九郎判官《ほうがん》義経が兄頼朝に追討され逃避したこと……。

吉野と歴史の連綿たる繫がりは枚挙にいとまがない。

宮は博学偉才で鳴らしているが、正成も堂々と伍している。時には宮が「そのことをどこで学んだ?」と驚くほど。宮が吉野に落ちのびて以降、京から参じた公卿《くぎょう》たちは、正成を河内の武辺者《ぶへんもの》くらいにしか思っていない。彼らも大いに認識を新たにしたようだ。


宮をことのほかうれしがらせたのは、他ならぬ潜伏中の正成の行動だった。

「なに、鍬《くわ》の柄いっぽんで東夷《あずまえびす》を傷めつけよったか。正成もやるものじゃの」

宮は中河内の市での騒動の一件をきき、手を叩かんばかりの勢いだ。

「ワイがおったら、兄やんも活躍のしようがなかったはずや」と正季。

「ワイなら三人組をひと薙《な》ぎで首と胴体に分けてまっせ」。和田熊も負けていない。

平野将監《しょうげん》、水走康政《みずはやすまさ》をはじめ摂河泉の重役を陣営に加えたばかりか大和に紀伊、伊勢の豪族も立ちあがることになっている――正成が奏上すると宮は感嘆した。

「それは心強い。いよいよ朝敵との一大合戦の様相を呈してまいったな」

正成が持参した手土産はそれだけではない。

「吉野城には大和南部の西阿《さいあ》、越智《おち》、永久寺《えいきゅうじ》、壺阪《つぼさか》。伊勢路から宇陀《うだ》、吉野にかけての沢、芳野《ほうの》、赤《あか》埴《はに》ら土豪たちが馳せ参じまする」

「かような手筈《てはず》までつけてくれたか……」

大塔宮の眼が潤んでいる。

「正成、そなたがおれば必ずや父帝《ちちみかど》と身（私）の宿願は果たせる！」

正成は「ありがたき御言葉」と平伏、末席の舎弟と和田熊もあわてて倣《なら》った。

宮の腹心たちは正成に感心しきり、小声で私語を交わし合った。


だが、たったひとり冷然とした態度を崩さぬ者がいる。

「宮様、陪臣の方々。手放しでよろこばれるのも考えものですぞ」

赤松則祐《のりすけ》、播磨《はりま》の土豪にして悪党、赤松円心の三男坊であった。

輿をそがれた宮が赤松を見据えた。

「何がいいたい？」

声が尖《とが》っている。しかし赤松は動じない。

「獅子身中の虫が官軍のはらわたに湧いておりますようで」

赤松の厳しい視線の先には、他ならぬ正成がいる。正成はつっと顔を赤松に向けた。

「歯に物が挟まったような按配《あんばい》ですな。おっしゃりたいことがあれば、何なりと」

正季と和田熊も頭をあげ、眉をひそめた。

「あんガキ、兄やんに何ぞ文句あるんかい」

「前からイケ好かんやっちゃと思てましてん」

ひそひそ話のつもりながら、河内の男は地声が大きい。居合わせた皆々の耳にしっかり届いてしまった。和やかだった雰囲気が、にわかに険悪なものになった。


赤松は宮に向かって両手をつき、奏上の態をとる。

「そも、楠木は河内土着の侍にあらず！」

宮はもちろん、この場に座した面々は赤松のいうことが呑みこめない。

それでも赤松は一気に申し立てる。

「楠木の根は鎌倉にあり。北条得宗《とくそう》家の御内人《みうちびと》を将に据えるのは危険でございます」

楠木の先祖が執権と特別に縁の深い家臣⁉

静かな池に石が放り込まれたように囁《ささや》きの渦がひろがっていく。

大塔宮は、わざとらしく太い息をつく。

「正成が東夷の首魁《しゅかい》、北条高時の一味だと申すか」

宮は「やくたいもない」と笑いを浮かべる。しかし、頬は強ばっていた。

「世迷言《よまいごと》、今回ばかりは寛恕《かんじょ》してつかわすゆえ正成に詫びよ」

宮は強い語勢になった。だが赤松は開き直る。

「官軍の将には充分な身元検査が必要ではございますまいか」

場は緊張の度をます。矢面に立たされた正成に一座の眼が注がれる。

いつしか外はとっぷり暮れた。百目蠟燭《ひゃくめろうそく》に誘われた大きな蛾がバタバタと飛びきて、太い柱にとまった。鱗粉《りんぷん》が火の粉のように散る。

それを払うかのように、ようやく正成が語った。

「楠木一族が古来より河内の住人でないのは事実でございます」

意外すぎる返事に皆は息を呑む。正季にとっても初耳のうえ寝耳に水……。

「兄やん、それホンマなん？」

正成は弟に軽く手をあげてみせた。

「河内のいずこにも、一カ所とて楠のつく地名はございません」


恩智や志紀、水走《みずはや》に平野……。

楠木一党の諸将はいずれも河内土着の地を姓に戴いている。だが河内のどこを探しても楠ばかりか樟《くすのき》、久寿軒《くすのき》など類字や当て字の地名すらない。

正成にしても、出自のことは幼少時から気懸りでならなかった。

せやけど、お父《と》うがまた、そないなことに執着のない人やったもんなァ。

何度か尋ねたものの要領を得ない。遠くをみつめて押し黙るかと思えば、そんなこと気にせんでもええと取り合わない。しかし、父の対応をこの場で持ち出す必要はあるまい。

正成は昔語りをする老人のような口ぶりで話す。

「楠木一族が河内へやってきたのは百年以上も前、安貞《あんてい》（一二二七〜二九）の御代《みよ》でございます」

この頃から荘園の土台は揺らぎ、悪党どもが暴れだし山僧《さんそう》たちの狼藉《ろうぜき》も目立ちはじめている——元弘の世に至る動乱と混乱の芽が頭をもたげてきた頃だ。

そんな時代、正成の曾祖父、高祖父は一族を引き連れ河内国へ移り住んだのだった。

橘諸兄《たちばなのもろえ》を祖にするっちゅうのン、あれは万里小路《までのこうじ》藤房はんや瀧覚《りゅうかく》お師匠はんがひねくり出した家系やし。

三

楠木家の源流は駿河国入江荘《いりえのしょう》の楠木村にあるようだ。

このことを教えてくれはったんが、他ならぬ瀧覚のお師匠はんやった。

瀧覚は、鎌倉幕府成立に功の大きかった和田義盛の曾孫。義盛は北条の奸計で滅ぼされた。北条憎し、瀧覚は尋常でない執念をみせ、執権にまつわる人脈を調べあげた。

「多聞丸（正成）の曩祖《のうそ》は紛れもなき、仇敵《きゅうてき》北条執権の手下ぞ」

壮年だった瀧覚は胴間声《どうまごえ》で威嚇するように教える。

「それ、ホンマのことなんやろか」。幼い正成の心境は複雑だった。

曾祖父は楠木兼遠《かねとお》、祖父が盛仲《もりなか》、正成の父は正遠《まさとお》と名乗った。

「ちなみに曩祖とはご先祖のこと、これを機会に憶《おぼ》えておきゃれ」

すかさず訓戒を垂れた師匠は、大声を出して損をしたとばかりに態度を一転させた。

「されど楠木は侍の頭や将にあらず。下っ端すぎて怨敵《おんてき》に値せんわ」

うだつが上がらぬ駿河を捨て当地へ流れついたか。それとも上役に従い河内へ出張り、そのまま土着してしまったか。師匠の口ぶりは、もはや、どうでもよい他人事《ひとごと》になっていた。

正成は怒鳴られたうえ、祖先がしがない平侍《ひらざむらい》と片付けられてはおもしろくない。

「曩祖のことはよう知りまへん。けど、わしが楠木を大将軍の家にしてみせます！」


わしが物心ついた頃、もうお爺《じ》やんは死んでおれへんかった。

曾祖父や祖父らは、大和川の支流たる玉櫛川の流域、中河内の玉櫛荘に住み着き土地経営に一生を捧げた。水運、陸運の利権に喰い込み、楠木家の繁栄の礎を築いてくれた。

河内という新しい地に骨を埋めるまで、一所懸命にきばらはったんや。

後をおそった父は楠木の領地をさらに拡大、武装軍団の体裁も整えたのだった。

あっちこっちで戦をしながら、金剛山のねき（近く）に辰砂《しんしゃ》の鉱脈をみつけはった。

正成が家督を継いだのは正和四年（一三一五）、父の逝去を受けてのことだ。

数え二十二歳だった正成は中河内から南河内へ本格的に進出、領地と利権を一気に拡充させた。その余波で既存の領主と反目、治世する側から悪党と呼ばれもしている。

今や楠木のあげる利潤、軍勢の強盛ぶりは誰もが河内一と認める。

そして、正成の人となりは敬意の的となった。

だからこそ、菊水の麾下《きか》に河内の精鋭たちがこぞって参集しているのだ。

赤松のガキめ。しょーむない、いちゃもんをつけさらしよって。

父円心の入れ知恵なのか。ひょっとして、宮の信頼を受ける正成に対する男の妬心《としん》？どうにもこうにも、ぎょうさん人が集まるとケッタイなんが交じりよるわ。

正成は胸中でボヤくことしきり。

とはいえ、宮の身辺には光林坊玄尊《こうりんぼうげんそん》や村上義光《よしてる》（義日）、片岡八郎、平賀三郎、矢田彦七ら屈強にして分別の備わった人士が揃っていた。現に、村上なんぞはさっきから「赤松を相手にするな」といわんばかりに目配せを送ってきている。

村上はん、わかってまんがな。

しかし――宮が最右翼と頼む将軍が、他ならぬ北条の郎党となれば、これほどのっぴきならぬことはない。正成としては疑惑を晴らす必要がある。

正成は襟をただして語りはじめた。

「楠木家が北条との縁を断ち切り、河内に根をはったことこそ揺るぎなき事実」

現にわしは河内弁しかしゃべられへん。関東訛《なま》りなんぞ舌がもつれてしまうわい。

「河内国で百年以上、何代にもわたり枝を繁らせ実をつけて参りました」

やっぱ好っきゃねん、河内。愛すべきは河内の土地と河内の民。

だからこそ、腐敗と混迷の鎌倉北条の世をつくりかえるために蜂起した。

「楠木正成は河内の水を呑んで育ち、河内の土を糧に生きる土ン侍でございます」

宮はしきりとうなずいている。

側近に重鎮、陪臣たちも然り、正季と和田熊が勝負あったと安堵を浮かべた。

ただ、正成は、くしゃみを我慢しているかのように鼻をヒクヒクさせている。

こういう時に限ってムクムク、ムク、ムクと悪戯心《いたずら》がもたげて仕方がない。

そんな心の動きを抑制しようとするのだが——これがまた、ひどく難しい。

ナンギやなあ。けど、しゃーないなあ。いっちょう、カマしてみたいなあ。

難癖をつけた赤松を徹底的にギャフンといわせたい。

それも、河内流のいちびったやり方で……アカン、我慢でけへんわ。


正成は赤松を指さした。

「わし以外の誰が、河内を統《す》べて鎌倉軍と戦えるというんじゃい！」

丸出しの河内弁がほとばしる。正成は眉根を寄せ、大きく眼を見開いた。鼻の穴はひろがり口元がさがった。顎に梅の実のような膨らみが生じる。

まさしく多聞天《たもんてん》の憤怒《ふんぬ》の形相、普段は温和な正成の面の皮を突き破り、滅多に拝めぬ容貌があらわれた。

一同は息を呑み、刮目《かつもく》する。

「わしのことを悪ういいさらすんは、河内に泥を塗るっちゅうこっちゃぞ！」

正季と和田熊も心得たものだ。すぐさま総大将のもとへ侍り赤松を威嚇する。

赤松も河内弁で罵倒され血相を変えた。

「待て、正成、則祐とも控えよ！」

大塔宮もいささか激しやすい性格、ふたりを窘《たしな》める語気は鋭い。しかし正成は、その裏にある、ことを穏便にという想いを察した。

「護良親王殿下、御無礼をいたしました」

舎弟と和田熊もあうんの呼吸を心得ている。すかさず正成ら三人は平伏した。

完全にいっぽん取られた赤松も歯噛みしながら額《ぬか》づく。

「この一件は不問に付す……父帝のため正成と郎党、赤松もいっそう励め」

ホッ、安堵の息が誰からともなく漏れる。この場にはいたたまれぬという風情の宮が立ちあがった。

赤松は、いずこかへ消えた。

主のいなくなった首座の後方には、身の丈一丈六尺（四・八五メートル）もある蔵王権現の偉容。正成らはその凄みに満ちた憤激の相を仰ぎみた。

「なんぼご本尊というたかて、こないに怖い顔をしやはらんでもええのにな」

正成はすっかり普段の調子に戻っている。呆れ果てた弟がいった。

「どの口がいうてんのや？」

四

翌朝、三人は大塔宮のもとを辞した。

ガサゴソと隈笹《くまざさ》の茂みで音がする。

正成はもちろん正季、和田熊も瞬時に反応した。

「猪か鹿、ひょっとして熊か？」と正季。

「いや、あれは四つ足やのうて草鞋《わらじ》を履いた音でっせ」。和田熊は耳聡《みみざと》い。

「四、五人はおる」。正成は油断なく眼を配る。

弟が兄の前へ、和田熊は後ろにまわり錫杖《しゃくじょう》の代わりにつく槍をしごいた。

笹を掻き分け出てきたのは五人の男たちだった。

武具を手にしているが山伏や僧兵の格好ではない。野良着のような風体、山野を根城とする乱暴者、野伏《のぶせり》だろう。無頼の徒だけにやることは極めて荒っぽい。

正成も生駒山や信貴山あたりの野伏を手なずけ戦功をあげている。だが、さすがに吉野山一帯にまでは手を回していない。

「お前ら、えらい脚が速いの」。先頭の野伏が横柄にいう。

「わしらは修験の修行中やさかいにな」

正成は穏やかにこたえた。

油懸け、鐘かけ岩に屛風岩、西の覗き……急ぎ足で吉野山の行場をめぐっている。

「ウソこけ、大塔宮ンとこからきたんは、わかっとるんや」。もうひとりがいった。

「おんどれら、ずっとワイらの後をつけとったんか」

正季は早くもケンカ腰、苦み走った顔に怒気が満ちている。

「お前らをこの山からおろすわけにはいかん」

野伏は凄みをきかせながら、荒縄の帯に差し込んだ太刀を抜いた。

「ついでにお足《あし》もいただくとしよか」

「銭を渡さんと、どないなことになる?」

正成はおもしろそうに質問する。野伏は薄笑いを浮かべた。

「命をいただいた後で身ぐるみ剝がすまでや」

「ほう、吉野の御山《おやま》はえらい物騒やのう」。正成は首をすくめた。

「殺されたうえに銭までもっていかれるんやて」


こらぁーっ、森を揺るがす喊声《かんせい》。

髭もじゃの巨体が、正成と正季をはね飛ばす勢いで野伏に突進する。

「河内の楠木正成大将の一党、和田五郎正隆じゃい」

和田熊は頭上で槍をブンブン振り回す。たちまち小さな竜巻がおこった。

刃長三尺（九〇センチ）という規格外の大身槍《おおみやり》が凄まじい速さで突きだされる。穂先は太刀を難なくかわし胸元を貫く。野伏は悲鳴もあげずに絶命した。

おどりゃ――っ！　再びの雄叫び。しかも河内者だけに、えらい巻き舌だ。

刺された野伏は高々と、そのまま杉の木のてっぺんめがけて持ち上げられた。

恐ろしいばかりの怪力。朱塗りの槍の柄は堅牢、いい、しなりすらしない。残りの野伏に、串刺しの身体が横殴りの形でぶつけられる。

たまらず、野伏はどうと倒れた。和田熊は亡骸を引っこ抜くや、横たわる野伏へズブリ、再び穂先を埋める。ふたりが絶命した。

三人目の野伏がむちゃくちゃに太刀を振り回す。

今度は上から下へと袈裟《けさ》掛《が》けに斬る。野伏は己の血しぶきを浴びながら突っ伏した。

「辛抱《しんぼう》たまらん！」

和田熊、ワレばっかり暴れよって。ちょっと残しといたらんかい。

正季が残った野伏に襲いかかる。五尺の大太刀の刃が木漏れ日を反射した。

四番手の野伏が弓を放った。この至近距離、唸《うな》りをあげた矢は間違いなく正季の心の臓を射抜くはず――。

しかし、正季が軽く太刀を返した途端、矢は峰で弾かれた。

キャアーッ。野伏は迫りくる正季に恐慌をきたし奇声を発する。背中の矢筒の矢をひっつかむと束にして投げつけた。だが、矢はバラバラと足元に落ちた。

大太刀がまた光り、上段から斬りかかる。枝をかいくぐった陽が、胴体から離れた首と吹き出す血潮を容赦なく照らす。これで残る野伏はひとり。

「最後はおんどれじゃ」

正季は飢えた狼そのもの、和田熊もぺろりと上唇を舐めた。

野伏はその場で失禁した。脚を伝った小便が地面で湯気をあげる。

「汚《き》ったないガキやのう」

正季は一歩、飛びのく。それでも刃は野伏の眉間にあてがったままだ。

「槍と太刀、どっちがええねん？」。和田熊も胸もとを穂先で小突く。

正成はふたりを抑えた。

「兄やん、なんで止めるんじゃい。こいつ何回も人殺しやっとるど」

「わかっとる。けど地獄に落とす前に尋《た》ンねておきたいことがあんねン」

正成は野伏に顔を近づけた。

「誰の指図で大塔宮さまを訪《た》ンねた人を殺めるんじゃい？」

「新熊野院の岩菊丸《いわぎくまる》はんの命令で、こないなことをやってまんにゃ」

岩菊丸といえば先代の執行《しゅうぎょう》、吉野全山を統《す》べる役職にいた。

「岩菊丸はんは、新しい執行の吉水院の真遍法印（宗信）とウマが合えへんのです」

真遍は大塔宮に心酔している。吉野山が決戦の地となり、焼亡することも辞さずと覚悟を決めているはず。それなのに岩菊丸の一派が異を唱えているとは。

「執行の座が恋しゅうて真遍のやること、なすことに逆ろうてるのですわ」

してみれば、山をあげて官軍への忠誠を誓うというのは上辺《うわべ》だけのこと、反対勢力が策動しているのは間違いなさそうだ。

大塔宮はこのことに気づいてはるんやろうか。

「世間では、獅子身中の虫っちゅうのが流行っとるんかい」

正成は忌々しそうに吐き捨てると、顎をしゃくった。すぐ大太刀と槍が躍動した。

五つの屍には、早くも青緑色をした夏蝿がたかっている。

第一〇章 蜂起

一

木枯らしが栃《とち》の木の梢《こずえ》を揺らす。

冬晴れの高く澄んだ青空に枯れ色の葉が舞い、やがて大樹の根元に落ちた。

うずたかく積もった朽ち葉はおびただしい。

それが数万に及ぶ鎌倉軍に思えてならない。尖った葉先は矢じりや剣先のようだ。風の音は坂東武士のあげる鬨《とき》の声に重なった――。

「敵だけやのうて味方も……また、ぎょうさんの人が死んでいくんやな」

籠城した城を大炎上させ、河内の野に身を隠すこと一年以上。

昨冬が去り芽吹きの春になり、盛夏がきて秋の収穫を終え、再びの冬。

まもなく、河内は坂東武士の大軍で埋まるはず。

だが、巨万の敵を迎え撃つ準備は整った。


楠木正成は「千の剣を破る」と豪語する城の本曲輪《ほんくるわ》に立っている。

千剣破《ちはや》城の背後の北側は金剛山に護られ、南と東、西が削いだように深い谷だ。下赤坂《しもあかさか》城や笠置城をも凌ぐ天然の要塞といえよう。しかも、本丸は二千百尺（六三〇メートル）の高さにあるのだから、生駒山頂とかわりない。

それだけに眺望は抜群だ。

眼下には、本城たる上赤坂《かみあかさか》城を核として支城と砦が散らばっている。遠く、麓には鎌倉北条の手によって再建された下赤坂城がみえた。

ふふふ。正成は不敵な笑いを浮かべた。

「ここから河内の兵の動きはもちろん、鎌倉軍が何をさらしとんのか丸わかりや」

そのくせ、山の稜線の下に陣取る敵軍からは楠木一党の動向はみえにくい。

「鎌倉の大将が遠眼鏡で覗きよったら、べかこ（あっかんべえ）したろか」

上赤坂城と千剣破城を含め二十に迫る要塞は散らばっているようにみえて、大きな屋敷が渡り廊下で結ばれているように繋がっている。

「千剣破城でわしが命令したら、たちまち伝わるんや」

連絡は踏みならした山路を使わない。間道に杣道《そまみち》、小径《こみち》や裏道を活用するばかりか隧道《ずいどう》まで掘ってある。鎌倉軍には皆目、見当がつかないだろう。

伝令役には山に暮らす民たちも名乗りをあげてくれた。

「猿よりすばしっこうて、鹿に負けんくらい脚の速いのを選んであるさかい」

正成の傍らで白毛の牡犬《おすいぬ》がゆっくりと尾を振っている。

ひょんなことから、河内の大きな市で拾った仔犬がたくましく成長した。

犬が低く唸る。灰褐色の栃の木の太い幹を、黄みの強い体色の小さな獣がのぼっていく。貂《てん》だ。正成は愛犬の頭をポンッと叩いた。

「あないな小ちゃい獲物を狙わんでもええがな」

どうせなら山の主、これ以上もない大物にかぶりついたらんかい。

「そういうたら、狼や熊なら楠木一党にもおるけどな」

なあ、シロよ——みたまんま、いささか芸のない名前をつけた犬を、今度はやさしく撫でてやる。

「今夜はお前にもひと働きしてもらわなあかん」

ワンッ。シロはさっきより激しく尾を振りながら大きく吼《ほ》えた。

二

甲冑をまとい、武具を伴った楠木一党が山からおりてきた。

とっぷりと陽は暮れた。雲が厚く、月あかりは期待できない。麓の村人たちは早々と火の始末をして寝入ったようだ。

鼻を摘《つ》ままれてもわからぬほど深い闇のなかを、総勢百人あまりが音をひそめて行軍する。先頭にシロ。濡れた鼻をうごめかせ、夜目の効く眼で正成たちを先導している。

突然、シロが止まった。正成はシロの鼻先が示す方を木々の間から透かしみる。

「おっ、松明《たいまつ》が連なっとるぞ」

舎弟と和田熊、志紀らも大将と同じように五十数間（百メートル）先をみやった。

長々とした隊列は下赤坂城を目指している。

牛馬の背に載せられたのは食糧や兵器、正成はそう睨《にら》んでいる。

鎌倉方に任ぜられた新しい城主も、決戦が近いことを察知しとるはずや。

「兄やん、どこであいつらをお迎えすんねん？」

「そうやなあ……」

ワッと正面から躍り出るのはどないや。

そうっと近づき背後を襲うのも捨てがたいで。

敵の隊列の真ん中を衝《つ》いて腰砕けにしてしまう手かってあるし。

「どないすんねん、早う決めたらんかい」

夏、吉野山を後にする際に狼藉者を斬り捨てて以来、正季は血気をぶつける相手に事欠いている。星さえきらめいていれば、ぎらついた眼がわかるはずだ。

「ええか、くれぐれもいうとくけど――やっつけてええのんは侍だけやど」

河内の総大将が念を押す。思えば、今回の隠密作戦は金剛山の方々で城普請をする直前から、正季たちに申し渡してあったのだ。弟は兄の言葉に喰いついた。

「同ンなじことばっかし何遍も。わかっとるわい！」

ペチンッ！　夜闇《やあん》に鳴る乾いた音。

痛っ！　夜陰《やいん》を震わせる短い悲鳴。

「兄やん、何をさらすんじゃ」

「アホんだら、大けな声を出すな」

正成がコンパチ、中指を思いっきり弾いて正季のおでこにお見舞いしたのだ。

志紀と和田熊は笑いを堪《こら》え、闇夜《やみよ》で顔をみあわせた。シロが後肢で正季を蹴っ飛ばす。

正成は声をひそめて指示をだした。

「正季は先頭を塞ぎ、和田熊はおいど（尻）に回れ。わしと志紀で荷駄を改める」


百人の楠木軍団は三隊に分かれ、下赤坂城へ向かう敵を襲った。

「こっから先は一歩もいかせんど」

夜道から正季隊が飛び出す。

「ワイのいうとおりにせんと、片っ端から斬り捨てる」

敵はたちまち列伍《れつご》を乱した。しんがりの兵たちも和田熊の登場に騒然となっている。あちこちで「盗賊や」の声が交錯した。やがて武器を交える音。そして、血の臭い。

正成は敵を難なく追い散らし、志紀が手早く荷を改めた。シロもクンクンと嗅ぎまわっている。

「米に豆、干し魚までありまっせ」

「弓矢に太刀、長道具の槍や薙刀《なぎなた》なんどはどないや」

「長持の蓋《ふた》をあけたら全部それでしたわ。しかもピカピカの新品でっせ」

「よっしゃ、正季と和田熊の隊を呼べ」


返り血を浴びた正季、暗赤色に槍の穂先を染めた和田熊が駆けつけた。

荷駄を運ぶ連中はその場にへたり込み、生きた心地もせず震えあがっている。正成が険しい表情を一変させた。

「安心せい、河内の民のお前らを殺さへんわい」

「ひょっとして……楠木のお館《やかた》はんでっか？」

「そうや。銭を稼ぐんやったら鎌倉方やのうて、わしの手伝《てった》いせんかい」

「おっしゃるとおりでおます。悪いことはでけまへんな」

人夫たちはこぞって従順だ。

「ほな、さっそく仕事があんねん」

正成はテキパキと人夫たちに指示を飛ばした。


煌々《こうこう》と焚かれた篝火に城が浮かびあがっている。

下赤坂城はすっかり様相を新たにし、もう、ちっぽけな山砦《さんさい》ではない。

物見櫓に詰めていた当番が叫んだ。

「やや っ、荷駄隊に急変！」

到着時間から大幅に遅れているばかりか、隊列を崩した人馬が必死の形相で駈けてくる。その背後から三十人ほどの集団、手に太刀を掲げ凄まじい気勢だ。

「荷駄隊が襲撃されよった！」

しかも、追手の掲げる幟《のぼり》は紛れもない菊水の紋ではないか。城内は騒然となった。

「楠木正成の軍がきよった！　早う門を開いて、味方をなかに引き入れろ」

荷駄隊はほうほうの体《てい》で門を潜った。観音開きの扉が、追う楠木軍の眼の前で閉まる。門の外で「アホんだら」と怒鳴っているのがきこえた。

「お前ら、大丈夫か」がっちりと閂《かんぬき》をかけた門番が振り返る。

だが、彼らはその場に立ちすくんだ。


屈強の男たちが太刀や槍を構えている。

どいつも、こいつも知らぬ顔ばかり。

逃げ惑っていた荷駄隊は味方どころか楠木一党だったのだ。

その中から、穂先三尺の大身槍を持った髭だらけのいかついのがつかつかと近づき、門番を突き飛ばした。

「正季はん、すぐに開けまっさかいに」

大手門は再び軋みをあげ、たちまち敵隊がなだれ込む。

正季は馬上から大太刀をふるう。和田熊も負けじと槍を振りまわす。

逃げ惑う下赤坂城の兵たち、それを追いかける楠木一党。城内は蜂の巣をつついたような騒ぎだ。

シロも遠慮なく敵兵に噛みついている。

「今夜は戦《いくさ》のええ予行演習になったわ」

正成はひとり涼しい顔を決めこむ。横で油断なく眼を配る志紀が、かかってきた敵を斬り倒した。

「兄やん、こいつが湯浅定仏《ゆあさじょうぶつ》ちゅうオッサンや」

舎弟が頭を剃りあげた恰幅のいい中年男を連れてきた。正季は湯浅の喉に太刀を当てている。正成はニヤリとした。

「ほう、この御仁が城代さまであらせられるか」

湯浅定仏は紀伊国阿氏河荘《あてがわのしょう》の土豪、僧形なのは瀧覚《りゅうかく》和尚いうところの「やゝゝまこ（はったり）坊主」

「腐れ仏徒」というやつ。実態は土のにおいのする侍だ。

「きさま楠木正成め、謀《はか》りやがって」

「そうやねん、わし、こういう策が大好きなんや」

そやけど、こんなけ、うまいことといくのンも珍しいで。

正成は舎弟に目配せした。正季は合点する。彼は定仏を無理やり座らせた。

「念仏を唱えい。この場で首を叩き斬ったるわい」

「むむっ」。定仏は観念したのか、正季の手を振りほどき座り直した。

「この首を差し出す代わりに、生き残ったわしの軍勢を助けてやってくれ」

正季は意外にも、すんなりと大太刀を背中の鞘に納めた。

「兄やん、このガキええ根性しとる。案外、使えるんやないか？」

「へえ～、正季のお眼鏡に適《かな》うとは滅多にないこっちゃ」

正成兄弟の視線が交錯し、互いに小さくうなずく。

舎弟がしゃがんで定仏に語りかけた。

「河内モンは権威に刃向かうんが好っきゃねん」

紀州モンかてそうと違うか？　正季は親しい友と話しているかのようだ。

「偉そうにしとるヤツにボカンと喰らわせるの、カッコええと思わへん？」

「……………」

「鎌倉のいうこときいてんと、楠木一党に鞍替えして大暴れしたらんかい」

正季の説得に、正成が絶妙の間で入ってくる。

「定仏、わしらを敵に回したかてナンもええことあれへんぞ」

現にこのテイタラクをみてみい——大事な食糧や武器を丸ごと略奪され、城にいたってはまんまと占領されてしまった。楠木一党のシタタカさはこういうところにある。

「戦は軍勢の数やのうて、智慧《ちえ》と士気で勝負が決まるんや」

「…………」

定仏は黙したままだが、胸中の動揺は手にとるようにわかる。

「兄やん、こいつ、もう楠木の味方になると決めてくれたで」と正季。

「ほんなら、この城は引き続き定仏に任せよか」

定仏はポカンと口をあけ、正季と正成を交互にみつめた。


ぶっ太《と》くて長い槍を肩にのせた和田熊が遅れてやってきた。さっそく志紀に尋ねる。

「お館のとっておきの策、どないなった?」

「みてのとおり、大成功やで」

楠木一党に、またひとり武将が加わった。シロもうれしそうに尾を振っている。

三

正成は下赤坂城を奇策で占領した。

師走の風に菊水の軍旗が堂々と翻っている。

急報は河内を駆け抜け、淀川をのぼり京の六波羅に届いた。

北の六波羅を指揮するのは北条仲時《なかとき》、南は北条時益《ときます》が統領をつとめている。ふたりともまだ二十代半ば、鎌倉期待の新鋭ながら、不測の事態に対応をする力はおぼつかない。

「吉野山ばかりに気をとられておるからこのザマじゃ」

仲時がなじると、時益はやり返す。

「河内で築城が進んでおったのを、見てみぬふりを決め込んだのはそちであろう」

「何をいう、楠木封じのため湯浅を南河内に封《ほう》じてあったのだ」

「それが赤子の手を捻《ひね》られるように楠木の手に落ちたではないか」

「ちくしょう、宮と正成の首には複数の荘園という法外な懸賞までつけたのに」

「河内の草の根をわけ、虱潰《しらみつぶ》しに正成を探索すべきだったのだ」

堂々巡りの罪のなすりつけあい。仲時と時益の補佐役、年配の武士まで北が悪い、南のせいだといがみ合う。


そんな鎌倉方の醜態をよそに、ついに大塔宮《おおとうのみや》は吉野で挙兵を果たした。

宮は幕府討伐の令旨《りょうじ》を連発している。隠岐《おき》に逼塞《ひっそく》する後醍醐帝にかわり、天子の御子《みこ》が鎌倉方を「賊軍」と呼び「北条を誅《ちゅう》せよ」と明言しているのだ。

笠置山の攻防、正成の籠城戦では様子見、日和見《ひよりみ》だった各地の土豪たちも、ここへきて重心を官軍のほうへ寄せてきている。

河内と吉野の叛乱《はんらん》は小さなボヤですまない。きっと大火事になる――。

そんな世の動きが察知できるだけに六波羅の焦燥は尋常ではない。

それにもかかわらず、鎌倉から送り込まれた、ふたりの若き俊英は手を拱《こまぬ》いている……。

「とにかく、われらの手で何とかせねば高時殿の不興を買うばかり」

「しかし、正成のような曲者を相手にどう打って出ればいいのじゃ」


正成の仕掛ける揺さぶりが、こんな程度で収まるわけはない。

すぐに年が明け、元弘三年（一三三三）の正月早々、事態はただ事でなくなった。

六波羅に次々ともたらされた知らせは屠蘇《とそ》気分を吹き飛ばした。

「楠木正成が和泉《いずみ》に出撃！」

正成の本隊と正季の支隊はたちまち国府、大鳥、陶器などの荘園を平定《へいてい》してしまった。

「そればかりか――」

恩智や志紀、水走、和田などの分隊が河内各所の地元に戻り、民の熱狂的な歓迎を受けている。各隊はその勢いのまま甲斐荘《かいのしょう》はじめ野田、池尻、丹南、丹下、花田などの守護代、地頭を駆逐してしまった。

「河内と和泉の全土が正成の手に落ちたも同然！」

六波羅の幹部は茫然としている。あわてて制圧軍を準備するも後の祭り。

「注進、注進！」。そこへ、またも急使が血相を変え飛び込んできた。

正成兄弟は大和川河口で合流、北上し摂津の南端の住吉大社まで進軍を果たした。

河内の西端の足代《あじろ》には、分隊がすべて集合し一大勢力に膨れあがっている。

「河内隊は摂津の平野隊を加え、四天王寺で正成本隊と一体になる見込み」

仲時と時益は摂河泉の地図をひらき、楠木一党の侵攻した跡を朱墨《しゅぼく》で記す。たちまち地図は真っ赤になった。仲時は顔色を失い、時益が唇を噛みしめた。

愕然《がくぜん》とする彼らに、新しい物見が脚ばかりか舌までもつれさせて上申した。

「大和、紀州、播磨などから武装した者どもが山を越え、河を渡っております」

義勇を気取った土豪や悪党は「打倒鎌倉」と声高に喚きながら河内を目指している。

ここに至って、両探題はようやく意見を一にする。

「鎌倉の高時殿に、援《たす》けをもとめるよりなかろう」


摂津一之宮、住吉大社で祈願を終えた軍勢は再び北上を開始した。

正成は戦勝を祈った。そこには、勝って平時の暮らしを民に取り戻してやりたいという想いが強い。いかにも、正成らしいことだった。

神社の左手、西側に住吉の浜。沼池はあっても、海のない河内の兵たちにとっては漂う塩の香が珍しい。海からの風は時に強く吹きつけるけれど軍の意気は高かった。

それを象徴するのが、大将正成の偉容といえよう。

連銭葦毛《れんぜんあしげ》の愛馬にまたがり、腰には帝下賜《みかどかし》の野太刀を佩《は》いている。

黒縅《くろおどし》の鎧をまとい、兜は左右の鍬形《くわがた》の間に黄金色の剣が屹立《きつりつ》していた。これは守護尊多聞天《たもんてん》の宝剣そのもの。

翩翻《へんぽん》と浜風になびくのは菊水紋の幟《のぼり》と「蟠龍起萬天《ばんりゅうまんてんにたつ》」と墨書した軍旗。筆を執ったのは、いわずと知れた瀧覚和尚だ。

「地にうずくまっておった龍が起き上がり、いよいよ天下を目指すという意味よ」

今こそ龍の如く暴れまわって、北条を亡きものにせい！

師匠の檄《げき》も猛々《たけだけ》しい覇気に満ちていた。

もっとも——楠木御大の麾下《きか》に属しているとはいえ、やはり河内のオッサンたち。和泉の地頭どもを蹴散らした興奮さめやらず、口々に手柄を自慢しながらの行軍の騒がしいこと。調子にのって旗竿を振り回すヤツもいる。

薙刀や槍、長巻《ながまき》を担《かた》げた格好は、ひと仕事を終えた百姓が鍬や鋤を担っているのと変わらない。侍頭から度々、隊列を整えろと注意されるが、すぐに蛇行してしまう。行軍の一員のシロも呆れている。

副将の正季なんぞも、馬上からひょいと手を伸ばし柿の実をもいで齧《かじ》りつく始末。

「これ、うまいわ。兄やんも食べるか？」

正成は、いらぬと首を振るものの、決して舎弟や兵たちを叱りはしない。やる時にちゃんとやってくれたら、多少のゴンタ（腕白）はかまへんわい。

四

正成は摂津四天王寺の石の鳥居までくると愛馬をおりた。

「四天王寺さんは聖徳太子はんが建てはった、大日本の仏教の始まりの寺や」

河内には太子の御廟所で上之太子《かみのたいし》と親しまれている叡福寺をはじめ、中《なか》之太子の野中寺《やちゅうじ》、下《しも》之太子こと大聖勝軍寺《たいせいしょうぐんじ》や道明寺など、太古の太子と縁の深い寺が多い。それだけに、将兵も親しみを感じているようだ。一同、大将にならい一礼する。シロもペコリと頭をさげた。

鳥居の向こうは西門、境内には金堂や講堂、五重塔などが一直線上に並ぶ。それら時代を経た堂宇《どうう》を回廊が囲むという伽藍《がらん》配置になっている。

念仏堂には太子が安置した四天王、正成の守護尊たる多聞天もおわす。楠木一党はここにも参った。

そうや、と正成が思い出す。

「四天王寺はんの引導鐘《いんどうがね》をつくと、ええ供養になるっちゅうで」

前の戦いで逝った郎党はもちろん、敵兵の分も鐘を鳴らしたろやないか。

正成たちはしおらしい面持ちになった。

しかし——開戦が間近いことは摂津の民も察知している。境内に参拝客の姿はまばらだった。僧侶の読経だけが低くきこえる。

追弔の祈りをささげた後、正成は四天王寺に陣をはった。

「とうとう京の六波羅が動き出しよった」

正成は軍議で口火をきった。京には商人を装った間諜を放《はな》ってある。

「敵将は鎌倉の武将、京に居残っとった尾藤弾正《びとうだんじょう》と報告があった」

六波羅の軍奉行、隅田通治《まさはる》、高橋宗康らも加わって総勢七千が摂津に向かっている。正成は間諜が走り書きした書面の文末に眼をとめた。

「へえ、弾正ちゅうオッサン、俵藤太《たわらとうた》の末裔《まつえい》らしいで」

「誰やねん、その米俵やら炭俵いうのン？」。舎弟から質問がとぶ。

「近江で大百足《おおむかで》を退治したり、東国で乱をおこした平将門を討った藤原秀郷《ひでさと》のことや」

四百年ほど昔の侍やけどのう。こういってから正成は眉をしかめる。

「百足っちゅうたら毘沙門天《びしゃもんてん》さんのお使いやないか」

「毘沙門天は兄やんを守護してくれてはる多聞天と同じ仏《おんな》さんやろ」

これは、もう摂津で毘沙門天の手下の仇討《あだうち》せなアカン。舎弟は兄をけしかける。

名門の血脈に繋《つな》がる武将が出張ってこようが、楠木一党に動揺はない。むしろ、くるならきてみろという不敵な気概に満ちている。

「わしらの兵馬は三千か……けど、こんだけおったら御《おん》の字」

正成は恩爺を促して地図を広げさせた。たちまち諸将の頭がその上に被《かぶ》さる。

「ええか、戦ちゅうのはパッと攻めて、サッと引くんが肝心や」

正成は摂津の大河、京から流れてくる淀川の北岸を指さした。

「あいつら、じっきにこの辺りに布陣しよる」

正成はぐるりと武将たちをみまわした。

「ずっと温めてた作戦があんねん」と急にひそひそ声になった。

「おんどれら、もそっと顔を寄せんかい」

パチッ、火鉢の炭が爆《は》ぜた。

ピクッ。寝そべっていたシロの耳が鋭く反応した。

正成の予想通り、六波羅軍は淀川の北岸に勢揃いした。

敵数は七千に近い。いざ、と正成が床几《しょうぎ》から腰をあげる。

「ナンや知らん、十万ほど敵がおれへんかったら、戦っちゅう感じがせえへんのう」

そうでんな。七千なんぞワイらの倍ちょっとでんがな。キューッと捻ったりまひょ。

河内のオッサンたちは沸きたった。

「ええか、手筈《てはず》どおりにいくで」

「よっしゃ！」

弟が背に五尺の大太刀を結わえた。和田熊は槍の穂先に唾をくれ磨きたてる。志紀、平野ら諸将に新参の湯浅も自隊の先頭に立った。彼らは二隊に分かれ四天王寺と住吉大社に分留《ごづ》する。四天王寺から淀川べりまで二里（八キロ）、四天王寺と住吉は一里半（六キロ）ほど。住吉で後詰めの重責を担う正季は事もなげにいった。

「兄やんがやられたら、ワイが米俵のオッサンをボロクソにいてこましたるさかいに」

「その意気や、頼んだで」

正成は北斗の七つ星を描いた軍配を手にした。

「なんや、こう、武者震いしまんな」

恩智の甲冑が小刻みに揺れている。正成は河内の古兵の両肩をどやす。

「恩爺、若いモンに百戦錬磨の醍醐味をみせたってや」

正成は六波羅軍を最前線で迎え討つ第一隊を率いる。

ところが、これが、総勢三百に満たない小部隊——恩智をはじめ老兵が目立つうえ、痩せ馬に荒縄の手綱をかけ、鎧や兜は総じて貧弱。正成さえ颯爽《さっそう》とした姿とはほど遠い。

「蟠龍起萬天」も藁筵《わらむしろ》に書かれてあった。隊列に白犬まで混じっている……。


楠木一党の第一隊は古の都、難波宮の跡を東にみやりつつ淀川を河口近くまでくだった。

正成は渡辺橋の南側に布陣、六波羅軍も第一隊の動きを横目に睨んで移動してきた。

「六波羅の軍勢、そろそろ辛抱たまらんようになっとるやろ」

予想は的中した。橋の向こう側で、いきり立っている将は隅田と高橋の両軍奉行、彼らの怒声がこちらにまできこえてくる。シロが総毛を逆立てた。

「楠木軍の出で立ちをみよ、敵は貧弱の極《きわ》みぞ！」

「そのうえ小勢《こぜい》、兵も老いぼればかりじゃ」

正成はシロの腰のあたりを撫でてやる。

「あいつら、いっつも中身やのうて外見で判断しよんねん」

前の戦かって、城が小さいちゅうてナメてかかってえらいメにおうたくせに。

「お館、敵がかかってきよりまいた！」と恩智。

滔々《とうとう》と流れる淀の川音を掻き消すほどの六波羅軍の声が冬晴れの空に響く。

「かような浅瀬、一気に駆け抜けよ！」

騎乗の武士は馬に鞭をくれ、水しぶきをあげ川を渡ってくる。

「うおっ、冷たい」

「何のこれしき、楠木を捻りつぶせば汗もかこう」

寒中の渡河《とか》、氷こそ張っていないが刺すような水温だ。人馬の吐く息は白い。

「騎馬隊に後れをとるな！」

徒士《かち》たちは渡辺橋に殺到、押し合いへし合いで攻め込む。

水鳥たちがいっせいに飛び立つ。空からみおろせば、河口は七千の兵馬一色に染まっていることだろう。

正成らも太刀や薙刀、槍を構える。シロは牙を剥いて唸った。

その時、思いもよらぬ異変が――。


橋板がミシミシと鳴り、橋げたはグラグラ揺れ橋脚もブルブル震えだした。

渡辺橋の中央から板が次々に外れ、支えていた脚がどうと倒れてきた。

うわぁ。何事だ。助けてくれ。

橋の端から端までぎゅうぎゅうに詰めかけていた兵が、ことごとく投げ出される。

ぎゃあ。ヒヒーン。

いきなり、とんでもない数の徒士が降ってきたのだから騎馬の兵もたまらない。恐慌をきたした馬は竿立ち、あるいは横倒れになり鞍上《あんじょう》の武士も川に落ちた。

ウップ、アップ。必死に水面から顔をだそうとするが、甲冑の重さがアダとなる。さらに水の冷たさが容赦なく体温を奪った。身が凍え、唇は紫色だ。

力尽きた兵士は川中に沈み、海へ押しやられていく。

南側の堤で正成は快哉《かいさい》を叫んだ。

「あはは、橋を壊す細工をしたんは初めてやけど、うまいこといったわ！」

ところが、正成の策は橋の崩落だけで終わらない。

淀の川上から数十艘《そう》の舟が颯爽とあらわれた。

指揮をとるのは水走康政。舟団は川幅いっぱい横へ広がったと思ったら、巧みに舵を操り、たちまち縦一本になってみせる。

大将舟の舳先《へさき》に立った水走は、堤の上の正成に片手を振った。

「水走水軍のお手並み拝見や……あれっ？」

正成が素っ頓狂《とんきょう》な声を出したのは、大将舟の舵をとっているのが、他ならぬお吟だったから。結いあげた黒髪に純白の鉢巻き、襷《たすき》は明るく青い水縹《みずはなだ》色。凛々《りり》しいばかりの女侍はチラリと正成に一瞥《いちべつ》をくれた。

「ううむ。あのお転婆《てんば》め、命が惜しゅうないんかい」

いったん唸ったものの、正成はさっと軍配を返した。

櫓《ろ》を激しく動かすお吟にならって、舟団は速度をあげ六波羅軍にかかっていく。

予想もしない水軍の登場に六波羅軍はいっそう浮足立った。

「おんどれらの兵法書には、地上の白兵戦か、城攻めしか書いとらへんのか」

正成は六波羅軍の痛いところをつく。

軍舟は水すましのように自在に動いた。舟から矢を射て、槍で突き、薙刀で払う。

敵も応戦するが、何しろ川の中だ。おまけに水の冷たさで、ひどく手がかじかむ。矢を射ようにも的が定まらない。長物で斬り、突いたとて軍舟の船体には鉄板が貼ってある。槍や薙刀の刃もカチンッと音をたてるだけ。

水中の六波羅兵は、倒れた同僚に蹴つまずき、騎手を失った馬から蹴られ……混乱の極みに陥った。味方同士で斬り合う醜態までみせる。

「くっそう、転覆させてやる」

気丈な敵兵が大将舟の船べりに手をかけた。舵手のお吟がすばやく櫓を武器に変え、六波羅侍の腕に叩きつける――グシャ。骨が砕ける鈍い音を残して武士は沈んでいった。

北岸に居残った兵も指をくわえているばかりではない。川に入って応戦しようとする。

だが淀川は油断がならない。穏やかにみえてもいきなり潮流が急になる。足元をとられ倒れる武士が続出した。そこへ軍舟がさっと近寄り銛《もり》や槍を繰り出す。投網をかぶせられ一網打尽という光景も。

川面は血で染まった。上空には、逃散した水鳥にかわって鴉《からす》や鳶《とび》らが群れ飛ぶ。早くも数羽が舞いおり、息絶えたばかりの兵に嘴《くちばし》をたてている。


それでも数千の六波羅兵が南岸に這いあがってきた。

尾藤に隅田、高橋ら幹部は恥辱と憤怒で赤銅色になっている。

「敵はわずか数百ぞ、殲滅《せんめつ》せよ！」

尾藤らは人馬ともに身震いして水を弾く。その飛沫が堤の土を黒く濡らした。

「むむっ、さては貴様が楠木兵衛尉《ひょうえのじょう》正成か！」

尾藤に名を確かめられ、正成はうなずいた。

「お天子はんの御厚情で特進したから、兵衛尉やのうて左衛門尉《さえもんのじょう》やけどな」

かまわず尾藤は名乗りをはじめた。隅田と高橋も次は己の番と居住まいを正している。

「われこそは藤原北家魚名《うおな》流の英傑、俵藤太こと藤原秀郷を祖と仰ぐ……」

河内の兵にもお馴染み、鎌倉武士の伝統、戦の美学。だが正成は一笑に付す。

「ウチの弟は米俵やら炭俵ってゆうてたで」

正成は河内の手の者たちに号令した。

「第一列と二列、三列と交互に弓を射かけろ！」

矢が唸りをたて、あたかも豪雨のごとく六波羅軍に降りそそぐ。

恩智も弓を引いた。爺さん呼ばわりされているものの、まだまだ壮健、力強い矢は唸りをあげて敵兵の鎧を貫き、馬の首に刺さる。敵は大いに出鼻をくじかれた。

「どないじゃ、次は眼ン玉を狙たろか！」

「恩爺、ごくろうはん」

頃合いや、よし。正成は全員に命じた。

「ほれっ、四天王寺さんめがけて駈けに駈けい！」

たちまち河内の兵馬はすたこらさっさと逃げていく。しかも、隊列を組むわけでなく四分五裂、てんでバラバラ。シロも舌を横出しにして走った。

六波羅軍は愚直な反応をしめす。蜘蛛の子を散らしたような正成隊を、算《さん》を乱して追いかけた。隅田や高橋までその中にいる。尾藤は名乗りの代わりに怒声を張りあげた。

「待て、行くな、追うな！　これもきっと正成の策略ぞ」

だが、六波羅軍の大将の命令をきくものは誰もいない。

五

四天王寺の五重塔の甍《いらか》がみえてきた。

てっぺんには九輪の相輪《そうりん》が屹立している。

六波羅軍は橋を落とされ、水軍に討たれた末、人馬とも淀の水が乾かぬまま河内の兵を追ってきた。

恩智たちから射られた矢が、甲冑のところどころに刺さったまま揺れている。

それでも彼らは血眼《ちまなこ》になっていた。

「寺はもちろん近所の民家もくまなく探して、楠木軍の一兵たりとも生かすな」

だが、六波羅軍はその場で行軍を止めざるを得なかった。

「おんどれら、待ってたで！」

四天王寺の堂宇や周辺に身をひそめていた和田熊、平野、志紀ら千七百人の第二隊が槍に薙刀、太刀をふりかざす。

「ひゃっ、楠木軍は三百の老いぼれ部隊だけではなかったのか！」

「だれがジジイやねん！」。怒った恩智がまた自慢の弓を射る。

六波羅軍はようやく正成の策の周到ぶりに気づいたようだ。

正成が愛馬に乗り換え敵に向かおうとするのを諸将が押しとどめた。

「お館、そこで高見の見物としゃれこんどくなはれ！」

第二隊は、一心不乱に走り肩で息をしている六波羅軍に休む暇《いとま》を与えない。

和田熊がいきなり大身槍を放り投げた。

三尺もある穂先が、突進してきた敵馬の眉間を直撃する。断末魔のいななき、馬が首を振り上げた勢いで、槍の柄は騎士の冑の天頂を強《したた》かに打つ。馬が息絶え、武士は脳震盪をおこして地に転がった。

わっと河内の歩兵が群がり関東武者を血祭りにあげる。

和田熊は、おもむろに馬面から槍を抜いた。六波羅軍は毒気も抜かれ後ずさる。

ニタリと髭面に不気味な笑い、再び槍を投げる構えをとる。

この馬、あの将、そっちの徒士――剣先が己に向くと、敵兵は悲鳴をあげて逃げ出した。


その間に、早馬の伝令が住吉で後詰《ごづ》めを仰せつかった第三隊へ駈けだしていた。

「ようやっと出番かっ！」

正季は俊足自慢の青毛に跨《また》がった。正季に付き従う、楠木一党でも名うての荒くれ侍たちが怒濤《どとう》の勢いで後に続く。

千三百人を数える第三隊はたちまち土埃《つちぼこり》のなかに隠れてしまった。

四天王寺の第一隊と二隊は押しに押している。

だが正成は浮かれることなく、じっと戦況をみつめ、時刻の推移を計っていた。

「そろそろ第三隊が着きよる」

正成は軍配を大きく振った。和田熊や平野、志紀たちはすばやく隊列を整え、四天王寺の東側に幅広く展開する。

敵将の尾藤は馬上からその様子をみていた。

「あれ、また楠木軍が妙な動きを始めたぞ」

こう口にした途端、四天王寺西門あたりに天地を揺るがすような蛮声が轟《とどろ》いた。

「六波羅のアホんだらども、全員いてまうど！」

第三隊の先頭は正季、弓手《ゆんで》（左）に五尺の大太刀、馬手《めて》（右）に手綱《たづな》を握りしめ真一文字に斬りこんでいく。後続の荒武者たちは隊長を頂点に三角をした鱗《うろこ》の形になっている。

その勢いは疲れ知らず、鉞《まさかり》で横木を叩き割るかのようにぶち当たる。敵軍の前衛はたちまち突破された。

「わあっ、この戦法は魚鱗懸《ぎょりんがか》り！」

尾藤が叫ぶのと、突進してきた正季の太刀が彼の肩に喰い込むのは同時だった。

血がいくつかの塊となり、弾けるように散る。地面に落ちた片腕は太刀を握ったまま転がった。尾藤は消えた腕のあたりを、残った手で盛んに探っている。

正季は振り向きもせず特攻を続け、次の武士の首を刎《は》ね飛ばす。徒士が馬上の正季めがけて繰り出した槍を弾き、返す刀の峰で横面を張り倒す。

ウプッ、徒士は数本の歯を吐き出し、気絶してしまった。

後続の兵たちも敵をなぎ倒していく。蹂躙《じゅうりん》というのがぴったりの猛々《たけだけ》しさだった。

第二隊は横一線になったと思ったら、右翼の平野と左翼の湯浅の隊が、敵を包み込む陣形になって攻めたてる。まるで鶴が羽をひろげたようだ。

「これが鶴翼立《かくよくだ》てや」。平野が太刀をふるいながら吼《ほ》える。

魚鱗で中央突破され、逃げようと企てれば鶴翼の包囲で身動きがとれない。

志紀は、逃げ場を失い縮こまる敵軍のなかに太っちょと長身の侍をみつけた。

「あっ、おんどれらは河内の市で暴れとった足利の郎党やないか！」

「わあっ、あの時の……いや、人違いじゃ、あんたの顔もみたことがない！」

ここで逢ったが百年目、志紀は太刀を抜く。だが、その肩をつかんで引き留める者がいる。振り向くと下赤坂城を任されている湯浅定仏《じょうぶつ》だ。

「志紀はん、ひとつワイに初手柄を譲っとくなはれ」

「譲るもナンも、こいつら極めつけのビビンチョでヘタレやど」

「いやいや、志紀はんがぎょうさんの敵のなかから狙うたんや、名のある武将やろ」

湯浅は長物が得手《えて》らしい。刃渡り三尺（九〇センチ）で柄が四尺（一二〇センチ）ほど、小型の薙刀という体《てい》の長巻《ながまき》を振り回した。

デブとノッポは軍勢にまぎれようとするが、味方のはずの兵たちが湯浅の方へ押し返す。転げるようにこっちへきたふたりのうち、湯浅はまず背の高い方に自慢の刃をお見舞いする。長巻は刀の部分が重く打撃が強烈、肩を狙われた足利侍は、鎖骨を折られたうえ袈裟《けさ》掛《が》けされ棒のように倒れた。

肥満の足利侍は泡を喰いながらも槍で突く。しかし湯浅は長巻で槍を叩き折った。

足利侍は柄だけになった槍を茫然とみつめる。長巻の刃身の細長い影が彼の眉間と重なった次の瞬間、兜ごと頭を割られ絶命した。

湯浅が止めを刺している間に正成があらわれた。

「いつぞやの足利の郎党どもか」

湯浅が、どんなもんだと胸をはる。正成は志紀に目配せしてからいった。

「ようやった、次は足利党の総大将高氏の首を搔斬《かっ》ってくれ」


六波羅軍は獰猛《どうもう》な猫に狙われた鼠と同じだった。

兵は疲弊と恐怖と絶望に苛《さいな》まれ、片腕を失った指揮官は戸板に乗せられ、もがき苦しんでいる。六波羅軍は完全に統制を失った。

正成は満足そうにつぶやく。

「どや、楠木一党はまともな地上戦術もけっこういけるやろ」

隅田、高橋は蒼白だ。七千いた軍勢は五百ほどにまで減っている。京に戻って、どう釈明すればいいか——あれこれ考えを巡らせるが、いっかなまとまらない。

隅田がやけくそ気味にわめいた。

「引け、引くのだ。全軍、渡辺橋まで取って返せ！」

もう、そこに橋が架かっていないことも忘れ、六波羅軍は死に物狂いで退却していく。

第一一章　四天王寺

一

元弘三年（一三三三）一月十九日、楠木一党は渡辺橋そして四天王寺の合戦で大勝した。

正月から戦火を交え、破竹の勝利を重ねている。摂河泉で無双、六波羅軍も正成の軍略が冴えわたり見事に一蹴——楠木一党は戦勝に酔った。

戦果はさっそく吉野山に報告され、大塔宮《おおとうのみや》は陽春きっての朗報と上機嫌だ。

快勝をききつけ、楠木一党に加わりたいという者たちがいっそう増えた。彼らは金剛山に展開する城や砦に入っている。

だが、正成はいささかも驕《おご》ったりしない。むしろ兜の緒を強く締め直した。

京に放った間諜は、敵軍の不穏な動きを伝えている。

鎌倉の総帥北条高時は、郎党のなかでも有数の武闘派、宇都宮治部大輔公綱《じぶたいふきんつな》を遣わした。

宇都宮は数え三十、下野国宇都宮に根をはる強健な紀清両党《きせいりょうとう》の武士団を従え「坂東《ばんどう》一の弓取り」の武名を誇っている。正成は太い息をついた。

「尾藤や隅田、高橋とはケタの違う武将やで」

腕を組み、さらに深く息を吐く。河内の大将の沈思黙考は続く。

翌朝、正成は供も連れずに四天王寺の陣を出た。目指すは中河内の八尾――。

正成が四天王寺に戻ってきたのは夕刻だった。

西門から石の鳥居の彼方をみつめる。教練指南を終えた正季がシロを連れて並んだ。

正成は問わず語りに話した。

「この西の果てに極楽浄土があるんやで」

ちらっと五重塔を振り返る。

「彼岸の中日《ちゅうにち》の夕方、生駒《いこま》山のてっぺんから四天王寺さんを拝んでみい」

年に二回だけ――熟柿《じゅくし》のように色づいた夕陽が、寸分違《たが》わず真ん中から五重塔の相輪に突き刺さるようにして沈んでいく。思わず、合掌して南無阿弥陀仏と唱えたくなる雄大で深遠な光景だ。

「生駒の山頂から、きっちし真ァ《ま》西へ差して、真ァ《ま》っすぐに線を引いたら五重塔なんや。聖徳太子はんは、そこまで考えて寺を建てはったんやで」

「ほう（そう）なん？　昔の人はえらいことをさらしよンのう」

正季は素直に感心している。こんなところがあるから、憎めない。

「ワイはどうせ戦で死ぬ身やけど、西方にある極楽浄土へいけるんかい」

正季は珍しく感傷的になった。シロも、ちんっと尻をついて座っている。

「これからも、ぎょうさんの人を殺《あや》めなあかん。たぶん阿弥陀如来は怒らはるやろな」

「兄やん、お天子はんのための戦《いくさ》とはいえ、何やら切ないのう」

「…………」

兄弟は黙りこくり西の彼方を凝視する。シロが物いいたげにふたりをみあげた。

宇都宮が明日にも京を出立《しゅったつ》、四天王寺へ向け進行開始！

この報が入った時、楠木陣営は歓声に包まれた。

誰もが打倒鎌倉賊軍の意気に燃えている。

「宇都宮の軍勢はたったの七百やそうでっせ」。和田熊はどんっと胸を叩いた。

「この戦、ワイに任せてもらえまへんか？　夜襲をかましたらどないだ」

副将の正季、参謀格の恩智が大将を窺う。

正成は唇を固く結んだままだ。舎弟が恩智に耳うちする。

「こういう時の兄やんは、またケッタイなことを企んどるんや」


先般、正成は八尾の地に法師武者《ほうしむしゃ》を訪《おとな》った。

根城の八尾寺は要塞さながらの武張《ぶば》った構えをしている。たちまち刀をおびた家人たちが人馬を取り囲む。正成は、彼らを歯牙《しが》にもかけぬ落ち着いた声を発した。

「わしは楠木正成や。おんどれらの親方、八尾別当顕幸《やおべっとうけんこう》に逢いにきた」

楠木と八尾は宿敵、長年に亙《わた》って中河内の覇権を争ってきた。家人どもは色めきたつ。

だが正成は馬をおりると案内もなしに境内に入っていく。勝手知ったる他人の陣地、数え十二の初陣の相手が八尾顕幸。以降、干戈《かんか》を交えること幾たび、正成はことごとく八尾を打ち破ってきた。数回、寺を装ったこの砦に突入したこともある。

楠木だと、待て。ここで斬り捨てる――口々に怒鳴りながら家人が追いかけてきた。

「アン（アホ）だら、じゃかわっしゃい（うるさい）。お天子はんの戦のために顕幸と談判しにきたんじゃ！」

千喝にも値する一喝に家人どもは立ちすくんだ。手にした太刀を落とした者さえいる。正成は襟をただすと、本丸といいたくなるような本堂へ歩を進めた。

八尾顕幸は珍客に驚くわけでもなかった。

「正成がくる前に、吉野山の護良《もりよし》親王様からの親書が届いたァる」

顕幸は件の書状を額より上に掲げ、うやうやしく一礼した。

「八尾寺別当職のワイを僧正の位に叙すると書いたァる」

八尾寺を統括する代々の別当職は、上から六番目の権大僧都《ごんのだいそうづ》に叙せられてきた。

「爺さん、ひィ爺さんが権大僧都になれたんはヨボヨボになってからや」

ところがこの度は、壮年の当代顕幸に三階級特進、上から三番目という破格の高位を贈るというのだ。大出世、望外の朗報のはず――正成は心のなかで、エヘへと笑った。

それを見越して、大塔宮さまに無理をきいてもろたんや。

だが、顕幸はうれしさ半分、もう半分はオモロないという渋面《じゅうめん》になっている。

「そン代わりに、おんどれと手ェを組んで討幕の戦に加われとあるやないかい」

「ふうん、大塔宮はんはそないなことというてはんのか」

位階で坊主を釣る、瀧覚《りゅうかく》和尚をして「悪知恵」といわしめた一計だ。

ここで、もうひと押しカマしてこましたろ。

「わしと組んで、河内の民のために北条の世を糺《ただ》すンが気にいらんのか？」

ギロリと正成を睨んでから、法師武者はごつい顎をゴシゴシとこすった。

「護良親王様の御好意は滅多に断られへんわい」

「そらそうや。ムゲにすることなんか、一個もあれへんやんけ」

ぷいっ。八尾は横を向く。だが……ゆっくりと顔を戻した。

「坊主としては偉そうにでけても、戦となったらおんどれの手下とはのう」

「新しい世の中になったら、もう、わしとワレがいがみ合うこともものうなる」

「……ホンマにそうなるんかい？」

「他人事《ひとごと》みたいにいうなれ！　わしとおんどれで新しい河内をつくるんじゃ」

正成にいい捲《まく》られ、気圧《けお》され、言葉に窮した八尾は立ちあがって窓をあけた。

東に、くっきり、生駒山。生駒颪《おろし》に八尾の手の書状がパタパタと音をたてた。

二

宇都宮公綱は七百の精鋭を引き連れ摂津の地を踏んだ。

部下は益子（紀氏）と芳賀（清原氏）の一族で固めた紀清両党、関東無双の異名をとる。

途中、淀に架かっていた渡辺橋の跡もみてきた。累々《るいるい》たる屍《しかばね》が腐臭を放っていた。

彼らは素っ裸同然。身につけていたものが、ことごとく引き剝がされている。摂津や河内の貪婪《どんらん》な連中が集まり、すっかりさらっていったのだ。

「これぞ地獄絵図よのう」

宇都宮は、戦の非情にしてさもしい現実を目《ま》の当たりにし不快でしかない。

その怒りは楠木軍に向けられた。前の南河内の合戦でも、楠木の下郎《げろう》どもは坂東武士の美麗な甲冑、斬れ味最上の刀剣を戦利品としてかっさらっていった——。

「河内の田舎侍どもめ、悪党や破落戸《ごろつき》にふさわしい死に方をさせてやる」

四天王寺の偉容を遠望できるところまできて、宇都宮は全軍を止めた。

「楠木は類例なき策略家ぞ、必ず奇策を仕掛けてくる。心しておけ」

落とし穴、それとも五重塔から石礫《いしなつぶて》を投げつけるか。大路を大木が転がってくるのか。

放《はな》った物見が次々と戻ってくる。彼らは一様に首を傾《かし》げている。

「どうした、早く委細を申せ！」


先陣を申し出たうえ夜襲まで提案した和田熊が、何とも要領を得ない顔で総大将をみた。

「あの、その……お館《やかた》、もういっぺんいうてもらえまっか」

正成は「何回いうたらわかるんや？」と半笑い、舎弟はその横で腹を抱えている。

「せやから、すぐに四天王寺の陣を引き払う」

「……で、どこへいきまんねん？　金剛のお山でっか」

「いや、じっきにまた戻ってくるさかい、おんどれらの地元へでも帰っとけ」

「せやけど……それ、ホンマにマジでやりまんの？」

宇都宮軍はたったの七百、こちらは三千。河内各地や金剛山から援軍を呼び寄せれば敵の十倍にはなろう。しかも楠木一党の戦意は、これ以上ないほど燃えあがっているのだ。

和田熊は眼の前の獲物をお預けにされたかのよう。湯浅や平野の額にも不満、不可解とハッキリ書いてある。

正成は烏帽子《えぼし》を脱ぎ、形を整えながらいった。

「戦っちゅうのは兵の大小で決まらんことを、おんどれら、まだわかっとらんのか？」

先だっての籠城戦、摂河泉を制圧した連戦、そして前回の六波羅軍との合戦。いずれも寡兵《かへい》で大勢を打ち負かしてきたではないか。だが今回は立場が逆になる。

「宇都宮軍は一人一殺《いちにんいっさつ》の性根を固めてかかってきよるぞ」

もとより敵将は関東一の弓取り、部隊は東国で無敵。屁っぽこ守護代や腰抜け六波羅軍とはまったく違う。

「よしんば、一戦を交えてもわしらにぎょうさんの犠牲が出るのは眼ェにみえたァる」

やがて何万もの鎌倉本隊が攻めのぼってくる。決戦の場は金剛山、そこで死力を尽くせ。四天王寺で無理をする必要は、まったくない。

コホン。正成はわざとらしく空咳《からぜき》をうった。

「良将は戦わずして勝つ——逃げんのは恥やない、後々ごっついこと役にたつんやで」

「兄やんのいうとおりや。どれ、さっそく玉櫛あたりまで馬を飛ばそかいのう」

好戦派の最右翼の正季でさえ、こういう。和田熊はもう反駁《はんばく》できない。

衆議は決した。烏帽子をかぶり直した正成が号令する。

「立つ鳥、後を濁さずや。四天王寺はんの隅々までキレイに掃除してから解散！」

宇都宮は物見の報告をきいたものの半信半疑のままだ。

だが、念のため偵察にいった腹心が急ぎ帰って呆《あき》れ顔でもの申した。

「殿、まことのことでございます。寺には坊主しかおりません」

「ううむ」。正成の退散をどう解釈すべきか、宇都宮は思案にくれた。

鎌倉を発つ前、足利治部（高氏）と話をしたことを思い出す。

高氏は、公家さながらの白くてツルリとした頰に手をやった。

「正成は稀代の策士ですからなあ」

宇都宮は高氏のこういう、もったいぶった態度が以前から気にくわない。

「治部殿が笠置、河内の戦で正成と手合わせしなかったのは、それゆえか？」

高氏はすっと眉をあげたものの、取ってつけたような神妙な顔つきに戻った。

「いやはや十万もの先着隊が詰めかけ、われらが割り込む隙間がござらんかった」

「わしなら、無理やりにでも前へ出て功をたてるところじゃ」

「はあ、宇都宮殿の紀清党ならともかく、われらの家人ではとてもとても」

煮ても焼いても喰えんヤツ。宇都宮は舌を鳴らしたいところだった。

「楠木のこと、何か参考になろうかとお訪ねしたが無駄じゃったな」

「お役にたてず申し訳ない」

高氏は、不快を露わにして帰ろうとする宇都宮の背中に声をかけた。

「京に残った足利党の侍が、正成からキツいお灸《きゅう》をすえられましてな」

「左様か。ならば、わしが十倍返しで痛めつけてやろうぞ」

高氏は含み笑いをしながら、しれっといった。

「いや正成には部下の無礼を正していただき、かたじけないとお伝えくだされ」

楠木も治部も、いっしょくたに叩きのめしたいわ――宇都宮は独りごつ。


宇都宮の軍はすんなりと四天王寺に入った。

「一瞬たりとも気を抜くな！」

楠木一党は攻めてくるに違いない。だが、その手立てがわからぬ。

まんじりともせず一日を過ごした宇都宮のもとへ、六波羅から「正成を四天王寺から駆逐したとは重畳至極《ちょうじょうしごく》」と褒《ほ》めたたえた書面が届いた。宇都宮は書状を握りつぶした。

「わしらは何もしておらん！」

弓も引かずに帰国するなど、坂東武者の矜持《きょうじ》がゆるさない。楠木が奇策に打って出てくる前に、南河内を急襲し下赤坂城を奪還してやろう。

「出陣は明朝、万全の備えで隊伍を整えよ！」


宇都宮の陣営が兵馬と武具、兵糧の点検に多忙を極めていた頃。

生駒山の麓、瓢箪山《ひょうたんやま》や額田《ぬかた》、孔舎衛坂《くさえのさか》あたりで妙なことが起こっていた。

河内の老若男女が手に棒や割り木を持ち山へのぼっていく。しかも、その数が尋常ではなく千人に近い。群衆を導いているのは、武骨な顔つきながら紫の法衣《ほうえ》をまとった僧侶、どうやら高い地位にいる御坊らしい。

「お住持《じゅっ》さん、お尋《た》ンねしまんねがナンの騒ぎでんねん？」

山麓の百姓に、僧は気さくに応じてくれた。

「近頃お天子はんと鎌倉がモメて落ち着かへんやろ。こういう時こそ河内の衆を引き連れて日想観《にっそうかん》をやろうと思てんのや」

「それ、ナンでんねん？」

「夕陽を拝みながら西方浄土を念じるこっちゃ。ワレも一緒にどや？」

百姓がこたえに窮《きゅう》している間にも、大勢の民が山へ入っていく。

「そらそうと、お住持さんはどこからおいなはった？」

この辺りの寺ではみかけぬだけに百姓の問いも当然のことだ。

「ワイは八尾寺の別当職、しかも僧正様じゃ」

自慢気にいうと、強面《こわもて》の坊主は新品で高価そうな僧衣の裾を翻《ひるがえ》した。


その夜、宇都宮軍の当直は五重塔の遥《はる》か東方をみつめ息を呑んだ。生駒山に千にも及ぶ、おびただしい数の灯りが揺らめいている。それは、満天の星が帳《とばり》となっておりてきたようだった。漆黒の山森に赤や黄の焔《ほむら》が散りばめられ幽玄そのもの。武辺一辺倒の下野侍であっても、さすがに詩心をくすぐられたようだ。

「はあ……こんなに美しい光景はみたことがない」

しばらく呆《ほう》けている間に、陣幕からも大勢の武人が出てきて、生駒のきらめきにみいった。神仏の威光、それとも狐狸《こり》の仕業か。時ならぬ騒ぎとなった。

のっそり、大盃を片手にした宇都宮も姿をみせる。

「静まれ。あれは神威でも魑魅魍魎《ちみもうりょう》の誑《たぶら》かしでもない」。彼は酔眼をすがめた。

「楠木一党の仕業《しわざ》に違いあるまい」

きゃつら、とうとう動き出したか。宇都宮は盃を地面に叩きつけた。

「楠木はすぐにも二の矢を仕掛けてこよう、夜っぴきで警護を怠《おこた》るな」

翌朝の出陣は日延べする、宇都宮は即断した。四天王寺を囲む形で兵をめぐらせ次の攻撃に備える。

生駒山の美麗な灯といがみ合うかのように、武骨な篝火《かがりび》が次々にたてられた。

「馬の鞍を外してはならん、兵も鎧の上帯《うわおび》を外さず臨戦態勢でおれ！」


だが、楠木はウンともスンともいわない。

そのくせ、各所に放った物見は大半が斬られ、数人だけが命からがら逃げ帰ってきた。

「正季に恩智、志紀、和田、水走……摂津の平野も防備を固めておるだけです」

「うぬ、一寸とて動く気配はないのか」

「しかも、またもや正成が行方をくらましました」

「な、何だと！」。宇都宮は床几を思いっきり蹴とばした。

「生駒だ、正成はあの山のどこかで火を灯しておる、ただちに山狩りをせい」

烈火のごとく怒る大将に、腹心がおそるおそる助言した。

「殿、生駒山にいたる土地に川、沼池まですべて正成の子飼いの領地でございます」

強靭を誇る宇都宮軍とはいえ、容易に河内平野を西から東へ縦走できまい。しかも、七百しかいない員数を山狩りに割けば自陣の守りが手薄になる。楠木はそれを好機と来攻《らいこう》するはず。

「ううむ、手を拱《こまぬ》くしか術《すべ》はないと申すか……」


この夜も生駒山は美麗で深遠な無数の焰をまとった。

いや、それどころか北隣の飯盛山、交野山、南に伸びる高安山、信貴山にも星屑が落ちてきた。

その次の夜には難波、住吉の海上で数百の焰が。宇都宮はギリギリと奥歯を嚙んだ。

「水走の軍舟が海に出よったな」

そのまた翌夜には山と海の灯に加え、あちこちから笛や太鼓が打ち鳴らされた。

だが、間諜ひとり犬一匹とて楠木一党は四天王寺に近寄ってこない。

壮健が自慢の宇都宮軍にも疲労と倦怠の色が濃くなってくる。何しろ甲冑のまま、ほとんど不眠で日々を過ごしているのだ。風邪や皮膚病に冒される兵が目立って増えた。

食糧不足も深刻な問題だ。しかし、近辺の百姓家にはひと粒の米すら残っていない。

「米ばかりか麦や粟、味噌にいたるまで喰い物はすべて楠木軍が徴収したとのこと」

六波羅からの補給物資はことごとく奪われた。京あるいは南都への陸路、水路は楠木軍によって封鎖されている——正成らしい徹底的な神経戦、兵糧攻めであった。

腹心や隊長たちが宇都宮を取り囲んだ。

「殿、もう限界が近うなっております。早々に陣を払うよう進言いたしまする」

「貴様ら、それでも坂東武士か！」

叱り飛ばしたものの、大将にも退却以外の良策は浮かばない。

　宇都宮の不機嫌な声だけが、空《むな》しく四天王寺の伽藍にこだましている。

　四天王寺に無血入城してから十一日目、宇都宮軍は二月二日に陣を引いた。

　勇壮さでは比類ないと謳われた紀清党は、一戦も交えていないにもかかわらず、負け戦のごとく悄《しょう》然《ぜん》として足取りが重い。

三

　八尾寺の広い境内、正成が振りかぶって棒切れを投げた。

　ワンッ。短く吼えてシロが走り、跳び、見事に宙で棒を咥《くわ》えてみせた。

「よしよし、お前は何をやらしてもうまいな」

　正成は愛犬の頭を撫で、懐《ふところ》の紙袋から出した菱《ひし》の実をくれてやる。シロはちぎれんばかりに尾をふった。

「まさし……いやお館、吉報が届いたで」。本堂の縁側に八尾顕幸僧正がたつ。

「ようやっと四天王寺はんが空《あ》いたか？」

「おんどれ、いやお館の策ちゅうのは、なかなかのモンやのう」

「いいとうもないお世辞はいわんでええわ」。正成は袴《はかま》についた土埃《つちぼこり》を払った。

「ほしたら、四天王寺さんへ戻って貫主《かんじゅ》はんにご挨拶でもしよ」

　さり気なく、八尾に誘い水を向ける。

「顕幸、おんどれも一緒についてこいや」

「うむ、そうやな。ついでに正季や恩智のツラでも拝んでこましたろ」

こういうと八尾は縁側を飛びおり、庫裏《くり》へ走っていった。正成はシロに教えてやる。

「あのオッサン、僧正の紫の着物《きもん》を取りにいっこったんや」


四天王寺に勢揃いした楠木一党は再会をよろこぶ暇もなく、早々に行軍を開始した。

正成配下の武将たちは金剛山に築いた二十に近い城と砦に陣取った。

吉野山の大塔宮護良親王は畿内のみならず、九州は西海道十五か国にも討幕の令旨《りょうじ》を発布している。

それに呼応し各地で叛乱《はんらん》が勃発した。

一方、北条政権の首魁《しゅかい》高時は渡辺橋、四天王寺の合戦の不首尾に加え、大塔宮護良親王の挙兵に業《ごう》を煮やし巨万の軍を西上させていた。

京の六波羅も汚名挽回に燃え、吉野山攻撃と河内攻略の準備を着々と進めている。

如月《きさらぎ》の下旬、梅花の芳香と鶯《うぐいす》のさえずりが春を呼び込む。

千剣破《ちはや》城に隆々とたつ栃の大木の新芽もふくらんできた。

いよいよ河内の地で、天下の趨勢を懸けた合戦が始まろうとしている——。

第一二章　千剣破城緒戦

一

山の中腹から麓にかけて春霞《はるがすみ》がかかっている。

千剣破《ちはや》城のあちこちに鼓草《つづみくさ》（たんぽぽ）の黄色く可憐な花が咲きはじめた。花弁を指先で軽く打てば、本物の鼓《つづみ》さながらタンッ、ポンッと心地よく響きそう。まだ眠いと眼をこすっている虫たちも、春らしい軽妙な拍子があれば、こぞって這い出てくるだろう。

そんな、黄色が点在する草むらで、シロが西の方へ鼻面を伸ばし、しきりとクンクンやっている。

「鎌倉軍のか（香）がするか？」

どれ、わしも嗅いでみよ。楠木正成は首ごと鼻先を突き出す。愛犬を相手にちょけた（ふざけた）つもりだったが、鼻孔を衝《つ》いたのは鉄の金気とわずかな腐臭——まぎれもなく血の臭いだった。

こないなもんが鼻の奥に染みついとるんかい……。

「吉野山では官軍と幕軍が激突してる」

まさか、彼の地から漂ってきたものでもあるまい。正成は鼻の下を人差し指でゴシゴシこする。だが余臭は消えなかった。

強大な権力を倒すには、たくさんの人を殺めなければいけない。戦《いくさ》でいちばん軽いのは人の命。敵兵に妻がいて、子と父母も無事を祈っていようが、容赦なく斬り殺す。だが、そのことは納得ずく、生命を獲《と》らねばこちらがやられてしまう。

新しい世の中をこさえるっちゅうのを、人殺しの大義にするしかあれへん。

そのうえ、正成は常識破りといわれる戦が得意ときている。幕軍を一網打尽、虫けらのように殺戮《さつりく》してしまう。

奇想天外な戦術を考えついた時、わしはニタリとほくそ笑んでしまうさかい。

因果な性分《しょうぶん》やのう——河内の土ン侍の胸にやりきれない想いが澱《おり》となって沈殿していく。

襞《ひだ》のように複雑な隆起をみせる尾根の向こうには上赤坂城《かみあかさかじょう》がある。

いつしか、郎党たちから楠木本城《ほんじょう》と呼ばれるようになったこの要塞を、千剣破城から遠望するのが日課になっている。しかし、たちこめた霞で麓はおぼろげにしかみえない。

正成は眉をしかめた。シロは、落ち着きなく激しく鼻をうごめかせている。


正成は上赤坂城の将に平野将監《しょうげん》重吉を任じた。

さっそく恩智が「楠木恩顧《おんこ》やないし、まして河内者でもない」と唇をとがらせた。

志紀にもいいたいことがあるようだ。

「あしこは本城でっしゃろ。ホンマやったらお館《やかた》が陣取るとこですやん」

舎弟はもっとあからさま、噛みつかんばかりだった。

「平野は銭勘定に抜け目があれへん。隠岐に流されたお天子はんと、もう一方の仲悪い天子はんのどっちが得かを秤《はかり》にかけるヤツやど」

直情径行《ちょくじょうけいこう》と計算高さ。どうも、舎弟は平野とウマがあわぬようだ。恩爺たちにしても、後から加わった武将を外様《とざま》扱いする。好き嫌い、身内意識が高じて我《が》がでてしまう。

これから大一番《おおいちばん》やというのに、人の関係っちゅうのンはナンギなもんじゃわい。

だが大将は、部下たちの発言や認識の齟齬《そご》を踏まえつつ、皆の力を結集できるよう統括しなければいけない。不仲と不信、わがままを敗因とするなど、もってのほか。

いっそのこと「ええ加減にせんかい！」と叱り飛ばすのも手ェやねんけど、な。

だが、正成はそうしない。いや、できない性格といったほうが当たっている。彼は側近中の側近たちをとりなした。

「おんどれらのいいたいことは、わしかってわかってンがな」

平素《へいそ》とかわらぬ温和な調子だ。

「けど四天王寺での合戦をみてたら、平野はなかなかの戦上手やった」

「そんなもん、ワイらがおったからボロ勝ちでけたんやんけ」

平野ひとりの手柄やない、正季は息巻く。正成は噛んで含めた。

「まァ、そやねんけど。鶴翼《かくよく》の陣の右翼をさせたら、ごっつええ感じやった」

左翼の湯浅よりよっぽどうまく兵をまとめ、横に大きく張り出すことで生じる隙を最小限にしていた。また平野配下の摂津平野郷《せっつひらののごう》の侍たちも俊敏だった。そして、弟が毛嫌いする平野の巧みな損得勘定は、正成はじめ古参の楠木一党にはない資質ではないか。

「とにかく、いっぺん、平野に任せてみようや」

正成は話をまとめにかかりながら、顎《あご》で正季を示した。

「万が一の備えとして、おんどれが副将として上赤坂城へ入ったれ」

「えっ、ワイが……あンガキと？　うそっ！」

「嘘と坊主のド頭《たま》は結《ゆ》うたことあれへんわい」

シャレでっか。お館には勝てんわ。側近たちは苦笑や呆《あき》れ顔――それでも、最後は総大将の人事に従ってくれた。

二

その日、河内に朝から細い雨が降った。

久しぶりに水滴が落ちてきてくれた。

しとしとと、雨だれの音は頼りなく、地に落ちると水たまりをつくるどころか、ことごとく染み入っていく。空は淡い鼠色、天にかかった薄い布を引き剝がせば、陽の光が届こうかという按配《あんばい》だ。

このところ、上赤坂城は鎌倉軍の猛攻にあえいでいる。敵軍は五万に達していよう。

正季はボヤきながら空をみあげた。

「こないにケチケチせんと、大《お》っけな池がでけるほどザーッと降ったらんかい」

憔悴《しょうすい》しきった平野は眼だけギョロギョロとさせている。

「……銭で水が何とかなるんやったら、鎌倉軍からでも買うんやが」

「やい、平野。情けないことを抜かすな」

だが、喉《のど》が渇しているのは正季も否定できない。再び天を仰ぎ、少しでも湿り気を取り込もうと大口をあけ舌を伸ばす。兵たちも次々と副将の真似をしはじめた。

上赤坂城への攻撃は元弘三年二月二十二日から始まった。

幕軍は千剣破城はじめ他の要塞には眼もくれず、一点突破の勢いで上赤坂城に勢力を注いだ。陣内には、北条恩顧のキラ星のような将たちが居並ぶ。

「上赤坂城を楠木本城と呼びならわしておるそうじゃ」

「ならば、憎っくき正成は必ずあの城におるはず」

「今度こそ、楠木の大木を根こそぎにしようぞ」

「正成の首を鎌倉の大殿に差し出せば、褒美《ほうび》として丹波の船井荘を拝領できる」

鎌倉首脳はこんな会話を交わした。

だが、それとて正成の狙いどおり。本城に数万もの軍勢を引き付けておき、残る城と砦を駆使して敵の隙をつく戦法に打って出るつもりでいる。

「下赤坂城でみせたった戦術、あれをもういっぺん、遠慮のう繰り出したれ」

正成から策を示された平野はさっそく実行した。

上赤坂城は金剛山の裾野から中腹へ向かう段丘をそのまま地の利として活用している。鎌倉軍は否《いや》応《おう》なしに大小の丘陵や坂を上がってこなければならない。

坂東の将たちは圧倒的な多勢を恃《たの》み、力づくで攻略にかかった。大将が返す軍配の風に煽《あお》られるかのように人馬が斜面にとりついた。

「前の河内での戦でも、このように敵陣めざし急坂をよじ登ったものよ」

兵たちは、あの時の驚愕と恐怖が忘れられない。前回は九死に一生を得たものの、今回は生きて帰れるだろうか。しかし、一兵の不安など首脳陣の胸に届くわけはない。


果たして――。

何百本もの丸太が転がり、小屋ほどもある巨岩が地響きをたてた。

鎌倉軍にとっては悪夢の再現、兵馬は弾け飛び、押しつぶされ、肉が裂け骨も砕ける。

丘陵には悲鳴と断末魔の叫びが交錯した。城の正面、南へ広がる斜面はもちろん、東西の谷間にも累々《るいるい》と屍《しかばね》が転がっている。

「ようもまあ、毎度同ンなじ手に引っかかるもんやな」

正季は高見櫓《やぐら》のうえにいる。だが、彼はすぐ渋面《じゅうめん》になった。

「ようもまあ、次から次へと攻めてきさらすもんやな」

先行隊が丸太にひかれ、岩でぺちゃんこになっても、後続隊は怯むことなく雲霞《うんか》のように押し寄せてくる。このままでは転がす道具を使い果たしてしまいそうだ。

平野も櫓にのぼってきた。彼は正成から、あれこれと策を授けられている。

「あとは煮え湯、それからシシババ（糞尿）やな」

「熱っついのン、そいから臭《くそ》うて汚《きちゃ》ないのンはワレに任せるわ」

正季はちゃっかりしたところをみせつける。だが平野もすぐさま斬り返す。

「それはアカン。何し《なん》（なにしろ）あんたは経験者、手練《てだ》れやないか。今後メもよろしゅう頼ンまっせ」

うっ。言葉に詰まりながらも正季は吐き捨てた。

「敵がぎょうさんすぎるんじゃ。熱湯、シシババもすぐに無《の》うなってしまうど」

鎌倉軍司令部も兵馬の甚大な被害をよしとするわけではない。

だが、幹部たちは雑兵が死にゆく様を横目にしながら妙な確信を深めていた。

「岩に熱湯……まるで前回と同じ。やはり正成はあの城で指揮を執っておる」

「数では圧倒的に有利。とにかく押して押して、押しまくろうぞ」

「そうさ、の。一兵残らず攻撃に当たらせるべし」

「さらなる援軍が明日にも鎌倉をたつそうじゃ」

「どれだけ兵が死のうが、いくらでも補充できるというものよ」

無策の将どもの、無慈悲な心根。これでは、北条の世を守るため、いざ河内と遠路を駆け参じながら、あたら命を散らした名もなき兵たちはとても浮かばれまい。

そのうえ、鎌倉武将の目論見《もくろみ》はことごとく外れてしまった。

彼らは上赤坂城に籠る寡兵《かへい》を甘くみすぎていた。丸太や糞尿に頼らずとも、河内と摂津の兵はしぶとい。まして正成が戦上手《いくさじょうず》と認めた平野、さらには正成の右腕たる正季が暴れまわっているのだ。三百の兵の奮迅ぶりは驚愕に値する。

「ううむ、手強《てごわ》い」

関東の将たちは額を寄せあった。

「どなたか、一計はござらぬか?」

「兵糧攻めはどうかの」

「いっかな楠木の兵站《へいたん》や補給路がつかめぬのに、どうやって?」

「反対にわれらの物資が敵方に奪われておる始末じゃ」

「奸計《かんけい》は坂東武士の誇りにそぐわぬ。あくまで弓と太刀で楠木を討とう」

鎌倉武将の会議は鳩首凝議《きゅうしゅぎょうぎ》ながら蛙鳴蝉噪《あめいせんそう》、ことごとく紛糾する。

しかし、ひとりの将が妙案を思いついた。

「水じゃ水! 飯は食わねど高楊枝を気取れるが、水がのうては生きてはいけぬわい」

「したり、それは名案。水断ちで攻め落とそう」

年かさの武将が、いわずもがなの、分別《ふんべつ》臭いことをひとくさり。

「奇策の楠木に対抗するには、こちらも知恵を使わねば勝てんぞ」


さっそく鎌倉軍は動いた。しかも、今度はゴリ押し一辺倒ではない。

「楠木の築城に駆り出された人工《にんく》を探し出してきた」

坂東武者たちは河内のオッサンを後ろ手に縛りあげ拷問にかけた。

ピシッ。馬に使う鞭がしなる。衣服は破れ、肌が裂けた。

グイッ。太刀が首へ。チクッ。切っ先が喉ぼとけに刺さった。

「いいます、いいます。水が湧いてるとこを教えまっさかい、命だけはお助けを!」

オッサンは洗いざらい白状してしまった。

ニタッ。関東武者たちは同時に太刀を振りかざす。

ギャッ。短い絶叫を残し河内のオッサンは息絶えた。


渇水の苦しみは極限に達した。

命とたのむ水源に数千の鎌倉軍が張りつき、楠木の兵を寄せ付けない。そこから城まで水を流すために地中に埋めた木樋も掘り起こされてしまった。

城内に貯水槽はあるが、目減りするばかり。おまけに慈雨が降らない。正成が巡らせた秘密の連絡路で水を運んだが量は知れている。しかも、水というのは嵩《かさ》ばるうえ重い。運搬には適せぬ兵糧《ひょうろう》であった。

平野は衰弱するばかりの兵をみやった。

ここへきて、誰も喉が渇いたとはいわなくなった。唾さえ呑みこまない。そんな元気すらないのだ。食欲は失せ、眼が虚ろ。肌が紅潮し、頭痛を訴える声も多い。皆の小便の回数と量が極端に少なくなった。うずくまって小さく痙攣《けいれん》している者まで……。

「もう限界や」。平野はこけた頬をさらにすぼめた。

「どないすんねん?」。さしもの正季さえ、かなり疲弊している。

「投降するつもりや。敵の軍奉行の長崎高貞《たかさだ》に交渉してみる」

ギロリ、正季は返事のかわりに平野を睨《にら》みつける。平野は弁解がましくいう。

「ワイが鎌倉に身を預ける代償は命と水っちゅうこっちゃ」

それがこいつの算盤《そろばん》勘定かい。正季は毒づいた。

「おんどれのこっちゃ、本領安堵《ほんりょうあんど》の証文のひとつも交わすんやろ」

「そやのう、そいつも交換条件にしてこましたろかい」

「ふんっ。ワイには平野の真似はできひんわ」

「二百の摂津の侍どもは一緒についてくるというてくれた」

ほう、先に己《おのれ》の兵に相談しとったんか。

「正季、ワレはどないする？」

正季は無言のまま、鼻の頭に小皺を寄せ唇をめくる。白く鋭い犬歯が覗いた。

「おお怖っ、まんで（まるで）狼やの」。平野が力なく笑う。

正季は餓狼《がろう》の面魂《つらだましい》のまま、その場を離れた。


閏二月一日の朝、上赤坂城の大手門から平野と二百の軍兵がよろめき出てきた。

摂津の兵と入れ替わって鎌倉軍が城内になだれ込む。

「ややっ、もはや城内はもぬけの殻じゃ」

正季と百人の河内の猛者《もさ》たちは、夜明け前に千剣破城へ逃げ落ちていた。

「正成を探せ！」

「おらん！　また逃げられた」

敵兵のわめき声を背に受け、平野たちは捨てた城をふり返る。無念の想いが濃い影となって頬にさす。だが、そんな感傷にひたることはゆるされない。たちまち坂東武者たちが取り囲み、手荒く縄にかけた。平野がその手を振りほどいた。

「ワイらは罪人やないど。降伏したんやさかい、無体《むたい》なことはすなっ！」

だが坂東武者は無慈悲そのもの、問答無用とばかりに下赤坂城の主将に足蹴《あしげ》を喰らわせる。平野は情けなくも地に転がった。

三

赤い煙があがった。

まっすぐ天に突き刺さるかの勢いで、鮮血をおもわせる色合いの狼煙《のろし》だ。

和田熊が、志紀が、水走康政や八尾顕幸はじめ諸将たちが、任された城や砦から、瞬きもせずに赤い標《しるし》をみつめる。

楠木一党、猛将たちの視線の彼方には千剣破《ちはや》城がそびえたつ。

その本丸には楠木正成が仁王立ちしている。

「お館が覚悟を決めはった」。和田熊は独りごちた。

「すぐ千剣破城へ入れるよう、用意をせい」。志紀が命じる。

「楠木とは一蓮托生《いちれんたくしょう》、ひとつ河内者のド性根をみせたろかい」。八尾が息まく。

「北条め、ワイら全員を怒らせてしもたな」

水走は苦笑した。千剣破城を舞台に、河内の智・地・軍・人の力を結集した総力戦がはじまる。水走は大和川、石川に停泊させている軍舟にも、いっそうの警護を怠らぬよう念押しをした。

正成は両手を握りしめたまま赤い狼煙をみあげている。時おり、拳が震えた。

「すべてはわしの失敗、計算違いじゃ。責任は総大将のわしにある」

上赤坂城が落とされた――楠木一党にとって初めての敗北だった。

人選、作戦、機先、実践……どこかでズレが生じ、それを修正できなかった。

もし、れば、たら……いくら弁解しても敗戦の事実は消えない。だが、ここからどう立ち直るか。

司令官はそこに集中しなければいけない。

隣では、舎弟が唇を喰い破らんばかりに噛みしめていた。

「ワイがもうちょっと性根を入れとったら、こないなことになれへんかった……」

「いまさら、ゴチャゴチャいうてもしゃあないぞ」

「そやかて……」。正季は途中で言葉を切り「クソッ」と吐き捨てた。

正成はひと息、深く吸いこんだ。

「赤い狼煙をあげたんや、ここからは不退転の戦《いくさ》や」

上赤坂城を手にいれた鎌倉方は軍勢を麓《ふもと》に返して下赤坂城を襲撃、ここも難なく制圧してしまった。

正成は南にひろがる河内の野を凝視する。

林野の緑、川と池が陽光を弾く銀色のほかは人や馬、兵具で黒く塗りつぶされた。敵軍は春の沼に群生するおたまじゃくしのように蠢《うごめ》いている。

千人の軍勢をひと塊にして、東の北山側から西の生駒山へと数えてみた。

「敵の数が増えたのう。十万、いやそれよりぎょうさんかも知れん」

「ワイらは全員で千人ほどかい」

「楠木一党は一騎当千《いっきとうせん》、敵の十倍と考えたらんかい」

「そやのう、兄やんのいうとおりや」

舎弟は数歩、前に出て山裾に設営された幕軍の本営を指さした。

「せやけど、あいつら鎌倉の陣営であんじょうやっとるんかのう」

しかし――投降した平野将監重吉と摂津の侍たちは、そこで捕虜として遇《ぐう》されているわけではなかった。

陣屋での簡単な取り調べのあと、彼らは慌ただしく京の六波羅へ送られた。

南北六波羅を統べる北条仲時、時益はもちろん、隻腕《せきわん》となった尾藤、おめおめと京へ舞い戻った隅田、高橋も吟味の場にあらわれた。

尾藤はもはや軍人として用をなさず、隅田と高橋にいたっては京童《きょうわらべ》（京の民）たちの笑いものとなっている。洛中にはこんな落首《らくしゅ》がかかれ、京童はこぞって口にした。

――渡辺の 水いかばかり早ければ 高橋落ちて隅田流るらむ
尾藤と隅田、高橋は辱《はずかし》めを受けた腹いせを平野に向けた。即刻、首を討ての一点張り。仲時と時益が彼らを諫《いさ》める。

「されど、こやつは降人《こうにん》ぞ、鎌倉軍の幕僚は本領安堵の条件を呑んでおる」

だが、渡辺橋の敗将たちは耳をかさない。雲行きを察知した平野は叫ぶ。

「約束が違うやないか、二枚舌を使うとは、それでも天下を差配《さはい》する武士か！」

日をおかず、平野と郎党の打ち首が決まった。肝を据えた平野はいってのけた。

「千剣破城のことや、お館の秘策は一切しゃべらへん」

刑場に引き出された平野は末期《まつご》を前に不敵な微笑を浮かべた。

「楠木一党に迎えられ、ワイは幸せ者やった」

生首は六条河原に晒《さら》された。

刑吏《けいり》がいくら位置を正しても、平野の首は河内の方角を向いたという。


鎌倉軍の鬨《とき》の声が四方八方から重なり、大音響となってこだまする。

千早川と黒栂《くろとが》川が合流する地点、千剣破城の南にひらけた大手口から攻撃せんと、敵軍は渡河してきた。上下赤坂城を落とした勢いは衰えていない。

もっとも、大手口から先は難所に次ぐ難所ばかり。

南は川を渡ると急坂になる。東と西にはとても人馬では登れぬ谷、北側つまり城の背後は金剛山へ連なるなかでもひときわ高い峰だ。しかも、こちらから攻め込まれぬよう、山肌を大きく深く削りとって堀切《ほりきり》にしてある。

千剣破城は周《まわ》り一里（四キロメートル）、高さにして二丁（二一八メートル）の小城にすぎぬ。だが、地形を利した点では、はるかに上下赤坂城を凌《しの》ぐ堅固な山城だ。

「もう一将、一兵たりとも無駄死にはさせへん」。正成の決意は固い。

「大工を集めてくれ、それから鍛冶にも火をせえだい（うんと）熾《おこ》させせい」

城内には腕自慢の職人たちを囲ってある。兵たちには森から飛び切り太《ぶ》っとい木を伐らせてきた。

総大将はまず大工に命じる。

「中をすっくり刳《く》りぬいて舟の形にしてや」

水走が小首を傾《かし》げる。

「お館《やかた》、舟をこさえるんなら、餅は餅屋、うちンとこから船大工を連れてきまっせ」

「そやないねん、ここに水を貯めとくんや」

上赤坂城の轍《てつ》は踏まない。水走も合点した。もっとも——正成の周到ぶりは徹底していた。いずれ山伏や杣人《そまびと》、狐狸しか知らぬ五か所の秘泉を押さえてある。そのうちのひとつは城内にあり、夜ごと五石（九〇〇リットル）もの浄水が滾々《こんこん》と湧き出ている。

「いずれ火矢もぎょうさん飛んでくるやろ。火事ンならんよう水はなんぼあってもええ」

次は鍛冶工たちが集められた。

「どうも矢じりの数が心もとない。突貫作業でこさえてんか」

「せやけど、お館……」。鍛冶屋のなかでも年かさのオッサンが進み出る。

「肝心の材料でっけど、用意してもろてる分を使いきってよろしおまんのか？」

「そのこっちゃ」。正成は深々とうなずく。刀剣、矢じりの材料となる砂鉄は、築城工事と時を同じくして中国筋の諸国や近江国から購《あがな》ってあった。それを、今から追加するとなれば運搬の労苦がつきまとう。何しろ河内は国中が敵だらけだ。

もうひとつ、頭の痛いことがある。戦乱の世となり武具はもちろん、その製造に欠かせぬ砂鉄は引っ張りだこ。凄まじい勢いで値上がりしている。

きっと、足元をみられて吹っ掛けられるんやろな。

しばし思案していた正成、パチンッと手を打った。

「八尾の僧正殿に大仕事を頼まんならん」

八尾は、さすがに戦時とあって僧衣は纏《まと》わぬが、きっちり紫糸の色目も鮮やかな縅《おどし》でご登場。手にした兜の黄金の前立ては梵字で「𑖎《カ》」、地蔵菩薩を意味するのだという。もちろん、頭は剃りたてツルツルのピカピカだ。

「何ぞあったら僧正、僧正って大層《たいそう》（大仰）にいうなれ」

「ただの当てこすりや、気にせんでええわい」

「それがアカンっちゅうねん」

もそっと、こっちゃへこい。正成は八尾の大きな耳を引き寄せる。しばしのヒソヒソ話、それが終わると八尾は半分が感心、残りで呆れた。

「しかし、正成大将軍殿はケッタイな策を考えるのォ」

「その大将軍殿っちゅうの、やめとけ。お館でええわ」

「ふん、当てこすりの御返礼や」

いっぽん、してやられたと笑う正成、今度は手を口にあて大音声で呼ばわった。

「正季！　和田熊！　どこにいさらすんじゃい」

うぉーい。獣も逃げ出す髭だらけの巨漢が雲をも刺す大槍を片手にやってくる。

正成は和田熊を認めると、さらに威勢よく吼《ほ》えた。

「正季はどないした！　あんガキ、まだすまんど（片隅）でウダついてけっかんのか」

平野の投降と打ち首以来、どうにも舎弟は精彩を欠く。

「やれやれ、七郎（正季）のお守りするためにきたんと違うで」

恩爺《おんじい》がボヤきながら、よたよたと走っていく。

待つ事しばし、恩爺に追い立てられて餓狼があらわれた。

「兄やん、じゃっかしィ（うるさい）、耳があんねンからきこえとるわい」

正成はニヤリ。舎弟に唾がかかる勢いで檄《げき》を飛ばした。

「おもろいことを思いついた、坂東武者を相手にお遊びじゃ」

四

大手口に大集結した鎌倉軍は一心不乱に南側の急斜面を攻めたてている。

崖の上に八尾顕幸が指揮する弓矢隊が居並んだ。

「おおっ、楠木一党が射ってきよるぞ」

早くも鎌倉軍の先頭に動揺がはしる。そこへ一斉に矢が打ち込まれた。

だが——カチンッ。コツッ。八尾隊の矢の速さと勢いはともかく、敵の甲冑に命中するたび妙な軽い音がする。

「これをみろ、楠木の矢じりは小石だぞ」

急坂の途中で何とか均衡をとりながら、敵兵は顔をみあわせ、次いで大笑い。

「まともな矢も持たぬ貧乏侍どもめ！」

いけ、進め、射ろ、突け、斬れ！　鎌倉兵は坂の上めざして殺到する。

「おんどれら北条の犬どもには、石ころでも、もったいないわい」

すかさず八尾は弓矢隊に退却を命じた。

河内のオッサンらは、撤退となると実に逃げ足が速い。隊列なんかクソくらえ、バタバタと足元から鳥が飛び立つような大騒ぎで城門をめざす。しかも、後ろにも眼があるかのように、背中をおいかけてくる敵矢を巧みに避けてみせる。


だが、逃げ帰った兵はすぐに取って返した。

今度は手に手に盾を持って走っていく。

八尾は弓矢隊が変じて盾隊になった部下に命じた。

「横一列に長うなって盾を構えい！」

しかも、その一枚、一枚が大きくて分厚いうえ、えらくかさばっている。

「なんじゃ、あれは？」

斜面の下、弓を射かけようと気色《けしき》ばむ敵兵たちは、引いた弦《つる》をゆるめた。

「河内の兵が構える盾に何か貼ってあるぞ」

黒々とした三重の丸は紛れもなき矢の的。いや、その両隣の盾には日輪と満月。いやいや、そればかりか、乳や尻がスッポンポンの妖艶な女子《おなご》、うまそうな饅頭《まんとう》、酒をなみなみと満たした盃など、戦時とあっては涎《よだれ》の出そうなあれこれが描かれているではないか。

八尾が手にした弓の上端、末弭《うらはず》の部分でさまざまな絵を指した。

「この的を射抜いてみんかい。大当たりの御仁にはごっつい懸賞が出るで」

八尾はニカッと笑い、そそくさと盾の後ろに身を隠した。

思いもよらぬ河内軍からの挑戦に関八州の武者たちは沸きたった。

「おもしろい。坂東武士の弓づかい、とくとご覧あれ」

「むふふ、柔肌《やわはだ》の女子は拙者がいただくとしよう」

びゅうびゅう、ブンブン、ぴゅんぴゅん。

鎌倉方は背負った矢筒に差し込んだ矢を惜しげもなく放っていく。さすがは弓巧者《こうしゃ》が揃っているだけあって命中に次ぐ命中ぶりだ。

たちまち盾が針山と化す。八尾は第一列と第二列、さらに三列……次々と交代させた。

敵軍も一万に近い総勢、人と矢に不足はない。ほどなく、数千もの矢が射尽くされた。

「よっしゃ。こんだけあったら正成大将軍殿もご満足じゃい」

八尾は何列にも構えた盾隊に退却を命じた。河内のオッサンらは再び、尋常でない撤退の速さをみせつける。矢だらけの盾を軽々と背負って城門のなかに飛び込んでいく。

それもそのはず、盾は板ではなく、分厚く藁を詰め込んだ張りぼて。刺さった矢は矢じりを欠損させることなく、そのまま合戦に供することができる。

「待て、褒美《ほうび》の品はどうした、坂東武士を愚弄するつもりか！」

まんまと一計にはまってしまった敵兵は地団駄を踏む。八尾が捨て台詞《ぜりふ》を投げつける。

「安心せい、うまい饅頭はワイらが食うといたる」

千剣破城の南面を攻める鎌倉軍の受難はそれだけですまない。

「うぬっ、またしても丸太じゃ」

千剣破城の攻撃第三幕は、例のごとく丸太落としだ。

矢を射尽くした兵は回れ右、下り勾配を滑りながら逃げ惑う。

「上赤坂城で生き延びたというのに、ここで丸太に轢き殺されるのはご免じゃ」

次は岩石だぞ。押し合い圧し合いしながら、兵たちはいい交わした。

「大手口の向こうの川を渡ってしまえ。あそこまで丸太は追いかけてこぬ」

大手口は確かに平場《ひらば》だ。しかし、そこへたどり着きひと安心したところを、東西から挟む形で騎馬隊が怒声と一体化して急襲してきた。

北北西にそびえる金剛山から吹きおろす風にはためくのは、まぎれもなく菊水の旗だった。

「四天王寺でもお見舞いした魚鱗懸《ぎょりんがか》りじゃい！」

正季の雄叫《おたけ》びは敵軍を震撼せしめた。

例によって正季は自ら三角形の陣形の頂点となり五尺の大太刀をふるう。

その反対側からは和田熊の部隊が攻めたてた。隊長の訓育よろしく皆、馬上でも長槍を構えている。

左右からの思いもよらぬ襲撃に、もはや生き延びることしか頭にない徒士たちは大恐慌に陥った。

騎上の将軍はもちろん、中隊や小隊を指揮する武士が隊伍を整えようとしても無理だ。大軍は四分五裂して収拾がつかなくなった。

それでも、騎馬戦では日の本一を誇る坂東武士。雑兵の意気地のなさを口汚く罵りながら、楠木一党に立ち向かう猛者もいる。

壮年の坂東武者は槍を角のように突き出しながら、正季へ突進していく。

正季は手綱を離し、両腿で愛馬の青毛をさばく。兄正成ゆずりの人馬一体の技、青毛も鞍上の正季のことをよく心得ている。

火の玉のような勢いで坂東武者が接近してきた。正季は切れ味抜群のみならず棍棒の代わりにもなる硬くて太い、五尺の大太刀を両手に握る。

どぅわーっ。おんどれーっ。裂帛《れっぱく》の気合と怒号がぶつかった。

このままでは敵の槍が青毛を直撃、さもなくば正季の胸板に突き刺さってしまう……。

だが、青毛はひょいと首を左に傾げた。すぐさま馬上の正季が、右から高く構えた大太刀をお見舞いする。槍が折れ穂先も吹っ飛ぶ。坂東武者は鎧ごと肩口から肋間、腹まで斬り裂かれ絶命した。

次は若武者がこれまた馬に乗り、槍を構えて襲いかかる。

今度も青毛が機敏で果敢な動きをとった。いきなり後ろ立ちになり、二本の前脚を高々とあげる。

分厚い胸板はあらわとなり、太いあばら骨が並ぶのがみえた。

「手綱を離したが命取り、河内侍は馬も御せぬか！」。若武者は大笑《たいしょう》する。

しかし、彼が笑いを収める前に、青毛は前脚を狙いすましたかのように振りおろした。岩ほども堅い蹄《ひづめ》が、敵の馬の眉間を割り、片方の眼を潰《つぶ》す。馬は横倒れとなり、武者も投げ出された。慌てて起き上がろうとしたところを、青毛が人の拳ほどもある前歯で嚙みつく。兜は無残に砕け散った。たまらず若武者は頭を抱える。

がら空きになった敵の上半身を、しっかと両脚で馬体にとりついていた正季が斬った。

青毛のいいいなきと若武者の末期《まつご》の絶叫、正季の勝ち名乗りが重なった。

青毛は黒々とした体毛を汗で光らせ、逞しくもしなやかな馬体を誇示してみせる。

正季も満足そうに愛馬の首をポンポンと叩いてやった。

「おおきに。これで、平野の弔いができたわ」

和田熊隊も容赦なく大暴れしている。

三百の軍勢が固まり、槍を掲げるさまはまるで毬栗《いがぐり》だ。

迂闊《うかつ》に近寄れば、刺され、斬られ、殴り飛ばされる。それだけに鎌倉軍も容易に手出しはできない。

ましてて反対の側では、正季隊が蹂躙《じゅうりん》といっていいほど大暴れしている。

「ド根性なしども、かかってけえへんのなら、こっちゃからいくで！」

鍾馗《しょうき》さながらの猛将和田熊が、雄の猛牛も逃げ出す武骨な荒馬に跨《また》がって驀進してくる。鎌倉の徒士どもは身を避けるどころか、悲鳴をあげ逃げだす始末。

白布を裂くようにすーっと道ができ、数百の槍が敵将をめがけて突っ込んでいく。

将を守る兵は和田熊隊を射ようにも矢がない。半ばやけクソになって勝負を挑むものの、和田熊の長槍は情け無用、一人どころか二人、三人もが連なって串刺しの憂きめにあう。

ことごとく護衛の兵が斃《たお》れた将は蒼白になった。馬も脚を硬直させ身動きがとれない。ピタリ、和田熊は狙いを定める。

鎌倉の将が弱々しく突いた槍は当然のごとく撥《は》ねられ、和田熊は敵の心の臓の位置を寸分たがわず貫く。

和田熊は無表情で槍の穂先を引き抜いた。

大手口は鎌倉軍の兵と将の遺骸で埋め尽くされた。

地を赤く染めるのは夕陽か敵兵の血か。

正成は連銭葦毛《れんぜんあしげ》の名馬に乗り、愛犬シロを従え千剣破城の緒戦の状況をみてまわる。弟に和田熊、八尾も大将の検分に付き添った。八尾が小さく念仏を唱える。

正成はもとより、諸将に笑顔はない。皆、厳しい表情だ。正成がつぶやく。

「わしらには千剣破城を守り抜くしか道はあれへんのや」

河内の総大将と諸将は孤高の城をみあげた。

第一三章　千剣破城合戦

一

大和川の堤の桜がほころびかけてきた。

梅に飽いたのか、くすんだ緑に灰褐色のまじった小鳥が、美声を披露するかわりに蕾《つぼみ》をついばんでいる。

桜の枝の下を、ひとりの男がきびきびとした足取りでいく。腰に刀剣はなく、着物も地味な庶民風のなりをしている。

「あの、もし」。行き交った女が声をかけた。

「ん?」。男はつい足をとめる。女が枝の小鳥と男の頭を順に指さす。

「鶯《うぐいす》が烏帽子《えぼし》に落とし物を……」

女が市女笠《いちめがさ》をあげた。歳は若く、涼やかな顔立ちだ。男は警戒を解いた。

「あいや、そないなこと、しよったのでおまっか」

しかし、これが命取りになった。

「ヘタな河内弁やな、いっぱつで地の者やないことバレてまうで」

女は樫の杖ですばやく男の肩を打つ。したたかに腹も突いた。男はたまらず片膝をついた。女は油断なく杖を構えながらいう。

「鎌倉からの下知状《げち》を出してんか」

どうやら、男は北条高時の書状を託された密使のようだ。


男はさっと立ちあがった。

手には短刀が光る。女はすかさず鋭い動きで杖を繰り出した。

だが、男の剣づかいは骨法《こっぽう》を踏まえ、こういう荒っぽい事に馴れていた。

みるみる、女は土手の端へ押し込まれていく。

シュッ、男が腕を振る。短刀は女の片袖を斬り裂いた。


ドタドタ、ワサワサ、騒がしい足音。ハアハア、ゼイゼイ、激しい息づかい。

「こらーっ、待ったれーっ、そこまでや！」

十人近い侍たちが蓬《よもぎ》の繁茂する土手を駆けあがってくる。皆、手に太刀を携え、たちまち河内者に身をやつした密使を取り囲む。

彼に狼狽が走った。その隙を逃さず女の杖が額を急襲する。

鼻柱が折れ、眉間から吹き出す血、傷口は熟柿《じゅくし》を潰したよう。

「あっちゃ〜、えげつないことしよるわ」

侍たちは手にした太刀を鞘に納めながら、一様に興ざめしている。

女は苦悶する男の懐を探る。だが、すぐに大きな舌打ちをした。

「チェッ！　書状があらへんがな」

密使は痛みに耐えかね、子どもがダダをこねるように両足をバタバタさせている。

女の視線が、男の腿の付け根、白い下帯に突き刺さった。

アラッ。一刹那《いっせつな》の、ためらい。

ポッと頬が赤らむ。だが、女は己《おのれ》を励ますかのように激しく首を振った。

グイッ。勢いよく男の下帯に手を差し入れる――確かな手応えがあった。


楠木正成は、鎌倉幕府の首領たる相模入道高時が認めた書状を受け取った。

「大手柄には違いない。けど、たいがいにしとかなアカンで」

「いや、もう、その……お館《やかた》はんのおっしゃるとおりで……」

水走康政はこれ以上ないほど恐縮しきっている。隣でふくれっ面なのはお吟だ。

「どうせ、女子《おなご》だてらとか、女子は引っ込んどれっていうんや」

正成は書状を脇に置き、やれやれとばかりに武将とその妹を交互にみやる。

「千剣破《ちはや》城は女人禁制やない」

現に、料理上手の飯炊きのオバハン、丈夫な草鞋《わらじ》を編む女職人らが働いてくれている。

「せやけど――女子を戦《いくさ》に出すわけにはいかんのや」

正成は、また伸びだした顎ヒゲをさする。

「お吟、康政に護衛してもろて早々に城を出て水走の館へ帰れ」

「そんなん、絶対にイヤや！」

甲高い娘の声が天井にぶつかって跳ね返ってくる。

「鎌倉のオッサンどもをいてもたる！」

「やっぱし……そういうと思たわ」

正成は太い息をつくとまた顎ヒゲに手をやった。


正成は千剣破城の本丸に諸将を招集し、北条高時からの下知状を示す。

これ、密使の股間に忍ばせてあったんを、お吟が奪いよったと打ち明けよか。

「いや、やめとこ」

正成は独りごつと、書状の一文をゆっくりと指でなぞってみせた。

北条首魁《しゅかい》の怒りが祐筆《ゆうひつ》にも伝わったのだろう、その部分の筆づかいは際だって太く力強くなっている。

「高時は、早いこと本気出さんかい、ちゅうてえらいの怒っとるぞ」

「そらそうや、鎌倉軍のガキどもの打つ手はスカタン（失敗）ばっかりやんけ」

正季はすこんこと（とことん）コケにした。

舎弟の指摘どおり。ここ河内では、多数を頼んで城を攻めてくるものの、奪われた弓を射られ、丸太や岩を喰らうばかり。鎌倉方の犠牲者は優に一万をこえている。

「死人の数を実検すンのに、執筆役が十人以上も出たうえ三昼夜もかかっとった」

早くも幕軍は、取り返しのつかぬほど甚大な損失を受けていた――。

敵が打ったほかの策も、ことごとく裏目に出ていた。

金剛山の裏から千剣破城を衝こうという思惑は、大和や紀伊の土豪、悪党たちが結束して阻止してくれた。野伏《のぶせり》がうろちょろと悪さをするのも幕軍の悩みの種だ。

まして、この山の頂に壮大な僧院を構える転法輪《てんぽうりん》寺は正成を支援してくれている。

次は、またしても水断ち作戦。

だが千剣破城の水の確保は万全、痛くも痒くもない。それを知らぬ敵軍は水源と思い込んだ泉を大軍で囲んだ。

「あの泉に顔を出すんは狸に鹿、猪くらいやで」

待てど暮らせどあらわれぬ楠木一党……警戒を疎かにした頃合いを見透かしたように、河内軍は敵を急襲し散々に蹴散らしてやった。恩智が鼻をうごめかせる。

「三本傘の家紋の入った、さらっぴん（新品）の幟《のぼり》や幕をすっくり頂戴しましたで」

これは水源に派遣された名越《なごえ》の手勢のもの。楠木一党のいちびりたちは、さっそく戦利品を高見櫓から垂らした。兵は口々にわめく。

「幟と幕、菊水の紋やないんでお返ししますわ」

「どうぞ、ここまで獲《と》りにきておくんなはれ」

オッサンたちは幟で鼻をかんだり、アホやボケの雑言、卑猥な絵を落書きしたりとやりたい放題だ。

こういう時の、河内兵の小憎らしさ、悪ノリぶりは日の本一といってもいい。

激怒した名越時見《ときみ》は北条一門に連なる名家の武将、五千の手勢に幟の奪還を命ずる。

しかし、無為無策のまま兵馬が斜面を駈けあがって何の成果があろう。

「ほれ大岩や」「ここに丸太があるぞ」。崖の端に皆殺しの主役が並べられた。

「あちち、湯の用意ができてンね」。大きな杓をかざす兵がいる。

そして、肥担桶《こえたご》も登場。

「うわっ、臭っ、ババちい（きたない）のもぎょうさん溜まっとるんや」

これだけで、鎌倉の兵は怖気《おじけ》をふるうと同時にゲンナリしてしまう。

「バカ、進め。矢を射ろ、太刀を抜いて突進せんか！」

いくら時見が采配をふろうと、兵は面従腹背《めんじゅうふくはい》、笛吹けど踊らず。

そこへ、いきなり千剣破城の門が開いた。

キエーッ、ホッホッ、ギャーッ。

気がふれた野猿の集団さながら、奇声をあげ河内の兵が飛び出す。

土と垢にまみれた赤黒い顔、眼は怒り、鼻の穴をひろげ歯まで剝いている。

思い思いの武具を掲げ、駆けるのではなく、高く遠くへ跳躍する河内の土ン侍たち。

傾きかけた陽を受け、崖から次々に飛び降りる河内の兵の姿がおぞましい影となる。

鎌倉軍の頭上に河内のオッサンが驟雨《しゅうう》のごとく降りそそぐ。岩や丸太、糞尿よりも殺戮《さつりく》に憑かれた男どものほうがよっぽど恐ろしい。

谷間に飛び交う獰猛《どうもう》な雄叫び、悲痛な慟哭。一刻（二時間）を待たず雌雄が決した。

時見は采配を落としたのにも気づかず、折り重なった屍《しかばね》を呆然とみつめている。

もっとも、敵がとっておきの奇策を仕掛けてきたことがあった――。

二

「お館、えらいこっておます」。高見櫓の物見番が注進にきた。

「どないしたんや？」

正成、さっそく櫓にのぼって当番の指さす先をみる。

「ほう、千早に土竜《もぐら》がでるとは知らなんだ」

数千の敵兵が太刀や槍を捨て、鍬《くわ》に鋤《すき》をもって千剣破城の横っ腹に穴を掘っているではないか。軍馬も鞍の代わりに土嚢《どのう》を背負わされている。

「クソったれめ、上から矢でも射ったろかい」。横にきた八尾はえらい剣幕だ。

「せっかく、僧正殿が集めてくれた矢やないか。もったいないがな」

正成は慌てる素振《そぶ》りもない。

「城の下で火でも焚くンかな。温《ぬ》くなったのに暖《あっ》ためられてはかなわん」

「大将軍殿、そないに悠長なこというてる暇あれへんど」

「ほな、僧正もかだらいいい(身体)が鈍っとるやろから、ひと仕事せんかれ」

さっそく八尾ばかりか正季や和田熊、恩爺までが片肌を脱いで汗をかく。

「土いじりなら、楠木一党のほうが上手に決まっとるわい」

鎌倉軍はひたすら隧道《ずいどう》を掘り進める。

秘策の全権を任された武将のもとへ朗報が届いた。

「明後日にも、千剣破城の本丸の真下に到達いたします」

「でかしたぞ。いよいよ上に向かって穴を穿《うが》つのじゃ」

そうして本丸の床を破り、軍勢が飛び出し正成の首を討つ。武将はほくそ笑んだ。

だが——半刻（一時間）もせぬうち、千早の地は時ならぬ地鳴りに包まれた。

横穴から鎌倉の兵が先を争い、倒《こ》けつ転《まろ》びつ逃げだしてくる。彼らを追いかけるのは赤みをおびた土砂だった。

九死に一生を得た兵は眼を洗い、口から土を吐き、耳や鼻の奥をほじくっている。

武将は部下たちに駆け寄った。

「い、いったい何が起こった？」

「楠木軍が縦に穴を掘っておりました」

いきなり、隧道の天井にぽっかりと穴があいた。蠟燭《ろうそく》より明るい陽の光が入り込む。

「その途端に河内のやつらが土を流し込んできて……」

坂東武者は七転八倒の大騒ぎ。多量の水を含み泥状になった土砂は、大和川さながらの流れとなって襲ってきた。メリメリと横穴の天井板や横板が剝がれ柱も倒される。

しかも、その量が半端ではない。流れくる速さも尋常ではなかった。

「足元くらいの泥なら、きっと全員が逃げ出せたはず」

粘ってドロドロの土は胸よりも高く、とめどもなく押し寄せる。

坑内にいた鎌倉兵は次々に吞み込まれていった。斬られて即死するのではなく、土にまとわりつかれ、呼吸を塞がれ、もがきながら息絶える苦しさ。水なら足掻《あが》けば、泳いだり水面へ顔を出すこともできようが、土砂はそれを許さない。

兵たちは身動きできないまま埋もれていく。

叫び声さえ封じられ、洞内には土砂がごうごうと流れる音だけがした。

「あれは、まさに生き地獄」

武将と兵たちは、何日もかけ、苦心して掘削した横穴を振りかえる。

「ぎゃっ!」

入口を埋め尽くした赤土から、片腕だけがにゅっと突き出ていた。


やがて、鎌倉軍は攻撃を止めてしまった。

「力まかせに攻めようが、叡智《えいち》を絞っても千剣破城は落ちそうにない」

「しからば、しばし様子見といくか」

「せいぜい英気を養うべし」

だが、その間隙を縫って、楠木一党がちょろちょろと城を出て、嬲《なぶ》るように陣幕を冒《おか》してはサーッと退散する。さらには在野の破落戸《ごろつき》や野伏、有志の農民が加わった遊軍が敵の兵站《へいたん》を襲撃した。これらの被害は決して小さくない。

それでも、敵軍は動かなかった。

幹部の手詰まりだけでなく、兵卒たちには厭戦《えんせん》の気配が濃い。彼らはボヤいた。

「勝つ気が失せたのではない。勝てる気がせぬのだ」

「刃を交えもせず、丸太や土くれを相手に命を落とすとは何という戦だ」

「鎌倉正規軍、関八州軍とはいえ、今ではすっかり賊軍じゃ」

「五十年前の元寇を思い出せ。あの時、我らの祖父はロクな恩賞をもらえなかった」

「河内の戦もそうなりそうだな」

「そのくせ……高時殿は鎌倉で闘犬三昧、白拍子《しらびょうし》と遊蕩の日々というではないか」

「オレは河内の兵がうらやましい。正成こそ真の侍、理想の大将じゃ」

「しっ、隊長にきこえてしまうぞ！」


今度も籠城戦、長期戦の様相を呈してきた。

鎌倉軍は緒戦こそ正成に黒星をつけた。だが、投降した平野ら摂津の兵に二枚舌を使って打ち首にしたことで、河内軍のただならぬ怒りをかってしまう。

鎌倉軍が打ち出した戦術は、ことごとく返り討ちにあった。しかも、それは皆殺しに近い、酸鼻《さんび》で容赦のない反撃。大軍を擁しながら、鎌倉方は明らかに攻めあぐねている。

楠木一党は、結果として城に居座る形に――。

「あいつら、何をしてけっかんねん」。志紀が眼を宙にやって勘定する。

「城を囲み始めたんが二月二十七日、今年は閏二月があるさかい……今日で何日目？」

和田熊が頬から顎へ密生した髭をさする。ワサワサと音がした。

「ワイには百日にも、二百日にも思えてならんですわ」

周囲はたちまち大騒ぎだ。そないに経ってるわけがあれへん。梅雨と夏はどこいってしもたんや。

一日を十日に勘定しとんのか。正成までがチャチャを入れる。

「二百日も過ぎたんか、熊はもう冬眠の準備せなアカン」

河内の男どもにボケを投下すると、たちまちツッコミの旋風が巻き起こるのだ。

だが、楠木一党はボケてツッコンで無聊《ぶりょう》を慰めていただけではない。

太刀に槍、薙刀の稽古に余念がない。水、食糧とも潤沢、ますます意気があがる。


一方、鎌倉軍は手持ち無沙汰が極まった。

京から連歌師を招いたり、碁や茶に興じたりしている。

はなはだしきは摂津の江口、神崎の遊び女《め》を呼び宴席を設ける始末だ。

名越家同族の遠江入道と兵庫助は、双六博奕《すごろくばくち》で贔屓《ひいき》の遊君《ゆうくん》を賭けたというのだから、鎌倉軍の規律は緩《ゆる》みきっている。しかも、この叔父と甥は賽《さい》の目をめぐって諍《いさか》い、互いに刃を交えたばかりか、双方の郎党が斬り合うという不祥事までおこした。

「放蕩無頼の果てに何をさらしとるんじゃい」

敵軍のことながら、正成は眉をひそめた。弟はじめ諸将も改めて自戒する。

「あないなへチャムクレ（役立たず）に負けてしもたら、河内の恥やと嗤《わら》われるわ」

正季のいうとおり。だが、正成はこの状況をも見越していた。

「前の戦で、坂東武者っちゅうのはアカンタレというのが、ようわかったからな」

鎌倉武士の美学と兵法から最も遠い戦、そこに栄誉の死はなく犬死が待っているだけ。敵方には虚しい合戦という想いが蔓延《まんえん》しつつある。正成はそんな心理を巧みに衝く。

「戦が長引くほど、あいつらの弱みが目立ってきよる」

だが、河内の総大将の胸中にも微妙な波風がたっている。

無下《むげ》に殺してしもた兵には、新しい世になった時、大っけに役立つ者もおったはずや。

問答無用の皆殺し、それを帝《みかど》への忠義で済ませていいものなのか——このところ、そんな疑問がふいに湧きおこり、その度に戸惑い、答に窮《きゅう》してしまう。

だが、正成は改めて己にいいきかせた。

「まずは北条の世の中を終わらせるこっちゃ。すべてはそこから始まるんやから」

三

金剛山の頂を白銀に輝かせた曙光が千剣破城にも差してきた。

城の本丸にそびえる栃の大木に鴉《からす》が止まる。早起きのこの鳥も、クワ〜ッコゥコッッと寝ぼけた声を出すのが精いっぱい。まさに早暁《そうぎょう》というべき時刻だ。

城の裏門を激しく叩く音、そこに甲高い声が交じる。

「開けて、開けて！　えらいこっちゃねん！」

正成はじめ屈強の諸将が、十二、三歳くらいの痩せた少年を囲んだ。

少年は異様なほどギラギラした眼をしている。汗まみれの着物は裾が破け、脛《すね》は傷だらけ。草鞋も擦り切れる寸前だ。彼は叫び泣くようにいった。

「よ、吉野のお山が、賊軍に焼かれた！　お寺が全部、燃えてもた」

「な、なんやて！」「早う、詳しゅう話さんかい！」「宮さまは無事なんか？」

正季に恩智、和田熊、志紀、八尾、水走……いかついオッサンどもから口々に詰問され、少年は泣き出してしまった。正成は弟たちを一喝する。

「おんどれら、ちょっと待ったらんかい」。腰をかがめて少年の眼の高さになった。

「事の次第をおっちゃんに教えてくれ」

少年はベソをかきながらうなずく。

「護良《もりよし》親王様が、これを楠木正成はんに渡せっていわはってん」

土埃《つちぼこり》で汚れ、皺くちゃになった書状を取り出す。急いで書かれたうえ、少年の汗で滲んでしまった字ながら、紛れもなく大塔宮《おおとうのみや》の筆跡だ。

――やはり岩菊丸は獅子身中の虫なり。賊軍に寝返り、全山を焼き討ちせり。

「ワレは山猟師か、それとも樵《きこり》の小倅《こせがれ》か？」

「猟師や。父やんが使いをしたら目立つけど、ワイならいけるやろって」

正成は両の手を、力をこめて少年の双の肩にかけた。

「おおきに、おおきに。えらいぞ、さすがは猟師の倅、よう山ン中を駆けてきてくれた」

「沢から落ちかけたり、山犬に追いかけられたりしたんや……」

少年はここで言葉に詰まった。大塔宮護良親王の書状を手渡せた安堵と達成感、そこに夜中の山道を駆け通した恐怖と緊張感が交錯しているのは明らかだ。

正成の頬にやさしく、あたたかい笑みがひろがる。そうして、いっそう声を大きくした。

「立派に親王様のお仕事をやり遂げた、お手柄もお手柄、大手柄や！」

正成は猟師の息子を強く抱きしめた。腕を回せば、細身だがしっかりと筋肉のついた背中の手応えがあった。思えば、少年は正成の息子たちより少し年長なだけ。とりわけ、長男とは一つか二つしか違わない。思わず、少年と長子の正行《まさつら》が重なる。

正行、おんどれも、この子に負けん大仕事をやってくれ。

いつものことながら、子のことを思うと感傷的になってしまう。じんわり、涙が滲《にじ》んでくる。朝陽がまぶしくて眼を瞬《またた》かせているとみせかけたいが、うまくいきそうにない。

「おっちゃん、どないしたん？」

少年の問いかけに、河内の総大将は返事ができなかった。


書状によれば、大塔宮はひとまず高野山へ逃げるという。

「援軍を送るにしても、もう吉野城は焼け落ちてしもてるやんけ」

正季が忌々しそうにいう。恩智が進言した。

「すぐに高野山へ使いを出して、大塔宮様の安否を確認しまひょ」

「高野山の件は恩爺に任せた。吉野の様子は正季隊の荒くれにみてきてもらお」

和田熊や志紀たちにも指示を与えた。

「近郷近在の土豪に、何があっても大塔宮様をお守りするよう、きつう命じてくれ」

よっしゃ。正季、恩爺、和田熊らが散っていく。正成は追加の命令を出した。

「賄《まかな》いのオバハンにいうて、この子に腹いっぱい、うまいもン食わせたって」

正成は本丸の居室で、短いが悲痛、かつ的確な内容の大塔宮からの書状を読み返す。

宮は山岳戦を展開しながら、全国に討幕の令を出すつもりだ。しかし、正成としては鎌倉軍との戦が膠着《こうちゃく》状態といえ、宮のために兵を割くのは不可能……。

千しかおらん軍勢や、百減っただけでもしんどいことになるがな。

まして千剣破城まで落ちてしまえば、そこで皇軍の戦いは終わってしまう。

さすがに、宮もその点は重々承知しているようだ。

後醍醐帝の第三皇子の文はこう結ばれていた――楠木一党の攻防に倒幕の行方がかかっている。いっそう奮戦せよ。

「とうに覚悟は決まったァる。鎌倉軍め、隙があったらかかってこんかい！」

四

鎌倉にいる高時の耳に、千剣破城攻略軍のテイタラクが入らぬわけがない。

「吉野城を打ち破った出羽入道（二階堂道蘊《どううん》）を見習え！」

「ただちに、全軍をもって千剣破城を特攻せよ！」

早飛脚が次々にやってきては正成討伐を厳命する。高時の怒鳴り声が響きそうな下知状が重なり、束となった。

武将たちは、気もそぞろに幕僚会議をひらく。

「吉野山の出羽入道は内通者の手引きで攻め入ったようだ」

「その点、楠木一党は鉄壁の一枚岩じゃからのう」

「ふん、内通させようにも平野の時のように約を違えては信用されんわ」

「いよいよ足利太郎（高氏）までが招集されよった」

笠置山と下赤坂城の一戦にも参加した将が情けない声を出す。

「吉野を陥落させた二階堂も河内に転戦してくる。なりゆきが前回に似てきた」

「それより何より、相模入道（高時）殿の怒りは本物、このまま帰ればタダでは済まぬぞ」

酒臭い息を漏らしながら、彼らは無い知恵を絞った。


時をおかず、鎌倉軍は起死回生の秘策を講じた。

「あンガキらまたケッタイなことしてござる」

千剣破城の深い谷の向こう側で四、五百人もの男たちが工具をふるっている。

正成は大工の棟梁を呼んだ。棟梁は遠目を使い敵の作業をつぶさに観察する。

「ほほう、なかなかオモロイもんをこさえとりまっせ」

「それにしても、えらい大きいな」

幅にして一丈五尺（四・五メートル）、長さは優に十五丈（四五・五メートル）以上ある。重さは一体いかほどか……。

「あら、桟《かけはし》ちゅうか梯《はしご》というたらええのんか、まァ一種の橋でんな」

さらに高い櫓《やぐら》が二基、いくつも滑車が据え付けられている。大縄を梯に結わえ、滑車で巻き上げて起こし、千剣破城の側へ渡す心積もりのようだ。

「で、勇猛果敢な鎌倉の兵が一気に城へなだれ込んできよるわけやな」

正成は腕組みしていたが、筆と紙を持ってこさせた。

「棟梁、こないなモンがつくれるか？」

「やってみまひょ。刀鍛冶の親父《おやっ》さんからも知恵を拝借しまっさ」

「そうしてくれるか」

次いで河内の総大将は志紀に命じる。

「すまんが、郎党をつれて泉州へ走ってくれ」

正成は九百六十文の銭を紐に通した、ずっしり重い一貫文をいくつも用意させる。

「岸和田の浜あたりまでいったら、きっとええのんが手に入るやろ」

「うまい魚でも買うてきまんのか？」


巨大な梯がすっくと立ちあがった。

数百本の太い縄がピンッと張られ、滑車はゴロゴロと音をたてながら回る。数百人の大工たちが額に汗を滲ませ、一心不乱に長い縄を引いている。

ほお〜〜ぉ……。深い谷を隔て、敵陣と千剣破城の見張りの双方から感嘆のため息が漏れた。高さは千剣破城の櫓とかわらない。幅も四、五人の兵が横一列になれるだろう。そびえ立つ極大の木壁のような梯、おかげで陽光は閉ざされ周囲が薄暗くなった。

ドーーーーーンッ！　金剛山の中腹が大揺れした。

「おおっ、ええっ、地震かえ？」

さて、朝飯の粥を喰おうかというところ、河内のオッサンどもは箸を握ったまま大騒ぎ。

「えぐいのぉ、茶碗が一寸（三センチ）ほど浮いたで」

賄いのオバハンも、へっついさん（竈）のねき（傍ら）で声をあげる。

「どンならん、お釜がひょこいがんで（横に傾いて）しもた」

そこへ、正成が飛び込んできた。

「天変地異が起こったんやないから安心せい」

総大将は例の、悪戯《いたずら》を仕掛けるゴンタくれ（悪童）の顔つきになっている。

「けど、じっき（すぐ）に鎌倉兵がこっちゃへ突撃してきさらすど」

「そら、えらいこっちゃ」

河内の荒くれたちが飛び出す。朝粥を掻き込む一団には、お吟の姿もあった。長かった黒髪をバッサリと切り、男装束に身をやつしている。彼女は人垣をかきわけた。

「オッサン、そこ、どきさらせ！　ワテが一番乗りすンねん」

賄いのオバハンは叱咤激励を忘れない。

「お吟ちゃん気張ってや！　大仕事が終わったら、ずつのう（満腹）なるほど喰わしたるさかいに」


谷の向こう、敵方から巨大な梯が倒された。

丸太の束が長々、深々とこちら側にめり込んでいる。

高々と舞い上がった土埃、地の揺れがようやくおさまった。鎌倉の兵卒は肩を怒らせ、眼も光らせ、じりじりとしながら突撃の号令を待っている。

「あっ！」。梯に半歩ほど足をかけた軍兵たちがつんのめった。

楠木一党がいそいそとあらわれ奇妙な箱を並べ出したのだ——。

「ううむ、あれは何じゃ？」

徒士《かち》どころか騎乗の武士、武将にも不吉な予感がよぎる。だが、起死回生の秘策をここで中止するわけにはいかない。

「ええい、ままよ！　千剣破城にいる者は犬の仔一匹生かすな、すべて斬り捨てよ！」

武将が軍配を振り上げる。耳朶《じだ》に響く法螺《ほら》の音、肚を震わせる太鼓。薙刀や槍を打ち立て、声を枯らして喚きながら鎌倉兵が突進してきた。

楠木一党が並べたのは大きな木箱だった。敵に向けた面に太く丸い筒が嵌《は》め込まれ、その横側には取っ手のついた棒が差し込まれている。十を超す筒が列をなした。

「そりゃ、取っ手を思いっきし出し入れせい！」。正成が怒鳴った。

きいこ、ギイコ。取っ手が箱の中に押し込まれ、引っぱり出され……えらい速さで抽送《ちゅうそう》が繰り返される。

どぴゅっ、ドバッ。丸筒からギラついた液体が勢いよく迸った。

「もっと派手に飛ばさんかい！」。正成は叱咤する。

「これで、どないや！」。お吟がこたえる。

さすが、舟では櫓を自在に操る女丈夫だけに取っ手を扱うのもお手の物。液体は暴威といいたくなるほど力強く、一直線に、遠くへ——。

うげっ。こいつを、まともに喰らった敵兵は一も二もなくひっくり返った。

木箱は、刀鍛冶が愛用する鞴《ふいご》を応用した新兵器。鞴なら、火力を強めるために風が出る。こいつからは油が発射された。泉州岸和田の漁港から運んだ魚油だ。

それが鎌倉兵の全身にかかり、梯を濡らす。早くも敵兵たちは足元を滑らせている。

次々と樽が運ばれ、追加の油がなみなみと充塡された。シロが身を乗り出し、物欲しそうにしている。正成は愛犬を諭《さと》した。

「ちょっとの間の辛抱《しんぼう》や、後から油やのうて丸ごとの鰯をせいだい喰わしたる」

油まみれになりながらも敵兵は千剣破城に足を踏み入れようとする。

八尾や恩智をはじめ強弓《つよゆみ》自慢の兵が居並んだ。

火のついた矢が放たれる。弓を持たない兵は松明《たいまつ》や藁束《わらたば》を投げつけた。

「うわぁ、橋が燃えだした」

鰯の魚油の生臭さにかわって、木材の焼ける臭いが谷を覆った。

「助けてくれ、鎧に火がついた」

鎌倉兵の頭から肩、胸、腹……容赦なく火矢が襲う。鎧のあちこちに点火したのを手で振り払うが、とても間にあわない。鎧を脱ぐわけにもいかず、慌てふためくしかない。

「あちち。熱い、痛い。熱い」

ほどなく肌と髪、肉を焦がす異臭がたちこめた。

敵兵は手で上半身の火を叩《はた》きながら、足も交互に上げ下げしている。

死と背中合わせの必死の身悶《みもだ》え、それはどこか珍妙な踊りに興じているようにみえた。燃える梯の上で、すっぽり火に包まれた男たちが乱舞する。

金剛山から強い風が吹きおろした。

それに煽られ、梯の火がごうごうと、いっそう激しく燃えあがる。

風と焔の音に、生身のまま燃やされる敵兵の獣じみた蛮声が混じった。

巨大な梯は火炎にまみれ、結わえた縄も燃え、兵もろともばらばらと谷へ落ちていく。

「母上ーーーーっ」

焼け爛《ただ》れた敵兵は、虚空をつかむかのように手を差し伸ばしながら消えていった。

「あの人、お母《か》やんっていいながら……」

お吟はそれ以上の言葉が出ない。油まみれの手で顔を覆った。

谷底から業火《ごうか》さながら火柱が噴きあがり、河内の兵の足元にまで迫る。

正成ばかりか、さしもの烈将たちもこの凄まじい光景に息を呑む。正季は顔を背《そむ》け、和田熊が髭面をゆがめた。

念仏を唱えるのも忘れ、八尾の僧正がやるせなさそうに吐き捨てる。

「第七の大地獄、大焼炙地獄《だいしょうしゃ》ちゅうンはこのこっちゃで」

正成は奇策がもたらした存外の結果を見届けると、無言のままこの場を離れた。

正季は立ち去る兄を認めたが、すっと眼を逸《そ》らす。

シロだけが、だらりと尻尾を下げ主人の後についていく。

五

甘酸っぱい芳香が部屋のなかまで漂い、鼻をくすぐる。

八尾が城内に植えた木は中国から到来した珍品らしい。僧正は沈丁花《じんちょうげ》と呼んでいた。白に赤紫をあしらった花が集まり毬《まり》ほどの大きさになる。小さな花がぎゅうぎゅうと身を寄せ合っているさまは、どこか城内の河内の兵を思わせた。

三寒四温とはよくいったもので、このところ暖かい日が続いたのに、今日はどうにも肌寒い。ことに山中の夜は底冷えがする。

正成は火桶に勢いよく薪を放りこんだ。

「特別なごっつお（ご馳走）はでけへんけど、賄いのオバハンの料理、けっこういけるやろ」

「いやもう、うまかったです」

「よう、ここまできてくれた」

「正季はんがお迎えにきてくれはったんで難なく山道をいけました」

「蛇《じゃ》の道はへビっちゅうての、山ン中のことは狼に任せておきゃ安心や」

「正季はんが狼！」

客人は遠慮のない笑い声をあげる。ヘックショイ！　館の外で大きなくしゃみがした。

正成がもてなしているのは服部元成《はっとりもとなり》。

伊賀に住まいをおく猿楽一座の長で、興行にあたっては河内の枚岡《ひらおか》神社や恩智神社と繋がっている。

つまりは水走、恩爺との縁が深いということだ。

「無事に三男坊が生まれたのはめでたい」

正成は手放しに喜んだ。そして、そっと服部に尋ねた。

「あいつの産後の肥立ちはどないや？」

「おかげさんで達者にしとりますし、乳もよう出まんねン」

正成は安堵の息をつく。というのも――服部には正成の妹が嫁いでいる。正成にとって服部は義理の弟、この春に生まれた子、三郎清次は甥というわけだ。

河内の土ン侍を自称し、河原乞食と蔑《さげす》まれもする猿楽師と縁戚になる。そんな男が官軍の主翼を担っている。出自や門閥にこだわるのなら、とんでもないことだろう。

ふんッ、何をいうてけっかる。新しい世の中は、こうして新しいモンがこさえるんや。


「え〜と、どこから先にお伝えしたらよろしやろ？」

服部が白湯《さゆ》のはいった湯呑を置く。城中とて、うまい河内の酒はふるまえない。

「ここへ来る前はどこで芸を披露してたんや」

「畿内をあちこち、うろちょろしとりました」

猿楽一座は戦時でも諸国を廻り、舞い踊り歌う。土豪ばかりか鎌倉武将、公家の招聘《しょうへい》を受けることも。おかげで統治者から庶民にいたるまで各地の情勢、動向に精通している。正成はいった。

「上赤坂城の次に吉野の御山《おやま》までいてまわれて、一時はどないなることかと思たで」

だが、大塔宮は辛くも吉野を脱出、再び山中に身を隠した。

服部はことさら眼を大きくみひらいた。

「村上義光《よしてる》公の壮絶な忠孝は遠国にまできこえとります」

当初、宮は自決を覚悟した。しかし義光が宮を叱咤し、逃げ延びて賊軍討伐を完遂するよう激励した。自らは宮の甲冑を纏《まと》って身代わりとなり、たったひとりで数万の鎌倉軍と対峙する。金峯山寺《きんぷせんじ》の二天門楼閣にのぼった義光は腹をかっさばき、腸《はらわた》を引きずり出して賊軍に投げつけたという。服部は角ばった顔を大仰《おおぎょう》にしかめた。

「お武家の死にざまというのは、あらくたい（無茶な）もんでんな」

一体に、この義弟は人の好さそうな風貌のうえ、ものいいも如才ない。しかし、役者だけに表情をつくるのが巧みだし、なかなか肚の底まで明かさない。こうして危険を冒してまで義兄を訪ねてくるのも、ただ諸国の動向を知らせるためだけではなかろう。

こっちゃ側からもあれこれ引き出して、時と人に応じてしゃべりよるんやろな。

そのうえ服部が城を去る時には、たっぷりと小遣いをはずんでやらねばならぬ。だが、正成に咎《とが》める気はない。

まぁ、役者稼業っちゅうのは、そんなもんやろ。

ただ、彼は妹の婿、最後の最後は楠木一党に味方してくれると信じている。

こういうとこが、お人好しちゅうか、わしの弱いとこやねん。

話題は大塔宮護良親王の行方に移った。

「鎌倉の追手も行方は摑んでおらんようですが、お館ならご存知かと」

「高野山に身を隠されたあとは摂河泉、紀州、大和と頻繁に居所を移してはる」

正成と宮の連絡は緊密、今の居場所も把握している。だが、そこまで漏らすことはできない。とはいえ、宮の身辺のことはちょっと触れておく。

「宮の身は豪族や寺社だけやのうて、野伏に破落戸どもが身を呈して護《まも》ってくれとる」

だからこそ、各地に討幕の令旨《りょうじ》を連発できるのだ。

「親王を裏切った新吉野院の岩菊丸っちゅう坊主は闇討ちにおうて死んだとか」

服部は薄い唇の片方の端を引く。

「世間ではお館の手のモンがやったと、もっぱらの噂で」

「アホいうな、そんなん、知らん。わしはこの城のことで手いっぱいや」

正成は惚《とぼ》ける。だが、これこそ猿芝居、どうにもサマにならない。

空《から》とわかっている湯呑を口に運び、取って付けたように次の題目を持ち出す。

「播磨《はりま》の赤松円心は破竹の勢いやな」

「三男坊の則祐《のりすけ》が軍に加わりよってから一段と強うなりました」

宮と則祐、円心の当意即妙、臨機応変ぶりはお見事。ことに円心は、再三再四の蜂起の要請に煮え切らなかったくせ、とうとう挙兵した。円心の動きを注視していた、播州《ばんしゅう》周辺や四国あたりの土豪、悪党たちも立ちあがり大勢力に膨れあがっている。

宮は陪臣の則祐を父のもとへ帰すことで討幕勢力の拡大の一助とし、則祐も宮の近臣として足跡を残した。円心は右手で宮の令旨をみせびらかし、左に宮の側近の息子を抱え、西国の討幕派の雄として己を存分に誇示している。

「まず備前を封じ、先だっては摂津の摩耶《まや》山城で二万の六波羅軍を手こずらせました」

「うむ、そろそろ京へなだれ込みそうな按配《あんばい》か？」

「そうでんな、尼崎あたりまでは難なく進軍しまっしゃろ」

正成は頭の中で地図をひらく。尼崎から酒部、山崎。ここまで攻め入れば都はもう眼の前だ。しかし、ビビンチョ揃いの六波羅軍とはいえ、さすがに激しく抵抗するはず。

「まっ、しばらくは円心のお手並み拝見というこっちゃ」

河内軍と播州軍が合体して都を攻められるのなら、それに越したことはない。

だが、正成としては心のどこかで合戦に倦《う》んでいることを否定できない。まして野心たっぷりの円心と組んで、まっとうな戦ができるかどうかも気にかかる。

都を落とすのは大手柄やけど、わしはそこまで望んでへんしなぁ……。

要は、武家政治を倒し河内に刷新の風を呼び込む——正成の熱い想いはここに集約されている。


正成は新しい薪を火桶に入れた。

炭となった古い薪が、新入りに負けるものかと炎をあげる。

「河内における鎌倉軍の様子もお知らせしとかなあきまへんな」

「そのこっちゃ。このところ、ちょっとずつやけど数が減っとる」

「そらそうでっせ。賊軍はお館のえげつない戦ぶりに恐れをなしてまっさかいに」

「実は、わしもチト度が過ぎたんちゃうかと気になっとるんや」

あはは。えへへ。義兄と義弟は愛想笑いを交わす。

「関東方の大物、新田義貞《にったよしさだ》が河内で罹《かか》った病が癒えぬと陣払いしよりました」

このことは、正成が放った間諜《かんちょう》からも報が入っている。

「しかも、新田は仮病を使うてると鎌倉の武将どもはいうとりまっせ」

「それを懲罰せんとは、鎌倉の軍規はユルユルになっとるな」

服部はつっと正成のほうへいざり寄った。

「ここだけの話、足利の待遇にえらい差があると怒っての引き揚げとか……」

服部によると――足利高氏と新田義貞は同じ清和源氏の系譜。しかもそれぞれが、我こそは嫡流《ちゃくりゅう》といいはっている。余談ながら北条執権一族は源家の宿敵たる平家の血筋だ。

「な～んや、どこにでもある親類同士の本家争いかい？」

「いやいや、もそっと根が深いちゅうか、もっとアホらしいっちゅうか」

義貞は早々に北条高時から招集された。だが大軍を統括する役は任されず大仏貞直《おさらぎさだなお》の配下とされ、大和路を経て千剣破城攻めに加わった。

「ところが足利は出陣をぎりぎりまで渋ったうえ、大軍の大将を命ぜられよりました」

しかも足利軍はまったく城攻めに参加しない。伊賀あたりで進軍をやめ、河内で打ち続いた正成の凄惨な奇策を高みから見物していた――。

「これだけやのうて、新田は前々から北条に冷遇されてたそうですわ」

高氏は北条一族の名家とされる赤橋家から嫁をとり、高時のおぼえもめでたい。だが義貞は上野国《こうずけのくに》の田舎侍という扱いに甘んじている。

正成は、だいたいの事情を察した。

「しょーむな、新田は足利にへんねし（嫉妬）おこしよったわけや」

「新田は直情径行で片付けられまっけど、足利はなかなか喰えまへんで」

「さよか」

軽く打っちゃるような返事をする。しかし、これまで何度も噂にきいた高氏への興味が、いっそう強くなるのを禁じえない。正成の頰が微《かす》かに緩んだ。

「いっぺん、その高氏っちゅうヤツの面《つら》を拝みにいったろかい」

「お館、そら無理無理。絶対にあきまへん、何ちゅうても相手は敵の総大将だっせ」

服部は真顔になって、首と一緒に手まで横へ振った。

正成はゆっくりと顎のヒゲをしごきながらいった。

「そこまでいわれたら、余計に逢いとうなってくるがな」

第一四章　喰えぬ男

一

夜《よ》さり（夜半）、パラパラと雨が降ったものの明け方にはやんだ。

お湿りで柔らかくなった土道に六つの足跡、ふたつ分の足取りは大股で揺るぎない。だが、四つは時おり前へ出たり下がったり、右へ左へと横にそれる。

黒味をました田の畔《あぜ》は、濃淡さまざまな青や紫の菫《すみれ》の花で埋まっていた。

犬をつれた農夫は天を仰いだ。春の陽ざしは日に日に強くなっている。彼は指先で土をすくうと己《おのれ》の鼻になすくりつけた。

「よっしゃ、これでツカミは大丈夫」

農夫は脇道から表街道に出た。

目立って人通りが多くなってくる。農夫の視線はつい、行き交う雑兵《ぞうひょう》たちにいってしまう。彼らは、がやがやと他愛もない話に興じている。女、酒、食べ物、博打、体調……男どもが口にすることなど、関東であろうが河内だろうが変わらない。

だが、連中に緊張感は薄い。戦時ならではの、殺気だった士気に乏しいのだ。

「何やこいつら。本気で戦《いくさ》をする気になっとらんのかいな」

陣屋がみえてきた。

荷を抱えたり背負ったりしている民の姿がけっこう眼につく。

しかも、ちらほらと洩れきこえてくるのは河内弁だ。

「ほほう、きっちし、敵方の陣屋にまで出張《でば》って商《あきな》いしとるんやな」

儲かるのなら楠木、鎌倉の区別なし。この図々しいまでのド性根。だが、そこは素直に感心も得心もする。戦は庶民にとって迷惑千万でしかない。それにメゲず、図太く生きているとは、あっぱれではないか。

農夫は愛犬の肩あたりをポンッと叩いて合図する。

犬は「わかってまんがな」といわんばかり、いきなり片方の後肢《あとあし》を引きずりだした。シュッと男前の白犬が、いきなり脚萎《あしな》えの駄犬になってしまった。

「上出来や、お前はホンマに器用やのう」

白犬は「どんなもんだ」とばかりに低く吠え、もとの雄々《おお》しい歩き方に戻す。

農夫は陣屋の外門に立つ。さっそく衛兵のひとりが居丈高《いたけだか》に誰何《すいか》した。

「おい、どこへいく?」

「大将軍足利高氏様にお目通りを」

「あん? 殿様に逢う?」

衛兵は相手にしない。しっしっ、手の甲を振って追い払う。しかし、農夫はメゲない。

「この白犬、どないでっしゃろ?」

鎌倉の高時は、官軍を壊滅せよと猛る一方で犬合わせ、つまり闘犬に耽《ふけ》っている。

その執心ぶりは尋常ではない。月に十二度も闘犬を主催、そこには幕府の主だった面々が陪席するという。強い犬は年貢や税のかわりに徴収された。武家や守護、国司たちも再三、名犬を献じるよう命じられている。

「強い犬は、うまい魚や肉を喰わせてもらえるだけでのうて、輿《こし》に乗せてもろたり錦のおべべ(着物)をきせてもらえるそうやおまへんか」

もちろん、その飼い主にはたっぷりと褒美が出る。

「いかにも、お前のいうとおりじゃ」

「では、ぜひお取次ぎをお願い申し上げます」

丁寧に低く腰を折る。白犬も愛想よく尾を振った。

「バカをいうな。百姓ごときを殿様に逢わせるわけにいくか!」

入れてくれ、ダメだ。逢いたい、身の程を考えろ。ほんの少しの時間だけ、何度いったらわかる。

ふたりが押し問答をする横を、たくさんの侍や商人たちが行き来する。

外から帰ってきた武士も、そのひとりだった。毎度おなじみの光景と素通りしかけた彼が、ふと農夫をみて血相をかえた。

陣屋に入るふりをして、木陰からじっと農夫をみつめている。

農夫と衛兵のやり取りはラチがあかない。このままでは陽が暮れてしまう。

「そやっ、大事なモンを忘れとった」

農夫がそっと小袋を差し出す。口を開けば、まばゆい砂金がキラキラ。衛兵は生唾を呑み、左右を確かめた。念のため、周囲をもう一回みわたす。

「で、名は何と申す」

「河内のマサやんといいまんにゃ」

「河内だと？　きっと朝早くに家を出たんだろうな。で、名はマサナリ、それともマサキチか？」

「ケッタイなこといわはる、マサやんはマサやんでんがな」

「…………」

「父やんにお母やん、百姓連中もマサやんって呼んでくれとりまっせ」

こいつ、扱いきれんな。衛兵は眉の間に皺《しわ》を刻む。

「みたところ齢《よわい》四十手前だろうに、もそっとしっかりせい」

「エヘヘヘ」。マサやんは愛想笑いを浮かべた。白犬も行儀よくチンとお座りをする。

衛兵は農夫と砂金の入った小袋を見比べた。

二

河内の農夫は会所《かいしょ》の縁側の外、地面の上に一枚の筵《むしろ》を与えられた。

足利高氏は会所の上から農夫と白犬をみおろしている。

板張りの床、大将の座っているところにだけ真新しい畳が二枚敷いてあった。

高氏のやや後ろ、左右に御用人らしき侍、マサやんの背後、一間（二メートル弱）ほど離れたところにも帯刀した武士が数人侍っていた。

河内の農夫は、物珍しそうにキョロキョロしている。白犬も鼻をうごめかし、忙しく耳の角度を変える。

いざとなったら、どっから逃げ出すか目星をつけとかなアカンさかい。

高氏、白犬には眼もくれず、じろじろと無遠慮にマサやんをみている。

マサやんも上目遣いに、足利一党の棟梁をしっかりと観察する。

高氏はマサやんよりひと回りほど年若く、三十歳手前というところか。細面で色白、眉は細い。眼は切れ長、目尻が上がり黒々と丸い瞳。小さめの唇は薄く紅を入れたかのように色づいている。

武家ちゅうより、なんや公卿《くぎょう》みたいな顔をしとるな。

高氏にさほど武張《ぶば》ったところはない。とはいえ、顎のくっきりとした線は強情さを物語っているようにも思われ、印象が大きく軟弱に傾くのを食い止めている。

品の良さは、さすがに足利一門の惣領だけのことはある。だが、世馴れた賢しらさ、小生意気さも鼻につく。

マセたガキがそのまま大人になったみたいなやっちゃ。

いずれにせよ——わしの周りに、この手の男はあんまりいィひんわ。

まずはマサやん、大和川で珍しい魚を釣りあげたみたいな感想を抱いた。

改めて高いところをみあげたら高氏と眼があった。

マサやんときたら、すかさず鎌倉の大将軍に向かってニカッ。

高氏は隙を衝かれたかのように眉をすっとあげた。が、すぐ頬をゆるめる。

「昨夜の雨でせっかくの桜も散ってしまったな」

高氏の声は太く朗々として、言葉がはっきり耳に入ってくる。軍勢に号令をかければ野や山、海原でもよく通るだろう。甲高く、気の細かそうな声を予想していただけに意外だ。

高氏は存外に気さくな調子で河内の農夫に語りかける。

「門番が、逢ってやってくれと強弁したらしい」

やっぱり媚薬の効果は大っきいわ、そこは河内も関東も一緒や。

危ない橋とはいえ、ここまで漕ぎつけられた。じっくり足利の棟梁を検分してやろう。

「百姓と話すのも一興だ。酔狂を承知で出てきてやったぞ」

一介の素性も知れぬ農夫と面会するなんぞ、例外中の例外。そう強調するのはマサやんだけでなく、居合わせている武士たちへの意も含んでいるようだ。

「しかし、河内という土地はつまらんな。どこへいっても川と沼ばかりだ」

うまい喰い物がないし、酒は大和にかなり劣る。男はケチでスケベ。喧嘩っ早いくせ、腕っぷしのたつヤツはいない。ならば女はどうかというと……別嬪《べっぴん》がおらん。

「そんなこと、あらしまへん」

河内がしょーむないといわれたらムッとなる。

川と沼池を山の上からみれば銀、青、緑の珠のよう。そこで獲れる鯉に鮒、鰻、泥鰌《どじょう》、すっぽん、田螺《たにし》……蓮根《れんこん》や菱《ひし》の実も捨てがたい。何より川で物を動かせば利に繋がる。

京のように華美な贅沢料理はないが、朝飯の粥にしろ香ンこ（漬物）にせよ、日常の何てことない喰い物がホンマにうまい。

「男かて俠気《おとこぎ》たっぷり、困っとる者がおったら見過ごせまへん」

わしの弟をみせたりたいわ。何をやらしても一直線、曲がったことが大嫌いや。

「ベッピンかどうかは置いといて、河内の女子は亭主の倍も働きよりまっせ」

ちらり、女房が瞼《まぶた》をかすめる。この戦いでも立派に留守を守り子育てしてくれている。


高氏はマサやんの語気が強くなったのをおもしろがった。

「百姓、怒るな。実はわしも先祖をたどれば河内にいきつくんだ」

「へえぇ、さよか」。マサやんはわざとらしく驚いてみせる。

「ほたら、河内の悪口いわんといておくんなはれ」

「フフフ」。高氏は苦笑ともとぼけともとれる反応を示すと、一気にいった。

「清和天皇の流れをくむ源満仲、その三男で、関白藤原道長公の武勇四天王といわれた頼信《よりのぶ》が河内は石川に壷井荘を拓き、河内源氏といわれるようになった。この頼信が源氏一統の興隆のみなもとよ」

壷井荘は大和川と合流する石川の流域、千剣破《ちはや》城からさほど遠くはない。そこから武家の大棟梁が出たというのは、河内にとって栄誉なこと。だが高氏は実に素気《そっけ》ない。

「三百年近くも大昔のことだ。昔は昔、今は今。わしは眼の前のことしか信じない」

この白いワン公だって、仔犬の頃にいくらごちそうを喰わせてもらっていても、今日の飯がロクでもなかったらやってられんだろう。

「侍だって同じことなんじゃないか？」

「はぁ……わしはこいつを昔も今も大事にしてまっさかいに」

「その犬はしあわせだな。あやかりたいものだ」

三

――むふふ、河内源氏はもちろん、あんさんのことはぎょうさん調べとりまんねん。

マサやんは畏《かしこ》まりながら胸のうちで秘帖をこっそり繰《く》る。予め、高氏に関する情報は集められるだけ集め、帳面にびっしり書き込んでおいたのだ。

記憶のなかに源氏と足利家の関係が浮かびあがってきた。


まず、ご教示を願ったのは南河内の名刹《めいさつ》観心寺の瀧覚《りゅうかく》和尚。

和尚は顕学にして博学のうえ三代前の父祖が和田義盛、この人物は源頼朝の重臣でありながら北条に葬られた。瀧覚和尚には北条憎しの一念が骨髄に染み込んでいる。京、鎌倉にツテとコネをもち、公家や武家の事情に詳しい。

和尚は古びた巻物を取り出す。題簽《だいせん》には源家系譜図とある。

「河内源氏は頼信から頼義、さらに武神・八幡太郎こと義家にいたって大いに栄えた」

八幡太郎の長男は早世してしまい、次男義親が上野国八幡荘を継ぐ。その曾孫が鎌倉殿こと源頼朝だ。

「ハッキリいうておくが、頼朝公の血脈こそが源氏の嫡流ぞ」

なるほど、頼朝へ繋がる線と人名は系譜図の中央に黒々と太く記されている。

「で、義親の弟に義国というのがおった」

ここで系譜図の線は横へ伸びる。だが線は細く、人名も小さくなった。

「話が込み入るから、ようく、きいておけよ。一回しかいわんぞ」

和尚ときたら幼子《おさなご》に教えるような口ぶりだ。

「義国の次男が義康。こいつが源家から分派しよって足利家を興した」

「そやけど、どなたも義っちゅう名前ばっかりでややこしい、かないまへんわ」

「ナン抜かしてけっかる。お前のとこも同ンなじやないか」

親父がマサトオ、弟にマサスエ。息子はマサツラにマサトキ。正に和尚のご指摘どおり。

「この一月に産まれた三男もマサノリやろ」

「そうでおます。けど、あの子の名付け親は他ならんお師匠はんでっせ」


師弟が毎度のようにボケてツッコンで――だが、河内者の会話はそうやって道草を食いながらも、しっかり本筋へ迫っていく。

「お師匠はん、さっき足利の祖の義康は次男といいはりましたな」

ということは義康には兄貴、つまり義国の長男がいることになる。

「おうさ。長男は義重といってな、こやつが新田一門の祖よ」

それは初耳だった。鎌倉軍での扱いは足利の方が上、新田の家格は明らかに下だ。今回の戦でも、高氏は大師団を預かる大将軍なのに義貞は己が軍勢を率いる武将でしかない。

「ほな、足利っちゅうンは源氏どころか義国の嫡流でもおまへんのやな」

うむ。和尚は巻物の隅に記された足利家の系譜を指さす。

「高氏にも兄貴がおってな、これが若うして死んだので家督が回ってきたんじゃ」

「義親と足利初代だけやのうて八代目の高氏も次男。次男の次男、こりゃ次男の大安売りでんな」

「アホッ、そないに次男を連発したら余計にこんがらかってしまうわい」


源氏の大本流たる頼朝は幕府を開いた後に急死、長男の頼家が将軍を継ぐ。だが頼家は母政子の実家北条の陰謀で将軍職を解かれた末に暗殺される。三代将軍は頼家の弟の実朝、彼は頼家の次男、つまり甥である公暁の凶刃に斃《たお》れた。

「日の本の武家の総大将となっても母と子、外戚が骨肉相争う……酷《ひど》うて虚《むな》しいことよ」

以降、北条家が幕政を握る。

「北条の惣領を継ぐ血筋が得宗家《とくそうけ》と呼ばれ、とりわけ大手を振っておるわい」

高時はその九代目当主、七年前に出家して執権の座から退いているものの、当代の執権など傀儡《かいらい》同然。高時が今も強大な権力を握っている。瀧覚和尚はことさら強調した。

「実朝公が鶴岡八幡宮で死んだ時点で、源氏の正統は途絶えたわけじゃ」

正成も同感だし、この認識は正成の父や祖父も共有していた。遠く関東のことは知らぬが、少なくとも河内や畿内で、源氏の再興なんて話は耳にしたことがない。

瀧覚和尚は口外を憚るようなことも平気でいってしまう。

「足利、新田ともしょせんは傍流のくせ、我こそが嫡流だと吹聴しとる」

片腹痛いことよ。頼朝贔屓《びいき》の和尚は足利、新田に対して遠慮会釈ない。

「ところで、だ。足利というのは代々ずっと世渡り上手の家系でな」

足利は源氏の怨讐を晴らすどころか、得宗家やその有力一族と縁組を繰り返し、彼らに唯々諾々と従う姿勢を貫いた。

「高氏の名は高時から偏諱《へんき》を賜った。高氏の嫁の登子も北条庶流の赤橋家の娘じゃ」

高氏は源氏っちゅうより、北条の分家とか一派みたいにみられとるわけや。

瀧覚和尚にすれば、楠木正成のように北条政権に盾突くのではなく、北条の配下に甘んじて働く足利高氏はがしんたれ（意気地がない）というわけだ。

「せやけど、高氏はなかなかの戦上手ときいてまっせ」

「目先の利益に聡《さと》く、勝敗の行方に鼻が利く。戦でうまく立ち回れるのは当然だろうて」

そういえば、高氏を語る人々は例外なくいっている——。

「あいつは喰えぬ男」

四

高氏の軍隊は千剣破城へ攻め入る気配もみせず様子見を決め込んでいる。

その陣屋には戦時とは思えぬ、春風のような、のどかな風がふいていた。ふわふわと白い蝶が飛ぶ。

じっと蝶をみつめていた白犬がすっと前肢を出す。

見事に射止め、迷うことなくパクリと口に入れてしまった。

高氏、早業に手を叩く。だが、今さらながら尋ねた。

「この犬をわしに献じて小銭を稼ごうという用件じゃったな」

マサやん、改めて白犬に「お殿様にお辞儀せえ」と命じた。だが白犬は後肢で耳の付け根を掻きだした。

「行儀の悪い犬だな」。だが高氏はいうほどに咎《とが》めてはいない。

「犬の名は何と申す？」

「はあ、シロでおます」

「工夫も捻《ひね》りもない名だ」

犬はアワーン、耳まで口をさいて大あくびをカマす。

「アッハッハ。じゃが、わしもシロしか考えつかんわ」

屈託のない天真爛漫な笑顔だ。妙な陰湿さは消え、カラリとした快活さが支配している。武士たちもつられたかのように明るい声をあげた。

ほう、こういう気散じ（明朗）なとこもあるンやんか。

マサやん、高氏の印象を少し軌道修正する。


ところが、彼は上機嫌のまま剣呑《けんのん》なことをいいだした。

「わしは闘犬が大嫌いでな。犬の噛み合いなぞ虫酸《むしず》がはしる」

「ありゃ、そうでおまんのか」

「犬の殺し合いにばかり熱心で、政治に無策無能なのは困りもんだ」

「それ、誰のことをいうてはりまんねん？」

「さぁて、どなたのことか。ここにおる者どもにでも尋ねてみるんだな」

皆は一様に渋面《じゅうめん》となった。高氏の背後にはべる武士が声を低くした。

「殿、口が過ぎますぞ」

「かまうものか、心ある者は武家から百姓にいたるまで同じ想いじゃ」

マサやん、これには驚いた。高氏が公然と当てこすっているのは北条高時のはず。

そういや服部元成やったか、誰ぞがどっかで、高氏は北条嫌いやというてたぞ。


再び、秘帖に記した逸話を思い出す――。

高氏は今回のみならず、前回も出陣を渋っている。

下赤坂城、笠置山の戦の時は、父の喪が明けておらぬのが理由だった。

元弘元年（一三三一）九月五日、足利七代目当主貞氏が逝去。それなのに北条高時が出陣を強要、高氏は九月二十日に亡父の位牌に一礼して鎌倉を発った。側近には「父上の中陰《ちゅういん》も明けぬうちに刃を血で汚しとうない」と弱音を吐いたそうだ。

そらまぁ、親父が死んで十五日しかたってへんねんもんなぁ。

とはいえ武家は戦が仕事ではないか。現に千剣破城では、父子兄弟ともども参戦し、永の別れの悲哀を舐《な》めながら武具をとった兵が、どれだけいたことやら。

やっぱし、高氏にはアカンタレなとこがあるんや。

今回は今回で流行り病をこじらせウンウン唸っていたという。

いっかな河内から朗報が届かぬことに焦《じ》れた高時は、高氏に何度も出陣を催促する。挙句の果てには仮病を疑う始末だった。高時からの使者は傲然《ごうぜん》といいはなった。

「足利家は何代にもわたり北条得宗家の恩顧を蒙《こうむ》りながら、なんたる醜態」

春だというのに掻い巻きを羽織った高氏、息はゼイゼイ、身体がユラリと揺れる。だが使者は取り合わない。この大事に病に冒されるとは、日頃の鍛錬不足と決めつける。

「名だたる武家で鎌倉に残っておるのは足利殿のみ。恥というのをご存知ないのか」

翌日、高氏は高熱と怒りで顔を真っ赤にしたまま大軍を率いて出陣したという。だが第四軍は大病の大将軍の体調を慮《おもんぱか》りながら、ゆるゆると西上してきた。

いざ河内を目前にしても、高氏が高言したように「眼の前の現実こそ大事」となれば、千剣破城攻撃に消極的なのは当然のこと。高氏がみすみす負け戦をするわけがない。

せやけど、こんなこっちゃ鎌倉軍の結束も知れたもんやな。


高氏は再び河内の農夫と向き合った。

「せっかくだが白犬は連れて帰ってくれ」

ひと呼吸をおき、忘れ物を思い出したというようにつけ加える。

「心配するな、駄賃くらいは用意してある」

それで文句はないだろうという態度にカチンときたものの、こっちだって、初手から愛犬を差し出すつもりはない。白犬を鎌倉へ連れていくといわれたら、肢が悪い芝居をさせるつもりだったのだ。

今日はこのへんでええやろ。ま、高氏の御面相は拝めたし、高時の悪口もきけた。

「せっかくじゃ、わしの手ずから褒美をくれてやろう」

進み出て恭《うやうや》しく拝領せよというわけか。マサやんは河内のオッサンらしく、なんぼ貰えるんやろと捕らぬ狸の皮算用をする。

「百姓、待て。わしがそっちへいってやる」

五

やにわに、高氏は膝をおこした。同時に、座布団の脇の刀剣をつかむ。

それっ。短い気合、そして凄まじい跳躍。高氏は鷹が襲いかかるかのように縁側を軽々と飛び越え庭に降りたつ。常人離れした機敏さ、驚愕の機動性。高氏への人物評を塗りかえる、新たな一面だ。

マサやんもまた、弾かれたように立ちあがった。シロは鼻づらに皺を寄せ、胴震いしながら吠えたてる。

高氏が、ぐいっと顔を寄せてきた。その威圧感は半端ではない。

「おぬし、門番がいうにはマサシゲという名らしいな」

「マサやんではグツ（具合）悪いンで、勝手にそないな名ァをつけはったんと違いまっか」

せやけど、選りによってマサシゲとは。ナンギなことをいいさらしよった。

「ほほう、鼻の頭に泥なんぞつけおって。だが貴様、百姓ではあるまい」

高氏は肩をぶつけながら、いい添えた。

「日焼けはしとるが百姓の肌の色ではない。それに手の甲や腕、脛《すね》がえらく白い」

日頃は甲冑を纏《まと》っておるのではないのか？

うぬっ、なかなか鋭い観察眼やないかい。

「漆《うるし》にかぶれるわ、虫に刺されたら腫れあがるんで鞢《ゆがけ》（革手袋）に籠手《こて》、脛巾《はばき》（脚絆）で野良仕事してまんにゃ」

「咄嗟《とっさ》とはいえヘタないいわけだ。百姓ごときが鞢や脛巾のことを知るものか」

あちゃ〜、それもそうや。マサやん、のけぞりかけてしまった。


高氏が刀の柄に手をかける。マサやんはすばやくその手を押さえた。

何しろ、身体検査をされ身に寸鉄も帯びていない。ここで抜かれては一巻の終わり、手と指先に満身の力を込める。

「ご褒美もろて、さっと帰らしてもらえまへんか」

「ならぬ」。高氏は手の圧を撥《は》ね返すのに躍起になりながらいう。

「あれは間違いなくマサシゲ、いや楠木正成だといいたてる家の者がおってな」

ホンマかいな、こらまたナンギな。せやけど、わしの顔を知っとるヤツって誰や？

「覚えておるかな、河内の市で狼藉を働き、お主らに手首を落とされたバカを」

うわっ、あいつか。回る回る、回る因果は糸車、えらいとこでみられてしもたわ。

カチャリ。刀の鯉口が切られ、銀色をした刀身の端がのぞく。正成は手首どころか肩口から渾身の力を込めて押し返す。チキッ。何とか刀は鞘へ戻った。

「楠木正成と知っては帰すわけにもいくまい」

「この首、掻《か》っ斬りはりまっか」

マサやん、いや正成と高氏は額がくっつく寸前、息が鼻先にかかる。

正成は怖気《おじけ》の「お」の字もみせない。

整った眉は乱れず、ふっくらした頬は莞爾《かんじ》と微笑むがごとく。

対する高氏の、鋭利な眼光と強く引き結んだ唇。表情に迷いはなく澄んでさえいる。

だが、ふたりの手は刀の柄で重なり、互いに二の腕をぶるぶる震わせたまま一歩も引かない。シロは太い尾をピンッと立て、高氏に牙を剝く。

板の間、庭に侍っていた武士たちは、その光景に気圧《けお》され身動きができない。

「お主、この高氏の胸を刺すつもりだったか？」

「いやいや、噂に高い高氏殿とは、どないな御仁《ごじん》かと表敬したまでのこって」

「意表の衝き方はさすがに鎌倉諸将を震え上がらせた策士、といっておこう」

どの武将も、正成はたかが悪党にあらず、見上げた戦巧者と口を揃えている。ただ、その戦術は兵法に則るどころか完全に無視。そのうえ、鎌倉武士の戦作法や美学を平気で踏みにじる不埒《ふらち》な田舎侍だと——。

「この度もまんまと奇策が当たったと思うたようだの」

高氏は口の端をあげる。たちまち、底意地の悪い面相になった。

「じゃが、わしにいわせれば、とんで火にいる夏の虫よ」

高氏の手の力がまた強くなった。危うく手を外されそうになり正成は必死に押さえた。高氏の手の甲に指を喰い込ませる。

「ここで野垂れ死にするわけにいきまへん。どないな手を使うても逃げまっせ」

「死ぬなら千剣破城で勇猛果敢な舎弟どもと一緒に討ち死にしたいか？」

「そら、そでっしゃろ。あいつらとは、命を預けおうてまんにゃ」

ゴチン、正成は至近距離からでぼちん（額）をぶっつけた。グリ、グリ、グリと左右に動かす。ジャリジャリ、ふたりの眉根がこすれた。痛た、た。高氏が顔をしかめる。

「この戦、帝のためだけでも、ましてや楠木一門の利を願うてのモンやおまへん」

「ならば、何のために誰のために……」

高氏はいいかけて口を閉ざした。正成の眼つきが、さっきまでとはまったく違う。迫力をました睨み、河内弁をまぶした語勢は、太刀を揮《ふる》うがごとく殺気を帯びている。

「河内のため、民のため――腐りきった北条の世を糺《ただ》して新しい世の中にしまンねん」

「バカをいうな、平民ごときのために戦ができるものか！」

「河内を鎌倉や京、大和と同《お》ンなじ土地と思わんほうがよろしおま」

正成は威喝《いかつ》しながら、不遜ともとれる薄ら笑いを浮かべる。

「河内の主《ぬし》はお天子はんや侍やのうて、そこらへんのオッサンとオバハンでんねん」

六

高氏はうめいた。それは、手や額の痛みのせいばかりではない。

楠木正成というヤツは、とてつもないことをいう……。

幕府や領主、あるいは帝や寺社を仰ぎみて、支配者のいうがままに日々をすごすのが真っ当な民の生き方。これを底辺からひっくり返すつもりなのか。

「お主、兵法だけでなく政治に対しても異端、どこか狂っておるようだ」

「そうかも、しれまへんな」

「いっておくが民に政《まつりごと》はできんぞ。あいつらに定見はない、主がおらねば生きていけん」

「せやけど、民はええ主か悪い主かよう知っとりまっせ」

「何をほざく……」

いい返してみたが、高氏の語尾は弱々しい。反対に正成は語勢を強める。

「ぶっちゃけ、ぎょうさん儲かって明日の心配がのうなったら大満足でんねん」

正成はふてぶてしくいってのける。

「わしかて同ンなじ。河内の土ン侍なんぞ土ン百姓とそないにかわりありまへん」

鎌倉や六波羅あたりでは悪党ともいわれている。河内の産物を畿内のあちこちに運び、商いをしたからこそ大きな館を建てられた。

「河内の地とわしと一緒に働いてくれる皆を守るためやったら武具をとりまっせ」

正成のすっと通った鼻がぶつかり、高氏の高い鼻先がひしゃげる。

「政は武家でもお天子はんでもかまへん、政の達者な御方がやらはったらええことで」

しかし、鎌倉の北条政権は民が望む世の中を実現させてくれない。

「せやから、鎌倉を倒すっちゅうお天子はんに味方したんですわ」

それに河内者の悪い癖、偉そうにふんぞり返っているヤツをみると盾突きたくなる。

「エへへ、それが北条得宗家を牛耳《ぎゅうじ》る高時っちゅうわけで」

「好き勝手に、しかもいけしゃあしゃあと！」

しかし高氏は二の句が継げない。心のどこかで、新しい知見に触れられたような気もしてくる――。

「高氏はんがいわはったように、楠木正成っちゅうのは定法《じょうほう》破りの困ったヤツでんね」

高氏は唾をゴクリとやって、ようやく言葉を発する。

「道理で、鎌倉の武将たちがお主には勝てぬと諦めるはずじゃ」

高氏、今度は唾を吐き捨てる口ぶりになった。

「ただ、鎌倉のなまくら御大《おんたい》だけは攻めろ、お主を殺せと吼《ほ》えておるけどな」

正成がふっと威圧する力を緩めた。そっと耳うちするようにいう。

「北条が気に入らんのやったら、いっそ尻をまくって帝につかはったらどないだ？」

「ん、んんん？　今、なんと申された」

高氏は丸い瞳をもっと丸くした。

「鎌倉に勝ち目があらへんことは、高氏殿ほどの方ならお見通しのはずでっせ」

正成は高氏に囁《ささや》きかける。

「せやから、千剣破城に近づかはれへんのと違いまんの？」

ズバリ、いいあてられ高氏に動揺がはしる。

「赤松円心の勢力は拡大する一方、近いうちに京に攻め入りよりまっせ」

「ううむ、確かに」

四国で土居通増《みちます》、得能通綱《とくのうみちあみ》、九州においても菊池武時らの蜂起が続出している。いずれも鎌倉の腐敗した政治を厭《いと》い、次の世を待ち望む悪党や土豪、いわば新しい世の申し子たちだ。

「円心かって衷心から帝に味方してまへん。あいつも悪党、利に正直なだけや」

高氏は刮目《かつもく》した。幕政が低迷する元凶たる北条高時、片や新政を標榜する一天万乗《いってんばんじょう》の君。両者の力関係は昨年までとは異なってきている。他ならぬ、この楠木正成という男が存在感を増すほどに、為政者の交代は早まっていくようだ。

高氏は、ずっとわだかまっていた胸のつかえがストンと落ちたような気になった。

「お主はおもしろいことをいう」

現金なもので、高氏の声音《こわね》が活気を取り戻した。正成はもうひと押しする。

「さっきん（先ほど）、眼の前にあるもんをみるといわはった——それやったら御利益のたんと（たくさん）ある方へ乗ンなはれ。帝に与《くみ》しゃはったほうが絶対に得でっせ」

犬の飯やあれへんけど、鎌倉を倒したらごっつお（ご馳走）が喰えまんがな。

「お主、いや正成殿はそれをいうためにここへ……」

チラリ、高氏は取り巻いている武士たちをみやった。

正成とのやりとりをきいていたのか、それともきこえなかったのか。いずれにせよ、彼らはふたりの、のっぴきならない対峙に手を拱《こまぬ》いている。

だが、高氏の送った一瞥《いちべつ》、その一瞬の油断が状況を一気に変えた。正成は手を離すや高氏の胸を突く。よろける高氏、シロがふくらはぎに咬みつこうとする。

正成は刀の柄に手をかけ抜きとった。

すわっ！　血気にはやる武士たちが取り囲む。ほかならぬ高氏が叫んだ。

「楠木正成殿を殺してはならん！」

七

まさかの高氏のひと言で、その場は静まり返った。

会所の庭の赤い躑躅《つつじ》の花が春の風に揺れている。

正成はここに長居するわけにいかない。逃げるには何人かを手にかけねばなるまい。高氏から奪った白刃はよく手入れがなされている。切れ味はよさそうだ。

シロがぴたりと主人の脇に寄り添った。

高氏も刀身の及ばぬ距離を確保した。少しうつむき、思案しているかのようだったが、すばやく考えをまとめたらしく正成を見据えた。

「正成殿――」

親し気な物言いで話しかけてきた途端、外門のあたりで「早馬だ」「口上をきけ」の怒声が響く。ほどなく陣屋のあちこちばかりか、塀の外側からも大きなどよめきが起こった。

一体、何事が起こったのか。正成は空が揺れ、地も震えたような錯覚を感じた。シロが立ちすくむ。高氏だけでなく武士たちも縛られたように固まった。

大小の太鼓を乱れ打つように、夥《おびただ》しい足音がする。

「た、た、大変でござる！」

「て、て、天下の一大事が出来《しゅったい》いたしました！」

高氏の居場所を求めて、陣屋のなかから武士たちが転げるようにしてやってくる。慌てふためき、正気を失いかけた連中が次から次へと集まる。男たちは皆、興奮して女児のようなキーキー声になっている。なかには泡を噴いているのもいる。

そんな中、高氏はさすがに落ち着いた対応をみせた。

「静まれ！　いったい何があったんだ？」

武士たちは口々に叫んだ。

「後醍醐帝が隠岐《おき》の島から脱出！」

「天子のもとには伯耆国《ほうきのくに》の悪党や土豪どもが参集！」

外でも同じことを喚《わめ》いている。それをきいた連中がワーワーギャーギャー、話に尾ひれをつけて吼えたてる。その輪はどんどん広がり収拾がつかなくなっている。侍どころか農民や商人、男に女、子どもまで右往左往している気配が伝わってくる。

正成も耳を疑った。こら、えらいこっちゃ。帝が島抜けをしやはるとは！

急報は千剣破城だけでなく、今は生駒山に潜伏する護良《もりよし》親王にも届いているはず。どちらも蜂の巣をつついたようなことになっているだろう。

ますますこの場にじっとしていられない。だが、さっきまで数人だった足利の郎党《ろうとう》は数十人にまで膨れあがってしまった。

オンベイシラマンダヤソワカ。苦しい時の神頼み、守護尊多聞天の真言を唱えた。

さあて、どないして逃げてこましたろ。

窮地にありながらも、正成は妙に余裕を漂わせている。


陣屋の外は最前よりもっと大騒ぎになってきた。

「お天子はんの軍勢が京に向かって進軍しとる、ここへも攻めてきゃはるで！」

何人もが高調子で触れ回り、方々で呼応している。

「お天子はんは千剣破城の正成はんと一緒になって京へのぼるんや」

庶民たちの大歓声、それを抑えようとする侍の怒声。だが民はまったく怯《ひる》まない。

「この戦は正成はんの勝ちや、鎌倉の賊軍どもは、いてまわれるで！」

興奮と喜色が渦巻く。侍たちは気圧《けお》され威嚇の勢いが萎んでいく。

「正成殿のいうとおりになったようだ」

「いやいや、こっからひと山、ふた山、ナンギなことがぎょうさんありまっせ」

正成と高氏、互いにニヤリ。

「貴殿が申されたあのこと、このことを忘れずにおくことにしよう」

「そうしておくんなはれ。またいつか、どっかでお逢いできまっしゃろ」

会所の庭では武士たちが茫然自失になっている。

よっしゃ、こいつらがウロきとる（腑抜け状態）間《まア》においとまするで。

正成はシロを促し、刀を持ったまま走り出す。

「そこに隠し木戸がある、塀の外へ出たら右へいかれい」

ことをあろうに高氏が逃げ道を教えてくれた。

「おおきに！」。怒鳴るように礼をいう。シロがあそこだ、とばかりに塀の一角へ鼻先を向けた。なるほど、眼をこらせば切れ込みが入れてある。正成は木戸を蹴破った。

「追うな！」。背後で高氏の野太い声が鳴り渡った。


外へ抜け出ると、急ぎの用なのか、ひとりの侍が塀に沿って走ってくる。

「あっ、こいつ」と正成、シロも飛びかかる態勢に。

「ギョエッ」。侍は背が低いうえ、片方の腕の先がない。正成をみとめ、仰天して引き返そうとするが、そうはいかない。シロが激しく吠えたてる。

「おんどれのせいで危ないメェにおうたやないけ！」

正成は刀を振りおろす。肩口から袈裟《けさ》掛《が》けに斬られ、チビの侍はひっくり返った。たちまち袴《はかま》の股間に染みができモワモワと湯気がたつ。臭いを嗅いだシロが飛びのいた。

「安心せい、峰打ちや」。正成は寝っ転がったままの侍の脇に刀を置く。

「高氏はんに返しといてんか」


陣屋の門の前は気勢をあげる民が押し寄せ、ごった返していた。

すんまへん。ごめんやっしゃ。ちょっとそこを通しておくんなはれ——農夫と白犬は、まんまと群衆に紛れ込んだ。

木戸から高氏が顔を覗かせる。指先の形に痣《あざ》ができた手首を揉みながらいった。

「ふふふ、あれが楠木正成か……どうにも、喰えん男だ」

第一五章　寝返り

一

楠木正成は細筆を硯《すずり》の海に浸した。

千剣破《ちはや》城本丸の一室には、一畳ほどもある大地図が広げてある。

河内や京、大和はもとより摂津から丹波、丹後、但馬《たじま》さらに播磨《はりま》そして美作《みまさか》、備前、因幡《いなば》、伯耆《ほうき》、出雲、備中《びっちゅう》までの主要な町、城に砦、道や川、山々が記されていた。

そこへ間諜や服部元成の猿楽一座からの報告はもちろん、折に触れ気づいた事々を書いていく。

正成の筆跡は雄渾《ゆうこん》というより優美、そこにやさしさ、あたたかさが滲《にじ》む。しかも筆先の流れに任せているようにみえて、一字一字を疎《おろそ》かにせぬ生真面目さを感じさせるものだった。

「西国の守護、地頭はことごとく皇軍に寝返りよった」

ざっと武将の数を勘定すれば四十近い。大山《だいせん》の僧兵、七百近くまでが後醍醐帝のいる船上山《せんじょうさん》に参じている。

だが、正成は京をみやり渋面をつくった。

「円心のオッサン、正念場で万策尽きかけとるんや」

ここへきて六波羅軍の奮戦はめざましい。円心の軍勢は完全に押され気味になっている。

できることなら、楠木一党も京攻めに加わりたい。生駒山をこえて大和から木津川沿いに密《ひそ》やかに兵を進め、帝《みかど》と縁深い笠置山を横にみながら京へ乗り込んでいく。

「ふふふ。円心にばっかり気ィとられとるさかい、京の南口は狙い目やで」

もっとも、ここへ出陣すれば他ならぬ足利高氏が迎え撃ってくるだろう。

「あっちゃは数万、こっちゃは全員を掻き集めても千五百ほどかいな」

しかし、そんなことで怯《ひる》むわけにはいかない。

まず正季の精鋭部隊を東寺へやって身をひそませる。帝の言添《いいそ》えがあれば東寺も協力を惜しむまい。丹波口から伏見にかけて和田熊が展開して高氏軍を陽動し、舟を乗っ取り水走に鴨川をのぼらせ市中を攪乱《かくらん》する。その隙に、正季隊が一気に洛中を攻めあがる。

「高氏はん、慌てふためきよるで」

ニンマリしたところで、正成は我にかえる。

奇想奇策を練りはじめたら、つい深入りしてしまうのは悪い癖だ。


正成は気を取り直して地図に向かった。

主上のおわす伯耆国、船上山の余白に筆を走らせる。

「帝のもとには伯耆の名和長年《なわながとし》はんが貼りついとる」

名和は半農半漁の田舎侍だが、なかなかの猛将ぶりを発揮していた。

帝を追いかけてきた隠岐の守護佐々木清高や、六波羅の命で急行した軍勢を討ち果たした。その際には、山上から岩を落としたり、夥《おびただ》しい数の旗や幟《のぼり》をなびかせ多数の軍勢がひしめいているようにみせる策を用いたとのこと。

「これ、どっかできいたことがあるんやけど、どこのどなたの名案やったかいな」

――あっ、そや、わしのことやった。

正成も河内のオッサン、ボケてツッコンで、ひとりで悦にいっている。

「わしの奇策が山陰道、山陽道あたりまできこえとるわけや」

だが勇名《ゆうめい》をよろこんでばかりはいられない。

「帝から都攻めの軍勢を任されたんは、隠岐に随身《ずいじん》しゃはったお公家《くげ》はんか」

その人物は千種忠顕《ちぐさただあき》。軍勢を率いるにあたり頭中将《とうのちゅうじょう》という重職に任じられた。軍功抜群でありながら官職は左衛門尉《さえもんのじょう》でしかない正成とは比べものにならない高位だ。

千種朝臣《あそん》は勇躍、三万近い大軍で京に向かった。

京攻めに苦心し連敗していた赤松円心もこれで盛り返すと思いきや――正成は京の町に大きく「×」印をつける。

「千種はんは、ひとりで手柄をたてようと、円心には声もかけへんとは!」

どないやっちゅうねん、えェ。

ここに弟の正季やら和田熊たちがいたら大騒ぎになるだろう。

「抜け駆けの功名ゆうんがいっちゃん嫌いやねん」

「千種のガキ、ド突き回したろか」

純な性根のうえ直言直行、悪くいえば直情径行な河内の武将たちのことだ。唾を飛ばして千種を罵倒するに決まっている。

しかも千種軍の総攻撃は選りによって四月八日、お釈迦さんの生まれた日だった。

「いっちゃん殺生《せっしょう》したらアカン日やないか」

荒ぶる河内武者とて信心は深い、その中でも正成は格別に神仏を信奉している。

「わしなら、日ィをずらして円心と合体、大軍でグワーッと一気に畳みかけるで」

ところが千種はんの指揮がわやくちゃで、官軍はええとこなしやんけ。

たちまち六波羅軍に蹴散らされ、犠牲者は七千に近いというから尋常の敗戦ではない。

「ワヤクチャや」

落胆の声を漏らしながら、京の西山へ筆を向ける。千種官軍はこの地の峰ノ堂に陣取ったのだ。

「備後の児島高徳《こじまたかのり》っちゅう武将や名和の子息がついてたのに……」

だが、頭中将千種忠顕朝臣は帝の威光を笠に着て田舎侍の提言に耳を貸さぬ。

西山にも大きな「×」をつける。正成はその印をみつめていたが、小さく舌打ちするとさらに濃く太く「×」を重ねた。

「千種はん、大敗にビビッて戦《いくさ》の途中で逃げてしまいよった」

これで官軍は総崩れだ。京の本営には捨て置かれた鎧や武具が散乱していた。

「呆れたことに、お天子はんから授かった錦の御旗までほったらかしやったらしい」

出陣していた児島が帰還したら、陣営はもぬけの殻。児島の驚愕と憤怒《ふんぬ》、そして絶望は推して知るべし。彼は地団駄《じだんだ》を踏みながら怒号を放ったという。

「腐れ公家のアホ大将め、崖から落ちるなり、堀にはまるなりして死んでまえっ！」

正成にも児島の胸のうちは痛いほどわかる。

――とはいえ、後醍醐帝の御心も忖度《そんたく》せなあかん。

隠岐流罪に際し随行を許されたのは、千種のほか若干の公達《きんだち》や女御の阿野廉子《れんし》らのみ。帝は、皮も剝がぬままの丸木で急造した屋敷、俗にいう黒木御所に押し込められた。

海の果つるとこまでついてきてくれた千種はんが可愛《かい》らしいてならんのや。

だが、戦は遊びではない。情実で大将を決めていいわけがない。こんなことが重なると、とうてい賊軍には勝てない。そればかりか帝の御威信にも傷がつく……。

「名和や児島は帝に直言でけへんかったんかいな」

つぶやいてから、正成は笠置山で拝謁した帝を思い出す。竜顔《りゅうがん》は冷然とした威厳に満ちていた。

「恐れ多くも畏《かしこ》くも、や。伯耆の悪党の棟梁が意見するんはしんどいこっちゃ」

ひるがえって己《おのれ》が船上山にいたらどうする？

土ン侍が主上に物申すなど前例はあるまい――だが、正成は己の性格をよくわきまえている。

やっぱりわしはお諫《いさ》めしてしまうわなァ。

果たして帝は耳を傾けてくださるだろうか？

正成は眼をつむった。夢想のなかでふたつの帝の姿が交錯する。一方の帝は鷹揚《おうよう》にうなずき、他方は怒気を含んだ一瞥《いちべつ》をくれていた。

正成は立ちあがり窓を開けた。吹き込む風に、ひろげたままの大地図が波打つ。

窓に嵌《は》めた連子の間から夜空をみあげる。

群雲《むらくも》に阻まれ月あかりは期待できそうにない。

正成は太い息をつく。窓の外から正季が覗きこんだ。

「兄やん、まだ寝てへんのかい。明日はどえらい早う起きんなアカンねで」

「……おう、わかっとる。お前も夜回りは他のモンに任せて寝たらええ」

二

早朝の大和川に煙っていた川霧がようやく晴れてきた。

右舷の向こうには生駒山、昇る朝陽が霧に反射し川面から川岸まで銀一色に染まった景色は幽玄そのものだった。

今は、うっすらと両土手の緑や濃い土の色がみえている。

大和川を南から進む軍舟、その舟首には正成がどっかと座り、正季と水走康政が控えていた。船尾で巧みに櫓《ろ》を漕ぐのはお吟だ。

正成の舟を追う形で水走の軍舟が数隻。

ぴしゃっ。左舷、河内の野の側で鯉が跳ね、大きな音と飛沫があがった。水走がいう。

「この季節、川の水が温《ぬく》うなるんで霧が出よりまんねん」

うむ、と正成はうなずく。正季が顎の蝶番が外れるほどのあくびをかます。

「まだ半分、眠《ねぶ》たいわい。何せ金剛山の鴉より早う床を出たからのう」

すかさず、お吟が呆れたようにいう。

「賄《まかな》いのオバハンを叩き起こして、腹いっぱい朝粥を喰いすぎたから眠たいんや」

正季は忌々《いまいま》しそうに振り向く。

「うるさい女子《おなご》やのう、ホンマに。嫁の貰い手、おらへんど」

「ふんっ、余計なお世話や」。お吟が櫓を大きく左右に動かす。

「うわっ、危ないやないけ。ムチャなことさらすな」。正季はあわてて船べりをつかむ。

妹と副将のしょうもない応酬をよそに、水走が前方を指さした。

「お館《やかた》、ぼうっとやけど客人の舟がみえました――」

「おう、きやはったか」

正成はうなずくと、お吟に命じた。

「川の真ん中へ舟を寄せてくれ。そこでお待ちする」

このあたりは川幅が六十間（約百十メートル）ほどあろう。話し合いの内容が両岸にいる者の耳に届く心配はない。


舟の真ん中にすっくと立っているのは足利高氏。

高氏にも随行する舟がある。ただ、総勢は楠木一党と同じく十人に満たない。

双方とも機敏に動ける簡便な鎧、胴丸をまとっている。

高氏は白い錦糸がまぶしい縅《おどし》。対する正成は黒韋縅《くろかわおどし》、それが霧に濡れたうえ、差し込む朝陽で漆塗《うるしぬ》りのように艶やかな光を放っている。さすがは両大将、互いに勝るとも劣らぬ出で立ちだった。

まさか、この場で河内のマサやんの格好はできんからな。

それに敵軍の将と逢うとなれば、話の結果いかんでは斬り合いになるやもしれぬ。正成のみならず高氏もそのことに考え及んだ末の装束というわけだ。

ゆったりと流れる河内の大河、川上と川下から官軍と賊軍の両雄の舟が近づいていく。

「鎧のまま川に落ちたらガタロ（河童）なみに泳げへんかったら溺れ死ぬで」

正季がいうと、お吟が鼻を鳴らした。

「せやさかい和田熊は連れてきてもろてへんねや」

「アンがき、鎧を着てへんでも金槌《かなづち》やさかいにな」

いいながら正季は鋭く左右に眼を配る。その視線がまず右岸、生駒山側の一点で瞬時とまった。和田熊の騎馬隊が先着している。左岸、中河内の側の葦原には八尾の軍団が潜んでいた。

さらに、抜かりなく遠目をつかう。たちまち餓狼さながらの険しい表情になった。

「兄やん、土手沿いにきよるんは敵の軍勢やぞ」

正成は「高氏はんは敵と決まったわけやない」と軽く諫《いさ》めてからうなずく。

「陸に兵隊を配したんはこっちも同じ、武士は相見互《あいみたが》いっちゅうやつや」

「意味が違うような気もするけど……兄やんのいうことや、まあええわ」

正季は背負った五尺もの大太刀の位置を正す。

双方の舟は手を伸ばせば届くほどに近づいた。

河内の総大将は剣呑《けんのん》な事情を感じさせぬ、にこやかな笑顔で高氏を迎えた。

「遠いところを、はるばるご苦労さま」

「楠木殿こそ、無理をきいてくださり痛み入る」

高氏はのっぺりした公家さながらの顔をつるりと撫でた。

「桂川から淀川、さらに深野池《ふこのいけ》を横目に大和川、なかなかの舟旅じゃった」

もっとも、こう付け加えるのを忘れない。

「途中で楠木の水軍やら野伏《のぶせり》、悪党どもが待ち伏せているかと冷や冷やだったが」

正成は高氏の陣屋に入りこんだ一件を思い出した。

この御仁《ごじん》は、いらんことを口にせんと収まらん性分かいな。


楠木正成殿と極秘裏に面会したい——。

場所と日時は正成の指定に従う。ただし要件は火急、すみやかに決断いただきたい。そんな高氏からの手紙が届いたのは、ついこの前だった。

藪から棒とはこのこと、しかも賊軍の指揮官からの申し出に千剣破城は騒然となった。

「高氏なんど、とうてい信用のおけるモンとは思えまへんで」

まずは恩智が猛反対した。八尾も分別臭いことをいう。

「至急の要件やぬかして中身もいわんと、こら高氏の計略やぞ」

のこのこと約束の場へ出ていったら、わっと賊軍が襲ってくるに違いない。

長老格のふたりの主張はごもっとも。他の諸将からも、これぞ飛んで火にいる夏の虫だと警戒する意見が続出した。

この時、高氏は洛西を流れる桂川のあたりに陣を敷いていた。

官軍との交戦を副将たる名越高家《なごえたかいえ》に押しつけ、いっかな動く気配をみせていない。それどころか、連日のように盛大な酒盛りを催しているという。

暦は四月も終わり近くになっている。みかねた六波羅はもとより鎌倉の北条高時からも、出陣を催促する使者が遣わされた。

だが、戦に向かわぬ大将軍は悠然とこたえた。

「高氏に天下を驚愕させる秘策あり」

こういう高氏の動向を知っているだけに恩智と八尾は声を揃えた。

「秘策っちゅうのは、楠木正成の首を掻っ切って献上するっちゅうことやないか！」

正成は黙って腕を組み、諸将の議論に耳を傾ける。その一方で、先般の、やはり大きな危険を冒して高氏の陣営に入りこんだ時のこと、高氏とのやりとりが思い浮かぶ。

高氏はん、ひょっとして、ひょっとするかもしれへんで。

正成はそれに賭けてみたくてならない。だが、恩爺たちの忠告の持つ重い意味もわかっている。これは、うかうかと決断できぬ難題だった。

「…………」

そんな中、もうひとり口を開かぬ武将がいた。他ならない正季だ。

「ワレは、どない思うんや？」

「兄やん、おもろいやんけ。ワイがしっかり護衛したるさかい、いったったらどうや」

高氏が折り入って逢いたいとぬかしとるとは、よっぽどの大事《おおごと》に違いないど。

「それにワイらで兄やんの周りを固めたら、高氏のほうがよっぽど火に入る虫やろ」

とはいえ、さすがに千剣破城や河内の町なかはむつかしい。

「ほんなら、生駒山の暗嶺《くらがりとうげ》とか大和川ならどないや」

なるほど、暗嶺は松杉が繁り昼なお薄暗く、馬の鞍がひっくり返るほど急坂の難所。

あるいは、楠木一党が舟の運航を制している河内の大河。

こういう場所なら、高氏どころか駐留する巨万の賊軍といえども容易に手を出せない。

「それとも、兄やんビビッとるんかい？」

弟は兄を睨むようにみやる。兄も眼を逸《そ》らさなかった。

三

正成の舟は、お吟の絶妙の櫓さばきでほとんど揺れていない。

高氏の側はさすがにそうもいかず、たゆたっている。

「どうも足元が定まらぬのはよろしくござらんな」。高氏は眉を顰《ひそ》める。

「それは天下の行方のことでっか？」。正成は空とぼける。

「うむ、今日はそのことで参った」。高氏は真顔になった。

「ほな、さっそく承りまひょか」。正成は悠然としている。

「その前に、お互い物騒なモノを身から離そう」

高氏は腰をおろすと太刀を置いただけでなく、土手に大きく手を振った。和田熊隊と対峙していた百騎ほどの部隊がじりじりと後退していく。正成も黒鞘《くろざや》の野太刀を外し、弟に目配せした。弟は渋々ながら背から大太刀を抜き取り、岸に向かって怒鳴った。

「おんどれらも、しばらく手出しは無用やど！」

遠くで、うおーいという胴間声《どうまごえ》がして和田熊隊の面々が馬から降りた。対岸の葦原が揺れているのは八尾の軍団が武具を収めているからだろう。

高氏は小手をかざしてぐるりを確かめ、小さくうなずいた。

「そういえば、シロとかいった楠木殿の愛犬はおらんな」

「あいつ、足利殿をみたらかぶりつきよるかもしれまへんさかい」

うふふ。含み笑いをしながら、高氏はチラッと正季をみた。

「シロより、こっちのほうがよっぽど兇暴そうだ」

正成はムッとする弟の肩にそっと手をやる。正季は嫌々お辞儀をした。


ようやく川霧がとれた。

本来なら川筋には荷舟が行き来するはずだが、水走の手配で大和川には正成、高氏らの舟しか浮かんでいない。

生駒の山頂から放たれる朝陽に正成の頬が照らされるのを待っていたかのように、高氏が表情を改めた。

「楠木殿は先だって利を大事にしろ、得する方へつけと申された」

「いかにも」

「ようやく踏ん切りがつき申した」

「ひょっとして！」

「さよう、そのことを直々《じきじき》に伝えたく楠木殿には造作《ぞうさ》をおかけした次第」

正成の顔に喜色《きしょく》が満ち、陽の光とあいまっていっそう燦然《さんぜん》とする。

ただ、弟と水走、お吟は話がつかめず怪訝《けげん》そう。正成は弾む心を抑えつついった。

「朗報や、足利高氏はんが賊軍を見限って官軍についてくれはる」

「なんやと！」。正季が耳をかっぽじった。

「ホンマでっか！」。水走も眼をぱちくりさせている。

「とうない（とても）うれっしいわ！　ようよう戦が終わる！」

お吟は櫓を振り回しかねない勢い。おかげで舟がかなり揺れた。

「アハハ、今度は正成殿の足元が危ういぞ」

公家の雰囲気を漂わす面相に似合わぬ野太い声で高笑いする。正成は応じた。

「いやいや、高氏殿の御決意のおかげで河内の民も安堵しまっせ」

「おや、また民か。わしは正成殿の諫言《かんげん》どおり足利のことしか考えておらん」

「いやいや、いや。高氏はんはそれでよろしおまんね」

足利にとっての利は天下の利に直結し、ひいては河内の民のものとなる。

「直下の戦況をみれば、バカ公家が勝ち運を棒に振り、赤松も六波羅に押されておる」

「うむ、確かにナンギな状況でんな」

「しかし、ここで足利が帝《みかど》に与《くみ》したら一挙に戦況が変わる」。高氏はニンマリした。

「正成殿、それが何を意味し、これからの天下の行く末にどう影響するかおわかりか」

「…………」

正成は穴のあくほど高氏のうらなり顔をみつめる。ついさっきは手放しで官軍参戦をよろこんでしまったが、この男の肚《はら》にはイチモツどころかニモツもサンモツもありそうだ。

何を考えてけっかるんや、いったい。


高氏は、まるで眼の前にうまいものがあるかのように赤い唇をペロリと舐《な》める。

「京は数日で落としてみせよう」

豪語してから、高氏は内々の相談めいた口調になった。

「足利軍の進攻に際して、正成殿には今しばし河内で粘っていただきたい」

「その覚悟でおます」

「楠木包囲軍から新田義貞は抜けたものの、まだまだ手強《てごわ》い武将が居並んでおる」

「それも先刻承知のこと」

「正成殿がきゃつらを引き留めておいてくだされば後顧《こうこ》の憂いなし」

ん？　正成は高氏の饒舌《じょうぜつ》に待ったをかける。

「ちゅうことは、公家将軍や円心らと一緒に戦をしやはるんでっか」

「いかにも。向後《こうご》の官軍の主力は足利軍がつとめ、一気に六波羅軍を破る」

うまいこと立ち回るやないか。正成は高氏が息を継いだ刹那《せつな》に言葉を挿《さ》し込んだ。

「高氏殿に鎌倉軍の背後を猛攻してもろたら、大いに助かるんでっけどな」

そうなれば、世間の噂どおり千剣破城から打って出る策もとれよう。

しかし高氏の返事は素っ気なかった。

「無理だな。実はもう帝から綸旨《りんじ》を賜っていて、丹波へ向かう首尾が万事整っておる」

なんやかんやゆうて、あれこれ手を打ってから河内へきよったんか。

高氏のちゃっかりぶりに、正成だって皮肉のひとつもいってみたくなる。

「東海道を大駈けして関東に取って返し、鎌倉の高時に襲いかかる手もおまンのに」

高氏はすかさず否定してみせた。

「正成殿のいうことは足利にとって利が薄い。下手をしたら大打撃を受けてしまう」

「…………」

「みすみす損をするより、直々《じきじき》に帝の麾下《きか》に入って大きな得をとる」

なるほど、高氏はんが合流したら、千種《ちぐさ》の公家将軍は一も二もなく歓迎するはず。児島らも関東屈指の武家の上に立とうという気は起こさんわい。後醍醐帝かて、高氏はんのおかげで、京の玉座に復する日がぐぐっと近づくと喜んではるやろ。

どうにも、こうにも、事は高氏の思惑どおりに進んでいくようだ。正成は呆れると同時に何となくおもしろくない。腹いせに、もうひとつ皮肉を投げつけてやる。

「高氏はんのことでっさかい、六波羅軍に勝つ算段は、とうにでけてまんのやろな」

「アッハッハ、もちろんだ」

高氏はこみあげてくる笑いを我慢しようともせず、肚のうちをぶちまけた。

「京を陥落させれば、官軍勝利の大貢献者はこの高氏となる」

「えっ？」「何ッ！」

水走兄妹が素っ頓狂な反応を示した。遅れてはならじと正季が吼《ほ》えに吼える。

「アホ抜かすな、官軍の柱は、河内でずっと踏ん張っとるワイら楠木一党やんけ！」

高氏はやれやれとばかりに肩をすくめかけたが、すんでのところで押し留めた。

「得を取れ、とわしにいったのは他ならぬ貴公の兄者《あにじゃ》正成殿、そいつを忘れるな」

「だァっとれ（黙っとけ）、うまいとこだけすっくり横取りする気でけっかる」

「正季、控えんかいっ！」

正成の一喝で腰を浮かせかけた弟はドシッと船底に尻を置いた。


反対に高氏が立ちあがった。

賊軍から寝返り、官軍の勲第一等を公言する将は、軍配を返すかのようにさっと腕をあげる。

たちまち彼の舟ばかりか、付き従う数艘にも幟《のぼり》がたった。

土手の騎馬隊までがすかさず軍旗を掲げる。

いずれも純白、これは、まごうこと無き源氏の旗だ。高氏は堂々と宣告した。

「わしは足利一党としてではなく、源氏の正統なる後継者として官軍に加わる」

生駒颪《いこまおろし》、そして大和川の川風に源氏の白旗が翻る。はためく音は高氏の勝鬨《かちどき》のようだ。

「河内は源氏の父祖が拠《よ》った由緒ある土地、ここで再興の火ぶたを切ることができた」

「高氏はん、あんさんという御仁は……」

正成は二の句が継げない。高氏は勢いづいた。

「反北条の蹶起《けっき》は四月二十九日にきめた。善は急げというからな」

四

高氏の肩越しに、生駒山の八万四千ともいわれる山襞《やまひだ》がくっきりとみえる。

反対に高氏の表情は逆光の翳《かげ》になりつかみにくい。

「利を取れといわれて、帝に与《くみ》する損得をじっくりと考えさせてもろうた」

その結論が本日お披露目した事々。高氏はねっとりとした視線を正成へやる。

「正成殿は人がいいというか、ずいぶんと甘い」

「それは、どういう意味でっか?」

「寝返ることを薦めたおかげで、わしにうまいところをかっさらわれてしまう」

「…………」

「ま、のこのこと河内くんだりまでやってきたわしもけっこう甘いけどな」

高氏は思い出したように籠手《こて》をずらして手首をみせる。

そこには赤い斑点が。足利の陣屋でふたりが争った際に正成がつけた痣《あざ》だ。

高氏はわざとらしく赤い斑点をさすった。

「わしにとっては、手強い正成殿と斬りあわずに済むことが最大の利点かもしれぬ」

高氏は憎たらしいほど陽気な声になった。

「次に逢う時こそ、ゆっくりと河内を案内してもろうとしよう」

高氏は漕ぎ手に合図した。舟は白波をたて離れていく。

お吟が櫓を握り、甲高くいう。

「あのオッサン、放っておくわけにはいかへん」

水走水軍が動き出す。正季は五尺の大太刀を抜いた。刃に朝陽が反射するのをみて和田熊隊の面々は馬の鐙《あぶみ》に足をかける。葦原がまた揺れ、人の背丈ほどの茎の間から八尾軍団の弓矢がみえた。

しかし、正成は穏やかな調子で皆を制した。

「高氏はんを無事に帰したれ」

「兄やん、あんなやつに勝手放題させてええんか?」

「かまへんねん」

「何でやねん!」。弟、水走、お吟がほとんど同時にいった。さらに正季が苛立《いらだ》つ。

「とんでもないガキを官軍に引き入れてしもたんと違《ちゃ》うか!」

「いや、高氏はんがおれへんかったら官軍は勝てんぞ」

反対に足利軍が帝のおわす船上山を襲撃したとしたら。木偶《でく》の棒同然の公家将軍に田舎侍、悪党の寄り集まりはたちまち崩れ去るだろう。

「足利軍には高氏はんだけやのうて舎弟の直義、執事の高師直《こうのもろなお》らがおる」

「そいつら、そないに戦がうまいんかい」

「楠木一党と足利軍、同じ兵の数で激突したらええ勝負になるで」

正季は唇を噛み、水走兄妹は絶句した。

官軍にとって足利軍は願ってもない存在、大いに力を得、京を目指して攻めのぼっていく。戦巧者、利に聡《さと》い高氏は全軍の殿《しんがり》に控え、赤松円心と子息たちの軍、名和や児島、それに千種を京の各所に配し意のままに動かすはず。

「円心や千種が六波羅を傷《いた》めつけたら、最後に高氏はんが出て京を平定しよンのや」

「ええい、そないにあんじょうよういくんか！」

正季が腹立ちまぎれに水面に拳を打ちつける。鯉が跳ねるより大きな水柱があがった。

「いく、やろな」

こう断じてから正成は軍舟、和田熊と八尾に命じた。

「大和川を西へ、長瀬川に入って最初の船着き場に集合や」

高氏の寝返りで自《おの》ずと楠木一党の役目は定まった。

皆に足利軍の動向を伝えたあと、改めて千剣破城と周辺の警護を厳重にするよう伝えるつもりでいる。今後は時に打って出て敵を翻弄することも必要となろう。官軍が王城を奪取するまで河内駐留の数万の賊軍を釘づけにしておかねばならない。

もう少しの辛抱や、この戦が終われば河内はようやく平穏に戻れる。帝が京に帰らはったら、わしは即刻お役御免を願い出るで。後のことは高氏はんに任せるわ。せいだい帝におべんちゃらいうて、可愛《かァい》がってもろたらええんや。

警備が解け、大和川にちらほらと荷舟の姿が。川湊《かわみなと》にも人夫があらわれた。

両岸に眼をやりながら、ふと正成は思った――。

せやけど、帝と高氏はんはうまいことやっていけるんかいな。

第一六章　討幕

一

千剣破《ちはや》城内にすっくと立つ栃《とち》の木、楠木正成はその新葉をむしった。

クルクルと器用に葉を巻き、唇にあてる。

プッ、プッ。ブ、ブゥ～ブゥ～ブゥ～。

「どことのう法螺貝《ほらがい》の音みたいでんな」。番卒《ばんそつ》がききつけた。

「ほな、今度〆出陣する時には皆で葉笛を吹こか」

正成は葉笛を捨て烏帽子をかぶり直そうとした。

緑深い木々がみっしり犇《ひし》めく金剛山、その中腹にぽっかりと切り拓かれた山城からは、びっしりと野を埋め尽くした敵の野陣が一望できる……。

だが――正成は手を頭にやったまま河内の野を凝視した。

「お館、どないしやはりましたん?」。番卒が大将の視線の先に顔を向ける。

「ううう っ、うわっ!」

馬のいいななきさながらの音声《おんじょう》、おまけに素っ頓狂な身振り。番卒のあまりに奇矯《ききょう》な振る舞いに、他の兵たちも何ごとかと駆けよってきた。

河内のオッサンたちは、眼下の光景にあんぐりと口をあけ、息をのむ。

千早川の河辺、踏みにじられた草原や伐り倒された雑木林の跡――転がった巨岩、折れた槍や太刀が打ち捨てられ、急造の卒塔婆《そとば》が傾《かし》いでいる。

どれも馴染《なじ》みの風景のはず。だが、今朝はすべてが違ってみえた。

「すぐ正季や恩爺らを呼んできてくれ」

命ぜられた兵は呆けたように立ち尽くしている。正成は彼の肩を揺らした。

「しっかりせんか、早ういってこい」

数万に及ぼうかという軍勢が一斉に撤退していく。

絵師がおもむろに絵具を使うかのように、河内の野の色風景が塗りかえられる。

一面を覆っていた黒味にかわり、濃淡さまざまな緑と土の色がみえてきた。

正成は薫風に頬を撫でられながら、凝然《ぎょうぜん》とその光景をみつめる。

ほどなく背後から汗と男の饐《す》えた臭いが漂った。

「…………………」

屈強の諸将も言葉がない。唸り、呻《うめ》き、ため息を漏らすのみ。彼らの後方に兵たちや職人と賄《まかな》いのオバハン、そしてシロもいる。千剣破城の全員がかけつけた。

ようやく、正季が唇をこじ開けるようにしていった。

「兄やん、これは一体どういうこっちゃねん?」

「どういうこっちゃって……みたとおりの……こっちゃないかい」

千剣破城は河内の南端に位置する。河内の北にみえざる手があって、黒い大きな布を引っ張っているかのごとく、鎌倉北条全軍がずるずると退却していく。

自慢の騎馬隊が土埃《つちぼこり》を舞い上げることも、徒士《かち》兵たちの喚《わめ》く喧騒もない。未曽《みぞ》有の大軍は、潮垂《しおた》れた惨めな後姿を隠そうともせず、河内から消え失せようとしている。

陣払いした跡地には、早くも遺留品を物色する百姓や破落戸《ごろつき》たちが群がっていた。

「こないな、あっけない終わり方でかまへんのかい？」

弟のいうとおりだ。元弘の御代《みよ》、二度にわたって河内で展開した常識外れの戦《いくさ》の数々。まず、山に城を築くこと自体が例のないことだった。崖や峡谷、尾根などは天然の要塞、賊軍を寄せつけなかった。

岩石落とし、熱湯に糞尿がけ、人形の兵……掟破りの戦法は鎌倉武士の矜持《きょうじ》と美学を粉砕した。城詰めの兵だけでなく民や野伏《のぶせり》、破落戸まで味方にするしぶとさをみせつけてやった。攻めれば奇襲、守りにまわれば一網打尽の大反撃に打って出る。

隧道《ずいどう》を掘られたら生き埋めにし、大桟《かけはし》を仕掛けてきたら焼き払って返り討ちにしてしまう。持久戦になれば、喉元に刃を突きつけたまま微動だにせず敵を大いにビビらせた。

この小さな山城で常に勝利を念頭におき、戦い続けてきたのだ。

楠木一党と賊軍の睨み合いの裏では、高氏の寝返りを筆頭に畿内を揺るがす一大事がたて続けに起こっていた。

高氏の強兵が加わった官軍は怒濤《どとう》の進攻をみせ、瞬《また》く間に京を制圧する。

南北六波羅を率いる北条仲時と時益は、光厳《こうごん》天皇はじめ上皇に国母、皇后ら月卿雲客《げっけいうんかく》の貴人たちを促し東国への行幸《ぎょうこう》を強行した。

鎌倉で光厳帝をかくまえば、西京の後醍醐帝に対抗して東朝をひらくこともできる。

だが、時益は京の東山、苦集滅道《くずめぢ》で野伏の矢に射られて討ち死にし、光厳天皇らは捕縛された。

仲時も近江番場《おうみばんば》まで進んだところで、婆娑羅《ばさら》侍の佐々木道誉《どうよ》に攻められ、四百三十人の郎党もろとも自害した。道誉は賊軍方だったが高氏にほだされ官軍に味方したのだった。

京や河内、畿内一円に威勢を誇った六波羅はあっけなく滅びてしまった。

それと呼応する形で、関東では新田義貞が北条高時に叛旗《はんき》を翻《ひるがえ》し、鎌倉へ向け巨万の軍勢をすすめている——。

正成は誇らしげに胸を張った。

「高氏はんや新田が派手な動きできんのも、ぜ〜んぶ楠木一党のおかげじゃい」

「今度メの戦は、ワイらの粘り勝ちっちゅうことか！」。弟はようやく合点する。

「わしらの働きがあるからこそ、天下は大きゅう動き出しとるんや！」

楠木兄弟、大将と副将のやりとりをきいて真っ先に和田熊が小躍りした。

「やった、勝った、勝った、ワイらが勝ったんやーーーーっ」

志紀と水走が抱き合い、八尾はふたりの背に腕を回す。

「お館《やかた》はん、やりましたな、とうとう……」

恩智が声を詰まらせた。正成は恩爺の手をとる。

老将の眼から涙がこぼれ、頬から顎をつたい正成の手の甲に落ちた。生温かさが、じんわりと肌にひろがっていく。この喜びの涙はかけがえがない。

「おおきに、おんどれら、ホンマにおおきに!」

正成も涙声になっている。弟は堪えきれずに咽《むせ》び泣いた。和田熊も髭面を歪《ゆが》め号泣する。

元弘三年五月十日、三か月半にわたる千剣破城の攻防は幕をおろした。


河内の総大将は高見櫓《やぐら》の梯子《はしご》を駆けあがった。

正成は櫓に掲げてある幟《のぼり》をとる。

右手は菊水の紋に瀧覚《りゅうかく》和尚の筆になる「蟠龍起萬天《ばんりゅうまんてんにたつ》」

左手には同じく菊水の紋、正成が自ら筆を執った「非理法権天《ひりほうけんてん》」

二本の幟を、力の限りに天へ向かって突きあげる。

ウォーーーーーーッ。

城内に歓喜が爆発した。抱き合うばかりか踊りだす兵もいる。シロは後肢で立ちあがって吼えたてる。

全員が誇り高き河内の楠木一党。

うずまく熱気は凄まじい勢いで櫓にまで噴きあげてきた。正成はその熱風にさらされながら仁王立ちして幟を掲げ続けた。

「お天子はん、みててくれはりましたか、河内の土ン侍が賊軍をやっつけましたで!」

知らぬうちに、正成はこう怒鳴っていた。

二

兵庫路に吹く風には磯の香りがまじっている。

河内の土ン侍たちにはそれがめずらしく、思わず鼻をひくつかせた。

先頭をゆく青毛の優駿《ゆうしゅん》には正季が騎乗している。苦みばしった面相、精悍な肉体に黄味のかかった赤色いわゆる緋縅《ひおどし》の甲冑をまとっている。彼は辺りに睨みをきかせ注意怠りない。そのくせ、視界の端にべっぴんの女子を認めると、ちゃっかり色目をつかったりする。

一行の中央には威風堂々の連銭葦毛《れんぜんあしげ》、手綱《たづな》をとるのは正成だ。恰幅《かっぷく》、風貌とも大将にふさわしく、兜は左右の吹返しに菊水の透かし彫り、正面の鍬形《くわがた》に剣の前立。鎧は藍を深く染めた黒韋縅《くろかわおどし》、腰に佩《はい》した由緒ありそうな野太刀も黒鞘だ。

葦毛の前後左右を数騎が守る。鞍上には恩爺もおり、壮年や若者たちに負けじと背筋を伸ばしていた。

いいいい、しんがりをつとめるのは図抜けて巨軀の荒馬、跨《また》がる和田熊は松の枝に触れそうなほど長い槍を携えている。

路辺には露草の青紫の花が群生し、道標は福厳寺《ふくごんじ》が近いことを示している。

「腹が減ってきたのう」

和田熊の腹がグーッと鳴った。それが正成にまで届く。

「みっとみない（みっともない）ことをすな」。大将は振り返った。

「お天子はんのとこへついたら、ごっつお（ご馳走）が出るやろ。もうちょい我慢せい」

五月二十三日、後醍醐帝は船上山《せんじょうさん》をたった。

去年の春に追われた王都で再び玉座につくための還幸《かんこう》だ。

帝の腰輿《ようよ》の轅《ながえ》は力自慢の伯耆《ほうき》の壮丁《そうてい》が担ぎ、名和《なわ》長年らが護る。公家たちも似合いもせぬ戎衣《じゅうい》（軍装）に身をやつした。一行は播磨の書写山円教寺《しょしゃざんえんぎょうじ》から法華山一乗寺《ほっけさんいちじょうじ》を経て、五月末日には兵庫の巨鼈山福厳寺《さんふくごんじ》に入る。

楠木一党が打ち揃ってこの寺を目指すのは、帝《みかど》に千剣破城での首尾を報告するためだ。正成にとっては笠置山《かさぎやま》以来の拝謁《はいえつ》となる。

わしは自慢たらしゅうする気なんぞ皆目あらへん。けど、えらいのがんばってくれた皆には、ようやったの御言葉《おことば》をかけてもらいたい。

足利高氏は都に居残って警護を固めるどころか、河内で敗退した鎌倉の軍勢を取り込み、かなりの勢力に膨らんでいるという。都のあちこちに源氏の白旗がなびいているとの報《しらせ》も入ってきている。

何や知らんけど、またぞろケッタイな動きをしとるな。

赤松円心と三人の息子たちは、京攻めで負けが込んだものの、千種《ちぐさ》公家将軍の失態が悪目《わる》立ちしたことで批判を免《まぬか》れた。その後は足利軍と協働し、なんとか面目を施している。

ま、勝ちと負けを秤《はかり》にかけたら、ちょぼちょぼというところやないか。

正成の円心評は手厳しい。だが、僧形をした悪党はそんなこととは夢にも思っていない。円心は、帝が兵庫におわすと知るや、抜け目なく五百余騎を率いて駆けつけた。

高氏はんに円心のオッサン、それぞれに思惑を抱えてけつかるわい。

正成としては、帝に謁見《えっけん》したら早々に河内へ引き返すつもりでいる。功労をひけらかしたり、恩賞をねだったりする気は毛頭ない。


「ワイらは楠木一党！」

隊の先鋒をつとめる正季が声を張りあげている。

「河内国より主上に、え～と何やったっけ……そや、謁見申し上げたく参上仕った！」

門番は仰天し、境内から侍たちが飛び出してきた。

「おおっ、楠木正成殿のご一行か。ようぞ参られた」

いずれものぼせたような顔つき、所作《しょさ》もどこかうわずっている。

連銭葦毛の名馬をおりた正成を、件《くだん》の円心が迎えた。

僧形に身をやつしてはいるが、肚《はら》のなかは正真正銘の悪党。武だけでなく商にも精通し、損と得の勘定に長《た》けている。

きょうびは、そういうヤツが河内どころか畿内のあちこちにぎょうさんおるわい。

「正成殿、はるばるご苦労はん」。円心は笑顔を繕《つくろ》っている。だが、眼に宿る光はまったくもって油断ならない。正成はそれを見逃さぬものの、いつもの調子で応じた。

「なんとのう、寺の境内全体が浮足立っとるようにみえまんな」

楠木一党が訪れたというだけで、まさかここまで喜色に包まれることはなかろう。

「さすがに目ざとい。実はつい最前までえらい騒ぎやったんじゃ」

正成は眉をすっとあげた。ほう。いったい、どんなことが起こったんや。

円心はもったいぶりつつ、事の次第を語りはじめた——。

福厳寺の山門に早馬が躍り込んできた。

「新田《にった》小太郎義貞《よしさだ》が使者。大至急お取次ぎを請う！」

人馬とも疲労困憊《こんぱい》の極み、騎手を降ろした馬は泡を吹いて横倒れした。急使とて息も絶え絶え。だが、差し出された一杯の水をも拒み、血を吐くがごとく奏上《そうじょう》する。

「新田軍は鎌倉を制圧いたしました！」

新田義貞は去る五月八日に下野国《しもつけのくに》新田郡で挙兵した。

新田軍は、鎌倉に残っていた高氏の三男、わずか四歳の千寿王《せんじゅおう》を迎えるや異様なほど意気揚々となり連戦連勝、たちまち鎌倉へなだれ込む。

圧倒された北条高時は東勝寺へ退く。だが、もはや時運に見放されていた。

「北条相模入道高時らは一族もろとも自害いたしました！」

北条得宗家《とくそうけ》のみならず御用人、御家人たちも次々に追腹《おいばら》、百四十余年の長きにわたった武家の世が潰《つい》えた。

帝が船上山を発つ一日前、五月二十二日のことだった。

もちろん帝はこの椿事《ちんじ》を知るよしもない。

官軍にとって、どうやって鎌倉を陥落させるかは最大の課題であり憂慮《ゆうりょ》だった。

なにしろ、関東に残った北条恩顧の武士たちの手強《てごわ》さは音にきこえている。

そんな折、予想外の朗報が飛び込んできた。

使者の口上を諸卿はもとより名和、赤松親子らは何度も何度も確かめた。

驚愕《きょうがく》、ざわめき、そして沈黙。

公家たちは天を仰ぎ、侍が顔を見合わせる。側近のひとりが帝のもとへ走った。

日頃は冷然と構える天子も、竜顔《りゅうがん》を赤く染めた途端に蒼白に変わり、すぐまた朱がさすという按配《あんばい》でおわした……。


楠木一党が福厳寺に到着した時、境内が異様な興奮に包まれていたのは、そんな一大事があったからだ。円心はまくしたてた。

「これぞ僥倖《ぎょうこう》、やっぱり後醍醐帝には天が味方してはるんじゃ」

正成も帝の強運には眼をみはってしまう。

鎌倉とやりおうたら、日の本を東西にわけた大戦になったはず。

畿内以西の有力者たちは概《おおむ》ね官軍に参ずるだろう。だが東国の趨勢は予断を許さない。鎌倉北条の統帥《とうすい》が出馬するとなれば、付き従う軍勢は千剣破城を取り巻いた数をはるかに凌駕《りょうが》したはず。

ヘタしたら何年も西の官軍、東の賊軍で干戈《かんか》を交えることになってまうがな。

そうなれば京は荒廃し、河内も再び戦火にみまわれる。それだけに、正成も鎌倉の動向を注視していたし、利と得の行方を見極めようとする高氏の対応にも気を揉んでいた。

せやけど、新田が大手柄をあげてくれよった。これでひと安心、天下はひとつになる。

高氏も官軍から、またぞろ北条へ寝返ったりはしまい。顔も知らぬ新田義貞だが、その武功には感謝せねばならない。いずれ、彼も大部隊を率いて上京してくるだろう。

その時は挨拶のひとつもせなアカン。いや、まず呼び捨てはやめて新田はんにしよ。

帝は御自らの親政をもって新しい政、新しい世の中をつくると宣《のたま》っておわす。正成は河内で民たちと一緒にその善政を享受《きょうじゅ》したい。愛しい妻子との暮らしを取り戻し、運送や流通、鉱山の商いに精を出す。荒れ放題の田畑も手入れせねば。やることは山ほどある。

千剣破城の戦で有り金ぜ～んぶ使てもて、スッカラカンになってしもたさかいにな。

とはいえ、戦がなくなれば金儲けをする方法はいくらでもあろう。

正成はあれこれと想いをめぐらす。

そこへ円心が脂ぎった顔を寄せてきた。

「わえ（お前）もさっそく褒美の催促にきたんやろ」

ニタリ、円心は口の片端だけをあげた。

「ワイは、ひと足先に手柄を奏上したったで」。円心は得意げだ。

「主上はワイだけやのうて、三人の小倅《こせがれ》らにも望みどおり恩賞をくれはる」

播磨《はりま》はもちろん丹後に丹波、摂津あたりまで領国にしたい。円心は臆面もなくいう。

「日の本は六十八州よち（しか）あれへん。早いこと唾《つば》つけたモンの勝ちや」

円心はガハハと豪快に笑う。反対に正成の表情がいっぺんに曇った。

おいおい、ちょっと待ったらんかれ。

報償をねだりに一党揃って馳せ参じたと誤解されるとは片腹痛い。

だが、それ以上に正成の胸をざわつかせたのは、帝や側近たちの安易な料簡だ。円心に、欲しがるままの領地をくれてやると約束してしまったからには、それこそ高氏や新田にはいかほどの恩賞を配らねばならないことか。他にも武功を誇る官軍の面々は多いし、公家だって黙ってはいないだろう。大塔宮護良親王《おおとうのみやもりよし》もかなりの数の令旨《りょうじ》を発している。その書面は、官軍につけば相応の報酬があることを約しているはず。

日の本だけではとうてい足らへん、高麗や元まで攻め盗らなアカンがな。

正成は無理に咳ばらいをして、喉《のど》のつかえを取ろうとした。

三

福厳寺の境内の松の枝がしきりに鳴る。

公家も武人も着物の袖を風にまくられながら右往左往している。

「直ちにこの仮宮を発ち、都に入る」

鎌倉幕府崩壊の朗報に接し、後醍醐帝の都への思慕は手がつかぬほど燃え上がったようだ。帝がいいだしたら、すぐに取りかからねばひどくご機嫌を損ねる。

万が一に備え、急ぎ筮竹《ぜいちく》で易をたてると、突然の行啓《ぎょうけい》は大吉と出た。さっそく鹵簿《ろぼ》が整えられ、名和や円心らも慌ただしく警護の任につく。

帝はいそいそと鳳輦《ほうれん》に乗り込んだ。屋根のうえに飾られた鳳凰《ほうおう》にも潮風が吹きつけ金色の翼がふるえる。

伯耆国からこの輿《こし》を担いできた壮丁たちは、肩に盛りあがった瘤《こぶ》のうえに轅《ながえ》を乗せた。

正成らは謁見の機会を失う形になってしまった。

それでも一党は気を取り直し、寺門を出て街道沿いに侍った。

「待て」。鳳輦の中から帝の声。公卿が近づき下知《げち》を賜る。

「そは……楠木ではないか」

帝は御簾《みす》を巻き上げるよう命じた。正成は恭《うやうや》しく路傍に両膝をつき、深々と頭を垂れる。弟や恩爺、和田熊はじめ諸将も大将にならう。

ようやく土埃を舞い立てていた風が止んだ。

街道の一隅《いちぐう》、そこだけがぽっかりと空き地になったかのように、午後の陽光が帝の輿《こし》と正成を照らす。

「楠木正成、久しいのう」。帝の声は温情にあふれている。

「構わぬ、もっと近うよれ」

正成は漆黒の脛当《すねあて》が土に汚れ、小石に擦れるのも構わず膝行《しっこう》した。

両手をついたまま首だけあげる。一年九か月ぶりに仰ぎみる帝の尊顔は、予想した以上に頬がこけ、隠岐から船上山にいたる労苦がみてとれた。

「正成、兵庫までよう参ってくれた。朝敵を倒せたのはひとえに汝《なんじ》が忠戦、河内国での奮闘があればこそ。大儀であった」

帝の言葉には真情がこもっている。正成は、いいようもない感銘に浸った。

わしなんぞ微臣《びしん》でしかあらへん。無い知恵しぼって奇策を講じただけのこっちゃ。いいかいじゅんさい（いい加減）なオッサンと嗤《わら》いたけりゃ嗤いさらせ。ぶっちゃけ、帝にこないなことをいうていただけるとは……おおきに、うれしゅうございます。

正成はしかと帝をみすえながら返答をした。

「畏《おそ》れ多くもこの正成をお褒《ほ》めくださるのなら、どうぞ、ここに控える一党の者ども、さらには戦乱に耐え、我慢してくれた河内の民にこそ御厚情をおかけくださいませ」

正成の返答もまた真情を述べたもの。帝は静かにうなずいた。

「正成が配下の者ども遠慮はいらぬ。皆、面《おもて》をあげよ」

「ホンマに？」「構へんのかいな」。正季たちは平伏しながら左右の朋輩《ほうばい》とささやきあう。

お天子はんをまともにみたら眼ェ潰れンのと違《ちゃ》うか。こないなことになンのやったら、嫁はんと小倅《こせがれ》も連れてきたったらよかった……ざわつきは収まらない。

「河内の田舎侍ゆえ御寛恕《かんじょ》を」。正成の弁明に帝は微笑んだ。

「楠木一党、汝らの殊勲《しゅくん》は忘れぬぞ。二度にわたる長き戦《いくさ》、よう忠義を尽くしてくれた」

弟の正季どころか恩爺までがキョトンとしている。

「こらっ、帝から直々に御言葉を賜《たまわ》っとるんやないか、お辞儀せんかれ！」

帝は「苦しゅうない」と楠木一党にまなざしを注ぐ。そして、ようやく正成の腰に佩《お》びた黒鞘の野太刀をみとめた。帝は頬を引き締めたものの、それは瞬時のこと。すぐまた悠然たる態度になった。

「せっかく官軍屈指の河内の兵が揃うて参ってくれたのじゃ、京までの前陣を務めよ」

正成はもちろん、弟らも色めきたった。河内の土ン侍にとっては身に余る栄誉だ。

ありゃー、御挨拶さえでけたら、とっとと河内へ戻るつもりやったのに。

楠木一党は騎馬の隊列を整え、後醍醐帝は発輦《はつれん》した。

英姿颯爽《えいしさっそう》、湊川を過ぎさらに東進する。

正成は連銭葦毛の鞍上でついさっきの光景を反芻《はんすう》していた。

帝は確かに、わしが腰に差した野太刀をみてはった。

この一刀には「死に果てるまで戦え」という帝の意が込められている――。

背中に受けた夕陽が、野太刀に施された菊水紋を意味ありげに光らせた。

四

六月六日、とうとう後醍醐帝は京の二条富小路《とみのこうじ》の内裏《だいり》へ還幸を果たした。

京に残っていた摂政、関白をはじめ宮中内外の諸卿、諸司、医師に陰陽師《おんみょうじ》までが、われ先にと参集する。帝が流罪に処されると知るや、たちまち背反した連中も少なくない。

内裏の白壁には、そんな皆々が纏《まと》う紫や赤、青などの夥《おびただ》しい衣の影がうつった。

さっそく、帝は親政に着手した。その理想は延喜《えんぎ》の醍醐帝、天暦《てんりゃく》の村上帝が主導した平安時代の王朝黄金期の治世。それにならい、後醍醐帝の号令がすべての基となる。

「古《いにしえ》の興廃を改めて、今の例《ためし》は昔の新儀《しんぎ》なり。朕《ちん》が新儀の先例たるべし」

大胆にして剛毅、復古と斬新を綯《な》い交ぜにして政事が動き出した。

正成は、壁塗り職人たちが築地塀を修理しているのを、さっきからじっとみている。器用に鏝《こて》を操り、先端で小さな綻びを埋めたかと思えば、腹全体を使い漆喰《しっくい》を塗り伸ばしていく。職人たちは必要に応じ、大小どころか形の違った鏝を使い分けていた。

なーるほど。モノは使いよう、適材適所っちゅうンが大事やねん。

大勢の番匠《ばんしょう》（大工）たちが動員された改修工事はすでに終わり、内部は見違えるようになった。塀の崩れや穴が塞がれたら、この屋敷は新政府の重職につく官人《かんにん》にふさわしい公邸となる。

どもっしゃーないことになりにけり、や。

豪邸の新しい主は困ったことになったとボヤいている。

帝の入京の前陣を立派につとめたまではよかった。しかし、その後の事々がことごとく正成の思惑どおりにすすまない。河内へ帰還する願いは却下され、あれよあれよという間に新たな政への参画を余儀なくされてしまった。しかも、こうして内裏の近くに屋敷を与えられ、ますます河内が遠くなっていく。

正成は庭へおり塀に近づいた。寝そべっていたシロが起き上がって尾を振る。塀の外側から、声高《こわだか》な世間話がきこえてくる。

「昨今は都に田舎者がまかり通ってかないまへんな」

「ほんに、おっしゃるとおりでおじゃる」

「東は上野《こうずけ》と下野《しもつけ》、西に伯耆《ほうき》……そうそう河内からも楠木という田舎侍が」

「嫌じゃ嫌じゃ。あないな土臭い連中は都の風《ふう》にあうわけがごじゃらん」

何を勝手なことを抜かしてけっかるんじゃ、わしかって都で咲こうとは思とらんわ。

やれやれ、太い息をつく。正成は錦の御旗を掲げ死力を尽くした。そのことへの賞賛はやっぱりうれしい。面映《おもは》ゆくもある。

だが、賛辞の陰には、正体のわからぬ異物が隠れていた。

そいつが政事《せいじ》っちゅうヤツやがな。

内裏には鵺《ぬえ》という猩々《しょうじょう》の顔に狸の胴、虎の手足と蛇の尾をもつ化け物が棲むという。

国を治め、動かすっちゅうンは鵺よりタチが悪いで。

都に入ってみると、いたるところ、さまざまな人たちから、この得体のしれない物の怪《け》の気配が漂っていた。

せやから、早いこと河内へ帰りたかったんや。

帝の還幸と時を同じくして公家と武家の魂胆《こんたん》が交錯をはじめている。

ことさら眼につくのは、ふたつの大きなうねりだ。

足利高氏が一方の震源となり、他方の潮流をたどれば大塔宮護良親王にいきつく。

高氏は、京に残った河内攻めの賊軍も取り込み一大勢力になっている。

こいつは官軍ちゅうより、正しくは足利軍やないか。

その人員と軍備は、帝の麾下《きか》の軍勢の比ではない。勢いを得た足利党は六波羅にとって代わり京の治安を担っている。

大塔宮がこの動きを見過ごすわけがない。

高氏は、源氏の棟梁として新たな幕府をひらく心積もりではないか——宮はこんなことを公言するようになった。

本来なら、大塔宮は誰よりも早く上洛して父帝《ちちみかど》のもとに参じるべきだ。

それなのに、信貴山朝護孫子寺《ちょうごそんしじ》から動こうとしない。

それどころか、私兵を募り高氏に敵対しようとしている。

「父帝のために高氏討伐を敢行せねばならぬ」

しかし、宮のもとに集うのは武将気取りの悪党やら雑兵《ぞうひょう》で、賊軍から掌《てのひら》を返した者も少なくない。

果ては破落戸に野伏、喰うに困った百姓までが天下を動かすと息巻いている。

今、大塔宮の側近には、吉野で宮の身代わりとなった村上義光《よしてる》のような忠臣は見当たらない。それだけに正成が宮を諫め、父帝の手助けをするよう忠告すべきなのだが……。

ちょっと待ってエな。わしかて大塔宮様には内々で親書を届けたりしてるんや。

だが、宮の頑《かたく》なな心を解きほぐすことはできない。高氏に対する叛意《はんい》ばかりが募っている。

一方の高氏は正成よりさらに豪奢《ごうしゃ》な館を賜った。

そこに弟の直義《ただよし》と執事の高師直《こうのもろなお》を脇侍《きょうじ》よろしく控えさせ、日ごと夜ごと密議をかわしているという。

「高氏はんも何を考えてけっかるんやろ、噂の火に油を注ぐようなことしたらアカン」

しかも帝は高氏の内昇殿《ないしょうでん》を許し、自身や女御《にょうご》に親しく近づくことを許した。さらに鎮守府《ちんじゅふ》将軍にも任じている。これは、清和源氏の祖たる経基《つねもと》やその嫡男《ちゃくなん》満仲も拝命した栄誉ある称号、高氏を武家集団ひいては源氏の長《おさ》として認めたことに他ならない。

高氏はん、まさか増長慢心しとるんやないやろな。

壁塗り職人が鏝を動かす手を休め、数歩さがって仕上がり具合を確認した。

漆喰は艶《つや》やかな絹の白布を張りつめたかのよう。明日にも修理は完成しそうだ。

五

京の南に広がる瓜畑の彼方に大軍が姿をあらわした。

一万近い兵馬が都に近づいていく。人馬が地を踏みならす度に、わさわさと繁った瓜の葉だけでなく、ぼってりとした実までが揺れる。

六月二十三日、大塔宮こと護良親王がとうとう都に凱旋《がいせん》した。

宮将軍《みやしょうぐん》の直垂《ひたたれ》と鎧《よろい》は朱と緋の同系色で揃え、鎧の裾には金物の牡丹と唐獅子《からじし》が打ってある。金鎖《かなぐさり》で太刀を吊り下げ、その尻鞘《しりざや》は黄、黒のふさふさとした虎の毛皮で覆われていた。肩にかけた矢筒は紺地に金糸で雉《きじ》が飛ぶ刺繍《ししゅう》、そこから白鳥の羽で飾られた矢が覗《のぞ》く。左手に握った弓は黒漆、弓柄の銀の飾りがまぶしい。

跨《また》るのは白瓦毛《しろかわらげ》の雄馬《おうま》、朽《く》ち葉《ば》色に白をおびた馬体に黒いたてがみと尾。この手綱を十二人もの侍が左右に分かれて引く。

宮は、金銀を細かく散らせた蒔絵《まきえ》漆の鞍の上から傲然と睥睨《へいげい》している。

雄々しくも気高《けだか》い姿が大路に詰めかけた人々のため息を誘う。

「ほんに、征夷大将軍《せいいたいしょうぐん》にふさわしい御姿《おすがた》でおじゃる」

「足利高氏公も護良親王殿下の威風には二歩も三歩も劣りまんな」

前陣は赤松円心と息子たちが仰せつかった。父帝入京の際は正成に栄誉をかすめとられて地団駄を踏んだが、今回は宮と三男則祐《のりすけ》の縁もあって先駆けの大役を賜ったわけだ。

官軍武家たちから冷笑を浴びた千種頭中将《ちぐさとうのちゅうじょう》の一隊も恭しく付き従っている。

楠木正成は刮目《かつもく》する都人の群れに交じっていた。

宮には敵地へ乗り込んだような緊張が満ちている。正成には、そのことが懸念されてならない。

それはそうと、高氏はんや弟の直義、執事の高師直の姿がみえへんな。

大塔宮を出迎えたりはしないことで足利郎党の立場を鮮明にしたということだろう。


宮が信貴山朝護孫子寺を出て入洛したのには大きな理由がある。

まず、帝は護良親王に勅使を遣わし、髪をおろして比叡山法主《ほっす》に戻るよう申し渡した。

せやけど、そんなことを宮が承知しやはるわけがあれへんがな。

「かような父帝の勅命の裏には高氏の耳打ちがあるに違いない」

高氏への疑心にかられ激怒した宮は、使者に自身の所望《しょもう》するところを伝えた。

「比叡山に帰すのではなく、征夷大将軍の位を授けてほしい――」

これを伝えきいたときには、さしものわしもびっくり仰天やったで。

都では高氏が鎮守府将軍に任命され軍事面を取り仕切っている。ただ、武官の最高位の征夷大将軍は空位のままだった。宮はそこを衝く。帝は皇子の要求を呑んだ。

高氏はんの眼の上にたんこぶができたんや。

しかし、後醍醐帝が皇子と高氏の背後にうずまく危うい政情をどこまで考慮したのか。正成は、どうにも腑に落ちない。帝は宮のわがままをきいてやった形になった。しかし、高氏が納得するはずはなかろう。そもそも帝は武家を甘く見過ぎているのではないのか。

高氏を意のままにできると侮《あなど》ってはいけない。高氏は冷静に便益を判断してみせる。

もっとも、廷臣たちは宮将軍の誕生で、揉め事が一件落着すると安心していた。

正成は思わず口に出してしまった。

「そんなもん、揉め事のタネをまいてしもたんと同ンなじやないか！」

高氏の壮麗な屋敷は、ことのほか人の出入りが激しい。

門前、市を為すとはあのこっちゃ、公家や武将どもがぎょうさん参じとるわい。

権力の花が咲けば蜜を求めて虫が集まる。高氏どころか、直義や師直へも媚《こび》を売る輩が絶えないという。

直義のことを御舎弟《ごしゃてい》殿ちゅうてべんちゃらいうとるぞ。

なるほど、舎弟の第一義は弟のことに違いない。だが、二義なら夜盗か破落戸の子分となる。正成が正季を舎弟と呼べば、そっちのことかと嗤《わら》われる。ところが直義は兄の威光そのまま、御舎弟やら御令弟《ごれいてい》と下にもおかれぬ扱いらしい。

そのくせ、高氏はんは、絶対に派手な動きをしよらへん。

源氏の棟梁にまんまと収まった男は、館の奥から凄味をきかせている。

六

正成は縁側に座り、甜瓜《まくわうり》にかぶりつく。

果汁がしたたり顎《あご》まで濡れた。ほどよい甘味、サクサクとした果肉に「うまい」の感嘆が漏れる。井戸で冷やしておいたおかげで涼が内腑に染みわたった。

「暦はもう大暑やさかいにのう、冷《ちみ》たいモンがごっつおになるわ」

シロが駆け寄り、御主人ばっかりうまそうなもンを、とでもいうように上目でみてくる。

「肉やないど。犬のくせ水菓子もいけるんか？」

一片を愛犬に放ってやる。シロは尾を振り、器用に口で受け止めてみせた。正成と同じように汁を口の傍《はた》に滲ませながら食《は》んでいる。

「おんどれはオモロイやっちゃのう」

ほな、腹ごなしに散歩にでもいくか。正成は門を出る。シロがご相伴《しょうばん》を務めた。

「いずこへ、お出かけでおじゃる？」

門番は新しい屋敷の主をじろじろとみている。正成は腰刀こそ差しているが庶民と変わりない服装だった。

「足の向くまま、気の向くままっちゅうやっちゃ」

「で、ご帰館のご予定は？」

「そやなあ、半刻《はんとき》かもわからへんし、三日ほど帰ってけえへんかもしれんで」

「な、なんと」。これが河内の身の内なら、「ほな、お早うお帰り」と軽く受け流すだろう。しかし奉公人たちは屋敷付きの京の者だった。正成は使用人ごと館を賜ったわけで、彼らとはまだまだ気心が通じていない。門番は非難めいた口調になった。

「かような戯言《たわごと》をおっしゃっては家の者に示しがつきませぬ」

正成は「ほう」という顔をする。すっと腕を出すと、たちまち門番の手から警杖《けいじょう》を奪った。眼を白黒させる門番の頭にコツンとお見舞いしてやる。

「前から気になってたんやが、おんどれは隙だらけやないか」

ウゥワンッ、シロも「そのとおりや」と吼《ほ》えつく。


正成は、わざと高氏の邸宅とは違う方へ足を向けた。

京に入ってから、いっぺんも高氏はんを訪《た》ンねてへん。

高氏の武家らしくもないつるりとした顔、それにそぐわぬ太い声、人を喰った態度を思い出すと気と腰が重い。

とりあえず、挨拶がわりに河内の菜もの、大和川の魚を届けておいた。だが、その礼はない。まして高氏の方から姿をみせたり、書状を送ってくるわけでもない。

高氏が多忙でなかなか正成に声掛けできないのか。

傲慢にも、正成にはもう使い勝手がないと無視しているのか。

あるいは、すっかり侍の総大将になったつもりで、正成から顔をみせぬことに立腹しているのかもしれない。

だが、正成は高氏の臣下でも股肱《ここう》でもないのだ。こちらから、機嫌を取り結ぶ気にはなれない。

わし、そないなおべんちゃらすンのがいっちゃん嫌いやねん。

何より、いちいち言葉尻を捕らえられたり、底意地の悪いニタニタ笑いをされるのには、うんざりしている。

高氏はんとの肚《はら》の探り合いは、ホンマにしんどい。

まして政局を思えば、今はあまり関わりたくない御仁《ごじん》であった。


正成は真新しい扁額《へんがく》が掲げられた館に入った。

裂帛《れっぱく》の気合が耳に飛び込んでくる。それは甲高く清澄な響きを伴っていた。

「おおっ」。ひとりで剣術の稽古をしていた大塔宮が戸口に立った正成に気づく。

「正成、逢いたかったぞ……」。宮は喜色《きしょく》を隠そうともしない。

「さ、中へ入ってくれ。がらくたを放り込んでいた蔵を急造で道場に設《しつら》えたのだ」

正成は歩を進め、板の間に手をついた。

「早々にご挨拶申し上げねばならぬところ、失礼いたしました」

「私も正成に声掛けするのをためらっておった」

「あれこれ考え、ここなら人目につかずお話できるのでは、と」

宮はうなずく。そうしながら言葉を探しているようだった。

「正成がきてくれた理由は、わかっておるつもりだ」

宮は剣を置き板の間に座った。正成が口を動かそうとしたら、宮は制した。

「河内や大和、紀伊の山地で夜露を凌《しの》いだ身じゃ、このままでよい」

宮は問わず語りになった——。

高氏と対峙することを独りよがりといってほしくない。高氏は、きっと父帝にとって代わろうとするに違いない。しかし、私が父帝にそのことを申し上げると不機嫌になられる。それは、私の指摘が的を射ているからに他ならない。

「父帝は高氏が怖いのだ。しかし、私は違うぞ」

「宮様、どうしても足利郎党と雌雄を決するおつもりですか?」

「やらねば、ならぬ。すべては父帝の理想を貫くためだ」

正成は眼を落とした――そして、馴れぬしゃべり方ではなく地でいくことにした。

新しい世の中を待ちわびてンのは、他ならぬ民たちでおます。ほんで、民はもう二度と戦はイヤやというとりま。そやから宮様には帝の片腕として、武張《ぶば》ったことではなく政事で気張ってもらいとうおます。

「どうぞ、帝とお力をあわせて民を楽にしてやっておくんなはれ」

宮は黙って提言に耳を傾けている。しかし涼やかな瞳にたびたび翳《かげ》が差した。

練武場の戸前では、シロが夏の陽を浴びながら四肢をふんばっている。油断なく耳を動かし、ぬかりなく四方へ眼を配る様子は屋敷の門番よりよっぽど頼りになる。

ただ、忠犬も京の暑気には辟易《へきえき》しているようで舌を出しハアハアやっている。

「父帝は今、恩賞の配分を決めるのに御繁多《はんた》だ」。ようやく、宮は口をひらいた。

「武勲の筆頭は、河内で二度も巨万の賊軍とわたりあった正成だと奏上しておいたぞ」

「それはおおきに。せやけど、わしは――」

「皆までいうな、正成は無欲な男よ。報償を貰うより早く河内に帰りたいのであろう」

「御意《ぎょい》」。正成が大げさに平伏してみせると、ようやく宮の頬が緩んだ。

「だが、帝の御心の内は高氏とその郎党に傾いておる」

皇子に征夷大将軍の位を許したことを踏まえ、高氏には相応の褒美ということだろう。しかし、うまく均衡がとれるものなのだろうか。正成は、わざとおどけていった。

「いっそのこと、高氏はんを畿内に封じてしっかり見張らはったら?」

「ふむ、ならば河内を与えるか」。珍しく宮が冗談をいった。

「ほなアホな、それぱっかりはご勘弁を」

足利郎党を関東に戻すと火種になりかねない。それならば九州か蝦夷《えぞ》へ追いやってしまうか。宮は真顔に戻った。

「高氏はどこにいても父帝の治天《ちてん》を転覆させようとするだろう。それなのに父帝は御自身の御威光で御《ぎょ》すことができると思《おぼ》し召しておわす」

宮は美しく弧を描く眉を顰《ひそ》めた。

「父帝は甘い。だからこそ、私が足利を成敗《せいばい》せねばならん」

宮はきっぱりといった。そうして、何かを続けようとして口ごもる。正成には宮のいいたいことがわかっていた。

わしにも高氏攻めに加わってほしい。そうでっしゃろ。

だが、宮将軍は想いを呑み込んだらしく話題を変えた。

「練武場をつくったものの、いい指南役がおらんのだ」

「楠木一党は弟が指南役でっけど、何せ、こやつはめっさとない荒武者でっさかいに」

「正季か。下赤坂城で教練ぶりをみた。手筋は確かだが、なるほど手荒い」

宮と正成は声をたてて笑った。それをしおに、正成はこの場を辞した。


ぶらぶらと小路を歩きながら、正成は愛犬に語りかけた。

「宮様はいいたいことを堪《こら》えはったけど、わしかて胸ン中を吐き出されへんかった」

シロは人の言葉がわかるかのように主人をみあげる。

「宮様は仏典の解釈が深いし、漢籍や和歌の道にも通じてはる。せやけど……」

高氏ほど利得に聡《さと》いわけではない。智謀にかけては数歩譲る。

「宮様は利発やけど、高氏はんはナンちゅうか、ありゃ利巧《りこう》やわ」

宮の軍勢の鍛錬は足らず、戦上手《いくさじょうず》の武将の駒も圧倒的に不利だ。もし宮が高氏と干戈を交えたら——。

「万にひとつも勝ち目はあれへん」

ならば、正成が加勢すればいい。しかし、そうなれば世は再びの戦乱と化す。

「戦で民を苦しめるンは絶対にアカン」

いつしか鴨川の畔《ほとり》まで歩いていた。大和川に比べずいぶん緩やかにみえるが、川中で流れが急変するという。その向こう、東山の三十六の峰々が砦のように連なっている。

「暑いし喉も乾いたやろ。いってこい」

シロが弾かれたように走り出し、ためらいもなく川に飛び込んだ。

第一七章　宮仕え

一

楠木正成は繁多を極めることになった。

「井戸水をくんで詰めときましたで」

妻の久子が差し出す竹筒を受けとり、正成は滲む汗をぬぐう。

「手拭いをもう一、二枚余計に持たせてくれ」

はいはい、久子はかいがいしく立ち動く。

京の暑さ、こいつは河内とひと味もふた味も違った。熱気と湿気が肌にまとわりつくのではなく、暑気が五臓六腑のなかへ入り込んで炎熱を発しているかのようだ。

「まだまだ、暑い日が続きまんのやろか」

妻は手拭いを渡しながら、背伸びをして自分の着物の袖を正成の額にあてがう。

「ありゃ、ご夫婦揃うて朝からごっつおはん」

ふわ〜〜っ、正季が大あくびをかましながらのっそりとあらわれた。

「いややわ、ウチら」。妻はあわてて取り繕《つくろ》う。弟が尋ねた。

「兄やん、もう役所へいくんかい」

「おんどれこそ、いつまで寝てけっかるんじゃ」

「うへへ」。薄笑いを浮かべ、正季は乱れ放題の鬢《びん》をぽりぽりと掻く。

「京の女子《おなご》が楠木の副大将さまっちゅうて放っておかへんねン」

「……アホか。こっちゃはこれから、うたとい（面倒くさい）仕事やゆうのにやっとれんわ」

むんず、両手に大ぶりの布包みをつかむ。中には訴状や文、記録帖などがぎっしり、昨夜も遅くまで調べ物をしていた。

「ほたら兄やん、今日も一日お気張《きば》りやす」

「おおきに」。思わず礼を返してしまった。ついでに手伝ってもらう件の念押しをする。

「おんどれは大和まで出張《でば》ってもらわなあかんねで」

「わかってまんがな。朝飯喰うたら、すぐ出掛けるよってに」

「あんじょう頼んだで」


河内の土ン侍、時には悪党と呼ばれた男が、今や国の上級官吏として働いている。都で記録所寄人《よりうど》、恩賞方《おんしょうがた》奉公人の重責を担う。

記録所では政務全般を裁決し、恩賞方において報償の審理や事務を扱った。いずれも弓や刀をとるのとは大いに勝手が違う。武人には不向きとされる役職ながら、正成は周囲が唸るほど卓越した仕事ぶりをみせつけた。

奇策を練るのンだけが能やないで。

河内では侍としての領分をはみ出し商いにも精を出していた。農作物や水産物、日用品を畿内各地に流通させ物品の運搬も請け負った。市を運営したり、山から辰砂《しんしゃ》を掘り出して販売もしていた。そこでは商人との腹の探り合いがあり、地場《じば》の顔役との鞘《さや》当ても度々《たびたび》だ。強面《こわもて》や欲得ずくでは進展せず、それなりに人情の機微やら損して得とれの心構えが必要になってくる。

河内のがめついオッサン、オバハン相手に苦労してきたんや。

民の暮らしに疎《うと》い武士、机の上の空論を振りかざす文官とはひと味もふた味も違う。

「戦《いくさ》でえらいこっちゃってん。年貢や公事《くじ》、夫役《ぶやく》はちょっと待ったろ」

正成はこんな提案をしてみせる。これは正成なりの民への詫《わ》びでもあった。

「近江から湊《みなと》を修繕してくれっちゅう願いが届いとる」

正成はさっそく現地へ足を運び、民のいい分に耳を傾けた。

もうひとつ、武者所《むしゃどころ》の検非違使《けびいし》として都の警護も任されているのだから、河内弁でいうかだら（身体）がいくつあっても足りない。

とうとう正成は「もう辛抱たまらん！」と悲鳴をあげた。

屋敷の使用人はいつまでたっても気心が知れない。都人《みやこびと》は矜持《きょうじ》が高く、河内の土ン侍を主人と崇《あが》めるのには抵抗があるようだ。

役所の面々も正成にばかり仕事を押し付け、のうのうと日を過ごしている。ますます正成の仕事は煩雑さを増し、掛け持ちが煩瑣《はんさ》を極め、超のつく繁多な日々を送ることになってしまった。

側《そば》に気の置けへん楠木一党がいてくれたら……。

とはいえ、諸将には河内の所領がある。今こそ土地経営に励まねばならない。

正成は融通のきかない役人、よそよそしい使用人に辟易《へきえき》しながらも職務にあたった。

帝に仕える公卿《くぎょう》たちは、正成の孤軍奮闘にまったく気づかない。

そこへ、九月になったら、頻発する所領問題の訴訟を解決させるため雑訴決断所《ざっそけつだんしょ》を新たに開設するとの沙汰《さた》がくだった。もちろん、命じたのは後醍醐帝だ。

正成は新たな業務を負うことになる。

その一報を耳にして、さしもの河内の総大将も卒倒《そっとう》しそうになった――。


兄の窮状《きゅうじょう》を知り、まずは正季が助太刀にきてくれた。

次いで恩爺《おんじい》こと恩智満一、志紀朝氏も「お館《やかた》、大丈夫だっか」と血相をかえた。

恩爺と志紀は領地を任せる者がおるさかい、申し訳ないけど手伝《てっと》うてもらお。

恩智は息子に代を譲って隠居暮らし、志紀の場合は親父が健在で辣腕《らつわん》をふるっている。ふたりとも喜んで京に常駐してくれた。

恩爺は執事役として屋敷を取り仕切るだけでなく、役所にも顔を出して正成の仕事を補佐する。計数に強い志紀がいてくれるのもありがたい。役所の予算や屋敷の財布は彼に任せれば安心だ。

「兄やん、肝心の者《もん》を忘れてンのと違《ちゃ》うか！」

「忘れようと思ても、その背ェの高いドンガラ（身体）はイヤでも眼ェに入るわ」

無類の腕っぷしの強さはいうに及ばず、正季は意外に気働きがきくし、心やさしいところもある。

酒と女子に眼がないのは珠《たま》にキズながら、正成にとってこのきさんじ（明朗快活）な弟はかけがえがない。

和田熊もとい和田五郎や八尾僧正顕幸《けんこう》、水走康政も入洛すると声をあげたが、彼らの生業《なりわい》を鑑《かんが》みれば無理をいえない。好意だけ受け取り河内に残ってもらった。

わしのばやい（場合）は、領地のことやら家のこと、子育てを任せられる嫁はんがおる。

だが、それでも、やっぱり。妻には申し訳ないし、所領のあれこれが気にかかる。

妻の久子にしても夫のことが心配でならなかった。

「あんさん、ご飯もろくに喰べてはらしまへんのやろ。精つけなあきまへん」

久子は居ても立ってもおられず、数え八つの正行《まさつら》、年子の正時《まさとき》を実母に委《ゆだ》ね、乳飲み子の正儀《まさのり》を抱き河内から京の屋敷にやってきた。

「久子、すまんのう」

「何を水臭いことというてはりまんの」。愛妻は頰を膨らませる。

「正季はんにいうて鶏をキューーッとシメてもろてカシワの水炊《みずた》きにしまひょ」

久子にかかれば屋敷の台所番だってうかうかしていられない。

「ボーッとしてんと、なんぞおいしい京野菜でも買いに走りなはれ！」

一事が万事、屋敷の者たちはグゥの音が出ぬほどやり込められた。

疲れ果てた正成だが、妻や弟、一党の手助けで、ようやくひと息つくことができた。

何よりうれしいのは息子の存在だ。正成が末っ子の頰をつっつく。正儀は声をたて笑う。それだけで、溜まりたまった疲れが雲散霧消するかのようだ。

「和田熊はんが正行と正時を連れて京へきてくれはるそうでっせ」

「ほうか、あいつらも、しばらくみぃひんうちに大きなりよったやろなァ」

年子の兄弟、いっぺんに抱きかかえることができるだろうか。剣の腕前がどれだけあがったか愉しみだし、学問のことも心配している……だが、健康なのがいちばん。

ひとりニコニコする夫に、妻から但し書きがはいった。

「そやけどワテかて、そうそう京のお屋敷に長居はでけまへん」

「せっかく親子夫婦が揃《そろ》ても、皆いっぺんに帰ってしもたら、ちと寂しいな」

「アホらし、天下の楠木公がなにを弱音を吐いてはりまんねん」

夫をあしらいながらも、妻はまんざらでもない。だが久子は声を落とした。

「若牛蒡《わかごんぼ》が出回るまでに、もとの河内の暮らしに戻れますやろか？」

河内の地野菜、若牛蒡の煮つけは正成の大好物、その旬は初春だ。元弘三年は残すところ四か月ほど、年を越して二か月を足すと半年先のことになる。

「そやなあ……」

妻の切実な問いかけに、夫は口ごもるばかりだった。

二

エヘン、エヘン。舞台の中央で武士が憎々し気にふんぞり返る。

その前で公家は恐縮し、ただただ額《ぬか》づく。

両者の演技がいかにもという按配《あんばい》なので客席は大いにわいた。

「こないに偉そうにしくさる侍ちゅうたら、ひとりしかおれへんど」

武士は公家に顔をあげさせ片足を突き出す。公家は小首を傾《かし》げる。武士は足を嗅《か》げと強要する。拒む公家、強《し》いる武家。ここでも方々からヤジがとぶ。

「足をつかんでひっくり返したらんかい」

「ガブッと嚙んでもたれ」

武家は足先を公家の鼻へもっていく。あまりの悪臭に公家はのたうちまわる。

「うわっ、くっさ〜、エゲツな〜」。客席はえらい騒ぎだ。

大笑いする武士、汚臭と屈辱に身悶えする公家。ここで笛が鳴り、太鼓が響く。武士を演じる太夫《たゆう》はぐるりと舞台を一周してから、ひときわ大きくいう。

「これが、まことの、足嗅《あしかが》なりぃぃ」

アハハ、そういうことか。ウホホ、あのオッサンならやりかねんわ。

屋敷の庭に急造した舞台では猿楽が演じられ大歓声と拍手に包まれた。


今夜はたいそう豪華な宴席が設けられている。盛大に篝火《かがりび》が焚《た》かれ夜空を焦がし、秋風は菊水紋の幔幕《まんまく》を揺らす。河内の諸将が勢揃いするのは、帝の入洛行軍以来のことだ。

長い脚をもてあまし気味に胡坐《あぐら》をかく正季が、ひょいと酒枡を取りあげた。

「兄やん、もっと呑んだらんかい」

正成はうなずきながら盃を差し出す。

舞台から、武士役を演じた猿楽一座の太夫が降りてきた。

正成は服部元成のため隣の席を空《あ》けてやった。

「新作やときいてたけど、これまた毒をきかせた演目やのう」

「お館のお墨付きやっちゅうて京で興行を打ちまひょか」

「堪忍《かんにん》したれや、おい。そんなんしたら喧嘩《けんか》売っとるのと同ンなじやないか」

「そやから、おもろいのですわ」

「あかん、あかん。なんせ相手はお天子はんから一字をいただかはったんやぞ」

八月五日、足利高氏は帝の諱《いみな》の尊治から一字を賜り尊氏と改名した。ここにも、帝の露骨な気づかいがみてとれる。

正季が服部とは反対側で酒に濡れた唇を拭った。

「尊氏のガキ、褒美もぎょうさん貰いよった」。正季は腹に据えかねている。

「武蔵守《むさしのかみ》になりくさったうえに常陸《ひたち》と下総《しもうさ》までもろて、御舎弟殿の直義《ただよし》には遠江国《とおとうみ》や」

恩恵にあずかったのは足利郎党ばかりではない。新田義貞は上野《こうずけ》と播磨《はりま》の両国、義貞の弟の義助《よしすけ》に駿河《するが》国が与えられた。それればかりか、義貞の子で十五歳の義顕《よしあき》まで越後を拝領している。名和《なわ》も正成と同じく二国、因幡《いなば》と伯耆だ。

服部が正成を挟んで正季を覗き込む。

「それに比べてお義兄《にい》はんは……」

「河内守で摂津《せっつ》も付けたろっちゅうことや。ま、和泉《いずみ》も陸続きで領国同然やけど」

もともと摂河泉は楠木一党が牛耳っていた。

「所領安堵《しょりょうあんど》と同ンなじゃ。おまけに兄やんをコキ使いやがって、ナメたらあかんで！」

正季は酔いにまかせて喚《わめ》く、怒る、愚痴《ぐち》る。

「何やカンやいうて、兄やんの扱いは侍のなかで五番目くらいやないか」

「お義兄《にい》はんや正季はん、この場にいてはる皆さんのおかげで天下がとれたというのに」

「お天子はんの眼ェは節穴かい」

「武家の間でお天子はんのことをええようにいわはる人はおりまへんで」

「ふたりとも、そこらでやめとけ」

正成はしげしげと弟をみやり、次いで義弟に視線を移した。

「せっかくの宴席やないか、愚痴はアカン。畏《おそ》れ多いんやし、お天子はんの悪口もいうな」

「何じゃい、兄やんは悔《くや》しゅうないのンか？」

正季はブツブツいいながら手酌《てじゃく》で盃を満たして一気に空けた。


都で忠勤一途《いちず》、身を粉《こ》にして働いてきた正成が突如として河内へ帰国した。

妻が想定した若牛蒡のうまい季節よりずっとずっと早い、中秋の頃だ。

周囲には短期間の領国視察と触れ回ってあった。役所の公家たちどころか都にいる武家連中、他ならぬ楠木一党もそう承知している。

だが、正成はしばらく河内から動かぬつもりでいた。

たとえ仮病を使《つこ》ても、わしは都へ戻らん。しばらく距離をおかしてもらう。

ただ、弟や服部のいうような恩賞に対する不平不満が理由ではない。

「河内一国を任せてもろたら充分や」

都での仕事は限界に近い。そこへ河内と摂津の国司《こくし》にも任じられた。

このままやと、かだら（身体）がワヤになってしまうがな。

国事は正成の他にも携わるべき人材があろう。しかし、河内は違う。

「国司を任された以上は、わしが河内を日の本一の国にしてみせる」

そこへきて、このところの政事がらみのゴタゴタに本心から嫌気《いやけ》が差している。

ま、いうたら敵前逃亡や。ずるこいと悪口いわれようが、今はもう、かまへんわい。

三

後醍醐帝は何事も性急だった。

それは、人並みならぬ自尊と秀《ひい》でた叡智、高い理想ゆえのことでもあった。

だが、政事は優れた頭脳だけでなされるものではない。手が、足が、胴がなければ動けない。朝廷に人の数は揃っていたが、彼らは身体として機能しなかった。

百四十年もの間、武士が国を動かしてきて公家はナンもしてへん。

いきなりお鉢が回ってきて、戸惑うのは無理もなかろう。

廷臣たちが正成に業務を押し付けたのも、彼らがあまりに無力だったから。帝は彼らを見切るや、ためらいなく門閥、地位にこだわらない人事を発令した。そこには北条恩顧《おんこ》の評定衆《ひょうじょうしゅう》や六波羅探題の奉公人も含まれている。

帝は、使えさえしたら、こだわりのう登用しやはる。これって、けっこう凄いことやで。

かくいう正成は左衛門尉《さえもんのじょう》という官職、六位の身分でありながら、中央官庁の上級官吏として名を連ね、河内という上国の国司にも任じられた。

こないなことは、めっさとあれへんらしいからのう。

正成登用は帝の旧弊《きゅうへい》を刷新する意気込みの発露であった。ちなみに六位の者に昇殿はゆるされない。貴族として認められるのは五位以上とされている。尊氏は八月に従三位《じゅさんみ》に叙せられたから、武士でありながら立派な貴族でもある。

自分でいうンもけったいやけど、まあ月とスッポンてなもんやろ。

しかし、正成と違って尊氏は主要な官職に一切、就任していない。その分、直義や師直《もろなお》が出仕していたわけだが——。

尊氏はんは帝の要請を婉曲《えんきょく》に断ったということや。

そこにどんな意図が隠されているのか、正成にもなかなか読み切れるものではない。

それにしても役所は忙しかった、国中が揉め事で埋まってしもた。

役所は帝の革新的な土地政策に振り回された。

帝がすべての領地や荘園の給付を差配する。武家や寺社による旧来の支配権は否定され、親政という名の独裁を推し進める施策が政事の中核に据えられた。

しかし、そのために大きな混乱が生じたのだから世話はない。

土地政策の歪みを狙って利に飢えた者たちが殺到した。

土地をめぐって帝の御墨付きを得ようと、それぞれがあの手この手で主張する。

「ここは何代も前に恩賞としていただいた土地だ」

「待ってくれ、論より証拠で帝の綸旨《りんじ》がある」

「その日付より古い令旨《りょうじ》を大塔宮《おおとうのみや》からもらっている」

いずれも一歩も引かぬ。そんな彼らを前にして、正成は際限もない訴えに耳を傾け、調査を重ね慎重に吟味《ぎんみ》し決裁した。

それやのに二日もしたらチャラにされてしまうんやからのう。

役所を統括する立場の上卿《しょうけい》が短期間に三人も入れ替わったことが、混乱ぶりを象徴している。期待された二代目の万里小路《までのこうじ》藤房卿は、帝に土地政策の行き詰まりを上申したことで勘気《かんき》にふれ更迭《こうてつ》されてしまう。三代目が、准后《じゅごう》とゆかりの深い九条光経《くじょうみつつね》卿というのは、いかなる配慮だったのだろう。早くも帝の企図した新しい政は頓挫《とんざ》しつつあった。


正成はスタコラ、サッサ、京から逃げてきたと自嘲した。

だが、河内の民は土ン侍の総大将を大歓迎してくれた。

「ようおかえり、待ってましたんやで」

「京のほうが居心地ええんかいなと心配やったけど、やっぱり帰ってきやはった」

河内のあちこち、どこへいっても諸手《もろて》をあげての歓待ぶりだ。

「ワイ、大きなったら楠木のオッサンのとこいくさかい侍にしてくれや」

青洟《あおばな》たらしたガキんちょがこんなことをいう。

「そやけど、もう戦《いくさ》はせえへんど」。正成は少年の眼の高さに合わせて膝を曲げた。

「百姓でも商人でもかまへんさかい、戦のない世の中にふさわしい仕事をしたらんかい」

「へえ、もう侍はいらんのか」

小倅《こせがれ》は眼をパチクリさせている。正成は己《おのれ》の言葉の重さを、今さらながらに嚙みしめた。

そうや、新しい世の中は殺し合いをして天下を決めるようなモンと違うねん。

四

宴はお開きとなり、ようやく皆々が寝静まった。

そろりと開く一室の戸、若い女子《おなご》があたりを確かめ滑るように廊下をいく。

「お館さま、お館さま」。押し殺してはいるが、妙に艶《なま》めかしい声でささやく。

正成は女子の肩を抱くようにして執務のための部屋へ招き入れる。

「待ち侘《わ》びてたんやで」

「わてかて、お逢いしとうてかないまへんでした」

女は身をくねらせる。胸もとは豊かにふくらみ、腰から尻へとあでやかな曲線が続く。

「誰にもみつかれへんかったか？」

「正季はんの部屋から大鼾《いびき》がきこえとりました」

「ほな、さっそく……」

「えらいの気ィが急《せ》いてはる。秋の夜は長ゥおまっせ」

女はぞくっとするような流し眼を河内の総大将に送る。正成はかすれ声になった。

「殺生《せっしょう》なこといいよる」

河内の大将と艶麗《えんれい》な女は額を寄せあう。ふたりの影が重なった。

いかほどの時が過ぎただろうか。正成は深いため息をついた。

まだ酒香《しゅこう》の残る庭から、うねるような秋の虫の合唱、廊下に人の気配はない。

「忙しいて、ちょっとご無沙汰《ぶさた》してるとこのザマや。もう歳なんかいな」

「そんなこと、いわんといておくんなはれ」

「けど、お前のおかげで満足でけたわ」

「ちいとはお館さまのお役にたてて、わてもうれしゅうございます」

女は衣紋《えもん》をつくろってから後《おく》れ毛を直した。透きとおるような肌にほんのり朱がさしている。正成はそんな仕草には気もやらず、夜もすがら、たっぷりと書き記した帖面を見直している。

「おかげで都のごたごたの裏事情がようわかった、おおきに」

女子の名はおつゆ。服部が率いる猿楽一座の女役者だ。

おつゆが正成のもとへ忍んでいることは服部も承知のこと。

「尊氏はんだけやのうて、足利郎党の方々は猿楽がえらいのお好きで」

「服部元成一座が贔屓《ひいき》にしてもろとるとは、うまいことやりおった」

だからこそ、おつゆも足利の館の奥座敷にまでうまうまと入り込むことができた。そのうえ、おつゆは尊氏のお気に入り、褥《しとね》にまで忍ぶことがあるのかもしれない。間諜でも探れないような深い情報をつかんでいる。

それを見逃す正成ではない。さっそく尊氏をめぐる政局の裏事情をきき質《ただ》したわけだ。

「大塔宮様とのいがみ合いがえらいことですねん」

「やっぱり、そないなことになってしもたか……」

このところ、都の足利郎党による町の警備が厳しくなった。

びしびしと酔漢、無頼漢が取り締まられた。眼をつけられたのは、宮に付き従ってきた荒ぶる兵どもだった。宮はさっそく配下を取り返すべく手を打つ。

縄を解け、できぬ。宮将軍様の御命令だぞ。我らに指図できるのは尊氏様だけ。

こんなやりとりが繰り返された。

その後も足利と宮の兵はたびたび衝突し、街角に血なまぐさい屍体が転がる事態に。都人は陽が暮れると逼塞《ひっそく》するようになっている。

「尊氏はんかて、えらい眼ェにおうてはります」

尊氏が外出した際、いきなり斬りかかられた。夜半、邸《やしき》に火矢が放たれたことも。いずれも宮の手の者の仕業《しわざ》と噂されている。

「ほかにも尊氏はんと宮の鞘当《さやあ》てはぎょうさんおます」

尊氏からの官軍に関する上申はことごとく宮将軍が握りつぶす。

一方では、宮が後醍醐帝に建議《けんぎ》すると何人かの公卿の猛反対にあった。

「尊氏はんが巧妙に手を回して廷臣どもを手懐《てなず》けたんやな」

かなりの銭を費やしただけでなく、時には恫喝《どうかつ》まがいのこともしてのけたという。

「それだけやおまへん。えらい女子《おなご》はんに手を伸ばしてはりますねん」

「誰やねん、尊氏はんの射る矢の的になっとる女子は?」

「それは——」


正成はおつゆの報告に獣さながらの唸り声をあげた。

やはり足利尊氏という男は、ひと筋縄ではいかない。

大塔宮を敵と定めた以上、どんな手を使っても殲滅《せんめつ》にかかろうとしている。

「後醍醐帝を搦手《からめて》から崩してこましたろっちゅう目論見《もくろみ》やな」

尊氏は、帝の寵姫《ちょうき》の阿野廉子《れんし》に急接近している。

「ええべべ（着物）やおいしい物を貢《みつ》いだり音曲《おんぎょく》や和歌の会に招待してはります」

服部元成の一座も御前《ごぜん》で演じたそうだ。その際には、大塔宮に擬した鬼退治の演目を披露してご褒美を頂戴したという。

「えらい気ィの強そうな、何をするにもテキパキとソツのない女子はんでっせ」

「あの御方は帝が流罪にならはった時も、しっかり御側《おそば》で仕えはったくらいや」

廉子は帝の寵愛を一身に集めている。帝の御子を四人も産んでいるうえ、先だって中宮禧子《きし》が逝去したことに伴い准后《じゅごう》の位を授けられたばかりだ。

今や宮中で彼女の権勢に叶う女御《にょうご》はいない。

「せやけど、准后様が御自分の皇子《みこ》を帝位につかせようと画策してはるとは」

「誰かて、わが子がいっちゃん可愛いに決まってまんがな」

大塔宮護良《もりよし》親王が健在である以上、准后の皇子《おうじ》は東宮《とうぐう》になれない。

尊氏は巧みにそこを衝《つ》いた。廉子はこれに喰いつく。両者の利害は一致した。

廉子は後醍醐帝に大塔宮の言動を悪行《あくぎょう》として吹き込んだ。

「そないなことがあったから大塔宮は、あないなメにあわはったんか……」

どこまで准后の帝への囁《ささや》きが功を奏したのかはわからない。

だが配下の所業、倒幕戦で乱発した報償を約した令旨《りょうじ》、尊氏に対抗するための軍備拡大、止まぬ尊氏批判……すべてが絡み合い、事態は良からぬ方へ転がり落ちていく。


とうとう、大塔宮は父帝により征夷大将軍の位を剝奪《はくだつ》されてしまった——。

「ううむ。ぐつ（具合）とまん（巡りあわせ）の悪いこっちゃ」

尊氏が仕掛けるカラクリに比べれば大塔宮の言動は実直に過ぎる。身もフタもない表現が赦《ゆる》されるなら、あまりに稚拙《ちせつ》なのだ。

「このところ尊氏はんだけやのうて御舎弟殿、執事殿もえらいご機嫌でっせ」

正成の胸中は憮然《ぶぜん》たる想いでいっぱいになった。

河内に帰国する直前、大塔宮を訪《おとの》うたものの面会は果たせなかった。文《ふみ》を遣《や》ったが、その返信は一通とて届いていない。

練武場でお逢いして、笑いおうたんが遠い昔のことのようや。

正成は、もう一歩踏み込んで天下の実情を語り、強く諫《いさ》めておけばよかったという後悔に苛《さいな》まれている。その一方で、こんなことも考えた。

ひょっとしたら、宮は楠木一党に愛想尽かしをしやはったのかもしれん。

大塔宮は笠置山以来、楠木一党を心の心棒として奮迅《ふんじん》し歴戦を重ねてきた。正成も宮を援護し、誠心誠意をもって仕えていた。

そんな正成が足利郎党との対立に際して与《くみ》しようとしない。

直情な宮が、正成に裏切られたと勘違いしてもおかしくはない。

「違《ちゃ》うんや。わしは今でも宮様のことをお支えしたいと願うてまんねん」

しかし、そこに政事という魔物が割り込み、帝を取り巻く数々の思惑も跋扈《ばっこ》して、正成の真意は伝わらなかった。

快活で一本気な宮の顔が浮かぶ。正成は鼻を啜《すす》った。瞼《まぶた》から熱いものがこぼれ落ちる。

世の動きは、正成の思い描く理想からどんどんかけ離れていく。

「お館さま……」

おつゆが懐《ふところ》から手拭いを出し、河内の総大将の眼がしらに当てた。

五

正成は南都での商談のため生駒山をのぼっている。

河内側でいちばんの急勾配、暗嶺《くらがりとうげ》の難所を越え山頂についた。正面には南都、振り返れば河内の足代《あじろ》まで眺望できる。

だが、正成は敢《あ》えて北東、京の方に眼をやらなかった。

きっと都の空には気色《きしょく》の悪い、黒うて、どろどろした雲が垂れこめてるはずや。

後醍醐帝は土地政策に続き、戦の論功行賞《ろんこうこうしょう》でも大失態を演じてしまう。

それは、河内の土ン侍からみても、首を捻《ひね》りたくなるような按配《あんばい》だった。

口さがない正季なんぞは痛烈に批判する。

「円心のオッサンの領地が播磨の佐用荘《さよう》だけっちゅうのは、さすがに愚の骨頂やで」

円心の不幸は、尊氏が廉子に「円心は大塔宮の懐刀《ふところがたな》」と注進したことが背景になっている。最初は播磨一国を与えられたが、これとて決して円心の本意に叶《かな》うものではない。それが、ほどなく佐用荘だけに減じられてしまう。さすがの正成も同情しきりだ。

「播磨に加えて丹波や摂津も頂戴すると嘯《うそぶ》いとったんやからのう」

円心は激怒し、息子たちも引き連れ都を去ってしまった。円心は宮の軍勢にあって貴重な軍師、彼が抜けることは大きな痛手だ。

「その円心に尊氏はんが急接近しとるというんやから、訳がわからんわい」

尊氏は宮の力を削《そ》ぐだけでなく、その勢力をちゃっかり取り込もうとしとる。


円心の一件こそは一事が万事、領地配分の偏《かたよ》りが世を混乱させていた。

あまりに公家に厚く武家に薄い——それには正成もうなずかざるを得ない。

「帝は後宮の入れ知恵やら官人の申告のままに褒美を与えはった」

准后に讒言《ざんげん》させた張本人が尊氏だと知る人は少ない。武家は報償の便宜《べんぎ》をはかってもらおうと、尊氏ではなく准后はじめ有力公家に接近する。当然のごとく賄賂《わいろ》が横行した。

せやけど、武家で目立った恩賞をうけたんはホンのめめくそ（少数）や。

論功行賞は貴族階級に集中し、日の本の土地はほとんど公家のものになった。とりわけ准后とその一族は破格の所領を賜っている。

恩恵を受けた武士のなかにわしも入っとるンが片腹痛いんやが。

正成の忸怩《じくじ》はともかく、多くの武士が円心と同じ憤懣《ふんまん》を抱いた。不満分子たちは賂《まいない》をおくった公家を見限った。まして彼らが帝に好意を抱くわけはない。

「やっぱり、武士が頼りにできるのは武家だ」

彼らは源氏の棟梁を公言する尊氏のもとへ集まるようになった。


一方、手厚い恩賞を賜った貴族たちの言動はどうだったのか。

にわかに盛者《じょうしゃ》となれば、自ずと驕《おご》りが生じる。

驕りは助長され、その振る舞いが怨嗟《えんさ》の的となる。

武士に代わって、わが世の春を謳歌した代表格が「公家将軍」と武士たちから揶揄《やゆ》され蔑《さげす》まれた千《ち》種頭中将忠顕《ぐさとうのちゅうじょうただあき》その人だ。

三か国のみならず数十か所の荘園を拝領したとあって、すこぶる羽振りがいい。

華美な屋敷を建て、連日連夜の宴席を張り、近づき阿《おもね》る者には大盤振《おおばんぶ》る舞《ま》いをする。本人はただ調子に乗っているだけ、恩賞に漏れた武士から僭上《せんじょう》の誇《そし》りを受けていると気づくわけがない。まして、行いを慎む気など毛頭ないのだから始末が悪い。

千種もまた大塔宮の軍勢の一角を占めている。この勘違い公家を憎む武家たちも、対抗勢力の尊氏についたのは当然だろう。

すべてが尊氏はんの思う壺やないか。
生駒山の頂《いただき》で、正成は深い憂慮に包まれていた。

第一八章 齟齬

一

建武元年（一三三四）二月末、楠木正成はじめ一党が千剣破《ちはや》城を望む丘に集まった。ようやく桜の花がほころび、金剛山《こんごうさん》から吹きおろす風に身をこごめることもない。

平野将監《しょうげん》が投降し、六波羅の手によって首を刎《は》ねられたのは、およそ一年前のことだった。そこから、千剣破城での戦は激烈さを増していった。

「月日の経つのは早いようでいて、ノタクタしとるようでもあり、はっきりしませんわ」

正成がいうと、観心寺の瀧覚《りゅうかく》和尚は経文を取り出した。

「一炊《いっすい》の夢ちゅうて、人の一生というのは儚《はかな》いもんよ」

和尚には万感がこもっている。正成もまったくもって同感だ。今年で齢《よわい》は満四十、改めて不惑《ふわく》の意味を嚙みしめねばならぬ。

「一炊の間に人の為せることは少《すけ》のうおますな」

「うむ。せやけど、のうのうと生きて何ごとも為さぬは愚の骨頂や」

ひと月ほど前の一月二十九日、年号が建武《けんむ》となったことも正成の感慨を深くしている。

改元を機に、後醍醐帝の新しい政《まつりごと》は建武の新政と呼ばれるようになっていた。

楠木正成は盛りを迎えようとする桜花をみあげる。

「建武の新政は満開といかんわい」

帝は改元を機に新たな策を打ち出しているものの、凄まじい軋みをあげていた。

正成の背後から、誰がいったのか、ホンネとも愚痴ともつかぬ感慨がきこえてくる。

「命がけの戦《いくさ》をしたけど、そんで世の中が良うなったんか、悪ゥなったんかわからんの」

「ホンマにどんならん（どうしようもない）のう、往生《おうじょう》しまっせ」

楠木一党ですらボヤく建武の新政、その渦中にいる正成には返す言葉がない。

「ほな、供養をはじめるさかいに」

瀧覚和尚のひと声で私語はおさまった。正成たちは二基の五輪塔の前で頭を垂れた。

瀧覚和尚が数珠《じゅず》をまさぐり、低く力強い声で大日経を唱える。


正成は二度にわたる戦で命を落とした両軍の兵を弔《とむら》うために塚を建立した。

北側の寄手塚《よせてづか》は賊軍の戦死者を、南側にある身方塚《みかたづか》は一党の犠牲者を悼《いた》む。北条方の塚が高さおよそ六尺（百八十センチ）あるのに対し、片や自軍の塚はずっと小さく四尺五寸（百三十七センチ）ほどしかない。しかも正成は「敵」の呼称を嫌って使わなかった。

「敵いや寄手の方を厚うに手向《たむ》けたるなんて、なかなかでけへんこっちゃで」

正季は兄を褒《ほ》めつつ、この地で繰り広げた激戦を振りかえる。

「岩を転がして二、三百人、桟《かけはし》を谷間に焼き落とした時は千人ほどイテもたからのう」

水走康政が、水軍を待機させていた際のことを思い出す。

「千早川から流れてくる寄手の血ィで大和川が赤ゥ染まりましたで」

河内の総大将は、ただ一心に祈りを捧げている。正成は慰霊塚を建立するだけでなく、氏神を祀《まつ》る建水分《たけみくまり》神社や瀧覚和尚のいる観心寺本堂の改修に乗り出し、河内各所の寺社仏閣へも手厚い喜捨《きしゃ》を惜しまなかった。


供養が終わり、師匠は愛弟子に問うた。

「京へはいかんでええんかい」

いつまでも河内に引きこもっておっては帝の御機嫌を損なうンとちゃうか。自称源氏の棟梁の動きも気になるところやろ。瀧覚は意味ありげに横目をつかう。

「それに多聞丸、今度メ、大出世して位階があがるらしいやないか」

「大出世って大層なことはおまへん。けど相変わらず地獄耳でんな」

「都の公家や坊主どもの風説が、あれこれと南河内の観心寺まで届いとる」

「お師匠はんの人脈は寺社から公家、武士までドえらい広い」

「供養も終わったし、ぼちぼち京に顔を出しといたほうがええど」

楠木一党が大塔宮《おおとうのみや》と結託し、河内に逼塞《ひっそく》するとみせかけて牙を研いでいるという根も葉もない与太話さえあるらしい。

「そんなことというとるのは、どこのどいつでっか？」

「わしも探ったがデタラメちゅうのはなかなか出所《でどころ》がつかめん」

愚にもつかぬ噂に手足がついて京を動きまわるどころか、羽まで生やして河内まで飛んでくる。無視すればいいのだろうが、ふりかかる火の粉を払わぬとえらいメにあうこともあろう。そんなことをチラっと考えつつ、正成は瀧覚和尚にいった。

「お師匠はんも、たまには都へきなはったらどないだ」

「そやな、京であっちゃこっちゃ突いて回って藪から蛇を出してこましたろか」

二

三月になって、正成は久々に都入りし二条御所に参内《さんだい》した。

先に位階昇進の沙汰《さた》があり、従五位下《じゅごいげ》に任じられた。妻の久子や楠木一党は「これでようやく殿上人《てんじょうびと》の仲間入りでけました」と祝してくれたけれど、正成はさほどうれしくもない。

それを、官軍武功者の出世争いで尊氏や新田義貞に劣っているからと解するのは穿《うが》ちすぎというものだ。正成の憂慮は建武の新政のなりゆきにある。

建武の御代《みよ》になって帝《みかど》は大内裏《だいだいり》造営を宣言、それに伴う増税まで打ち出した。日の本ではほとんど例のない紙幣の発行も企図されている。

大内裏は承久元年（一二一九）に焼失したきり再建が果たされていない。現行の二条内裏は百年以上も前から仮御所として使用されてきた。順徳帝以来、歴代の天皇がなしえなかった大内裏の復活ができれば、後醍醐帝の威光はいや増す。

だが正成は帝の発意に疑問を感じた。京や河内だけでなく畿内さらには西国もまだまだ疲弊している。鎌倉とて戦火の痛手から立ち直っていないという。それなのに、莫大な資金を賄うため税を負担させ、使い馴れぬうえ、ただの紙切れになってしまう危険さえある紙幣を流通させていいものか。とても、増税や紙幣が経世済民《けいせいさいみん》のための名案とはいえまい。帝は、ただ御自身の権威を示そうとしてはるだけやないか。


正成には、もうひとつの憂いがある。

改元の直前に恒良《つねよし》親王が正式に東宮《とうぐう》となった。恒良親王は阿野廉子《れんし》准后《じゅごう》の長男、数えの十一で後醍醐帝にとっては第五宮にあたる。

第三宮の大塔宮護良《もりよし》親王が帝位を継ぐことはのうなってしもた。

大塔宮がどれほど帝位を欲しているかはしれない。だが、皇族のなかで最大の武勲をあげたのは宮に他ならない。次代の天皇の最有力候補だった。

それなのに帝は寵姫《ちょうき》の子を立太子させた。帝はどのようにして大塔宮を説得されたのだろうか。正成の知りえるところではないものの、宮にとって決して愉快な話ではなかろう。

宮様かて、そろそろ誰が裏で准后と繋がってるか、気づいてはるやろし。

建武の新政が人事や恩賞で大きく躓《つまず》いている今、さらなる内紛の激化が予想される。

ナンギなこっちゃで……どないしたもんやろ。


正成は新たな位階を、帝の代理の公卿《くぎょう》から叙爵《じょしゃく》された。

従五位になればようやく昇殿が許され、妻が寿《ことほ》いでくれたように殿上人とか大夫《たいふ》と呼ばれ、世にいう貴族の仲間入りができる。河内を終《つい》の棲家《すみか》と選び、土ン侍に身をやつしながらも勢力拡大につとめ

れば、やはり待遇は格段にまさっている。

その下に従五位上が続き、ようやく従五位下がくることに間違いはない。ただ、六位より下位と比べ

河内弁でドン尻といってしまえばミもフタもなかろう。しかし、五位には正五位の上と下があり、

「従五位ちゅうても五位のなかでドン尻《けつ》やさかいにのう」

てきたご先祖はよろこんでくれようか。

正成は紫宸殿《ししんでん》の人気《ひとけ》のない廊下をいく。

こうして宮中をお咎《とが》めなしに行き来できるのは、従五位下になれた特権でもある。とはいえ、正成にすれば浅緋《あさあけ》色の位袍《いほう》の広い身ごろや長い袖が、今ひとつしっくり身になじまない。

白砂を敷きつめた庭には左近の桜に右近の橘《たちばな》が枝をひろげている。桜はすでに散ってしまい、早くも橘が五弁の白く可憐な花を咲かせはじめていた。

「わしが橘朝臣《あそん》の末裔《まつえい》ちゅうのはでっちあげやしな」

人影がないのをいいことに、大きく鼻の穴を広げ甘酸っぱい薫りを満喫する。

ふいに、肩を叩かれた。

ギクッ、いつの間に背後に人が立ったのか。正成は帯刀していないにもかかわらず、とっさに左腰に手をやった。これが戦時なら間違いなく斬られていただろう。

「珍しい場所で逢うもんだ。楠木正成殿、お達者そうでなにより」

「むむッ……」

足利尊氏、その人だ。浅紫《あさむらさき》の位袍を苦もなさそうに着こなし、武家というより公家そのもののよう

にみえる。つかみどころのない、のっぺりとした顔に、高位を示す衣装がよく似合う。だが、頑丈そうな肩口あたりをみれば、尊氏は以前にもましてたくましい。小指の付け根に胼胝《たこ》ができているのは、弓矢の稽古《けいこ》を積んでいる証拠だ。

何より、音もなく正成の背後に近づいた手際はお見事、まったくもって油断がならない。

「足利尊氏殿こそ、ご健勝とお見受けしました」

「たかうじ……尊いと書いてもまだ自分の名と思えぬ」

尊氏がこんなことを口にすると、底意の知れぬ不気味さが漂うのはいかなることか。

元弘の戦を勝ち抜いた東西の両雄が禁中《きんちゅう》でみつめあう。

ときならぬ強い風が廊下を吹き抜け、橘の花を激しく揺らした。

三

先に尊氏が口をひらいた。存外に親し気なのが妙に気にかかる。

「楠木正成殿とは、かれこれ一年ぶりかな」

昨年の四月、彼は河内に立ちあらわれ、北条政権を見限って後醍醐帝の軍に参ずると宣言した。ただ、そのためだけに大和川をのぼってきたのだった。

去《い》にしなには、いきなし白旗をなびかせ源氏の棟梁になるというとった。

あの時以来、ことごとく尊氏の思う壺にはまっているような気がしてならない。正成は警戒の色を浮かべる。ところが尊氏はなれなれしい。ヘタをすれば手を取りかねない。

「せっかくの機会、積もる話をいたそうではないか」

「……………」

尊氏は勝手知ったる禁裏《きんり》という感じで廊下をいき、無造作に一室の戸をあけた。中は薄暗かったが、老いた殿上人がひとり、春にもかかわらず小ぶりの火鉢を抱くようにして座っている。老貴族は不快そうな声をだした。

「無礼でごじゃろう、声掛けもせずにいきなり」

尊氏は物怖《ものお》じしたり、恐縮するどころか白磁より冷たい声でいった。

「ここを使うから出ていってくれ」

「そなた、誰にものをいうておじゃる」

「貴殿のことは存知申さん」。尊氏はずかずかと部屋に入っていく。

「ただ、それがしは鎮守府《ちんじゆふ》将軍にして武蔵守《むさしのかみ》、三位の足利朝臣尊氏という」

暗がりのなか、炭火に照らされた老貴族の皺《しわ》だらけの頬がひきつった。

「足利殿、でおじゃりますか……」

「同じことは二度もいわん。早く、その火鉢を持って出ていけ」

老貴族は尊氏、次いで正成を濁った眼で睨《にら》みつけてから大儀そうに腰をあげた。

尊氏が先に倚子《いし》に腰掛けた。

「こいつを使うと床に座るより身体が楽だ」

どっかと方形の台座に腰をおろし、左右の勾欄《こうらん》、ひじ掛けに腕を置く。何度か膝から下をぶらぶらさせていたが、どうにも落ち着かぬようで、結局は台座のうえで胡坐《あぐら》をかいた。

「同じ形のものを後醍醐帝も使うておじゃる」

尊氏はわざと都人の言葉を使う。

「ただし、こんな安物じゃなく黒柿《くろがき》や紫檀《したん》でこさえた飛び切り上等でおじゃるがな」

もう一脚の倚子を勧められ正成は躊躇《ちゅうちょ》した。そも、上級貴族しか使わぬ代物で正成は一度も座ったことがない。しかし、物珍しさもあり恐々《こわごわ》、腰をかけてみる。

床に座って尊氏はんに上から見下ろされるのもケタクソ悪いし。

倚子の座り心地はあまりよろしくない。やはりこういうのは公家に任せておくべし。

「それにしても、紫檀の倚子にお座りになって帝は何をお考えのことやら」

おまけに、尊氏がとびきり剣呑《けんのん》な話題を持ち出してきたから余計に具合が悪《あ》しい。

「いきなし御政道《ごせいどう》の話でっか」

「うむ。このご時世に内裏再建、増税とは言語道断というべきではござらんか」

これは、尊氏の本心なのだろうか。それとも、正成から建武の新政に対する批判を引き出すための誘い水か。正成は裏を読むばかりか、裏の裏までひっくり返してみる。

面倒《めんど》い話や、どっちが表か裏かわからんようになってまうで。

「内裏や増税のことは尊氏はんから意見を奏上しやはりましたん？」

「そのことだ……」。尊氏は倚子の勾欄に肘をつき手を顎にあてる。

「帝は武家のいうことなんぞ、ちっともおききにならぬ」

帝にとって武家はあくまで配下、建武の新政は煎じ詰めれば帝の親政、麾下《きか》に連なる者の意見など焼石に水というやつよ、と尊氏は一気にいった。

「ほたら、公卿僉議《せんぎ》の衆は何も具申《ぐしん》をしやはれへんかったんでっか」

「あの連中で骨のあるのは万里小路《までのこうじ》藤房卿くらいだからな」

だが報償問題で諫言《かんげん》を奏上して以来、藤房卿は帝から疎《うと》まれ、今回も意が汲まれることはなかったという。

こないな按配《あんばい》ではどないもこないも、せんない（どうしようもない）わ。

尊氏はしげしげと正成をみつめる。

「おぬしのおでこに『ナンギなこっちゃ』と河内弁で書いてあるぞ」

茶化され、さしもの正成もムッとした。

のっぴきならん政事の話を振ってきたんはそっちやないか。

正成も負けてはいない。遠慮なしにグサリと得物《えもの》を突き刺してみる。

「ほしたら、准后様から棚上げするよういうてもろたらよろしおますがな」

「何、ん、廉子様？」

尊氏は戸惑ったようだが、それは一瞬のこと、すぐ態勢を立て直した。

「あの女御《にょうご》は民のことなどこれっぽっちも考えておられん」

爪の先を弾いてみせる。

「知恵を吹き込んだり貢物《こうもつ》を贈っても、御自身と御子の大事でなければ動かん」

何やそれ、案外すんなりと准后はんに耳うちしてることは認めンのかいな。

おまけに、いかにも本心らしい愚痴をこぼすので正成も苦笑してしまう。

「だが、忠臣の誉れ高い楠木殿のいうことなら帝も耳をかすかもしれんな」

「まさか、そないなことはおまへんやろ」

「いやいや、わからんぞ」。尊氏は眼を細めた。

「正成殿が国司になったり昇格したのは都でも大きな話題だからな」

尊氏はフッと鼻先で笑った。

「帝も酔狂《すいきょう》が過ぎる――素性も知れぬ河内の悪党を殿上人に引き立てた、と」

この男、いったい何がいいたいんや？

だが、尊氏は意地悪な素振《そぶ》りをすばやく引っ込めた。

「おぬしなんぞは序の口だ。あいつら陰でどれだけわしの悪口をいっていることか」

尊氏は臆することなく公卿や貴族たちを「あいつら」と呼んだ。

「ついでに文観《もんかん》とかいうクソ坊主も気に喰わん」

文観は帝の護持僧《ごじそう》として倒幕や北条高時の調伏《ちょうぶく》を行い、元弘の乱で捕らえられ硫黄島に流された。新政で京に戻り、千種《ちぐさ》中将と並ぶほど豪奢《ごうしゃ》に振る舞い、悪目《わるめ》立ちしている。

「あいつらにとって武士は戦の時に役立つ道具でしかない」

しょせんはそんなものさ、と吐き捨てる。

「なあ楠木殿、あいつらに好き勝手されるなんて悔しいじゃないか」

尊氏は憤懣やるかたないという口ぶりになった。

「戦どころか政事もできんくせに、天下は己《おのれ》のものだと勘違いしておる」

尊氏のいうところは正成もうなずくところが多い。侍が拳《こぶし》をふりあげれば圧倒的に公家より強い。

しかし、建武の新政は帝を頂点にした公家が御政道を全て司《つかさど》り、侍は彼らの指示に従う形になっている。その鬱屈と怒りは武家階級どころか悪党たちにまで及んできた。

こうした不満分子の拠《よ》りどころが、他ならぬ面前にいる足利尊氏なのだ。

四

尊氏は正成から眼を逸《そ》らした。

「時に、正成殿の御子《おこ》たちは元気に育っておられるか？」

急に話がかわり、正成はどうしたのだと訝《いぶか》る。

だが、尊氏をみて言葉を失った。何と、尊氏は急に表情を曇らせたかと思うと涙をこぼしはじめたではないか。

「わしの長子《ちょうし》は足利郎党が官軍のために弓を取ったがゆえに殺された」

「…………」

「竹若丸というてまだ数え十一の童子だ」

そんな子がいたとは初耳のこと、尊氏の嫡子《ちゃくし》は千寿王だとはきいている。

「竹若丸は妾腹《しょうふく》、わしが二十歳になるやならずで生まれた子なんだ」

そうやったんか。正成は改めて尊氏がひと回り足らず年下であることを思い出す。

「東宮の恒良親王さまと同い年だっか」

「あの方は御健在だが、わしの子は……」

わが子を悼む気持ちは痛いほどわかる。正行《まさつら》は数えで八つ、正時《まさとき》が七つのわんぱく盛り、正儀《まさのり》にいたってはまだ赤子だ。上のふたりは意地を張りあい喧嘩《けんか》もしでかす。だが、困り事に直面すれば手をとりあっている。三人の成長は正成の心の糧といっていい。どの子が逝《い》っても胸が張り裂けるに違いない。

「千寿王殿は……三つか四つでしたかな」

正成がつぶやくと尊氏はうなずいた。だが、彼の打ち明け話の主役は竹若丸だ。

「竹若丸は千寿王にはばかって伊豆山《いずさん》神社に預けていた」

しかし、足利軍が六波羅を攻めたその日、北条に誅殺《ちゅうさつ》されてしまった。

「山伏姿に身をやつして、わしのおる京へ逃げようとしていた最中だった」

尊氏ははばかることなく涙を落とす。足利の棟梁が、百面相のごとく、さまざまな表情を持つことは知っている。それでも、臆面なく哀しみに浸る様子はさすがに胸を打った。

「子を犠牲にしてまで戦い、北条の世を潰《つい》えさせたというのに、公家どもめ」

尊氏は顔を覆《おお》った手をのけた。

「これでは息子だけでなく、弓矢をとって戦死した武士は浮かばれん」

尊氏は瞳を濡らしたままだったが、ついさっきまでの哀惜の情とは異なる光が宿った。

果たして尊氏は声を殺した。

「いっそもう一回、武家の世の中に塗りかえてしまったほうがこの国はよくなるぞ」

「なんちゅうことをいいなはる、畏《おそ》れ多くも宮中でっせ」

にわかに、のっぴきならぬ雰囲気が支配する。正成と尊氏は睨み合う。先に沈黙を破ったのは、またしても尊氏だった。

「誤解してくれるな、後醍醐帝を引きずり降ろそうというわけじゃない」

「尊氏はんのいうことを真ァに受けてええもんなんか、どうか……」

正成はホンネをぶつけてやる。ところが、やはり尊氏は強《したた》か者、こう切り返してきた。

「わしとて、正成殿と同じくらいは帝を高く評価しておるつもりだがな」

帝の人品骨柄《じんぴんこつがら》は、やんごとなき皇統に連なる御方ならではの高貴さが匂いたち、叡智に裏付けされた発意は斬新そのもの、大いに啓発されている。

「されど、世情をまったく斟酌《しんしゃく》されぬ。これが珠《たま》に瑕《きず》どころか致命傷なのだ」

ひとつ挙げれば、武家所領の本領安堵《ほんりょうあんど》を帝の裁可にされたのは独断が過ぎる。

「武家には武家の伝統と特権があるのに、帝は根底から否定された」

正成もそれには異議が挟めない。おかげで武家は帝に背を向けるようになってしまったのだ。しかし、だからといって尊氏の大それた提案にやすやすと乗るわけにもいかない。

「帝には治天《ちてん》の君でおわしていただき、軍事と政事は武家が舵取りすべきではないか」

「せやけど、それは幕府再興ということですやん」

正成が過激にツッコンでやると、尊氏は急いで首をふった。

「そこまで考えておらん。ただ寵姫や皇子、公卿どもに、くちばしを挟ませたくない」

「皇子というのは大塔宮護良親王のことやおまへんのか」

「何と、まあ。正成殿はいいたいことをいう」

尊氏、今度はビックリしたとばかりに両眉をあげてみせた。だが、正成の指摘には応とも否《いな》ともいわずに話を巧みにすり替える。

「帝の御発案はありがたい。よく吟味すれば十に一つか二つくらいは実行に移せよう」

「そんなん、帝は十《とうお》に十《とうお》やないと御納得しやはりまへんで」

ふーーっ。尊氏は、うんざりだとばかりに太い息を吐いた。

「そうさ、それが建武の新政の最大の泣き所じゃないか、楠木殿」

廊下がにわかに騒がしくなってきた。

大事な会合が終わったのだろうか、貴族たちは甲高く耳障《ざわ》りな声を交わしている。

「あの施策で果たして民草《たみくさ》は潤うんやろか」

「そも、民草の暮らしなんど麿《まろ》の知ったことやおへん」

「されど帝からの厳命でおじゃれば」

まったく、まったく。皆が大仰にうなずいている様子が伝わってくる。

「政事がこないに、えろう難しいとは思いもよらんかった、いらん苦労をしますの」

「何もせんで気楽に過ごせた幕府時代が懐かしゅうおじゃる」

ウフフ、ムフフ、オホホと笑い声が続く。尊氏が意味深長な視線を送ってきた。

――これでも、わしのいうことに反対するか？

五

城の東側で鬨《とき》の声があがった。

河内の兵たちの雄叫びに対抗して、敵方の弓がしなり矢が空をきる音が被《かぶ》さる。

正成はじっと耳をそばだてた。隣で弟も息を凝らしている。

弓矢の応酬が途絶えたかと思うと、すぐ「突っ込め！」の蛮声、これは紛《まご》うことなき和田熊のものだ。槍や太刀、長物の刃が激しくかち合う音が交錯した後、敵兵の悲痛な断末魔がきこえてきた。

「和田熊め、うまいこと東の防備を破りよったな」

「兄やん、ワイ、もう辛抱たまらん」

「よっしゃ、城の虎口《こぐち》からいてもたれ」

「いかいでか！」

正季が吼《ほ》え、五尺の大太刀をかざす。

楠木一党でも選《え》り抜きの猛者が揃った正季隊の面々が呼応する。

わっせ、わっせ、六人が左右に分かれ丸太を門にぶつける。

おりゃ、どりゃ、勢いよく突いて押すと一転して脇に避け、今度は二番手の丸太が突進する。ほどなく、堅く閉ざした門が歪み、軋《きし》んだ。敵は門の上から必死に矢を射かけるものの、正季隊を援護する八尾顕幸《けんこう》の弓部隊が黙っていない。百発百中、相手方の射手が次々に転げ落ちた。

「よっしゃ、門を破ったど！」

怒濤《どとう》とはこのこと、正季隊が武具を振り回しながら乱入していく。

城内では、一番槍をつけた和田熊隊が力まかせに暴れまくっている。そこへ餓狼《がろう》さながら、俊敏にして獰猛《どうもう》な正季隊が加わったのだから敵はひとたまりもない。

紀州の飯盛山《いいもりやま》城は苦もなく楠木一党の手に落ちた。

山城に籠《こも》って巨万の大軍をあしらうだけが正成の得手《えて》ではない。こうして攻め立てるのも、山城の何たるかを知り尽くしているだけにお手の物だ。

「山坂を使うて岩やら丸太を転がされたらナンギやったけど」

敵城は深い森に囲まれているだけにその心配はない。正成は八方に兵を分けて城を囲み、おびただしい数の軍旗や幟《のぼり》を押し立てる。敵は万に近い軍勢に囲まれたと恐れをなし、城内で貝のように身をこごめた。

「そうなったら、貝の蓋《ふた》に小ちゃい隙間ができんのを待つだけや」

ほどなく、和田熊がその隙間をみつけ、強引にこじ開けた――。

正成が城内に足を踏み入れると、曲輪《くるわ》という曲輪に敵兵の亡骸《なきがら》が転がっていた。正季は五尺の大太刀の汚れを拭い、和田熊が大身槍《おおみやり》の柄の尻、石突の部分で遺体をこづきまわっている。敵将を殺《あや》められたか実検しているようだ。

「久しぶりに血の臭いを嗅いだ……」

正成は思わず嘆息し、一瞬だが眉を顰《ひそ》めた。

建武の御代は、どうも不穏な年回りのようだ。

まずは奥州《おうしゅう》で叛乱《はんらん》が起こり、今なお平定できていない。

九州でも肥後と豊前の前守護が蹶起《けっき》している。

続いて武蔵の兵が鎌倉を攻め、これに呼応して南関東でも兵が立った。

「どの乱も北条の残党が戦を起こしたって、それホンマか！」

正成は声を荒らげたものの、すぐ己の不見識を愧《は》じた。

「都や河内にばっかし眼を向け、日の本六十余州のことはちっともわかっとらん」

同時に、開き直る気持ちも否定できない。

「土ン侍には河内のことだけで精一杯、あっぷあっぷや」

国を差配しようなんてことは、一度として思ったことがない。


新田義貞の奮闘で、北条執権得宗の大本たる高時は確かに自決している。だが、縁者や恩顧の者を根絶やしにはできなかった。残党は巧みに身を隠し、臥薪嘗胆《がしんしょうたん》の日々を送っていたのだ。

正成が飯盛山城に出陣したのも北条残党を退治するために他ならない。

敵は東大寺の僧だった佐々目憲法僧正、高時の甥だという。

しかし、紀州の叛乱は帝の眼ェが届いとるはずの畿内やないか。

それどころか、紀伊は大塔宮が父帝より新たに賜《たまわ》った御領《ごりょう》なのだ。当然、宮は監督不行き届きの責を免《まぬか》れまい。

正成の胸中は穏やかではなかった。こんな緊急事態が出来《しゅったい》するのは、政情不安で世が乱れ、そこを叛乱者が狙ってきた証拠でもある。

尊氏はんの軍勢には、河内攻めに加わりよった侍が少《すけ》のうないんやで。

各地の叛乱制圧に失敗したら、今は足利傘下に収まっている北条恩顧の武士たちが、蠢《うごめ》き出すだろう。

ほてからに、尊氏はんまで本気で帝や准后に愛想づかしをしたら……。

尊氏と旧北条軍は反帝で結束してしまう。だが、迎え撃つ官軍の陣容が実に心もとない。帝と大塔宮護良親王の父子関係は、准后の画策により恒良親王が立太子したことで最悪になっている。帝はもう、大塔宮に官軍大将の大役を任せないのではないか。

ほしたら、新田義貞が総大将ということになるやろ。

新田は宮を部下として差配できようか。反対に、宮は新田の風下で納得するだろうか。誇り高く自らを恃《たの》むところも強い宮のことだ、単独行動で足利・旧北条連合軍と雌雄を決する危険性は高い。

せやけど宮様の軍隊は半端者の寄せ集め、とても尊氏はんには勝たれへん。

一方、足利対新田の攻防はいかなる展開となるだろう。そして、その時、楠木一党はどちらに加わるべきなのか。

わしがいっちゃん先に考えなアカンのは河内のことや。

帝の親政は理想こそ高いが現実に沿っていない。尊氏が制すれば再び武家の世の中となる。かといって宮や新田、まして北条残党に民を活かす政事ができるとは思えない。

考え悩むほどに糸がこんがらがるばかり。正成は駄々をこねるガキのように、地べたに転《ころ》こんで手足をバタバタさせたくなってくる。

イヤやイヤや、イヤや。こないになってしもたら敵も味方もヘチマもあるかれ。

六

飯盛山城から見下ろすと木々は赤、黄に茶と秋の色に染まりつつある。

「お館《やかた》、敵の武将どもはすっくりイテもたりました」。和田熊が報告する。

「兄やん、菊水紋と帝の錦旗、どっちゃを掲げたらええんや?」。正季が尋ねた。

正成は辣腕《らつわん》の武将ふたりに挟まれ、現実に引き戻された。さっき嗅いだ血の臭いが、思い出したように鼻孔を衝く。

「錦旗にせい。紀州に帝の御威光が轟《とどろ》くのをみせつけるんや」

「河内の大将軍殿、取り急いで穴を掘って敵の屍《しかばね》を埋めといたろ」

八尾顕幸が板きれを手にしているのは卒塔婆《そとば》の代わりにするのだろう。

「おおきに大僧正はん、佐々目も仏徒の端くれや。手厚う葬ったって」

弟は御旗を手下の兵に渡すと、五尺の大太刀を肩に担いだ。

「これからまた都に戻るンかと思うと、もひとつやな」

弟は兄の心の内を読んでいる。ポンポン、ポン。ぶっ太い太刀で肩を叩く。

「ま、あんだけ太刀を振りまわしてもへたばれへんかったからヨシとするか」

和田熊も妙な具合に気を回す。

「そないに早う去《い》なんでもよろしやろ。河内の和田屋敷に寄っとくなはれ」

和田熊は大槍で獲物を突く真似をする。

「帰りしなに猪なと仕留めて、牡丹鍋《ぼたんなべ》と自家製のドブロクなんぞどないだ」

「それ、ええがな。ワイもご相伴《しょうばん》にあずかろかい」。八尾が身を乗り出す。

「大将軍に都のこぼれ話でもしてもらお」

正成には皆の思いやりが、ありがたくてならない。しかし、それに甘えてばかりいられぬ昨今の政情があり、正成の立場がある。

「ほんに和田熊ンとこあやかしたい（邪魔をしたい）んは山々やけどな」

正成は頰に苦い影を走らせた。


兄の表情の変化をみてとり、弟が代弁してくれる。

「都みたいなとこ、じゃらじゃらしくさったがしんたれ、カスばっかりや」

「ほないな按配でっか」

和田熊は、京にいるのはふざけた甲斐性なしばかりだと罵倒する正季を見返した。

「伯耆様《ほうきよう》ちゅうてな、ケッタイな按配で烏帽子《えぼし》を被《かぶ》りくさって」

「烏帽子をひょこいがませた田舎モン丸出しの被り方でっしゃろ」

和田熊は兜を脱ぎ、烏帽子を斜めにかぶり直す。

「それや、それ。名和《なわ》長年の郎党がそないな風《ふう》をしてけっかんのじゃ」

京童《きょうわらべ》たちは、最初こそ「烏帽子の被り方も知らぬ田舎侍」と嘲笑《あざわら》っていたものの、いつの間にか同じ被り方をするようになり、今では都の大流行になっている。

「名和の郎党どもいきって肩で風切って、いちびってけっかるんじゃい」

「ほにほに（なるほど）、それはケタクソ悪うおまんな」

八尾が話に首を突っ込む。

「そないに京童のことをポンポンいうたらんでもええんとちゃうんかい」

正季は、八尾のオッサンなにをいうとんねん、と唇を反《そ》らせる。

「都のヤツらは、こないなことを抜かしとるんやど」

——俄《にわ》カ大名、迷ヒ者、安堵、恩賞、虚軍《そらいくさ》
追従《ついしょう》、讒人《ざんにん》、禅律僧
下剋上スル成出者《なりでもの》、過分ノ昇進スルモノアリ
着ツケヌ冠上ノキヌ、持ツモナラワヌ笏《しゃく》持テ
内裏マシハリ珍シヤ、賢者カホナル伝奏ハ
我モ我モトミユレトモ、巧ナリケル詐《いつわり》ハ
ヲロカナルニヤヲトルラム

「……これ、ひょっとして？」

八尾が正成のほうをチラっとみる。正季は息まいた。

「おう、兄やんのことを当てこすっとるのとちゃうんかい！」

　成り上がり、路頭に迷う者、所領安堵、報償、でっちあげの戦功
おべっかを使う輩、人を陥れようと悪口を言う者、コネまみれの坊主

卑しい身分からの成功者、身に過ぎた出世をする者もいる
着なれぬ衣冠、持ったこともない笏を手に
宮中に並ぶは場違い、賢しらに具申する意見は
われ先に得意気に話すけど、言葉を飾ったつくりごとは
愚かしく程度の低いものだろう

正季が並べたてたのは、京の人々の間で話題になった「二条河原の落書」の一節だ。

この年の残暑厳しき頃、突如として二条河原に高札《こうさつ》が立てられた。そこに貼りだされた八十八行からなる落書は、今様《いまよう》の七五調、物尽くし歌の体裁をとっている。徹底して建武の新政を嘲笑い、新政に関わる者たちを痛烈に風刺してやまない。

落書きと呼応するかのように、正成は「三木一草《さんぼくいっそう》」と揶揄《やゆ》されるようになった。

「楠木に名和、そいから結城《ゆうき》親光、ほてからに公家将軍様の千種のことや」

「大将軍には木ィがついとるけど、ほかのオッサンらはちゃうがな」

「京童ちゅうンは何かと頓智《とんち》を使いたがるんや」

名和は領国伯耆《ほうき》の「き」、千種が「草」、もうひとつの「き」は結城。結城は鎌倉方の武将で二度の楠木攻めに加担していたが、足利郎党の寝返りを見習って官軍へ参加した。

「揃いも揃うてパチモンばっかし、そこへ河内の総大将が並べられとるんじゃい！」

これをきいて、さすがに八尾もやりきれなさそうだ。

「お天子はんのために身を粉《こ》にしてきたちゅうのに、そないにボロカスいわれてんのか」

和田熊はすっかり憤慨し、猪首の真ん中で喉仏を震わせる。

「せんぐりせんぐり（次から次へ）、こないなことをお館はんに！」

正季は和田熊や八尾の共感を得て、荒々しい巻き舌で叫んだ。

「どんならんわ。アホらし屋の鐘が鳴るで、ホンマに！」


血糊を吸った城内の土も表面が乾きはじめている。城を囲む木々の葉、風に巻かれたそれらが地面に舞い落ちた。

正成は何かいいかけたものの息を吞み、それから改めて口をひらいた。

「二条河原の落書、なかなかうまいこと書いたある。傑作やで」

筆に心得があるうえ、世情を的確かつ皮肉にとらえている。役所や宮中に詳しい有意の人物がモノしたのだろう。役人か、それとも武家あるいは僧侶か。

正成は作り笑顔になった。

「ひょっとしたら、観心寺のお師匠はんの仕業《しわざ》かと思たくらいやで」

「ほれ、皆、きいたやろ」。正季が大げさに手をひろげる。

「兄やんゆうたら、京童にどんなけほげたあかれ（悪口を叩かれ）てもこの調子や」

正成はいい返さない。和田熊と八尾は、ただただ切なそうに総大将をみつめた。

七

飯盛山城から凱旋する道中は、存外に粛々《しゅくしゅく》としたものになった。

前陣に正季、殿《しんがり》は和田熊という、楠木一党の倣いの軍列で紀州から和泉を経て河内に入る。正成は考えた末にいった。

「せっかくやし、今夜はごっつおを呼ばれよか」

和田屋敷へ立ち寄ることに決まり、和田熊は堂々たる牡猪を大身槍で仕留めてみせた。

味噌仕立て、河内の地の菜もふんだんに投入した野趣あふれる牡丹鍋が用意される。

よいしょっ。和田熊は手ずから醸したどぶろくの大甕《おおがめ》を抱え持ってきた。甕の中では濁酒《にごりざけ》がぶくぶくと泡を吹いている。

柄杓《ひしゃく》でどぶろくをすくい、正成の椀になみなみと注ぐ。

「酒で悩みが消えるもんやおまへんが、一時《いっとき》だけでも忘れることはでけまっさかい」

和田熊、らしくもない泣かせる台詞《せりふ》をいってのける。正成はほほ笑み、椀を呑み干す。きつい酸味とそれに負けない甘味、しゅわしゅわと口の中で酒が跳ねる。

「うまい！」。正成のひと言に和田熊だけでなく弟や八尾もようやくホッとした。

だが、その時——。

和田熊配下の親分に負けぬ髭面の河内兵がどたどたと走ってきた。

「え、え、えらいこっておます！」

「アホんだら、黙《だあ》ってェ、せっかくの酒盛りやないけ」

和田熊は眼を怒らせる。ひえっ、彼の配下は声を裏返したものの注進した。

「恩智の大将から、早馬がきてまんねん！」

正成が椀を置く。正季と八尾は眉を顰《ひそ》め、和田熊の顔色がかわった。

「恩爺はんは今、お館の京屋敷にいてはるはずやど」

正成はあわただしく立ちあがった。

「早う使者を連れてこい！」


正成は使者の口上をきき恩爺の文に眼を通した。

正成は無言のまま和田熊に椀を差し出す。和田熊も黙って酌《しゃく》を使う。正成は一気にどぶろくを呑み干し唇を手で拭った。

「えらいこっちゃぞ、直ちに京へ戻らなアカン」

連銭葦毛《れんぜんあしげ》のわしの馬を用意せい！　正季も青毛の轡《くつわ》を取れ、夜駆けして朝までに京屋敷へ入る。

「兄やん、どないしたんや？」

正成は河内の夜空を睨みつけた。

「大塔宮護良親王様が……」

正成は口ごもったものの、吐き出すようにいった。

「捕らわれの身になりはった！」


恩爺が急報したところによると——。

正成らが飯盛山城を攻め落とした十月二十二日、宮中では中殿御会《ちゅうでんぎょかい》が催された。

この会は詩歌管弦《しいかかんげん》の宴、宮廷の名だたる文人や楽器の名手が帝の御前で腕前を披露する。戦時は中断されていたが、今年になって帝の一存で復活した。

大塔宮も当然のごとく招待にあずかった。

正成は文を畳みながら弟や和田熊、八尾にいう。

「宮様の参内《さんだい》を待って、名和と結城が勅諚《ちょくじょう》による沙汰やと宮を拘束しよった」

「お天子はんの命令やと⁉　兄やん、宮様はどないな罪状やねん？」

「……父帝に対する御謀叛《ごむほん》ということや」

全員が酔いから醒めた。正成は腕を組む。

「いやいや、これは誰ぞの策略に違いあらへん」

今回の紀州への出兵、巧妙に裏工作がなされていたようだ。

「ホンマやったら、このわしが中殿御会の護衛の役目を仰《おお》せつかるはずやった」

それが急な出陣となり当番が名和と結城にかわった。

「わしは宮様と一脈つうじてると思われとるからな」

宮の捕縛劇に加担するわけがないと判断されたのは無理もない。

「どうやら、わざとわしを外したヤツがおる」

恩爺の書き記すところには服部元成からの諜報、その一座の役者のおつゆからの貴重な情報も加えてあった。おつゆは尊氏の懐深くに入りこんでいる。

「すべては尊氏はんの絵図面通りに運んどるぞ」

宮は九州はじめ各地へ、軍を率いて上京せよと命じた文書を送っていた——。

尊氏は事前に宮の計画を察知、証拠の文を手に入れると、すぐさま准后に「一大事」と奏上した。

しかも、宮の軍勢強化の狙いは、こともあろうか父帝へ刃を向けるためだと決めつけた。驚いた准后は帝に注進する。尊氏や准后にとっては宮を失脚させる絶好の口実ができた。

「宮様が足利に弓を引くならともかく、帝に刃を向けはるわけがあらへん」

宮は身を賭して倒幕運動に邁進《まいしん》してきた。これこそが父帝への忠信の証左《しょうさ》ではないか。

「今の世の中、偽綸旨《にせりんじ》や偽令旨《にせりょうじ》はたんと（たくさん）出まわっとるわい」

それにもかかわらず、帝は宮の名を騙《かた》った偽筆かと疑わず、まして皇子が謀叛《むほん》を企てるわけがないと一笑に付そうともしなかった。倒幕のために戦った父帝と御子の絆は、かくも脆《もろ》いものとは……。

正成は恩爺の文を懐《ふところ》に入れかけたが、思い直して牡丹鍋を煮る火にくべた。

「足利尊氏め、とうとう動き出しよった」

白い紙が黒煙をあげ、めらめらと燃えあがっている。

第一九章 騒乱

一

楠木正成と正季、さらに狼隊の腕っこきを選んだ三十騎、河内の土ン侍たちが東海道の脇道に潜んでいる。

ここ山科《やましな》から街道を西へ戻れば都、東に進めば近江、伊賀を経て鎌倉まで続く。

「兄やん、あんガキをいてこましたらスッキリするで」

「ムチャいうな。ひとりの首だけ取って一件落着するほど、ご時世は単純やない」

建武二年（一三三五）は八月を迎え、ようよう酷暑の猛威が落ち着きつつある。蟬しぐれも、つくつく法師が主役になってきた。

とうとう建武の新政は音をたてて崩れ出した。

禍々《まがまが》しい事々が次々に勃発し、後醍醐帝の御政道《ごせいどう》を揺るがしている。帝《みかど》、公卿《くぎょう》、准后《じゅごう》、大塔宮《おおとうのみや》、北条残党、持明院統と大覚寺統、足利そして新田……てんでバラバラの流れが、どうと轟音《ごうおん》を響かせながら大河へ注ぎ込み濁流となった。

凶事は個別に焰《ほむら》をあげたかのようにみえた。しかし、火種を探っていくとそれぞれが複雑に絡み合いながらも、ひとつ所へ繋がっていく。

「おっ、前陣がみえてきた」。正季はめざとい。

「ええか、これは戦《いくさ》やない」。正成が精鋭の配下に念を押す。

「あっちがかかってきよったら、しゃあない。けど、おんどれらから突っかかるな」

正季は唇を結び、配下たちもギラつく眼のままうなずく。

「もし、あいつの首を取らんなあかんようになったら」

正成は強くいいきった。

「そのときは、この、わしがやる」


軍勢の先頭が近づいてきた。

正成の合図で三十騎が街道に躍り出る。歩兵たちがあわてて槍や薙刀を構えた。盗賊か、大塔宮一派かも、いや北条残党ではないのか。怒号が飛び交う。

それを制するように前陣の中ほどから落ち着いた声がした。

「行く手を邪魔する者ども、どけ」

急ぎ鎌倉へ向かう大事の道中だ、刃向かわず退散すれば命だけは助けてやる。声の主はきわめて冷淡にいった。正成は己《おのれ》の姿がわかるよう連銭葦毛《れんぜんあしげ》の愛馬を前へやる。歩を進めたぶんだけ、気圧された雑兵《ぞうひょう》たちが後退した。

「そこにおんのは、足利家執政の高師直《こうのもろなお》殿とおみうけした」

「そなたは……楠木正成殿ではござらんか」。驚きの反応があった。

「いかにも。足利尊氏殿に餞別《せんべつ》がわりのご挨拶を申し上げたいと思うとる」

「そのために、かような場所で待っていたとおっしゃるか」

正成は、高のねばついた物いいを断ち切るかのように凄《すご》んだ。

「ごちゃごちゃいわんと大将ンとこへ連れていってくれ」

「…………」

「時間はとらせへん。わしの口から直々《じきじき》に伝えたいことがあるんや」

足利軍がどよめく。正成に正季、獰猛《どうもう》な土ン侍たちが大軍を睨《ね》めつけた。


大隊のなかに消えた高が戻ってきた。

「尊氏公は、ここで時間をとられたくないとおっしゃる」

だが楠木殿の申し出を捨て置くわけにもいかない。四半刻《しはんとき》（三十分）ほど轡《くつわ》を並べ、近江のあたりまで同行していただくというのはどうか。

「それで、ええやろ」

「しからば、この場で主がくるまでお待ちいただこう」

正成が脇へ避けると正季らもならった。足利軍団が再び動き出す。高はもとの位置に戻らず正成たちの側にきた。足利の軍勢は正成たちを横目にしながら再び進行する。

二

正成は兵馬がたてる土埃《つちぼこり》をみるともなくみつめている。

そうしながら、建武元年からここまでの事件、事変を振り返った。

正二位中納言万里小路《までのこうじ》藤房卿が突然、姿を消さはったんが去年の十月五日のこっちゃ。藤房は出家隠遁《いんとん》、御政道の最前線から身を引いた。

「宮廷の良心というべき御方やったのに」

帝は藤房の進言に耳を貸さず露骨に遠ざけてしまった。中納言は再々の意見具申が徒労に終わり、世を儚《はかな》んだのだ。

わしよりひとつ、ふたつ年下のはずやったが、思い切った決心をしやはった。

笠置山で初めて帝に謁見した時に示してくれはったご厚情も忘れられへん。

その藤房が岩倉の地に庵を結んでいるという噂をききつけ訪問したのだが……。

応対に出た僧侶はすげなかった。

「中納言殿なら、もうとっくに岩倉を去らはりました」

主のいない庵の破《や》れ障子には、墨痕《ぼっこん》鮮やかに一首が記されている。

――住み捨つる 山を憂き世の 人問《ひと》わば 嵐や庭の 松に答へむ
世を捨てた詠《よ》み人が詠《えい》じたとおり、障子には松の枝葉の影が映るばかりだった。

「あれから、世の中がナンギなほうへいくようになってしもた」

大塔宮が父帝《ちちみかど》への謀叛《むほん》の嫌疑で捕らえられたのは、藤房の出家隠遁《いんとん》から十七日後のこと。河内で急報を受けた正成は驚愕《きょうがく》した。

宮に兵変《へいへん》の企図があるはずがない。裏で工作したのは尊氏であり、その手にまんまと乗ったのが准后だった。

宮は潔白を訴えるため、父帝に直奏《じきそう》の文をしたためた。

「せやけど、宮様の父帝に対する申し開きの上奏書《じょうそうしょ》は、誰ぞの手で握り潰されたんや」

下されたのは、鎌倉流刑《るけい》――これをきき、正成は胸を掻きむしりたくなった。

建武元年は宮中のごたごた、北条残党の蜂起に翻弄されたまま暮れ、新年を迎えた。

帝は打ち続く難局にもかかわらず、二条高倉に離宮を造営させ、蹴鞠《けまり》や歌舞に興じた。かようなことでは、現実逃避と陰口を叩かれても仕方があるまい。

だが、正成の立場では帝に苦言を呈することなど許されるわけがなかった。形式を踏んで重臣に奏上してもうやむやにされるだけ。

失望と無力感だけが澱《おり》となって溜まっていった。


そこへ、後醍醐帝暗殺計画という容易ならぬ出来事がおきた。

今上帝《きんじょう》の御命《おいのち》が狙われるやなんて、古事記に書いたァる崇峻《すしゅん》帝以来のこっちゃ。

崇峻帝が臣下に殺害されたのは七百四十余年も昔のこと。後醍醐帝はもちろん公卿から武家にいたるまで、かような企てが建武の御代に画策されるとは想像すらしていない。

事が発覚したんは、そろそろ梅雨も明けようという頃やった。

西園寺公宗《さいおんじきんむね》公は唐の玄宗《げんそう》皇帝が西安郊外に造営した離宮、華清宮《かせいきゅう》の温泉にも匹敵する豪華絢爛《けんらん》な湯殿を完成させた。

西園寺は帝をはじめ准后や主だった公卿を招いた――。

浴槽には兵庫の有馬から運んだ温泉が満々と湛《たた》えられている。湯に入りながらの眺めは、遠くに北山の山影、近くは庭の築山や池、小川、銘木と風雅そのもの。

それればかりか湯殿の奥には広間を設《しつら》え、美酒佳肴《びしゅかこう》が並べられ音曲《おんぎょく》も奏でられる。招客は薄衣《うすぎぬ》のまま酒池にひたり、肉林を貪《むさぼ》ることになろう。

奢侈《しゃし》と放蕩《ほうとう》に染まった宮廷人たちにとっては垂涎《すいぜん》の湯浴《ゆあ》みであった。


だが、そこには恐ろしい仕掛けが施してある。

床がふたつに割れ、真っ逆さまに落ちた先には針山地獄さながら鋭い槍の穂先が並ぶ。壁はどんでん返しの細工がされ裏に武具を構えた暗殺者が潜んでいる。

西園寺は主上を弑《しい》するため、このような湯殿をつくった。

そもそも西園寺は前《さき》の大納言、北条政権と宮廷の連絡・調整役たる関東申次役《もうしつぎ》に就く。幕府の虎の威のおかげで、権勢をほしいままにした。

しかし、帝は北条との癒着を理由に閑職へ追いやった。逼塞《ひっそく》し不遇をかこつ西園寺のもとを、ひとりの男が訪れた。

なんと、そいつは北条高時の弟、泰家《やすいえ》やったんや！

正季なら、「ちょっと待ったらんかれ、高時の一族は新田に攻められて自害したんやないんか」と喰ってかかるだろう。

そうやない。泰家は自決したとみせかけ陸奥へ潜伏しとった。

建武の新政の乱れこそ好機、泰家は東北から京に上り西園寺と再会する。西園寺は新政を転覆させ、再び北条の天下に引き戻す悪だくみに乗った。

それだけやない、事はもっともっと深刻なんや。

西園寺は大覚寺統の後醍醐帝に反目する持明院統の皇族にも接触していた。

両統迭立《てつりつ》で交互に帝位を継ぐ和談がなったものの、後醍醐帝はそれを不服として討幕に打って出た。持明院統の光厳《こうごん》帝や後伏見法皇は廃位の憂き目にあい、雌伏《しふく》の日々を送っている。後醍醐帝と反目する勢力は西園寺の甘言を強く拒まなかった。

民の手本になるべきお天子はんの御一族かて、情けないことに一枚岩やない。

上々から公家、武家さらには下々にいたるまで、日の本の皆々は己の利得にばかり走っている。

ひとつ心を合わせて新しい世をつくろうっちゅう気はのうなってしもたんか……。

天網恢恢疎《てんもうかいかいそ》にして漏らさず、天下転覆の企ては事前に漏れた。

密告者は公宗の腹違いの弟の公重《きんしげ》、自身の保全と西園寺家の跡目相続を目論んで兄を公儀《こうぎ》に売ったのだ。

六月二十二日、まさに湯殿の宴が始まる寸前、名和《なわ》長年と結城親光《ゆうきちかみつ》が西園寺邸を急襲し公宗は捕えられた。公宗はいったん流刑と決まったものの、名和により誅殺《ちゅうさつ》される。

だが、これで一件落着とはならなかった。

三

七月十四日、信濃国で打倒後醍醐帝の戦いが起こった。

帝暗殺の謀略がバレて北条方はウロきた（狼狽した）んか、それとも開き直りよったか。

反乱軍の大将は北条時行、高時の次男だ。齢《よわい》は、まだ十に満たぬという。北条得宗の遺児は叔父泰家《やすいえ》の差し金で諏訪大社の神官・諏訪頼重《よりしげ》にかくまわれていた。信濃国には北条得宗家から恩顧をこうむった武将が少なくない。諏訪はもとより三浦、若狭、芦名ら諸氏が時行を本尊に担ぎ蹶起《けっき》した。幼い時行にしても父の怨讐《おんしゅう》を果たし、お家再興を狙う戦いは望むところだ。得宗家御子息が立つ、この報がもたらされると、武蔵国で雌伏《しふく》していた清久、塩谷、工藤の一門も呼応した。総数五万におよぶ軍勢が合流し信濃をたちまち平定してしまった。

侍ちゅうのは戦なしには生きていかれんもんなんか——正成は独りごつ。

時行らは標的を鎌倉奪回に絞り、怒濤《どとう》の進撃をみせる。

北条総蹶起の少し前、帝と廉子《れんし》准后の間の次男で第八親王の成良《なりよし》親王が東国統治を司る鎌倉府将軍の任についていた。ただ、成良親王はまだ八つ、とても東国を差配できるものではない。

「ほんで補佐役を拝命したんが尊氏の御舎弟殿っちゅうわけや」

ここまでは足利兄弟の描いた絵図面どおりに事が進んだ。直義《ただよし》は鎌倉にあっても兄と連携を密にし、着々と政権掌握《しょうあく》の道すじを固めていく。

それなのに、北条遺児を大将に抱く軍勢が進軍、あれよあれよという間に鎌倉を三方から取り巻いてしまう。しかも直義は騒乱軍の鎮圧に手こずった。

直義の妻の弟で渋川家当主の義季《よしすえ》をはじめ細川や岩松、小山といった足利郎党の主級を失う体たらくだ。

どんならんことに御舎弟殿は戦下手《いくさべた》やねん、兄貴の爪の垢でも煎じて呑んだれや。

直義は勝ち目がないと観念、二十三日には鎌倉から遁走《とんそう》した。北条時行が鎌倉へ入ったのは二十五日、父祖の地を奪還し幕府復興の気炎はいやがうえにも燃えさかる。

直義と成良親王は三河矢矧《やはぎ》まで下がって尊氏の援軍を待った。正成は、直義が干戈《かんか》を交えもせずに退却したことを一概に責めたりはしない。

「勢いのある軍勢とやりあうより、戦上手の兄貴の援軍を待ったほうがええわい」

だが、鎌倉脱出の際のごたごたを利用した直義の蛮行だけは許せない。

その報を知った途端、正成は怒髪天《どはってん》を衝《つ》くがごとく全身をふるわせた。己でも手に負えぬ瞋恚《しんい》、凄まじい憎悪は今もって正成の肚《はら》のなかで渦巻いている。

四

いつ果てるともなく足利軍の軍馬が過ぎていく。

わずか二年ほどしかなかった戦のない期間、東国武士たちはすっかり都に染まったようだ。さながら公家のよう、品よく乙に澄まし、権力に身を委ねた安心と慢心がみてとれる。

こんなヤツらに復讐の一念に固まった北条残党が討ち取れるんかいな。

それに比べ、楠木一党はどいつもこいつも面魂《つらだましい》に野性味が色濃く残っている。そのくせ、気のいいやつらだ。

「楠木殿、そろそろ主がまいります」

ようやく、足利家執事の高が軍扇《ぐんせん》で西の方を指した。

「ほなら、わしからそっちへいこか」

正成は連銭葦毛の手綱をとった。馬を寄せようとする高、そこに正季が割って入る。高は厚ぼったい瞼の奥を光らせた。正季も切れ長の鋭い眼で応じる。互いの馬まで鼻の穴を膨らませ威嚇しあう。屈強の正季狼隊も高を取り巻いた。

だが、尊氏の軍勢は誰ひとり河内勢を抑えようとしない。声すらかけられずに突っ立っている。正季が高に凄んだ。

「早いこと兄やんを案内したらんかい」

「…………」

ペッ、高は唾を吐くと馬を進めた。

ニヤリ、正成が弟に目配《めくば》せする。

正季は鼻の先に皺をよせ、腰抜け足利兵たちに捨て台詞《ぜりふ》を吐いた。

「おんどれらは指でもしがんどけ（しゃぶっていろ）」

大鎧に身を固めた尊氏は威風堂々、大した将軍ぶりだ。

「楠木殿とは、いつも奇妙な場所で逢う」

「次は戦の場やとかなわん、しかも敵と味方に分かれてへんことを願いたいわ」

「ほほう、剣呑《けんのん》なことをいう」

正成はもう、尊氏の前で必要以上にへりくだるつもりはない。尊氏も言葉づかいの変化を気にする様子はなかった。

「予定のところまで今日中に進軍せねばならん。悪いが馬首《ばしゅ》を並べてくれ」

正成は尊氏と並んで歩きだした。ふたりから少し離れ右列に正季と隊員、高や足利軍は左列になって続く。

「よくも、選《よ》りによって大塔宮様を……弟に命じたのは尊氏はんなんか？」

「単刀直入だな、どうやってそれを知った？」

「間者くらいはおるさかいに」

「ふん、てっきり女役者の告げ口かと思ったよ」

こんガキ、おつゆのこと気ィつきよったんか。

内心は穏やかでないものの正成は眉ひとつ動かさない。尊氏に機先を制せられては元も子もなくなってしまう。正成が顔色をかえないのをみて、尊氏は攻め口を変えてきた。

「わしは今回のことで何も指図をしておらんのだ」

えらく大事《おおごと》になりそうで、かえって当惑している。もちろん直義の本心は知らぬし、どう命じたのかもきいていない。尊氏はまっすぐ前をみたままいった。

「大塔宮を鎌倉へ下すように決めたのは他ならぬ後醍醐帝だ」

正成は帝の周囲から漏れきこえてきたことを話した。

「父帝《ちちみかど》は、御自身が隠岐《おき》に流されはった時みたいな処遇を考えてはれへんかった」

一時は激怒したものの、冷静になれば皇子《おうじ》が謀叛《むほん》を企てるとは考えづらい。ただ、准后の手前や尊氏への遠慮もあり、都からしばらく遠ざけるつもりだった。

「それやのに、宮を鎌倉の二階堂谷《にかいどうがやつ》の土牢《つちろう》に押し込めたな」

「うむ、これは直義の判断。もっとも、わしとて強《し》いて反対はしておらんが」

そこは戸もなく、頑丈な檻《おり》の隙間から冬風、雪、雨が吹き込む監獄だった。

「宮をお救いしようと鎌倉に密偵を送ったものの、えらい眼ェにおうてしもた」

「そういえば、不審の輩《やから》を成敗したといってたな」

年を越してもなお、宮は戒《いまし》めを解かれることなく、陽はもとより月あかりさえ差し込まぬ横穴に閉じ込められていた。

そして、悲劇は起こった。

直義は鎌倉撤退のどさくさに紛れ、大塔宮を殺害したのだ。

正成はこみあげる怒りと悲嘆を抑えきれない。

「こんなことをさらして、タダで済むと思てんのか」

「手をくだしたのは直義ではなく、淵野辺《ふちのべ》城主の淵野辺義博という侍だ」

「草の根わけても探し出して叩っ斬ったる」

チラッと尊氏は横目をつかい、残念でしたという口調になった。

「淵野辺は気が触れていたそうだ。それゆえ直義が手打ちにした」

「なにっ、そいつの乱行っちゅうことで片をつけるつもりか！」

尊氏は残忍な薄笑いを浮かべた。

「頭を冷やして損得を考えろ。護良《もりよし》親王に味方しても利なぞあるまい」

「いうとくけど、わしは損得で動かんのじゃ」

「ほう、河内で鳴らした悪党らしからぬことをいうじゃないか」

街道脇には田畑がひろがっている。

眼に翡翠《ひすい》を埋め込んだような大きな鬼やんまが、猛烈な勢いで風を切っていった。その後を、もう一匹の鬼やんまが四枚の羽を震わせ追いかける。

「せっかくだから宮の最期をきかせてやろう」

宮は懐刀《ふところがたな》ひとつ身におびていなかった。しかも監獄暮らしで足腰の萎《な》えが著しい。だが、義博とて低い天井のうえ狭い土牢ゆえうまく太刀をさばけない。

義博はひと息に宮の首を狙った。

「そうしたら、何と宮は太刀に喰らいついたそうだ」

さしもの坂東武者も進退窮《きわ》まった。太刀を引くことも押すこともできずにいる。鬼面の宮はギリギリと歯を鳴らす。果たして、刃はポキンと音をたて折れた。

「いやはや物凄《ものすさ》まじい宮様があったもんだ」

尊氏はいちいち正成の気持ちを逆なでする。

「髪はざんばら、垢だらけの着物を血で赤く染め、両の眼をカッと見開いたうえ口に刃の先を咥《くわ》えたまま斃《たお》れられた」

「そんなん、もうききとうない！」

「大塔宮が健在であろうとも、この世の中を差配する器《うつわ》にあらず」

「何やと！」

「そのうえ宮が消え、もう永遠に楠木正成と組むことはない――正直、ホッとしたよ」

「うううぅぅ」

肚の底から怒りが突きあげてくる。正成は腰の野太刀に手を伸ばしかけた。

尊氏が頰をひきつらせ身を大きくのけぞらせた。

尊氏を屠《ほふ》れば宮の無念を晴らすことができる。まして、この野太刀は後醍醐帝から下賜《かし》されしもの。父帝も供養になると思《おぼ》し召すに違いない。

正季がめざとく兄の所作をみとめ距離をつめてきた。

「兄やん、どないした？　やンのやったら、いてもたらんかい」

遅れてはならじ、高も声を荒げる。

「楠木殿、この場で狼藉《ろうぜき》をはたらけばどうなるかおわかりか！」

もうひとりの正成が無謀《むぼう》を押し留める。

今、こいつを斬って捨てたら、わしらも討ち死にせなならん。そうなったら、誰が河内を守るんや。連なる山々、とぼり（ため池）と川、緑の田畑。額に汗する百姓、品物を揃える商人……故郷の民と地が眼に浮かび、何とか落ち着きを取り戻した。

「わかっとるわい、たまには足利将軍をビビらしたろうと思ただけじゃ」

尊氏も唇を歪《ゆが》めながら平静を装う。

「わしと楠木殿は利得に聡《さと》い。あたら、このような場で命のやりとりはせんわ」

五

東海道は人の姿はもちろん、荷駄を背負った馬も頻繁に行き来する。

彼らは足を止め、鎌倉へ向かう足利の軍勢を遠巻きにみていた。

民にとっては迷惑千万な行軍だ、正成は気遣う。だが尊氏は民のことなど眼中になく、まるで野辺の雑草をみやるような態度でいる。

それより、尊氏は大塔宮を弑《しい》した話に固執した。

「弟も利を第一にして行動したはずだ」

宮が北条方の手に渡ったとしたら。百戦錬磨にして海千山千のやつらのことだ、宮の使い道はいくらでもある。宮を総大将に担ぎあげ、北条こそ皇軍、逆賊は足利だといいだすかもしれぬ。

「こういう展開は足利郎党にとって大損、何としても避けたい」

それとも宮の命と引き換えに、関八州あるいは東日本をそっくり渡せといってくるか。

「わしとて同じだが、親というのは愚かしいものだ。帝も北条の要求を呑みかねん」

帝は皇子が可愛いだろうし、わしも弟を刃の犠牲にするつもりはない。

「もう、これ以上は肉親を失いたくない、これは本心だ」

「その父帝に、北条攻めにかこつけて無理難題を呑ませたわけや」

「バカをいわんでくれ、鎌倉進攻を頼んできたのは帝の方だぞ」

「よういうわ、帝とガマン比べして、首尾よう欲しいモンを手にいれたくせに」

まったく、尊氏はしたたかだった。弟が苦境に立つや、すぐさま関東のみならず奥州をも睨む軍事と政事の要地・鎌倉からの退却を命じた。しかも、しっかりと忘れず成良《なりよし》親王という人質を伴って。

その後、尊氏は都に居座り出兵の素振《そぶ》りさえみせなかった。当然、北条残党の勢力拡大を危惧する宮廷は狼狽《ろうばい》する。焦燥に駆られた帝は、とうとう尊氏に鎌倉成敗の勅命を下す。

「まんまと、狙いどおりに持ち込んだわけや」

そのくせ尊氏はすぐ出陣命令に応じなかった。

「ふふふ。利を導くには駆け引きこそ大事中の大事だからな」

ここでようやく公卿たちも、餌をぶら下げていなかったことに気づく。だが、この段階で帝側は完全に足元をみられていたわけだ。

「まずは宮の後を襲うて征夷大将軍にさせろというた」

「まあ、な。征夷大将軍は武家の棟梁が名乗るべきものだ」

「ほてからに、関東八か国管領にも任じて鎌倉征伐の恩賞を決める権限を与えろと」

「帝の報償の手際は悪いうえに偏りが激しい。あれでは武家は動いてくれん」

鎌倉奪還と成良親王の無事と引き換えに尊氏は武家の最高位に就く。

加えて、帝が独占していた論功行賞の特権を奪い取る。

「ようもまあ図々しい、足利尊氏っちゅう御仁《ごじん》は太いタマやで」

「待て待て、恩賞差配は呑み込ませたが、征夷大将軍の件は時行の首を取ってからだ」

「足利が褒美《ほうび》の沙汰を握るとなったら、武士はこぞって味方するやないか」

「それこそ武家の利というやつだろ。侍たちは勝手にわしになびいてくるわけだ」

正成は視線をはずして空をみあげ、軽くうなずいた。

「そういうこっちゃ、な」

正成はつっと馬首を尊氏の方へ寄せた。鍬形《くわがた》の真ん中に毘沙門天の宝剣が屹立《きつりつ》する正成の兜と、吹き返しに不動明王を描いた尊氏の兜が近づく。

「まずは御武運を――わしは尊氏殿との関係、じっくりと考え直しまっさ」

「わしはとっくに、正成殿を敵にまわすと大損になると心得ておる」

正成は連銭葦毛の愛馬の手綱を引いた。

愛馬は心得たとばかりに脚をとめる。先に進む形になった尊氏は首を回した。

「どうされた、もう少し話をしようではないか」

「いや、もうけっこう。出陣のえらい時やのに付きおうてもろて、おおきに」

「ふん、礼には及ばんさ」

正成は隊列から離れる。正季たちもならった。尊氏は河内の総大将に一瞥《いちべつ》もくれない。高だけが油断なく楠木一党をみつめている。

「兄やん、交渉決裂かい」

「こうなるんはハナからわかっとった」

それより、と正成は弟に命じた。

「京には戻らんと、まっすぐ河内へ帰るど」

「どうやら、戦《いくさ》の香《か》がしてきよったの、おもろなってきたやないか」

「アホぬかせ。戦は最後の最後、せんほうがええに決まっとる」

正成が西へと駈け出す。正季をはじめ楠木一党も後を追う。

圧倒された足利軍団は道を空けた。

六

楠木屋敷の外の広場には太い丸太が積まれてある。

正季を指南役とした剣術の稽古《けいこ》が再開され、激しい打ち込みのおかげで早くも丸太の表面はボコボコだ。

屋敷の庭でも明るい気合がほとばしっている。

「お父ちゃん、もう一回！」

「おう、なんぼでもかかってこんかい」

長男の正行《まさつら》が頭から突っ込んでいく。ゴチンッ、父の正成は片肌を脱ぎ、分厚い胸板で息子のぶちかましを受け止めた。

「やい正行、おんどれの力はこれよち（これしか）あらへんのか！」

「くっそう、お父ちゃんに負けへんど」

顔を真っ赤にして押す息子、その確かな手応えがうれしくてたまらない父。

「ずるこいど、兄やんばっかし」

今度は次男の正時がむしゃぶりつくようにかかってくる。親父のどっぱらに体当たりだ。

「おおっ、さすがにふたり掛かりになられたら、お父ちゃんもしんどいわい」

うおーっ。どりゃー。兄と弟は雄叫びをあげながら父の頑丈そのものの身体に喰らいつく。正成は両腕を伸ばし、息子たちの帯に手をかけた。

どわーーっ、子どもたちを同時に高々と持ち上げる。よっこらしょ。手足をバタバタさせる兄弟を縁側まで運ぶ。

「吊り出しで、お父ちゃんの勝ちぃ〜〜！」

妻の久子が軍配をあげる。縁側に身を置かれた正行と正時は悔しいと地団駄を踏む。

「まだまだ」「勝つまでやるど」。息子たちが正成に飛びかかった。

ほたえまわる（よろこび騒ぐ）兄たちを尻目に、三男の正儀《まさのり》ときたらシロの背中に跨りお馬の稽古に余念がない。シロもえらい迷惑だろうに庭を何度も行き来してやっている。

兄ふたりを振り回しながら、正成は眼の端で三男と愛犬の様子をちゃんとみていた。

「むふふ、正儀は将来、坂田金時はんみたいになりよるで」

そこへ男衆《おとこし》がやってきた。

「お館。ごっついこと立派な武将はんがきやはりましたで」

「誰や、せっかく親子水入らずで遊んどるのに」

「はあ……新田小太郎はんというてはりまんねん」

「えっ、新田やと？　新田の小太郎って、あの新田義貞はんか？」

正成が滅多とない素っ頓狂《とんきょう》な声をあげた途端、息子たちはここぞと合体して肩からぶち当たってきた。たまらず腰が引け、正成は尻もちをついてしまう。

「やった！」「勝った！」。正行と正時は手を取り合って小躍りしている。

「おっ、相撲でござるか」

案内もなく、玄関から庭へと続く通り路からぬっと男があらわれた。

「わしも大の相撲好きでしてな。上野《こうずけ》の国では一度も負けたことがござらん」

新田義貞は屈託のない笑顔を浮かべている。

正成より六つ、七つ若いときいているから三十半ばのはずだが、ずっと若々しい。

頬骨が隠れるほど肉が艶やかに張り、両端に笑窪《えくぼ》ができる。黒味のまさった眼に大きな口、ごんたくれ（いたずら者）がそのまま大きくなったような風貌をしている。正成より少し背が高く、太ってはいないものの肉づきはコロコロとした感じだ。

「失礼を申した」。正成は衣服をただす。

「わしこそ、突然の訪問をお許しくだされ」。新田は変わらずニコニコしている。

「あれ、ま、新田様。もう一度、玄関にお回りくださ い」

久子はこういうと、縁側に膝をついて頭をさげた。

「奥方でござるか、いやいや、わしのことならお構いなく」

正行と正時は父と見慣れぬ客を見比べていたが、声を揃えていった。

「オッサン、相撲が強いんか?」

「おう、ひょっとしたら父御《ててご》より強いかもしれんぞ」

「ホンマかァ?」。正時は不満そう、兄の正行が弟を尻目に叫んだ。

「お父ちゃんより強い侍がおるわけあれへんのじゃ!」

いうが早いか、正行が義貞に突進する。遅れてはならじ、正時も続いた。正儀まで庭の端からシロを走らせ、兄たちに加勢する。

「これっ、アホんダラッ。あんたら、お客人になんちゅうことを!」

久子は悪ガキどもを叱りつつ、来客に謝りながら庭に降りた。しかも縁側から足を降ろすついでに女衆《おなごし》へ「早う、お茶いやお酒の用意を」と指示まで出す。

さすがは楠木の家の奥を取り仕切っているだけのことはある。

しかし——もう後の祭り。
妻が夫の隣に並んだ時、新田は本心からうれしそうに息子たちと組み合っていた。

正成が酒をすすめると、新田義貞は遠慮なく盃をあおった。

「壷井にある河内源氏の太祖《たいそ》源頼信公の墓に参ってきました」

「通法寺でんな、あしこには頼義公や八幡太郎義家公も眠ってはる」

その帰途、思いついて正成を訪ねたのだという。

北条遺児の乱と尊氏の進軍のおかげで、世間はずいぶんキナ臭くなっている。新田義貞はそんな風向きを意識し、武功華々しい先祖を詣でたのかもしれない。

まして、わしが河内であれこれ動いてると知って様子をみにきよったんかいな。

義貞が上洛して三年目、互いに見知ってはいるし、役所や内裏で挨拶や言葉を交わすことがある。しかし、こうして差し向かいで呑むのは初めてのことだ。

北条を倒した大功労者、敬意は抱いているし軍功もちゃんと認めてんねけど、な。

ところが正成は気心の知れない人物との交際が大の苦手、無精《ぶしょう》と気後《おく》れがごちゃ混ぜになったまま、表敬せずに今日まできてしまった。

だが義貞はそんなことは気にしていないようだった。

「楠木殿は関東にもきこえた異才の兵法家、酒を酌み交わせてうれしいです」

「いや、その、ほないに褒《ほ》められても、これ以上はナンにも出まへんで」

正成と義貞は大笑いした。とはいえ、政局に暗雲がかかる今、ふたりは官軍の要となるべき将軍同

十、物騒な話に及んでも仕方はあるまい。

新田はんのホンネをきいてこましたろかい。

まずは、鎌倉情勢を話題にのせてみる。

やはり尊氏が指揮をとる足利軍は強い。直義軍と合流するや、八月十九日には北条遺児軍を鎮圧してみせた。北条の再びの鎌倉天下はわずか二十日余りで幕を閉じた。

「その後も足利尊氏殿は鎌倉に居座っとりまんな」

空になった盃に酒を満たしてやると、義貞は口から酒器を迎えにいった。

「京から、足利一党が消えてせいせいしております」

ははァん、やっぱし新田と足利は仲良うないんや。

「先ほど、河内源氏のご先祖の前で嫡流《ちゃくりゅう》の誉《ほまれ》を奪回すると誓ってきたばかり」

「そないなことを源頼信公のお墓の前でいわはったんでっか」

義貞の系譜については瀧覚《りゅうかく》和尚から詳しくきいている。

河内源氏から出でて坂東両毛《ばんどうりょうもう》（上野と下野）に根をはった源義国の血筋、その長男たる義重が新田家を興した。義貞は八代目の棟梁だ。一方の足利家は義国の次男の義康から始まっている。

お師匠《つしょ》はんにいわせたら、足利はパチもんの嫡流や。

にもかかわらず、足利一門は新田を差し置いて源氏の後継者を自認し、嫡流たることを広く触れ回って止まない。世間もそれを受け入れた。

新田は尊氏から小新田と蔑称され、足利の枝葉扱いに甘んじている。

「話を鎌倉征伐に戻して、帝の上洛命令に尊氏殿が耳を貸さへんのは感心しまへん」

「足利がおらんでも、この新田が都を守ってみせます」

「ほほう。けど、帝は足利殿にえらい遠慮してはりますで」

「まったく、尊氏に従二位《じゅにい》を与えるとは片腹痛いですな」

新田は忌々《いまいま》しそう、舌打ちをしかねない。彼は一気に盃をあおった。

帝は尊氏が望み続けている征夷大将軍の職名を与えず、代わりに武家としては異例というべき高位を授けたのだった。

ついでにわしも従五位上にしてもろたけど、それはこっちゃへ置いといて。

「尊氏、直義のご兄弟は、これからどう出るつもりでおまっしゃろ?」

「さて、それはわかり申さんが、どうせ悪だくみに決まっておりましょう」

せやから、その中身をきいてるんやんか。

「足利郎党は京に攻め入りまっか、それとも鎌倉でひと旗あげよりまっかな」

「ううむ、それはわかり申さん」

「足利郎党がどう出てきよるか、考えたこともおまへんのか?」

「あれこれ考えるのは面倒、わしが足利兄弟と執事を捻《ひね》りつぶしてやります」

「はァ、さよか。せやけど戦だけが解決方法やおまへんで」

「事の始末はハッキリつけた方がいい、わしは戦をとります」

「公と武が手を結んで世の中の舵取りをするんがええんとちゃいまっか」

「わしは戦なら自信があるが、御政道《ごせいどう》のことはとんとわかり申さん」

正成の一問に義貞が一答する。

その間も酒は欠かさない。とうとう正成の酌を待たずに、手ずから酒を注ぎ出した。

なんとまあ、酒好きやこと。ほんでまた、ええ呑みっぷりや。

それはともかく――肝心の会話は「わかり申さん」の連発、実《じつ》がない。

官軍の総指揮官に推されるべき将軍にもかかわらず、政局や国情、軍事戦略を見据えた意見は皆無だ。いってはナンだが、凡庸《ぼんよう》なことしか口にしない。

出し惜しみしてるんやのうて、ホンマに何も考えてへんのとちゃうか？

戦でこそ一頭地《いっとうち》を抜く存在。だが、いい意味でも悪い意味でもそれだけの御仁《ごじん》のようだ。

「うまい。河内の酒はチト野暮ったいのがいい。南都《なんと》のより河内の酒がわしの好みだ」

義貞はご満悦で盃を重ねている。さっき、息子たちと相撲をとった時と変わらぬ屈託のなさだ。正成は褒めていいのか難じるべきか、大いに悩んだ。

実直で飾らへん人柄やけどなァ……。

親しく交誼《こうぎ》を結ぶなら、一も二もなく足利尊氏より新田義貞。つかみどころのない尊氏より、よっぽど気楽に付き合えそうだ。しかし、国の軍事を司る人物としては、いかがなものか。尊氏の底の深さ、幅の広さには遠く及ばない。

正成は、猩々《しょうじょう》さながらの赤ら顔になった義貞にもうひとつ問いを投げかける。

「都にえらい別嬪《べっぴん》さんがいてはるそうで」

「あっ、えっ、ブォッ、ゴホン」。義貞は激しく噎《む》せた。

「勾当内侍《こうとうのないし》とおっしゃるんでしたな」

正成も彼女を何度か宮廷でみかけたことがある。美女の評判に違《たが》わぬ佳人だ。義貞は彼女にぞっこんだと噂になっている。

「まあ、その、ナンだ、帝の御計らいがござって妻女に迎えました」

ところが、内侍をあてがった帝の厚情の裏には、またしても足利郎党の思惑が絡んでいるという情報が入ってきている。傾城《けいせい》の美女というけれど、義貞が房事《ぼうじ》にかまけて腑抜けにならぬことを祈るばかりだ。

尊氏め、准后には取り入るわ、政敵に別嬪をあてがうやらホンマに抜け目がないで。

義貞は照れ隠しもあるのだろう、さらに独酌で盃を進め、熟柿《じゅくし》のような息を吐いた。

「新田と足利のどちらが源氏の本家か、近いうちに戦でハッキリさせてみせますぞ」

こいつ、頭ンなかは戦と女子《おなご》のことしかあれへんのかいな。

うまいはずの酒が苦くなってきた。

正成はそっと盃をおき、官軍大将になるであろう男をつくづくとみやった。

第二〇章　都合戦

一

楠木正成は太い薪を焚火に投げ入れた。

ジュッ、滲《にじ》んだ樹液が泡立つ。ほどなく焦げた臭い、黒煙が波だつように揺れる。

「勢いよう燃えても、いずれは灰になっていっきょる」

激戦を終え、しゃがみこんで火をみつめる正成の横顔は、炎に照らされたり翳《かげ》に覆われたりを繰り返す。焚火の向こうに人が立った。

「兄やん、足利どもに目立った動きはあれへんわ」

正季は甲冑をガシャガシャいわせながら火にあたる。

「春とはいえ、夜《よ》さり（夜）ンなると寒《さぶ》いのう」

正季の眼は焚火を映し血走っているようにみえる。

「せんど（たっぷり）ド突き回したったさかい、足利のガキめキャインちゅうとるで」

この日——建武三年（一三三六）正月二十七日、正成は賀茂川と高野《たかの》川、ふたつの河川が鴨川に合流する糺河原《ただすがわら》で足利軍と激突、敵を五条河原まで撤退させた。

楠木一党は戦勝にわいている。

「どないしてん？　せっかくの大勝利やいうのに」

正季は兄の様子がいつもと異なるのを見逃さない。

「何ぞ心配ごとがあるんやったらワイにいうたらんかい」

弟は柄にもないことを口にする。

「感傷とか虚無ちゅうケッタイなもんに浸っとンの？」

「いや、何でもあらへん」

正成はこういったものの、また焚火にみいった。


河内でのひととき、恩師との対話を思い出す。あの日は、雲の上で篩《ふるい》をかけているかのように細かく薄い雪が舞い落ちていた。

楠木屋敷、主の部屋で瀧覚《りゅうかく》和尚は抱き込むようにして火鉢にあたっている。

「多聞丸が戦《いくさ》に出る前に、いっぺん逢うときたかったんや」

「そういうたら、この前は新田義貞はんがきよりました」

「義貞ちゅうンは、どないなやっちゃ」

「十人並み以上の武将でっしゃろが……やっぱし尊氏の敵やおまへんな」

「ハハハ、義貞はひょこまん（傷もの）将軍かいな」

「そこまでボロくそいわいでもよろし」

「尊氏と直義《ただよし》に（高）師直《もろなお》——足利三悪人を相手に合戦やのう」

「また、そないなことをいわはる」

正成はすかさず突っ込み、口さがない師匠をやんわり窘《たしな》める。瀧覚も間髪《かんはつ》を容《い》れず切り返してきた。

「三賢人やなかろうし、どないしてもこないしても三善人とはいえんやろ」

「御舎弟殿こと左馬頭《さまのかみ》直義は、兄尊氏より武家幕府再興に前のめりでんな」

兄想いというのも特筆すべき。尊氏を源氏正統の後継だと大いに触れまわった。准后阿野廉子《れんし》への入れ知恵も弟の発意のようだ。何より、彼は大塔宮《おおとうのみや》を弑《しい》さえした。

すべては兄に幕府を開かせるため、足利直義こそ稀代の策略家というべきだろう。

「そんかし（その代わり）、大軍を動かすのは下手っぴィでっけどな」

「融通がきかんうえに体裁ばっかり気にしとるんや」。瀧覚は直義を斬ってすてた。

「多聞丸みたいな悪党ずれ、血筋も知れん土豪劣紳《どごうれっしん》は認めとうないやろ」

直義だけではない、公卿や名家の武士たちは家柄に重きを置く。京の人々だって正成を成り上がり者と揶揄《やゆ》している。

「嫌いでけっこう、好かれちゃ困るっちゅうやつですわ」

「家宰《かさい》の高師直はどないにみとンねん？」

「あら（あいつ）、戦上手やし恐《おと》ろしいことを平気でいいよりまっせ」

高は神仏の霊験を認めず、現身《うつしみ》の人こそが万物を差配すると公言して憚《はばか》らない。あろうことか帝《みかど》の権威にさえ否定的だという。そんな高が尊氏を奉《たてまつ》っている。

「バチ当たりなヤツもおったもんや」

和尚は火鉢の炭を火箸でつつきまわす。そのたびに小さな火の粉《こ》がたった。

「尊氏が持明院統のお天子はんを担ぐかもしれへん、わしはそれを心配しとんのや」

「ううむ。またしても、ふたァつの朝廷がいがみあうことになりまんな」

河内の師弟は毒でも喰らったような表情を浮かべた。


瀧覚は愛弟子の部屋の一隅に眼をとめた。

和漢の兵法書、軍記物や鎌倉から東海道、畿内各地の地図がうず高く積まれ、机のうえには大江時《おおえとき》親《ちか》の私家本も広げてある。

「河内の総大将は足利戦の秘策を練っとるんやな」

「大江先生のご教示をもういっぺん、浚《さろ》うとったんですわ」

大江時親は河内の加賀田《かがた》に住まう兵法家、幼き日の正成は瀧覚のすすめに従い、彼のもとで兵学を習得したのだった。

「大江先生のとこまで往復三里半（十四キロ）の道をいっきょったもんです」

「大江はんの曾祖父の広元が源頼朝公の知恵袋、そのまた曾祖父の匡房《まさふさ》は八幡太郎義家公に軍事の要《よう》諦《てい》を教えた傑物や」

広元は瀧覚の祖の和田義盛と共に頼朝を支えた。北条政権に移行後、義盛と広元は袂《たもと》を分かつ。だが、そこには眼をつぶって、当代一の兵法家のもとへ通わせてくれた師には感謝せねばならない。

「足利と合戦すんなら、都へおびき入れたろと画策しとりまんねん」

だが、河内のちっぽけな山城で、巨万の北条軍を迎えうった時の心持ちとはほど遠い。尊氏との対峙を想定しても心躍るものがない。正成は苦笑した。

「もう戦に倦《う》んでしもたんかもしれまへん」

ましてや正成は、稀代の兵法家、類例のない奇襲戦法などと持ち上げられるために戦をやってきたわけではない。瀧覚は万事承知という口ぶりになった。

「多聞丸は戦うための大義名分が欲しいんやろ」

帝の御親政はスカタンの極み、建武の中興は失敗の巻や。瀧覚は歯に衣《きぬ》を着せない。

「もういっぺん帝のために本気出して戦えるかという心配。そいから尊氏に勝った後に何か残るんかちゅう不安があっても、そら、しゃーない」

瀧覚は筆を所望《しょもう》した。

「今日、お前にいうときたかったんはこのこっちゃ」

――曳尾於塗中《えいびとちゅう》

「確か『荘子』の一節やおまへんか?」。正成は改めて読みあげる。

「泥の中に尾をひく」

「不細工でもかまへんから、河内の土《ど》ン亀《がめ》みたいに泥の中に尾をひいて、最後の最後まで這いずりまわれ。ぞっきん(雑巾)そこのけ、ボロボロになればええ」

正成は焚火をみつめながら「曳尾於塗中」と復唱してみた。

「河内の土ン侍の本分を全うせい。お師匠はんはそう、いわはったんや」

また火の向こうに人影がたった。今度は弟だけでなく数人がいる。いずれも一騎当千の河内の猛者《もさ》たちだ。正季が和田熊に話しかけている。

「官軍と足利との戦、何とのう勝ち負けが代わりべんたん(交互)やさかいにのう」

「今日の勝ちを明日からもバーッと重ねなあきまへんな」

勝ち負けが交互か。正成は天を仰ぐ。星すら瞬《またた》かぬ、暗くて重い夜空だった。

二

楠木一党は建武三年（一三三六）の正月を都で迎えた。

年明けを寿《ことほ》ぐ笑顔や着飾った華やかさはない。宮廷でも新年の節会《せちえ》は取りやめになった。正成も鎧装束のまま過ごしている。

前年十一月、足利尊氏はとうとう叛旗《はんき》をひるがえした。

尊氏は帝の帰京命令に従わぬまま、鎌倉の若宮小路《わかみやこうじ》にあった先代の鎌倉将軍邸址《あと》に壮麗な屋敷を新築、北条遺児軍との戦の論功行賞も派手に行った。それにあたっては、足利征夷大将軍の名称を帝の勅許《ちょっきょ》なしに使っている。

まんで（まるで）足利の幕府を打ち立てたのと同《おんな》じやがな。

しかも、尊氏は独断専行で新田義貞の東国所領を配下に分け与えることまででした。

お天子はんはおもんなかったやろし、新田はんがメッチャ怒ったんは当然のこっちゃ。

帝の不興と新田の激怒――そこへ尊氏の使者が上洛、足利郎党に帝への叛意《はんい》は毛頭ないと開き直った。それどころか、帝に足利の悪口を讒言《ざんげん》する新田こそ獅子身中《しししんちゅう》の虫、直ちに新田誅伐《ちゅうばつ》の勅命を賜り世の太平を実現させたいと願い出る。

すかさず新田も反駁《はんばく》した。足利こそ大逆無道《たいぎゃくむどう》に他ならぬ。きゃつらを討伐し帝の御親政の安寧《あんねい》を、と奏文した。

だが正成は、一連の流れを尊氏らしい凝《こ》った策謀とみていた。

いずれにせい尊氏と新田は雌雄を決せな、いてられへんのやし。

救いは、尊氏に帝の配下という形を呑むつもりがあることだ。尊氏が新田を撃破したら、天下の軍事の在処《ありか》は明白となる。直義や高なら一気に幕府樹立となろう。しかし、尊氏は正成に対して、帝への敬意や遠慮をほのめかしていた。

目障りな新田さえ倒したら、尊氏はしばらく満足しよるような気もするんや。

そうしながら尊氏は、帝に足利こそ武家の棟梁と認めさせたうえで、武家と帝が共存する道を探ろうとするのではないか。

要は、足利と武家の利得や。これが保証されたら尊氏は善《よ》しとしよるやろ。

しかしながら、帝は尊氏の討伐《とうばつ》を命じた。

大塔宮護良《もりよし》親王を弑された一件や諸国に軍兵を募った催促状が根にあるのだろう。

せやけんど、あれは直義や高が先走ったことで尊氏が命じたこっちゃないらしい。

ここまで強大になった足利郎党を敵に回すのは、どう考えても得策ではない。

後醍醐帝は今になっても、万事が御自分の意のままに動くと思てはるんやろか。

帝には現実を直視し、尊氏の存在を認め公儀に迎えるという度量をみせていただきたい。一方、新田が勇んで足利退治に取り組むのは間違いなかろう。だが、この将は眼の前の敵を叩くことしか頭にない。ゴリゴリの武辺者《ぶへんもの》に戦の後の展望、敵を活かして己の利にする発想は皆無だ。

新田も悪党なみに商いなと齧《かじ》ったら、そこんとこの機微がわかるンやろけどなァ。

血で血を洗う戦がまた始まった。

建武二年十一月十九日、新田を総大将とする官軍は東下《とうか》した。

緒戦、新田は足利軍を連破してみせた。だが、戦勝の報を京で知った正成は首を捻った。

ケッタイなことに、足利軍を率いとったンは直義や。

なぜ、尊氏は鎌倉に引きこもったままなのか。兄に比べ明らかに戦下手の直義が指揮をとる理由がわからない。

尊氏は病なんか、そいとも策士ならではの深謀遠慮《しんぼうえんりょ》があるんかい？

案の定、直義はこてんぱんにやられ、這《ほ》う這《ほ》うの体《てい》で鎌倉に逃げ帰る。

窮地に追い込まれた足利軍は、師走になってようやく尊氏がたった。戦報によれば、兜を脱いだ尊氏は元結《もとゆい》を切り落としザンバラ髪だったという。いったい何があったのか。

ええっ？　髻《もとどり》を切るとは髪をおろして出家する気やったんか。

十二月十一日、足利軍と新田官軍が箱根・竹の下で激突した。

両軍の数万の屍《しかばね》が地を埋め、血の川が流れるなか、さすが尊氏は優位に戦を進めてみせる。それをみて、緒戦で官軍に寝返ったはずの佐々木道誉《どうよ》らの武将が再び足利軍へ回った。

佐々木の造反軍に背後を衝かれた新田軍は総崩れになり大敗を喫してしまった。

官軍の敗走は思わぬ余波を巻き起こす。丹波や讃岐、備前など五畿七道の各地で尊氏を奉じる軍勢が蜂起、足利軍は朝敵にもかかわらず大いに力を得て京へと迫ってきたのだ。

そして今年の正月七日、正成は河内を筆頭に大和、和泉、紀伊らの兵を加えた五千余騎を率い、一万をこす足利軍の一翼と京の南、宇治で対峙した。

この地は平安の世に位人臣を極めた藤原一族の別荘地として栄え、『源氏物語』の「宇治十帖」の舞台にもなった。寺社仏閣の建立も盛んで、なかでも平等院は阿弥陀堂を筆頭に不動堂、五大堂、愛染堂、多宝塔など数多くの荘厳美麗な僧院が建ち並んでいる。

「源義経はこの宇治で木曽義仲をいてもたんやろ。よっしゃワイらも負けへんで」

宇治川の西岸、平等院の近くに陣取った楠木一党はいきり立った。錦糸で刺繡された菊水紋の幟《のぼり》が数千も林立し宇治川を渡る風になびく。

川に浮かぶ水走の軍舟は、河内の船大工を都まで連れてきて急造させたものだ。

正成の奇策はこの地でも炸裂した。

足利軍は東岸まで攻め寄せたところでたじろいだ。小石交じりの河原や草むらだった岸辺はごっそり削り取られ、屛風《びょうぶ》のように切り立っていた。

そのうえ、川の中央部にいくつもの巨岩が放り込まれ、流れをふたつに分かっている。巨岩にぶつかった川波が白く湧きたち急流に変じ、あるいは激しく渦を巻いていた。これでは、騎馬ごと川へ飛び込んだとしても行軍できまい。

「橋がかかっている、あそこへ回れ！」

足利軍がもう少しで袂《たもと》というところまで駆ける。しかし、そこで橋脚《きょうきゃく》がよろめいた。栗の木から実が落ちるかのよう、騎馬隊は次々と飛沫《しぶき》をたてる。

梅花が咲いているとはいえ、まだまだ水は冷たい。兵ばかりか馬も悲鳴をあげる。

「水走康政、軍舟を出せ！」

正成の号令で軍舟がすべるように敵兵たちに近づき武具をふるった。悲鳴にかわって断末魔が川面を走る。

「どや、にっちもさっちもいかへんやろ」

正成は大笑いした。味方の損失は皆無、敵は対岸で打つ手もなく地団駄を踏んでいる。

「こんくらいの策、わしらが講じてきよると予想もしてへんかったんか？」

ほんの数年前、摂津の渡辺橋での合戦でも橋に細工を施し、水走の軍舟を駆使したのを覚えていないようだった。

河内の総大将の合図で火矢が放たれる。

西岸からほど近い中洲のあちこち、橋の小島や槙島《まきしま》などで炎がたった。

万が一にも敵軍が渡河《とか》を果たした場合、中洲は格好の足場になってしまう。そこまで見越して、たっぷり油をかけた木材を運びこみ一帯を火の海にした。

河内の土ン侍たちはやんやの大騒ぎになった。

「足利め、水攻め、火攻め、宇治で両方とも喰らいさらせ！」

正成はそろそろ頃合いよかろうと退却を命じる。

「ほたえる（浮かれよろこぶ）のもこンくらいにしとこ」

ところが——連銭葦毛《れんぜんあしげ》の愛馬の手綱を取ろうとした正成は、あやうくよろけそうになった。兜の鍬形と宝剣が音を立てて揺れる。野分《のわけ》さながら、強烈な風が東岸から吹きつけてきた。突風に巻かれ、何本もの菊水の幟が空高く舞い飛んでいく。

さっきまで調子に乗っていた楠木の兵たちは顔色《がんしょく》を失い、身を低くしながら叫ぶ。

「えらいこっちゃ、火の手がこっちゃ側にきよるど！」

正成は眼をみはった。火勢は川の流れに負けぬ猛烈さ、平等院の仏閣や宝蔵を龍の舌が舐めるようにして燃やしていく。

「退却をやめい、水や、水！　名高いお寺を焼くな」

しかし、大火はたちまち壮麗な堂宇《どうう》を焼き尽くす。東岸で火難《かなん》をみつめる足利軍も呆然とするばかりで身じろぎすらできない。


宇治川西岸に河内の総大将が立った。

もう対岸に敵軍の姿はない。しかし眼前は一面の焼け野原、そこに鳳凰が羽を広げたような阿弥陀堂だけが焼け残っている。足元では、ぶすぶすと焼け木杭《ぼっくい》が煙をあげていた。平等院は三百年ほども昔、極楽浄土を模して関白藤原頼通が創建したという。

正成は瞑目《めいもく》し手をあわせた。

「戦ちゅうのは、とことんまでえげつない（酷い）」

悄然《しょうぜん》たる想いだけでなく、御仏《みほとけ》への畏《おそ》れ、さらには後悔と怒りが交錯する。

足利軍は食い止めた。しかし、善《よ》かれと打った策で宏壮《こうそう》かつ歴史ある寺院、仏像が灰燼《かいじん》に帰してしまった。多くの人を殺め、火も放つという取り返しのつかぬことをしでかした自分はもちろん、戦しか解決の道をもたぬ御時世が腹立たしい。

「わしはきっと地獄に堕ちるやろ」。正成はいつまでもその場に佇《たたず》んでいた。

三

正成が足利軍を宇治川で足止めしていた時、新田は大渡《おおわたり》に布陣していた。

大渡は都の西南にあって、桂川と宇治川、木津川が淀川に流れ込んでいる。河内に摂津、大和も近接する重要な軍事拠点だ。新田将軍には里見に鳥山、山名、結城や九州の菊池ら有力武将の軍勢一万余が付き従っている。

大渡のほど近く、これも要所たる山崎には新田の弟の脇屋義助《わきやよしすけ》が遣《つか》わされた。こちらは七千騎、いずれも正成軍より大勢かつ武具も整っている。

新田兄弟が対するのは、近江で比叡山の山法師を蹴散らした尊氏本隊だ。

尊氏を征夷大将軍と呼ぶ数十万もの大軍は石清水《いわしみず》八幡宮をいただく男山《おとこやま》に集結、山上から大渡や山崎を睥睨《へいげい》していた。両軍がぶつかれば天下分け目の合戦と噂された。

正成は主戦場に動員されないことをさほど気にしていない。だが、楠木一党の面々はあからさまに不満をぶちまけている。

「何じゃい、河内の土ン侍は尊氏にぶち当てる値打ちがないちゅうことかい!」

新田はんや公卿には、確かにそないな気持ちがあンのかもしれへん。

正成はそう思いつつも、言葉では一党を鼓舞した。

「もうちょい辛抱せんかい。いずれ、官軍で誰がいっちゃん頼りになるかわかるわい」

新田と尊氏、大渡での合戦は結局のところ凡戦に終始した。

河原には、冬の名残りの枯れ薄《すすき》の白灰色、春に萌え出し牙のように尖る葦の新芽の緑が混在している。足利軍は民家を打ち壊し、その木材で筏《いかだ》をこさえ渡河を試みた。執事の高の差配だった。しかし筏は川岸の乱杭《らんぐい》にひっかかり、川中で縄は解けてしまう。たちまち溺死者が続出した。

橋にも両軍が殺到、正成の施したような細工なしに兵の重さで崩落するていたらく。放ちあった矢数は無尽蔵、川に落ちたそれらは流木さながら堰《せき》をつくる。河原で局地戦はあったものの趨勢《すうせい》を決めるに至らない。東国武士の同士討ちのうえ同じ源氏流、互いの手の内を知っているだけに決め手に欠く。

大渡の戦は痛み分けや、と正成も嘆息した。

山崎では新田軍が大敗を喫してしまう。

ここのキモは赤松円心《えんしん》や、あのオッサンとうとう足利軍につきよったがな。

赤松は兵庫方面から攻めあがり、帝に盾突く四国、中国勢と合体して三万を超える大軍となった。この勢いは激烈だ。

赤松のオッサンの胸のうちはようわかるで。

赤松は帝から軽んじられ報償の際に屈辱を受けた。それでも大塔宮護良親王のもとに参陣し、あくまでも官軍の将として一角を占めていた。だが、大塔宮は非業《ひごう》の死を遂げる。

足利直義は宮を誅戮《ちゅうりく》した張本人、そっちゃへ走るほどオッサンは帝のことを――。

正成は想う。円心の造反は帝への嫌悪や軽視ばかりが理由ではなかろう。円心とて元弘の御代の戦においては、新しい世の中の到来を夢みて命を賭したし、宮のもとに三男を送り込んだのだ。

円心のオッサンは建武の新政とお天子はんに幻滅してしもたんや。

山崎の地を攻略した円心らの大軍が都へなだれ込む。

京の地は攻めやすく守りにくい。山地丘陵に囲まれた盆地ながら、四界《しさかい》と呼ばれる北西の大枝《おおえ》、南西に山崎、南東で逢坂《おうさか》、北東は和迩《わに》と四地点が攻撃の突破口となる。敵勢は東の東海道、北に山陰道、西と南なら大和街道や京街道、西国街道などを攻めのぼってくる。加えて河川を使い同時多発的に仕掛けることも可能だ。

対する守備側は否が応でも勢力を分散させねばならない。

今回の合戦も同じ道理が働いた。後醍醐帝はかつての臣下に、四方から刃を突きつけられている。

宇治から戻った正成は、敗走してきた新田に進言した。

「治天《ちてん》の君《きみ》には二条御所を出られ、比叡山へ行幸《ぎょうこう》されるよう進言されたし！」

帝の一命と政権を死守するためにはこれしか方法があるまい。

「新田殿と御舎弟の脇屋殿が、後醍醐帝に御供《おとも》されるのが得策でおます」

提言は新田兄弟から奏上され、さしもの帝も逼迫《ひっぱく》する現状に武家の案を呑んだ。

四

足利と円心、西国の諸将らの連合軍は主上が逃げ去った都をいたぶった。

「新田の兵はおらぬか！」。そんな名分のもと戸を蹴破り、家々に踏み込む。

大路に面した商家も災難にあった。特にここを狙ったわけでなく、ただ、そこに店があったから襲ったのだ。もちろん、官軍の武士を探しているのではない。

土足のまま店に上がり、夜盗さながらあちこちを物色する。店の者は顔を引きつらせて通せんぼをするが、頬を張られ、胸を突かれてたちまち腰砕けになる。

「金目のものは残らずいただいていく」

「そんな、ムチャなこといわんといておくれやす」。主人は震えながらも抵抗する。

「うるさい。逆らう者はこうだ」

足利兵の抜いた太刀はすでに血で汚れ曇っている。

グサッ、鈍く嫌な音がした。主の肩口から腹にかけて刃が喰い込む。だが、そこから太刀を斬り下げようにも動かない。大渡か山崎で新田兵を屠った武具は刃こぼれしてなまくらになっていた。刃を襷《たすき》がけにしたまま、主人は声にならない叫びをあげた。痛みと恐怖にまみれ、生きる望みを失いながら死ぬこともできず棒立ちになっている。

ボタボタと血が滴《したた》り流れ、主だけでなく兵の足元もぬめらせる。

ヒエーーッ。奥の間では女の甲高い悲鳴、別の兵が女房を追いかけている。

淫欲に染まった蛮兵は後ろから女房を抱く。抗う女の首に唇を這わせ、着物の前を割った。襦袢《じゅばん》をはだけ、白い太腿に土と血で汚れ赤茶けた手をやる。女を押し倒し、裾ごとまくりあげた。艶やかで豊かな尻の双丘が露わになる。ウゥゥ……女房は咽《むせ》び泣く。

男はニタリ、獣の笑いを浮かべ、おもむろに下帯をまさぐった。


略奪と凌辱は戦の常、京の町は恐慌に陥った。

足利の兵卒たちだけでなく、この機を窺っていた破落戸《ごろつき》や盗賊たちも民家に押し入る。兇徒たちは見境なく火を放った。業火《ごうか》は四方からあがり、都人たちはただ逃げ惑うばかり。楠木屋敷にも炎と黒煙が迫っている。正成は怒鳴った。

「ド頭《たま》から水をかぶれ、屋敷は燃えてもかまわん。おんどれら、逃げい！」

「兄やんこそ、早ういきさらさんかい、兄やんが焼け死んだら楠木一党はワヤクソや」

「アホんだら、死ぬンやったら都やのうて、河内でいてもたるわい！」

楠木兄弟はじめ河内の土ン侍、愛馬や愛犬シロも踊るようにして外へ出た。

我こそ先に、無事に――迫る火に焼かれ焦がされ、都人たちは正気を失っている。着物と髪が燃え火だるまとなる女、焼け爛《ただ》れた皮膚がズルリと剝け眼だけギョロギョロさせ立ち尽くす男。彼らを救おうともせず人々は叫び、泣き、喚《わめ》きながら走っていく。こんがり生身を焼く臭いが漂う。煙は眼に沁み、喉がひりつく。

京に大焦熱地獄が現出した。正成の脳裏に宇治を焼き尽くした光景が重なる。

さっそく、わしにも仏罰があたったわい。

「うわぁ、えらいこっちゃ！」。河内兵が素《す》っ頓狂《とんきょう》な声で二条御所のあたりを指さす。

正成は息を呑んだ。帝のいない二条内裏、その空が猛火に蹂躙《じゅうりん》され赤黒くなっている。

「兄やん、どないする？　二条御所の火ィ消しにいくか」。正季が問う。

「もうアカン。わしらに手ェの施しようはない」

正成の京屋敷や内裏だけでなく准后御所、名和長年ら諸将の屋敷も炎上した。

「ぼやぼやしとったら、わしらまで焼けてまうど」

楠木一党は顔を引きつらせつつ、官軍大隊が駐留する比叡山東麓の東坂本へ急いだ。

五

軍議の際にもあちこちで咳や痰《たん》を払う音、大火の余韻を引きずる者が幾人もいる。

正成は、新田の小物が配った湯呑を口までもってきて眉を顰《ひそ》めた。

白湯ではなく酒が入っている。上座を窺うと、新田は一気に湯呑をあおっていた。正成は湯呑に口をつけない。新田の隣に座す若者も苦笑しながらいった。

「これは賊軍を平らげてからいただきましょう」

チラリ、若者は下座《しもざ》の諸将に列する正成をみやる。正成が小さくうなずく。若者は頬に浮かべた苦いものを消し、うなずき返した。

一月十四日、北畠中納言顕家《きたばたけちゅうなごんあきいえ》が、遠く奥州から五万を超す大軍を引き連れ参陣した。

顕家は十九歳とはいえ鎮守府将軍として陸奥、出羽などを治めている。紅顔の青年貴族ながら、その佇まいは甘さや脆弱さを寄せつけぬ。奥州から鎌倉を経て上洛する途上でも、各地の足利一派をことごとく撃破している。同じ武闘派公家といっても千種中将とは大違いだ。

京が陥落、帝は逃避した。三木一草の一角、有力武将の結城親光《ゆうきちかみつ》は投降を装って尊氏殺害に賭けたが討ち死にしてしまった。暗雲を払拭できない官軍にとって、顕家が颯爽と登場したことは待たれて久しい朗報だ。正成も顕家の凜とした風貌に好感を抱いた。

ウチの小倅《こせがれ》らも、こないになってくれたら最高や。

「できれば数日、いや一日なりとも兵馬を休ませとうおじゃる」

顕家が切り出す。諸将は顔を見合わせた。下座から正成が膝を進める。

「顕家卿、すぐにでも攻め戦《いくさ》をしとくんなはれ」

一座がざわめく。新田は二杯目の湯呑を口に運んでいる。顕家は横目で新田を窺《うかが》いつつ、朗々とした声を響かせた。

「楠木殿、そのわけをおきかせいただきたい」

「ご苦労はわかりまっけど、長征の後で休んでしもたら兵も馬も四、五日は動けまへん」
二、三の武将から「いかにも」の声があがる。中にはこんなことを口走る者もいた。
「御休息いただくのは義良《のりよし》親王だけでよろしかろう」

顕家は、この後醍醐帝と准后の間に生まれた八歳の皇子を奉じて奥州経営にあたっている。正成は言葉を継いだ。

「戦況はかなり賊軍優位、そのうえ帝のおわす比叡山に対抗する三井寺《みいでら》を味方につけ、ますます気炎をあげとります」

延暦寺と三井寺こと園城寺《おんじょうじ》は伝教大師を宗祖に仰ぎながら、正暦四年（九九三）を機に分裂し武力衝突を辞さぬ対立が続いている。足利はその三井寺を巧みに籠絡《ろうらく》してみせた。

「すぐにでも三井寺を叩くべしと？」

「さい（左様）でおます。顕家卿の加勢で官軍は蘇りましょう」

正成はさらに前へ出た。懐から紙を出しサッサッと地図を描いた。

志賀の里から唐崎まで兵を延べ、鳰《にお》の海（琵琶湖）の戸津《とつ》や和迩《わに》、堅田の沖には軍舟を出す。正成は矢印を記して進軍の手順も説明してみせた。

「三井寺の僧兵の実力みたいなもん、知れたモンでおます」

援護に細川定禅《じょうぜん》がついているものの、間諜によれば陣営はかなり弛緩しているという。

「まさか総攻撃されるとは思とりまへんな。加えて顕家卿の存在がおっきいですわ。賊軍どもは、道中で足利勢を総なめにしてきた奥州軍にかなりビビっとります」

戦勝は失意の官軍にとって何よりの特効薬、京を奪還する機運が盛り上がるはず。正成から頼りにされた顕家はまんざらでもなさそうだ。

「で、いつ戦を仕掛けるのでおじゃろう?」

「今夜!」

諸将のざわめきがちょっとした騒ぎに変じた。新田は早くも三杯目を手にしながら正成と顕家を交互にみやっている。顕家はニッコリとした。

「ふむ、急襲か。さすがは軍略で名を馳せた楠木殿だけある、感服いたした」

新田は酒を置くと、ひとつおくびを漏らしてから大声を発した。

「ならば、さっそく三井寺成敗に参ろう!」


三井寺攻略は正成の進言どおりに行われた。

顕家軍は抜群の軍功をあげ、延暦寺の僧兵も二万余が参戦し官軍の大勝利となる。

新田は士気あがる官軍を再編成し、京に攻め入る手筈《てはず》を整えた。

正成は西坂本すなわち修学院、一乗寺の辺《あた》りに陣を敷くことになっている。狙うは神楽岡《かぐらおか》(吉田山)に防塞《ぼうさい》を築く足利軍だ。

愛馬にまたがる河内の大将のもとへ、奥州の貴公子が栗毛の駿馬《しゅんめ》を近づけた。

「さすが楠木殿、三井寺攻めは見事な軍略でおじゃりました」

「いやいや、北畠殿が率いる奥州軍の活躍のおかげでおます」

褒められ、顕家は素直に喜色を浮かべた。そこには正成を敬愛している心根が漂う。

「しかし、新田朝臣《あそん》が先の京の戦で楠木殿を重用しなかった理由がわかり申さん」

私なら稀代の戦術家を宇治へ配さず、山崎に出陣してもらった。そうすれば京を冒されはしなかったはず。顕家は憤慨をまじえて訝《いぶか》る。

「もう終わったことでっさかいに」。正成は軽くいなした。

「楠木一党は与えられた場で存分に働くだけですわ」

わしの座右の銘は「曳尾於塗中」。泥の中で尾をひきまんねん、正成は独白する。

「ううむ。楠木殿の心がけ、さすがでおじゃります」

顕家は正成を土豪劣紳《どごうれっしん》と軽んじたりはしない。正成も若き悍馬《かんば》を大いに評価している。


近江と京の境、逢坂山《おうさかやま》がみえてきた。

せっかくの春の到来を戦乱が台無しにしている。木々の新芽は身を屈《こご》ませているようにみえるし、風に鳴る枝々もどこか陰鬱だ。

正成は太い息をつく。顕家も同じ景色をみているが気は塞《ふさ》いでいないようだ。

彼は屈託なく正成に語りかける。

「新田将軍にききまいたが、楠木殿のご子息は逞しく育っておられるそうな」

梅檀《せんだん》は双葉から芳しいというやつですか。顕家にいわれ正成は首をすくめた。

「アハハハ。あの権太《ごんた》くれ（腕白）ども、将来はどないなることやら」

「いずれ、ご子息たちを私の軍に招き入れたい」

「えっ、わしの三人の小倅をでっか？」

「その際には楠木殿もご一緒くだされば、鬼に金棒でおじゃろう」

正成はやわらかな笑顔を浮かべたまま返事をしない。ただ、胸中でつぶやいた。

わしは倅たちのためにも、戦のない新しい世の中を願うておりまんにゃ。


「そういうたら、父上は達者でおわしまんのか？」。正成は話題を変えた。

「壮健そのもの、相変わらず口の減らない皮肉屋で閉口します」

顕家の父は北畠大納言親房《ちかふさ》、賢臣として名高いが辛口の実務家でもあり、帝の御政道に対し忖度なき批判を加えている。

「親房公は尊氏のことをどないにいうてはります？」

何気なく正成に問われ、顕家はわざとらしく左右を確かめた。彼は小声になった。

「父は尊氏を敵に回したことを帝の大失策と……」

「やっぱし」。正成は前を向いたまま、再び独りごつ。顕家は眉をひそめた。

「楠木殿も父と同じご意見か」。顕家は辺りを憚《はばか》りながらいった。

「直義や家宰の高も手強いけど、何ちゅうても尊氏は薄気味が悪うおますな」

「されば、新田将軍と尊氏ではどちらが戦上手でしょう」

正成は、わざと顕家をみないまま語る。

「新田将軍は力まかせにドーッと攻めてバーンといてこます戦は得意でんな」

だが、合戦はそんな状況ばかりではない。引いて賺《すか》し、裏をかく策が肝要だ。

「将軍は猪武者《いのししむしゃ》やさかい小技や奇策、交渉事なんぞ眼中におまへん」

「…………」

若き官軍の勇将は黙り込んでしまった。

第二一章　足利敗走

一

正月二十七日、帝都奪還の攻勢が始まった。

正成と顕家《あきいえ》は別動隊となり、それぞれが足利の猛将と激突した。

楠木一党は尊氏の従兄弟の上杉重能《しげよし》、畠山国清《くにきよ》らの軍勢を引き受ける。

京のあちこちへ散らした物見の報告によれば敵の数は五万に近いという。正成が率いる楠木一党は千に満たない。しかし、正成が衆寡敵《しゅうかてき》せずと怯《おび》えることはない。いや、正成だけでなく副将正季以下、恩智や和田熊、志紀に八尾らは揃って不敵な笑いを浮かべている。

正成は軍配に描かれた北斗の七ツ星にスーッと指を滑らせた。

「糺《ただす》の森まで兵を進めるで」

楠木一党の皆々は比叡の麓、洛北に低く連なる山々を背に下鴨神社の近くまで行軍する。その一帯こそ糺の森、東の高野川《たかのがわ》と西の賀茂川が鴨川に注ぎ込む三角州だ。

楠木一党は大掛かりなものを携えている。

「お館《やかた》はん、またケッタイなことを考えつかはった」

「せやけど、これで足利をえらいメェにあわせられるンやさかいに」

志紀朝氏と配下が、緊張の面持《おもも》ちで高野川の河原を駆けあがってきた。

「お館、賊軍がぎょうさんの兵馬できとります！」

「ほな、いっちゃん道幅の広いとこでウエやんをお待ちしよか」

「はぁ、ウエやん……？」

「何ゆうてんねん、上杉やないけ」

正成からおちょくったようにいわれ、強《こわ》ばっていた志紀の頰がようやく緩《ゆる》む。


時を移さず敵勢の兵馬の足音がした。

怒濤《どとう》さながらの勢いで都路を北へ攻めあがってくる。

「よっしゃ、ウエやんをいてまうど！」。正季は五尺の大太刀を掲げ楠木一党に合図する。皆は一枚板の盾を地に伏せ、なにやら細工を施しはじめた。

ガチャガチャ、ガチャン。盾の両脇に設えられた掛け金が掛かった。

「せいのっ！」。河内のオッサンたちが一斉に盾を持ち上げる。

「うわっ、何だあれは！」

上杉軍の先陣たちは、大蛇のごとく横たわる、ぎっしり並んだ盾の列に眼をみはった。これこそ正成の奇策、盾に掛け金を設え連結させ、たちまちにして長さ一丁（一〇九メートル）にも及ぼうかという長々とした板塀を出現させたのだ。

敵軍は突撃あるのみ、一気呵成《いっきかせい》に寡兵《かへい》の楠木一党どもを蹴散らす算段だった。それなのに、突然ゆく手を阻まれてしまった。

「止まれ、前進をやめよ！　その場で踏みとどまれ！」

だが、あちこちで吶喊《とっかん》の雄叫びがあがり突進の態勢に入っている。急に手綱を引かれた軍馬は棒立ちになったり、前脚ごと折り曲げ騎兵を振り落とす。敵兵はつんのめるどころか、後ろの兵に押し倒された。

それでも、果敢に塀と化した盾の列に突っ込んでくる騎馬もいる。

「今や、弓を射れ！」

恩智隊、八尾隊の強弓《ごうきゅう》が唸り、盾を飛び越そうとする軍馬の胸板を射抜く。宙から落ちた兵と馬がバリバリ、ベリベリと派手な音をたて盾を破り割った。その隙間からワッと楠木一党が飛び出し足利軍を射る、斬る、突く。たまらず敵は高野川へ逃げ込む。

「どうした、前で何があった？」

後続する隊の指揮官は動揺を隠せない。

そこを目がけて、河原に潜んでいた楠木の軍兵が鴨川土手を駆けあがってくる。先陣が盾の塀で拒まれ右往左往、中ほどの隊は突然あらわれた河内軍に横面《よこつら》を殴られた格好だ。

敵将上杉は血相を変えた。

「引け、無駄に戦うな、退却だ！」

正成は冷酷に命令を発した。

「正季に和田熊、追え。背中からどやしつけたれ！」

獰猛さでは一、二を争う両雄が凄まじい気迫で飛び出す。

狼軍と熊軍、野獣と化した河内兵は隊伍を整えもせず、ただ血を求めて狂騒する。てんでバラバラ、敗走する足利上杉軍に襲いかかった。

「ドえらいメにあわせたる」

河内兵は太刀を斬りつけ、鋸《のこぎり》を使うがごとく力任せに上下させた。ギシギシと骨が軋《きし》み、折れる。ブシュ、袋の破れたような音がして刃は肺腑《はいふ》にまで及んだ。

川上から流れつく人馬の屍の上に、鴨川べりの殺戮でさらなる骸《むくろ》が重なる。

鴨川の河原の緑は赤に染まった。川の波音を遥かに凌駕する肉を斬り骨を断つ音、末期《まつご》の叫び。それに怯え鴉《からす》さえ舞い降りてこない。

正季たちは五条河原まで一里以上も敵を追いかけ、道中に夥しい遺骸の山を築いた。

楠木一党、京奪還の緒戦で大勝利を得たといってよかろう。


陽が暮れ、敵のいなくなった糺河原《ただすがわら》のあちこちに篝火《かがりび》が掲げられている。

川面を渡ってくる風は冷たい。正成は焚火をおこした。弟が近寄ってきた。返り血が頬にこびりついている。

「このまま夜討ちして、足利をコテンパンにしたったらどないや」

「いや、いったん都を捨てて東坂本へ戻ったほうがええ」

「何でや？　顕家はんかて気張って尊氏を追い返しよったやないけ」

奥州軍も数倍を擁する足利本隊と激突した。

青年貴族の武将は天性の合戦感覚を備えている。押すばかりでなく頃合いよろしく引き、敵の隙をみつけては巧妙に付け込む。戦巧者の尊氏もたじたじ、後退を余儀なくされた。

そこへ新田将軍、弟の脇屋義助らの軍勢が加担した。正成の指摘どおり優勢のときの新田は無類の強さを発揮してみせる。おかげで官軍は圧勝できた。

「せやけど、戦は押すばっかりが能やない」

兄が理由を明かすと、弟はすぐさま「そういうことか」と合点した。兄は弟を促す。

「これから新田将軍のとこで評定《ひょうじょう》や、ワレもついてこい」

二

新田義貞と弟の義助を首座に北畠顕家、名和《なわ》長年ら主級が集まった。

「近江の旧陣まで引き返すのが得策でおます」。正成が口火をきる。

諸将の返事は露骨だった。名和が「愚策」と唾を飛ばし、義助は唸ったまま腕を組む。堀口、大館《おおだて》といった新田子飼いは総大将の顔色を窺っていた。

新田は黙したままでいる。今回は顕家の肝煎《きもい》りで酒気を帯びぬ会合だ。

その顕家は、正成に対して生真面目な問いかけの視線を向けている。

やっぱし、こういう反応かいな。

今さら気落ちしたわけではない。しかし、正成の真意を即座にくんでくれる武将が少ないのは残念としかいいようがない。正成はおもむろに説明をはじめた。

「大勝とはいえ、肝心の尊氏や直義《ただよし》、高《こう》らの首は討ち取ってまへん」

「ふむ、確かに」。顕家が同意してくれた。

「このまま官軍が都に留まれば、きっと戦勝気分に浮かれてしまいまっせ」

先だって足利軍がやらかした略奪や凌辱に走る危険性さえある。顕家は眉を顰《ひそ》めた。

「それは官軍すなわち主上《しゅじょう》の御威光を穢《けが》す所業、絶対に防がねば！」

「わしらが引けば足利軍はしめしめと思うのが半分、もう半分は疑心暗鬼でおますやろ」

安堵と懸念の間で敵将の判断も揺れる。こんな軍隊は持てる力を発揮しきれない。

「そこいさして（そこへ）官軍が窮地に陥ってると思わせるんですわ」

足利陣営に自軍有利の想いが生じる。たちまち緊迫感が失せ中弛《なかだる》みとなる。

「そこを一挙に衝けば、足利軍を完膚《かんぷ》なきまで叩くのは難しいこっちゃおまへん」

「なるほど、そういう算段でおじゃったか」。顕家は手を打った。

「私は楠木殿の献策に賛成します」

正成は顕家に眼で礼を送ると、声を強めた。

「それだけやのうて、敵を翻弄する楠木流の策をあれこれ用意してまんにゃ」

諸将は髭をさすったり、宙をみあげて思案している。正季は皆々を「何をヘドモドしてけっかるんじゃい」と凄味たっぷり、幼子なら泣き出しそうな強面《こわもて》でみまわす。

新田は顎に胡桃《くるみ》のような皺を寄せていたが、ひとつ大きくうなずいた。

「よし、楠木殿の策に乗ろうではないか」

ほどなく、京から官軍全軍が撤退した。

「兄やん、連れてきたで」

ぬうっと、闇の中から正季があらわれた。さらに正季配下の猛者たちに小突かれ十数人の男たちがぞろぞろと。烏帽子《えぼし》も被らず蓬髪《ほうはつ》のまま、着衣も乱れ放題だ。ただ眼つきは異様に鋭く、どいつもこいつも不敵な面構えをしている。

正季は吐いて捨てるようにいった。

「こいつらや、都を荒しまわっとる破落戸《ごろつき》は」

正成は、うんうんとうなずく。正季がやにわに大太刀を抜いた。この刃が、今日だけでどれだけの敵兵を亡き者にしたことか。

「おんどれら、すぐに叩き斬ってもええんやが」。副将はニタリと口の端をあげる。

「命だけは助けたる、そン代わり都のあちこちで派手に動き回れ。まァいうたら首実検をするんや」

破落戸どもは要領を得ない。正季は続けた。

「足利の兵に見とがめられたら、官軍の大将首を探してるというんじゃ」

正成が弟を補足する。

「官軍本営は諸将の葬礼《そうれん》の準備で大わらわ、まだみつかってへん大将首を持っていったら、ぎょうさんの褒美が出るとつけ加えたらんかい」

兄の言を受け弟は念を押した。

「どないや、わかったか?」

破落戸たちは不承不承《ふしょうぶしょう》という顔つきをしている。正季はドスをきかせた。

「あんじょう（ちゃんと）せえへんかったら」

シュバッ、いきなり夜陰を鋭く斬り裂く音、大太刀が月あかりに映えた。

ギョエッ、破落戸のひとりが肩口を押さえながら倒れる。

「こうなるんや」。正季は破落戸を蹴とばしながら、他の連中に眼《ガン》を飛ばす。

「心配すな、峰打ちじゃ。死んどらへんわい」


翌日の午後、五条河原にふたつの首が並んだ。

向かって左に新田左兵衛督《さひょうえのかみ》義貞、右に楠木判官《ほうがん》正成とある。

大勢の人々が群がるなかに中年の百姓も混じっていた。

「これが官軍の大将首だっか?」

「そうらしおっせ」

「ほうほう、楠木っちゅうオッサンは案外と男前やおまへんな」

「何をアホなこというてはるんどすか。それより、こいで官軍はおしまいどっせ」

百姓と都人の会話を晒し首の見張り役が満足そうにきいている。

その兵に、いきなり真っ白の野犬が吠え立てた。たじろぐ見張り、この隙に百姓が懐から紙きれをとりだす。彼はすばやく首を置いた台に紙片を貼り付けた。

——これは似た頸《くび》なり。まさしげにも描きたる虚事《そらごと》かな。

「へへへっ、新田に似た首とは片腹《かたはら》痛し、正成にも描いた大ウソや」

百姓が「シロ」と声をかけ、人垣を割って走り出すと白犬も追いかけた。

男と犬は、たちまちいずこかへ消えてしまった。

三

あちこちが焼け野原となり、大路には倒壊した家屋も目立つ。

河原に集まる難民たちのうめき声、角々に転がる遺体は腐臭を放ち、鳶《とび》や鴉、野犬ばかりか山犬までが町へ降りてきて亡骸《なきがら》に喰らいつく。

足利本営ではそろそろ炊飯の煙がのぼる頃だ。

「ん?」。あくびを堪《こら》えながら門衛《もんえい》がいう。

「どうした?」。別の門衛も眼をしょぼつかせている。

「馬の蹄《ひづめ》の音がきこえたような」。彼らは朝ぼらけに霞む彼方をみやった。

「うわあーっ、敵の大軍だ!」

一月も押し詰まった日の早暁《そうぎょう》、官軍は総攻撃をかけた。

正成の目論見《もくろみ》どおり、足利軍は官軍による早々の反攻を予期していない。

普段なら夜討ち、朝の急襲に備えているはずだろうが、足利軍を支配していたのは楽観論だった。

武士たちは寝ぼけ眼《まなこ》のうえ、取るものを取ることさえできず、右往左往している。中には「楠木や新田は死んだはず」と真顔になる武将もいるほど認識が甘かった。

戦ちゅうのは常に非ざるモンや。

正成はそのあたりの機微に通じている。

いつもならええ働きするツワモノかて、状況次第で粗忽者《そこつもの》になってしまいよる。

「攻めて攻めて、攻めまくったらんかい!」。正成は怒鳴った。

「斬る、突くが面倒くさかったら馬で踏み潰せ。足利は一兵たりとも生かすな！」

最初の特攻、さらに二度目の猛攻でほぼ雌雄が決した。

「よし、もうここらでよかろう」

新田将軍は満足の笑みを浮かべる。しかし、連銭葦毛《れんぜんあしげ》の名馬に乗った正成が駆け寄り、火を噴くような調子で諫めた。

「将軍、ここで引いてはあきまへん。もういっぺん強攻を！」

安穏とする場合にあらず。河内の土ン侍に意見された新田はむっとする。横にいる弟の脇屋が口をひらこうとする前に、正成は楠木一党に号令した。

「正季はいっちゃん前へ出い、和田熊は殿《しんがり》へ回れ」

ウオー、河内のオッサンたちの蛮声が戦場に満ちる。

正季は青毛の駿馬《しゅんめ》に跨り、五尺の大太刀を振り回しながら突撃した。荒くれ揃いの配下たちも血染めの刃を手に後を追う。

和田熊もニヤリ、大槍に刺さった敵兵を放り投げると部下をまとめて最後尾についた。恩爺、志紀、水走ら頼もしい面々が河内の総大将の周りを固める。正季に引っ張られ、和田熊から急き立てられるようにして楠木一党は雪崩《なだれ》のごとく敵陣へ攻めいる。

「八尾のお住職《おじゅ》っさんは矢が尽きるまで射倒せ！」。正成がまた叱咤激励した。

篠突《しのつ》く雨のごとく、矢が敵軍に降りそそぐ。

「新田将軍、我らも楠木殿に後《おく》れをとってはなりません！」

顕家は、いい捨てると奥州軍を率いて突撃した。新田は歯噛みする。

「くそっ、官軍本隊も出撃じゃ。河内や奥州の軍に負けるな！」


三回にわたる合戦で足利軍は壊滅状態に陥った。

敗走する武士たちは惑乱を極めた。

「まだ敵が追ってくる。逃げろ、どこでもいいから逃げろ」

楠木一党が鬼神と化して皆殺しにかかっていることは、たちまち足利軍に浸透した。そのうえ顕家、さらには新田まで追走に加わった。足利軍はこの事実だけでなく、恐慌のなかで肥大していく得体のしれぬ恐怖に怯えている。

せやけんど、そんなもんは幻や。

正成も巨万の北条軍と寡兵で対峙したが現実だけを見据えていた。決して敵の幻影に惑わされはしなかった。

せやから、あんだけぎょうさんの敵にホンのめめくそ（少ない）の兵で勝てたんや。

ところが足利兵は己《おのれ》の後から逃げてくる味方を官軍と勘違いし、無益の刃を向けるありさまだ。洛外の桂川や鳥羽から山崎へ通じる久我縄手《こがなわて》の往還には、逃げ切れぬと観念し自害した遺体が散見された。

これもまた、地獄絵というべきやな……。

官軍は容赦のない攻めで足利軍を都から追いやった。

本営で正成と新田、顕家が落ち合った。

「どうやら尊氏は丹波路を使って逃げよった」。新田が口惜《くちお》し気《げ》に舌打ちする。

「行先は篠村《しのむら》だろうよ」

丹波篠村は三年前、他ならぬ尊氏が北条から後醍醐帝へ寝返り、官軍として狼煙《のろし》をあげた因縁深い地だ。

「篠村まで追撃しますか」。顕家が問う。

「行くか」。新田が応じた。こめかみに癇性《かんしょう》の筋がくっきり浮かんでいる。

「いや、ここで足利全軍の行方を整理しといた方がよろしおます」

追撃の成果を確かめた正成は、一転して逸《はや》る新田と顕家を抑えた。

「新田将軍、物見や間諜の報告はどないなってまんねん？」

足利軍の一方の主力たる四国勢は山崎を抜け摂津に集結している。中国の軍も然《しか》り。赤松円心が自領の播磨へ戻るのは間違いなかろう。

正成は頭の中で丹波、摂津、播磨の位置関係を再確認した。

「どうやら朝敵は摂津の兵庫津か湊川《みなとがわ》あたりで再起をはかりよりまっせ」

楠木一党だけでなく、新田や顕家の軍勢も追い疲れというべきか、相当に疲弊をきたしている。

「今日のところは、このへんで堪忍《かんにん》したりまひょ」

「楠木殿、怯《ひる》んでおるのではあるまいな」

気色《けしき》ばむ新田に、正成は莞爾《かんじ》と微笑んだ。

「いやいや、そうやおまへん」

これ以上、逃げ散らばった敵を追っても捗《はか》がいくまい。足利全軍が集結することを想定し軍略を練り直した方がいい。

この時、最新の情報がもたらされた。新田が嘆息する。

「足利へ与《くみ》しよった武田や宇都宮が再び官軍に帰順したらしい」

「宇都宮はんとは摂津の天王寺で敵味方になった間柄でおますが……」

宇都宮公綱《きんつな》は北条から新田へ鞍替えしたものの、先だっての大渡《おおわたり》と山崎の戦で降伏し足利へ付いた。そうかと思ったら、今度は性懲《しょうこ》りもなくまた官軍へ寝返ったわけだ。宇都宮のみならず、今は敵の佐々木道誉《どうよ》も同様、一族一国を統《す》べる武将が情勢次第でやすやすと旗色をかえてみせる。

「その点、わしらは実直ちゅうか愚直というべきやのか」

新田と顕家も呆れてものがいえぬ、という表情を浮かべている。おかげで足利を深追いしようという血気がずいぶん収まったようだ。

「宇都宮と武田軍が戻ってくれたことで官軍は総勢十万近うになりまんな」

何より、官軍は連勝し都を奪還してみせた。気を取り直した新田がいう。

「では、楠木殿のいうとおり摂津攻めの策でも練るとするか」

四

帆に強い風、潮も西へ流れている。

三百余艘の大船団が白浪を残して鳴門海峡の向こうへ消えていく。

水走の指揮する軍舟は矢を射るのを止めた。海岸線を船団に並走していた正季隊と和田熊隊も戻ってきた。

正成は潮風を頬に受けながら、足利軍が敗走していった海をみつめている。

ひときわ頑丈そうな大船、その船尾にひとりの丈夫《じょうぶ》が仁王立ちし、浜にいる正成の方をみつめていた。果たしてあれが尊氏だったのか、遠目ゆえに判然とはしない。

しかし正成は、あの男が宿敵と呼ぶべき武士であってほしかった。

ふふふ。尊氏め毅然としくさって、敗将ちゅう感じが全然せえへんかったで。

尊氏が逃げのびる先は四国か、それとも九州だろうか。いずれにせよ、彼が生きながらえれば必ず、再び干戈《かんか》を交えることになろう――。


二月二日、比叡山に逼塞《ひっそく》していた後醍醐帝が京に還幸《かんこう》した。

帝《みかど》や准后《じゅごう》の安全を確かめた官軍は、五日に新田と顕家の主軍が摂津へ進攻する。翌六日、猪名川《いながわ》の手島河原で足利軍と衝突。ひと所に集結した賊軍の総数は優に官軍の倍もあった。しかし、敗走続きの彼らの士気が上がるわけはない。

そこへ、正成が打合せどおり足利軍の背後を衝《つ》いた。尊氏は大打撃を受け湊川へ逃げのびる。

七日には、官軍だけでなく足利にも四国、中国の船団が援軍にやってきた。

湊川一帯では陸と海で激戦が繰り広げられたものの官軍優位は動かない。

十三日、完全に劣勢となった尊氏は断を下した。

船上の人となり瀬戸内の海へ逃げていったのだ。

浜辺では乗り損じた数万の残兵が途方に暮れている。海上には泳いで船にたどり着こうとして果たせなかった武家の溺死体が浮いた。兵が群がり定員を超え、無残にも沈没してしまった船さえある。

毎度のことながら、敗戦の代償はむごたらしい。

「兄やん、新田将軍と顕家はんが探しとったぞ」

「ほな、そろそろ本営に顔を出すとするか」

「勝ち戦《いくさ》やいうのに、兄やんは辛気臭《しんきくさ》い顔してくさるの」

「ほうか？」。正成は頬をピシャリと叩いてみる。弟はそんな兄をじっとみつめた。

「ま、戦ちゅうもんがなくなるまで、兄やんはそないな面《つら》のまんまやろけど」

「そういうこっちゃ」

楠木兄弟は口をつぐんだが、交わす目線はやわらかい。やがて、ふたりは歩き出した。

五

浜には名も知らぬ青紫の小さな花が、砂地にへばりついて咲いている。

視線をあげれば摩耶《まや》、六甲に連なる山並みが近い。

正成は、ふと女の声がしたような気がした。しかも自分の名を呼んでいる。弟も耳聡《ざと》い、機敏な動作で五尺の大太刀を抜きながら振り返る。

「兄やん、あれをみてみい」。正季が切っ先を浜へ向けた。

若い女がよろめきながらこちらへくる。黒髪から着物まで濡れ鼠《ねずみ》、海の滴をたらしながら手を差し出していた。暗緑色の波が寄せては引く浜には、木の葉のような小舟が乗り捨ててある。

「お館《やかた》さま、お館さま……」

女はひどく面やつれしている。しかし眼を凝らせば紛うことなくおつゆ、服部元成が猿楽一座の女役者だった。

おつゆは正成に抱きかかえられ、漁夫小屋に運ばれた。

囲炉裏《いろり》に火がおこされ、蓋《ふた》を取った土瓶から盛んに湯気がのぼっている。ポキリ、正季が太い柴を手折《たお》り炎にくべた。

正成は女の枕元に座っている。おつゆは、ようやく血の気の戻った唇をふるわせた。

「将軍様から逃げるも、付いてくるのも好きにしろといわれ――」

正季は柴を持つ手を止めた。眼つきが厳しい。弟は「これは尊氏ならではの差し金や」と目顔で語っている。正成はうなずいた。

おつゆをわしのもとへ遣《つか》わしたからには、なにやら大事を託したんやろ。

「よう生きて帰ってきてくれた。最後に逢うてから、どんなけになる？」

やさしい言葉をかけながら話の接ぎ穂を探る。まずは順を追っていくべきだろう。

「尊氏が北条遺児退治に下向した時も一緒に鎌倉へいったんやな？」

「そうでおます」

尊氏が鎌倉へ入ったのは昨年の八月十九日、もう半年近くも前のことだ。

この時点で尊氏は、おつゆが正成の間諜だということを見抜いていた。それを承知で、引き続き彼女を傍《かたわ》らに置いたわけだ。

もっとも、おつゆかって楠木一党の動きをあれこれ話しとったかもしれんし、な。

「北条の残党を成敗した軍功は抜群やった」

けど、帝の逆鱗《げきりん》に触れる振る舞いがあったし、八幡太郎義家を祖にもつ源家《げんけ》同士の足利と新田の仲も最悪になってしもた。帝が再三にわたって帰京するようにいわはってもなしのつぶてやった。

正成は穏やかに苦い笑いを浮かべる。

「尊氏はチトやりすぎた」

「いいえ、そうやおまへん」。おつゆは半身を起こし真顔になった。

「将軍様はことある事に、お館さまにだけは真情をわかってほしいというてはりました」

声高《こわだか》にいってから、おつゆは囲炉裏端の正季をみやった。今度は正季がうなずき漁師小屋を出ていく。


潮騒と海鳥の鳴き声をのせた浜風が吹きつけ苫屋根《とまやね》を揺らす。

「帝の御怒《おいか》りはごもっともでおます」。おつゆは太い息をつく。

「せやけど、上洛を強う止めはったんは御舎弟殿に執事殿でおました」

「うむ、直義や高が悪だくみしよったんか」

「そうだす。将軍様は帝に刃向《はむ》かうおつもりなんぞおまへん」

だからこそ使者をたて二心《にしん》なきことを奏上し、讒言《ざんげん》する新田義貞の誅伐《ちゅうばつ》を願い出た。

そやけんど、まん（巡りあわせ）の悪いことに、大塔宮護良親王様を弑《しい》したことがバレてもた。おまけに西国諸国へ軍勢催促状を送ったことも露見したがな。

「それで二心なき忠誠心ちゅうのは無理があるで」

「いえいえ」。おつゆは必死に首を振る。

「すべては御舎弟殿と家宰《かさい》殿のご指図、将軍様は一切かかわってはりません！」

何と、尊氏は弟と執事を強く叱責したうえ、謹慎するとて鎌倉の浄光明寺《じょうこうみょう》に引きこもってしまったという。おつゆは正成の手を強く握った。

「帝の誤解が解けることを祈禱三昧《きとうざんまい》、剃髪《ていはつ》して御法体《ごほったい》になるとまで仰せでした」

「そ、そこまでいうとったんかい」

尊氏の芝居がかった言動のみならず、女の勢いにものけぞってしまう。

あの男のことや、全部が全部、虚心坦懐《きょしんたんかい》ちゅうこともあれへんやろが……朝敵の汚名だけはどないしてもイヤやったんやな。

「御舎弟殿は恐ろしい方でおます。偽モンの勅書をこさえて将軍様に渡さはりました」

そこには逆賊尊氏を討ち、足利一族を根絶やしにせよと書きつけてあった。

「ほう、直義とか高のやりそうなこっちゃ」

尊氏は本気で出家するつもりだった。しかし偽勅書の文言を信じ、誉高き源家嫡流《ちゃくりゅう》の足利家を殲滅《せんめつ》させてはならぬと立ち上がった。おつゆは熱心に、かき口説《くど》く。

「将軍様のお心とは裏腹に、帝と足利の仲があんじょうよういかんようになりました」

尊氏に非はあれへんというわけか。一応はうまいことでけた筋立てになっとるわ。

「お館さま、わかっていただけまっしゃろか？」

おつゆの瞳はしっとりと艶めかしい。濡れた視線を感じながらも、正成は素知らぬ顔で囲炉裏からのぼる煙を追った。

しばしの後、正成はいった。

「で、尊氏はわしにどないせいというとったんや？」

おつゆは弾かれたように衿元《えりもと》を掻き合わせ、白い柔肌を隠し改まった。

「お館さま、そのことでおます。将軍様は――」。女は大きく眼を見開いた。

「楠木正成公にぜひとも帝との和解の仲介役をお願いしたいと仰せです」

「…………」。正成は半眼になり、ひと言も発しない。女は強い口調になった。

「和解が成れば、お館さまを副将軍として足利一門にお迎えしたい、と」

ほう、そういう手ェできよったか。正成は肚《はら》のなかで苦笑した。

「将軍様はこうもいうてはりました――新しい世の中を共にこさえよう」

ピクリ、正成の片眉が動いた。

ううむ。さすがは尊氏、いっちゃんええとこを衝いてきよるで。

だが、尊氏は稀代《きたい》の曲者《くせもの》だ。本意がいずこにあるのかは計り得ない。

ただ、その一方で正成はすばやく考えを巡らせた。

尊氏の尻馬に乗るつもりはない。それでも、この機会をうまく使えば戦のない世に戻せるかもしれない。終戦こそ民の望むもの、それは正成の願いでもある。戦さえなければ、侍同士の殺し合いや伝統ある寺社の焼失もなくなる。

尊氏と和睦できるんやったら、それに越したことはあれへん。

帝と新田、さらには直義と高の顔が次々に浮かんでは消えた。

わしが仲介の労をとったら帝は尊氏を許さはるやろか。

帝は御政道から軍事まで、すべてを意のままに操らねば得心できぬ御方《おかた》。まして足利軍を海の向こうへ蹴散らしたばかりだ。敗軍の将が和平を申し出ても、帝はきく耳をもたないのではないか。よしんば応じても、尊氏に予想をこえた譲歩を強《し》いるに違いない。

しかし、尊氏だって武家の利権を守らねば一挙に信頼を失ってしまう。

現況では、帝の利と足利の得を一致させるのは難しい。まして新田が尊氏を認めるわけがない。一方では、直義や高がやすやすと足利幕府樹立の大望を捨てるとも思えない。

ここに至って和睦を持ち出すなど、いかにも好機を外してしまっている。

尊氏め、寺で謹慎しとる暇があったんやったら、もそっと早うに手を打たんかい。

「ナンギなこっちゃ、どんならんわい」

「えっ？」。おつゆが正成を覗き込む。

「いや、何でもあれへん」

公武の和親が結ばれなかった時、待ち受けているのは再びの戦――。


正成はおつゆを漁師小屋に残して外へ出た。

じっと海原をみつめていた正季が兄に顔を向ける。眼光はいつにも増して鋭利だ。正季は頭の回転がはやい。おつゆの弁はおおよそ推測がついているのだろう。

「尊氏のガキ、都合のええことをいうてきよったんかい」

正成は浜風に震える小屋を振り返った。明かり取りの窓から、女が身を隠しながらこちらの様子を窺っている。弟もそれに気がついたようだ。正成はいった。

「戦を終わらせるきっかけにはなるやろが、慎重に策を練らんなあかん」

「新田や公家、延《ひ》いてはお天子はんにまで気ィ遣わなアカン策やろ」

「そやな」

「兄やんは、あれこれ人の間で立ち回るンがいっちゃん苦手やないけ」

「そやねん」

「ナンギなこっちゃ。どんならんで、これは」

弟は、さっき兄がこぼしたのと同じことを口にした。

第二十二章　死命

一

こっちの皿、鮒《ふな》の煮つけに箸を伸ばす。

ぷっくり膨らんだ腹を割れば橙色の腹子《はらこ》、卵の粒がむっちりみっしりと詰まっている。

「やっぱし、鮒は大和川に限る。ま、ちと小骨が多いけど」

そっちの鉢には菜が盛ってあった。牛蒡《ごぼう》の茎や葉、河内でいう若牛蒡《わかごんぼ》を煮たの、牛蒡の香りと柔らかな苦みが春を告げてくれる。

「うまい。ほんに若牛蒡は河内の土の賜物《たまもの》やの」

いずれも楠木正成の好物、河内の総大将は眼を細めた。

「もうちょっとお酒、呑まはりまっか」。妻の久子が尋ねる。

「おおきに。けど、あんまし呑んでまうと考え事ができんようになるさかいに」

「あんさんには考え事の種が尽きまへんな」

久子は心配が半分、残りは呆れている。夫の黒々としていた髪にはめっきり白いものが増えた。それどころか、ここ数日は面窶《おもやつ》れが隠せない。そんな正成はまた若牛蒡を摘まんだ。

「次の大仕事が終わったら、家族水入らずで有馬の湯ゥにでも浸かりにいこか」

「ほんまでっか。正行《まさつら》や正時《まさとき》、正儀《まさのり》が喜びまんで」

いや、いちばんうれしいンはワテだす——久子はそういいたい。しかし、心の片隅に生じた危惧がどうしても引っかかる。

次の戦《いくさ》にいかはったら、もう、帰ってきはれへんような気がしてなりまへん。

それにしても憎いのは足利尊氏、夫が叩きのめしたはずなのに、またぞろ息の根を吹き返しているという……。

「どないしたんや、辛気《しんき》臭い顔して」

夫の口調は暖かくやさしい。妻は急いでつくろった。

「いやや、そないなことおまへんて」

隣室では愛児たちがドタンバタン、くんずほぐれつ取っ組み合いをやらかしている。

「もうっ、ほたえたらアカンっていうてまんのに」

「かまへんがな。男の子が三人もおるんや、もうちょっと放《ほ》っといたり」

正成は元気な息子たちの様子を肴に最後の盃を口へ運んだ。

「ごっつおさん。晩飯、今日もうまかったで」

「あんさん……」

妻であり母である久子には、この、束の間になりそうな幸せが恨めしい。

深夜、正成は庭に出た。金剛山は夜空のもと水墨画のように山影だけをみせている。

春の夜気は身を震わせるほどではない。それでも、堂々巡りの思案で熱を帯びた頭を冷ましてくれそうだ。

新芽を吹き出している低木の生垣の間から、のっそりと愛犬があらわれた。声もたてずに主人の近くまできて、ゆっくり尾を振りながら黒い瞳でみあげている。

「シロ、夜《よ》さりにあれこれ思案してもうまいことまとまれへんわ」

足利尊氏を海の彼方へ追いやった後、二月二十九日に改元の詔《みことのり》が発せられた。新年号は延元《えんげん》、『梁《りょう》書《しょ》』の「聖徳所被　上自蒼蒼　下延元元」から引用したのだという。正成はシロに語りかける。

「そら帝にしたら、武を建てるちゅう前の年号は忌まわしいわな」

もっとも河内の民は改元をまったく気にしていない。後醍醐帝が即位された文保《ぶんぽう》から実に八度も年号が変わり、後醍醐帝の元弘《げんこう》と光厳帝の正慶《しょうきょう》が並立していた時もあった。正成でも「ええっと正中《しょうちゅう》の前はナンやったっけ？」と首を捻ることがある。

「そやさかい、河内のオッサンやオバハンは元号やのうて干支《えと》を使《つこ》てるがな」

これなら十干と十二支を組み合わせればすむ。ちなみに今年は丙子《ひのえね》にあたる。

「もうじき、わしも満で四十二か……」

たった四十二年の人生では事を為すには短すぎる。このところ、痛烈にそう思う。

「神仏はわしに、あとどれほどの歳月を与えてくれはんのやろ？」

早いこと河内の土ン侍に戻りたい。

しかしながら、急変を告げる世情がそれを許してくれそうにもない。

二月半ば、朝廷と官軍は戦勝に酔っていた。

花山院《かさんのいん》を仮御所に定め、帝《みかど》や准后《じゅごう》、公卿《くぎょう》たちは連日連夜の祝宴をはった。凱旋した新田将軍も宴席に侍《はべ》り厚遇を受けている。新田は左近衛中将《さこんえのちゅうじょう》に栄進もした。

だが、京では二条内裏《だいり》だけでなく市中の大半が焼失したまま、民草はうめき声をあげていた。都の街並みの再建、なかんずく御所造営は大事業となろう。民は、いずれ重税と賦役《ふえき》に苦しまねばならない。

「こんなことをしてたら、帝はますます信頼をなくさはるで」

その一方で、九州に流れ着いた尊氏には、意外なほど早く捲土重来《けんどちょうらい》の機会が訪れた。

三月に入るや、尊氏は筑前・多々良浜の戦で九州の官軍勢力を打破する。

帝に与《くみ》する軍勢は菊池武敏《たけとし》をはじめ九州各地の武将、土豪が集まり数万にまで膨れあがっていた。対する足利の手勢は数千、兵力の差は如何《いかん》ともしがたい。

「せやけど、さすがは尊氏や。うまいこと立ち回りよった」

尊氏は決して怯《ひる》まなかった。戦上手の本領を発揮し、圧倒的不利な状況をひっくり返してみせる。おかげで足利こそ源氏正嫡《せいちゃく》、武家の総棟梁という声望が再び高まった。

しかも尊氏は軍略の一方で、例のごとく裏技を使って自軍への寝返りを促した。

足利につけば領地安堵どころか領土拡大が約される。

「菊池の軍勢もしょせんは寄せ集め、コロッといてまいよったがな」

あるいは、朝廷や官軍将軍のテイタラクを知らせ、九州の官軍に失望と怒りをもたらしたのか。

後醍醐帝のために血を流すというのに京から援軍はくるわけもなく、帝が酒色に興じていると知ったら——。九州官軍の結束が乱れるのも当然のことだ。

「お天子はんや公家の方々は、いつまでたってもそういうところに気が回らんのや」

クゥン、シロは仔犬のように甘え鳴きすると正成の腰に鼻づらを強く押し付けた。

二

北畠顕家《あきいえ》の奥州帰還命令、これには正成も仰天した。

三月下旬、関東と奥州の足利残党を一掃するため顕家は馬首を東へ向けた。正成が官軍の要と高く評価する武将は京からいなくなってしまった。

掃討せなアカンのは東やのうて、西から攻めあがってくる尊氏やないか！

正成の心配どおり足利の意気は昂揚するばかり。九州から中国、四国と次々に勢力図を塗りかえてみせる。

「西国のいたるところに、丸に二つ引きの足利の紋が翻っとるがな」

だが、それでも官軍は動かなかった。

新田将軍は急に病を得て屋敷の門をかたく閉ざしている。宮廷一の美女と誉高い勾当内侍《こうとうのないし》が懸命の看護にあたった。将軍と内侍はふたりきりで寝屋に籠ったまま。瘧《おこり》にかかったというが、口さがない連中は房事《ぼうじ》過多による腎虚の病ではないかと薄ら笑いを浮かべている。

正成は新田将軍に代わり西国へ出陣する心積もりでいた。

北畠顕家殿の奥州軍を都に呼び返すまで、楠木流の戦で時間を稼いだらええ。

まずは播磨にいる足利方の赤松円心が要所となる。間諜の報告によれば、円心の白旗《しらはた》城は防備が整っていない。正成ならではの奇策で揺さぶりをかければ簡単に陥落しそうだ。

円心相手に戦術で負ける気はせえへん。

彼の地は摂津との国境、ここから畿内を侵食されたら京が危ない。しかし、円心を叩きのめしておけば反対に備前《びぜん》と備中《びっちゅう》まで攻め入ることができる。中国、四国には旗色次第で宮方に鞍替えする武将が少なくないはずだ。勢いを得れば安芸《あき》や周防《すおう》、長門《ながと》へ進攻することも可能。そうなったら尊氏は再び慌てふためくしかあるまい。

こン時に和平交渉をもちかけたら、尊氏のガキかて神妙になりよるで。

「とにかく、善は急げや。やるんやったらチャッチャといてこまさなアカン」

だが、楠木一党に出撃の命令は下らなかった。

公卿が正成の出撃を「善《よ》し」としなかったからだ。一部からはこんな意見も出たという。

「楠木ごとき衣冠も似合わぬ田舎侍が、主上の軍隊を束ねるなど僭越《せんえつ》の極み」

僉議《せんぎ》では新田将軍の回復を待つべしという意見が趨勢《すうせい》を占めた。

「将軍の手にかかれば再び足利をひと捻りでおじゃる」

比叡山に逃げ隠れた際はただ怯えていただけのくせ、公家たちは京に安泰が戻った途端に軍事にも口出しをしてくる。しかも、その判断は常に的外《まとはず》れなのだ。

そないに河内の土ン侍が鼻もちならんのかいな。

公卿が何かと新田を持ち出すのは、この武将が意のままに動くからに他ならない。

だが、戦の巧拙でいえば新田は尊氏の足元にも及ばない。今回の京奪還も顕家や正成の存在が大きいし、足利軍の油断が雌雄を分けた。

そして時運は尊氏へ傾きつつある。天下の趨勢は御新政を失政とみなし、新たな為政者を渇望しているのだ。それに尊氏でなければ武士たちに得をもたらすことはできない。

そんな状況で帝の権威を保ちつつ、武家の利得を両立させる方法は多くの障壁を伴うだろう。しかしながら、帝が尊氏への譲歩を呑めば、まったく不可能というわけでもない。現状のままだと敗戦は必至、後醍醐帝も廃位あるいは再びの流刑という屈辱と絶望を味わうことになる。

帝はこのことを、ちゃんと御理解してはるんやろか。

側近たちが政局を正確に帝へ伝えていないことも充分にあり得る。歴代の主上のなかでも突出して英明な後醍醐帝、その叡慮《えいりょ》を公卿たちが曇らせているとしたら――。

「いずれ、身の程を顧みずに、わしが後醍醐帝に直奏《じきそう》をせンならん日がくるやろ」

正成は覚悟を決めた。だが、それはいかにも気の重いことだった。

三

正成はもう一度、河内の隅々まで愛馬を走らせた。

同行したのは恩爺だ。正成は正季や和田熊、志紀たちではなく、敢《あ》えて臣下では最も誼《よしみ》の長い恩智満一を選んだ。

今日は、東に緑なす生駒山を望む中河内、若江から高井田あたりを巡った。

赤子を寝かせた籠を畔道《あぜみち》に置き、若い夫婦が黙々と鍬をふるっている。主上と武家がいがみ合っている最中も民は子を育て地を耕さねばならぬ。時おり、女房は背伸びするようにして籠の子へ眼をやる。夫も、つられて顔を向けた。

正成は馬をとめ、その様子をじっとみつめていた。


日没前、正成たちは恩爺の所領たる恩智村に立ち寄った。

まずは長い階段をのぼり河内国二の宮たる恩智神社に参拝、その後で恩智城へ入った。

「恩爺、今日もごくろうはん」

「何をいわはるやら。皆より歳は喰うとりまっけど、まだまだわしは若コおまっせ」

恩爺はぺちゃこい（低い）鼻をうごめかせる。実際、五十路《いそじ》半ばという年齢にすれば恩爺はかなり壮健であった。

正成は出された茶をうまそうに呑み干した。

「百姓だけやのうて職人や川漁師に商人《あきんど》ら皆が額に汗して糊口《ここう》を凌《しの》いどる」

「しんどいこっちゃろに、よう気張っとりましたな」

「恩爺、ここだけの話やけど」。正成は湯呑を盆に返すと少し改まった。

「風向きがだいぶ違《ちご》てきたと思わへんか？」

「そら、どういうこってんねん」

「わしらはもうええ加減、河内の皆に愛想を尽かされとるで」

「そないなこと、あらしまへんやろ」

恩爺は眉をピクリとさせた。口では否定しつつも、うろたえているのを隠せない。

「いやいや、河内のオッサンやオバハンのわしをみる眼ェが変わってきたで」

以前なら、正成の姿を認めたら、たちまち河内の衆が集まり馬を進めるのにも難儀《なんぎ》したものだ。しかし、こんな光景がめっきり減った。会釈やお辞儀はしてくれるものの、どこかよそよそしい。正成は鋭敏な肌感覚で彼らの真情を察知していた。

「ウダウダと戦《いくさ》ばっかりしくさって、楠木正成はどんならんって思とるわい」

「そんなことおまへんって」

恩爺は必死に取り繕《つくろ》う。しかし、恩爺もまた河内各所で戦を厭《いと》う機運が昂じていることを実感していた。後醍醐帝に与《くみ》するか、あるいは足利支持に回るかという究極の選択をする前に、正成への率直な想いが膨らんでいる。

それは紛れもなく憤懣《ふんまん》であった。正成が自嘲する。

「今さらやけど、下赤坂城や千剣破《ちはや》城で腐れ北条をえらいメにあわせた時が花やった」

「わしも河内の総大将っていわれてええ気になっとった」

「…………」

正成は哀しげに、ゆっくり首を振った。恩爺には、かける言葉がみつからない。

しばらくして、正成は次の話題を持ち出した。

「ところで、恩爺のとこの兵の集まりはどないや？」

「あっ、そのことでっか」

「どんなけ声をかけても、あんまし応じてくれへんやろ」

これは恩智の所領だけのことではない。諸将はこぞって兵の不足に苦慮している。ほんの一年前までは若者ばかりかオッサン、爺さんまで楠木一党に加わりたいと志願者が列をなし、断るのに苦労した。それなのに——。

「河内の衆はすこっちょ正直やさかいにのう」

帝の乱に加担し、懶惰《らんだ》を極めた北条政権打倒のために挙兵した時は河内を熱狂に包むことができた。その熱風を軍力に変え、仔猫ほどでしかない楠木一党は八岐大蛇《やまたのおろち》に相当する東国の巨軍に立ち向かえた。

奇策と団結に加え、河内の民の支持が何よりのよすがであった。

「おかげでわしらババ垂れ猫が変じて猛虎になれたんやで」

しかし、もう陶酔の季節は去ったのだ。

湯呑を置いた盆に差していた陽が翳《かげ》ってきた。窓からは夕刻の風が吹き込む。恩爺が立ち上がり窓を閉めた。正成はその背中にいった。

「尊氏との決戦は河内の民の応援なしでやらなアカンな」

諦観が色濃く滲むなかに、しみじみとしたものを漂わせた口ぶりだった。

四

正成の屋敷は金剛山系の麓、ゆったりとした勾配が河内の野に広がる途中にある。

この一帯は山里というほど寂《さび》れていない。しかし、正成の父が居を構えた中河内の玉櫛荘に比べればずっと野趣に富んでいた。

四月も残すところあと数日、田圃《たんぼ》を埋め尽くす苗が風になびき緑の波のようだ。野辺には名も知らぬ小さな花が咲き競う。

館の主にちなみ、屋敷を護るように楠《くすのき》が取り囲んでいる。楠ならではの、どこか橘《たちばな》に似ていながら強く鼻を刺激する芳香が風に乗って運ばれてきた。

正成はそれを吸い込むと一気に吐き出した。


屋敷は時ならぬ喧騒に包まれている。

河内各所から武将が次々と駈けつけ、広い庭は彼らの馬や従者たちで埋まった。

この数日間は実戦さながら野に川に、山や沼池でも展開して操練の総仕上げを行った。楠木一党はまさに一騎当千、比類なき強靭さをみせつけてくれた。

正成はこの何年も生死をともにしてきた、いずれ劣らぬ丈夫《ますらお》たちを順々にみわたす。

「いよいよ、や」

ある者はうなずき、別の者は正成を見返す。弟が派手に鼻を鳴らした。

「兄やん。尊氏をイテこますとなったら、これ、いったい何度目の正直になんねん？」

正季は太刀の稽古だけでなく、山籠りまでして鍛錬を重ねてきただけあって、いっそう筋骨が逞しくなった。夏そこのけに焼けた肌に、ギラついた切れ長の眼の白さが際立つ。全身から、剝き出しになった餓狼《がろう》の本性が匂いたつようだ。

頼もしい限りの副将、その問いには河内の総大将たるもの即答してやらねばなるまい。

「次でホンマに最後や。ただし、いつもよりずっとずっと手強《てごわ》い合戦になる」

「生きて帰ってこられへんかもわからんのやな」

「そのつもりでおってくれ」

弟を含め一党の間にざわめきは起こらない。不敵な笑みを浮かべる者さえいる。改めて皆の覚悟のほどを知り、正成は胸を熱くした。

「おんどれらも承知のように、新田将軍は円心のオッサンにえらいの手こずりよった」

新田がようやく床上げして山陽道を下っていったのは三月のことだ。

「オッサンかて手練《てだ》れの悪党、アホやない。新田将軍が寝とる間に城を固めよったわ」

播州白旗城も山城、かつて正成が北条軍を相手にふるった戦術をすっくり真似してみせた。猪武者《いのししむしゃ》の新田は、それこそ北条軍と同じく猛進しか能がなく散々なメにあった。

「白旗城が踏ん張っとる間に、尊氏はちゃっかり京攻めの準備を固めよったわい」

「円心のオッサン、やるやないか。知らん間ァに腕、上げよったのう」

ニヤリ、正季がさも小バカにする。すかさず恩智も減らず口を叩く。

「円心のオッサンから戦術の拝借料をもらわなあかん、これは高ゥつくで」

志紀朝氏はちょっと頬を緩めたものの、すぐ生真面目な顔に戻った。

「お館、尊氏の動きは摑めてまんのか？」

「うむ。七千五百艘を超す大軍団で九州を出よったらしいわ」

兵庫の浜から尾羽《おは》打ち枯らして逃げ漕いでいった時は三百余艘、だが尊氏はわずか二か月ばかりの間に九州を平定し大船団を率いて再びの上洛を目指しているのだ。

「それに、な」。正成はいったん言葉を切ると皆々を順にみやった。

「もう尊氏は賊軍やないど」

「あれれっ、それはどういうことでんねん？」

水走康政がつんのめるようにして身を乗り出す。

「後醍醐帝とえらいの仲の悪い、持明院統の光厳《こうごん》上皇様から院宣《いんぜん》をいただきよった」

「ほな、上皇はんは足利軍に後醍醐はんをイテまえと命じはったわけでっか？」

「そういうこっちゃ」

正成が肯《うべな》う。正季は長い腕を組んだ。

「兄やん、かなり都合《ぐっ》悪いやんけ」

和田熊こと和田正隆も髭をゴシゴシやった。

「ワイらハナから官軍やったのに、今度メは尊氏の側からみたら賊軍でっか」

いやはや、和田熊がボヤくのはごもっとも。八尾顕幸だって黙っていない。

「持明院統のそないな動きは、上《うえ》つ方《がた》でどないかなれへんかったんかい」

正成はやれやれとばかりに苦笑を浮かべる。

あの公卿たちが皇統の和平のために手を尽くしたとは思えない。それに後醍醐帝は歴代の主上と比しても、ひときわ矜持が高い。

「持明院統がそないな手できさらすンやったら、受けて立つちゅうことや」

チョチョチョッ、弟が小鳥みたいに舌を鳴らす。

「しょーむないこっちゃのう。ワイらはお天子はんの内輪もめに手ェ貸すわけか」

ワイらに頼らんと、大覚寺統と持明院統の間で勝手にケンカさらしとけや。

「アホらしゅうてならんわ。責任者出てこいっ！」

正季は組んだ腕をほどいて頭上に突き上げた。袖から発達した筋肉がのぞく。

すかさず恩爺がツッコンだ。

「ホンマにお天子はんが出てきやはったらどないすんねん」

「そン時はゴメンチャイっていうがな」


五月一日、足利尊氏は安芸の厳島《いつくしま》に碇《いかり》をおろし、厳島神社に参籠《さんろう》し戦勝を祈願した。四日に厳島を出帆、舳先《へさき》を東に定めた大船団は備後《びんご》の鞆《とも》の浦につく。

ここから軍団は陸路と海路に二分された。尊氏は引き続き船上で陸海両軍の総指揮をとり、舎弟直《ただ》義《よし》が陸路の将として山陽道をゆく。

意気揚々と進攻する足利軍に比して、新田将軍が置かれている状況はかなり不利だ。新田の拙攻ぶり、眼もあてられん。袖口の火事でさっぱり手ェが出えへんねがな。

まずは円心の籠る白旗城の陥落にしくじった。

いらん面子《めんつ》にこだわるさかい戦が長引いてしもた。新田の戦下手はどっしょうもない。

だが、新田将軍は播磨や美作《みまさか》の小城に拘泥《こうでい》する。そのくせ、どれひとつとて攻略できていない。

正成には彼の焦りが手に取るようにわかった。

帝、公卿だけやのうて都人からも頼ンない将軍やと謗られるのが嫌やったんやろ。

将軍には同情もしよう。しかし、現実問題として直義が率いる陸路軍の出鼻を挫《くじ》けなかった。それどころか、五月中旬には山陽道戦線の要、備中の福山城を奪われてしまう。

この失策、マジで切腹モンやで。

尊氏の大船団は順調に瀬戸内をゆき、とうとう畿内の領海に姿をあらわした。陸路をいく直義の軍勢も諸国の武将たちを呑み込み、播磨の赤松円心と合流する。

後醍醐帝の御政道、いよいよ存亡を賭す時が近づいてきた。

五

正成は宮中から喫緊《きっきん》の呼び出しを受けた。

「この度の公卿僉議《くぎょうせんぎ》には畏《おそ》れ多くも主上が臨席される。そのつもりで参内《さんだい》せよ」

使者の伝言をきき、迷うことなく甲冑に身を包んだ。

それは、否が応でも笠置山で初めて後醍醐帝に謁見《えっけん》したことを彷彿させる。

あの時、わしはお天子はんに大見栄《おおみえ》をきってみせたんや。

――皇軍ことごとく一敗地《いっぱいち》に塗《まみ》れるといえども、正成と河内の兵がおりますれば、帝の御聖運は尽きておりません。

あれから……世の中の成り行きはてれこてれこ（ちぐはぐ）になってしもとるわ。

だが、それでも。歪んでしまった道筋をもう一度、何とか建て直したい。

正成が衣冠装束を纏《まと》わず甲冑姿で現れたことで、公卿僉議の場は異様な雰囲気に包まれた。あちこちで悪口が飛び交う。公卿たちは礼法にかこつけ口元を扇で隠してものをいう。

だが、正成は平然としていた。

階《きざはし》を前にして座ると、居並ぶ貴族たちをおもむろに睨《ね》めつけた。

正成の眼光には数万にも及ぶ敵を滅してきた侍ならでは、おどろおどろしいまでの気迫がこもっている。一度とて戦場で生命のやりとりをしたことのない公卿一同は息をのむ。

正成は粛然たる面持ちで御簾《みす》を隔てた玉座におわす後醍醐帝に深く額《ぬか》づく。

諸卿も同じ姿勢になった。一同は叩頭《こうとう》したまま御発声を待つ。

仮御所は重苦しい静謐《せいひつ》に包まれた。それを後醍醐帝が破った。

「楠木判官正成、それに皆々も面を上げよ」

冷然とした音声《おんじょう》だった。玉座の左右に侍った従者が御簾をあげる。

スルスルという音に合わせ正成は身を起こした。伏目から、そろりと上目をつかう。否応なしに尊顔を拝することになった。後醍醐帝が階の上から放つ眼光は尊威に満ちている。そこに一縷《いちる》であっても親昵《しんじつ》の情が隠されてはいないか。思わず探ってしまったのは、やはり帝に対する狎《な》れや甘えがあったからだろうか。

しかし、帝の顔《かんばせ》は厳然としている。仏像の口もとに浮かんでいるような、あるかないかの笑みすら見い出せなかった。

「楠木、今日は所信を申せ。朕も思うところを述べよう」

帝は軽くしわぶいた。それを合図に吉田定房《さだふさ》内大臣が僉議の開始を宣する。

吉田内大臣が直近の戦況をざっと振り返った。

それは新田将軍のしくじりの列挙に他ならない。内大臣はこんなことも申し添えた。

「足利の不遜はいや増すばかり、延元の改元を認めず建武を使い続けておる」

内大臣は正成に顎をしゃくった。

「楠木判官の朝敵攻略の策を申し述べよ」

奏上すべきことは肚《はら》に収めてある。それが、未曽有《みぞう》の危地に陥った帝を救う手だてだという確信も揺るがない。正成は切り出した。

「足利軍は数日のうちに必ずや京を目指して攻め入ってまいりましょう」

これは帝が危地に陥ることを意味する。

「その前に皇軍にはやっておかねばならんことがございます」。正成は話を進めた。

「まず、新田将軍を撤退させ、次いで北畠顕家殿を都に召喚されるべき」

「まだ、新田将軍は朝敵本隊と戦をしておらぬというのにか?」

内大臣は心外そうだ。正成はすぐさま異見を退けた。

「新田将軍が指揮をとっても勝ち目はございますまい」

激烈な内容と裏腹に正成の口調は静穏《せいおん》だった。その対比が正成の意思をいっそう鮮明にする。果たして帝は少し身じろぎし、公卿たちも動揺を隠し得ない。

ただ、坊門清忠《ぼうもんきよただ》だけが、正成に意を用いず無表情に帝を凝視していた。坊門は近臣として重用《ちょうよう》され権勢を誇っている。正成の西国出兵に強く反対したのは他ならぬ彼だという。その横顔は鷲鼻《わしばな》がひどく目立ち、権高《けんだか》な印象を強くしている。

だが正成は坊門の態度にとりあわなかった。

「皇軍は顕家殿の帰還まで少しく時間を稼がねばなりません」

されど足利軍は容赦なく進撃をしてくるはず。

「楠木判官にはそれを食い止める畢生《ひっせい》の神算鬼謀《しんさんきぼう》があるのか」

内大臣が問う。帝もうなずいた。正成は即答した。

「まずは足利の十万を超す大軍を都に入城させます」

帝は黙然としたまま一瞥《いちべつ》をくれた。内大臣が瞠目《どうもく》し、坊門もチラリと正成をみた。

「ただ、みすみす足利軍に都を明け渡すわけではございません」


帝や諸卿も都の地勢が攻勢に好都合ながら、守勢に回れば手を焼くことは承知しているはず。尊氏が京に本陣を張れば防御に苦慮するばかり。その間に、まず楠木一党が足利軍の兵站《へいたん》を断つ。

「尊氏は西国の武将が次々に恭順の姿勢をみせよったさかい兵糧《ひょうろう》の略奪はもちろん、徴収の無理強《じ》いをできずにおります」

ほとんど食糧備蓄がないことは間諜の報告からも明らかだ。

「京の五穀はすみやかに比叡山へ運び込んでおきます」

足利軍が都に陣を張っても市中には喰うものがない。このうえ西からの兵站路が断たれたら干上がってしまう。足利軍は何とかして活路を開こうとするだろう。

それこそが狙い目だ。正成は一気に戦略の序章を述べた。

「京の西に広がる大渡《おおわたり》や山崎といった要所には大《おお》けな川が流れ、夥《おびただ》しい草々に覆われとります。楠木一党の生国《しょうごく》河内は同じような地形。ここでの戦はお手のモンでおます。わしらは葦の間に身を隠し、小体《こてい》の軍舟をもって尊氏や直義、高らを散々に痛めつけたります」

立て板に水はいいが、よそゆきの言葉づかいではなく、すっかり河内弁に戻ってしまっている。そのことに気づいたのは言上を終えてからだった。

あらら、やっぱし地金《じがね》ちゅうのは隠されへんもんや。

「坂東武者が誇る騎馬戦も、水辺で足元の緩《ゆる》い大渡やと皆目、役に立ちまへん」

山岳戦だけが十八番《おはこ》ではない。平地や河辺での奇襲も任せてほしい。

「楠木、そちには尊氏を打ち負かす自信があるか？」

帝が心もち身を乗り出した。正成はぐいっと胸を張ってみせる。

「御意！　たっぷりと楠木兵法の野戦術を披露いたします」

稚気《ちき》をも感じさせる智将のふるまいに、ようやく帝の目元が綻《ほころ》ぶ。内大臣も学者然とした難しい顔をおさめ、陪臣たちから「妙案でおじゃる」「さすがは楠木判官」との声があがった。坊門だけが何を思案しているのか、じっと眼をつむっている。

「わしが尊氏と斬り結んでる間《ま》ァに、新田将軍には名誉挽回の戦をしてもらいます」

新田は軍を三分し、京の東と北そして南から攻め立てる。まさに足利軍は袋の鼠。

「その時の秘策ちゅうか内大臣殿のいわはる神算鬼謀もぎょうさん用意しとりま」

新田が踏ん張り、北畠奥州軍が上洛とあれば形成は大逆転となる。またぞろ、足利になびいていた諸国の武将たちが損得勘定を始めるに違いない。

何より、誰より、尊氏本人が次にどう立ち回れば得かを勘案《かんあん》するはずだ。

　わしが尊氏と帝の仲を取り持ってみせる。

尊氏を弑《しい》せよとの強硬意見も出ようが、あたら有為《ゆうい》の武将を亡き者にする必要はない。やはり、尊氏でなければ棟梁の任は務まらない。このことは大いに強調するつもりだ。

尊氏が武家を取りまとめたとしても、顕家と正成が帝の側にいれば、眼の上の大きなたんこぶになるはず。公武の軍力が拮抗しておれば互いに牽制しあい、かえって戦の勃発は防げるだろう。

さらに正成は大塔宮《おおとうのみや》の一件を想起し、慙愧《ざんき》の念にかられつつ誓うのだった。

足利側が顕家はんを奸計《かんけい》にはめようとさらしても、そうはいかへん。

諸国の武将たちも公武和睦がなれば、今日は皇軍、明日は賊軍と右往左往せず領国経営に専心できる。

お天子はんと尊氏が手ェを結んでこそ新しい世の中がでけるんや。

花の山と名付けられたとおり、仮御所の庭には桃色の撫子《なでしこ》が咲き乱れている。

睫毛《まつげ》に似た花弁が、築山から飛び立った鵯《ひよ》の羽音にあわせるかのように揺れた。

「皆々、楠木判官の奏上に御下問《かもん》はおじゃらぬか？」

内大臣が廷臣たちをみわたしている。正成は両手を膝の前についた。

「新田将軍を呼び戻し、楠木一党に出陣の命を！」

これで僉議は大団円——安堵しかけた途端、だんまりを決め込んでいた坊門が発言した。

「朝敵を都に誘い込むのはともかく、その時に主上はどないなされるんや？」

おっと、そのことをいうのを忘れとった。

「畏れながら再び比叡山に御動座をお願い申し上げます」

坊門は鷲鼻ばかりか、たぷついた頬や眼の下を震わせ怒声を放った。

「それは、ならぬ！」。帝の側近中の側近は扇でぴしゃりと床を叩いた。

「楠木判官の具申は愚策中の愚策でおじゃる」

会議の雰囲気が一転する。諸卿は居住まいをただし、異論に耳を傾ける姿勢をとった。

「帝の軍は、これまで幾度か朝敵に先手を取られたものの最後は必ず勝ってみせた」

正月に尊氏が関東の群雄をまとめて西上した際も不利を覆《くつがえ》し撃破したではないか。

「戦というもんは、やってみんとわからへん」

公家ならではの京訛《なま》り、その抑揚が坊門の底意地の悪さを倍化させる。

「皇軍が朝敵を敗北せしめたんは武略の功やない」

この公家は武家排斥の急先鋒として知られている。

「ひとえに主上が天命の御聖運にかなっておられるからや」

「坊門宰相ちょっと待っとくなはれ」。正成は思わず大声をあげた。

ケッタイな屁理屈をうだうだと捏《こ》ねくり回しやがって。敵を都に引き入れンのに帝を置いとくわけにはいかへんやないか。

だが坊門は引き下がるどころか、いっそう居丈高《いたけだか》になった。

「楠木は一天万乗《いってんばんじょう》の帝王の御権威をいかに心得ておる」

「そら、どういう意味でっか？」

「半年のうち二度も都を捨てられたとあらば、主上は末代まで謗《そし》りを御受けになる」

坊門はひと呼吸おいてから恫喝するようにいった。

「御遷幸《せんこう》はもってのほか！」

「ほんなら、どないせいっちゅうねん！」。正成は口から泡を飛ばす。

こないなドアホに拘《かかず》り合《お》うてたら、勝てる戦もワヤになってまうわい。

正成は鬼面となって坊門以外の宮臣たちに訴えた。

「どなたもこなたも、わしの献策に反対しゃはるんでっか？」

内大臣はじめ公卿たちは急にそわそわしはじめた。さもバツが悪そうな態度に正成は心底から呆れ果てた。僉議とは名ばかり、彼らは卓越した案を持ち寄りもせず、議事を右から左に受け流すだけ。詭弁《きべん》や暴論の横ヤリが入るとたちまち総崩れになる。

あんさんらにも、この重大事を任しておかれん。

「主上の御聖断をお待ちいたします」

正成は開き直った。しかし、公卿たちは帝に決断を委ねられたことでホッとしているようだ。正成は肩を怒らせたまま玉座に注目する。坊門はまた瞑目《めいもく》した。

僉議の場が静まりかえったまま、いかほどの時が過ぎたか。

数人の公卿が耐えきれず、あえぐようなため息を漏らした。

「朕の思うところを申す」

ようやく後醍醐帝の声が響いた。帝は端厳さを崩さない。ひたと見据えられ、正成は背筋に名伏しがたい、凛々《りんりん》としたものが走るのを覚えた。

次の瞬間、思わず知らず頭を深く垂れていた。

「楠木の奏上には一理ある」

やっぱり帝はわかってくれはった。正成の胸に歓喜が押し寄せ、背に宿った虞《おそれ》が引き剝がされる。

ところが、事態はこれで収まらなかった。

「されど、常に朕の側にある坊門の異議も看過するわけにはいかぬ」。帝の舌鋒は鋭い。

「坊門の述べたとおり、都で政事を司ることこそ皇統を継ぐ者の務めである」

帝は少し間をおき、こうも宣《のたも》うた。

「それに京を幾度も血で穢《けが》すことはまかりならん」

そして、冷やかな語気のまま勅諚《ちょくじょう》を下したのだった。

「楠木は新田将軍に合流し朝敵と干戈《かんか》を交えよ。朕、延《ひ》いては都と国を護《まも》れ」

「えっ…………」

口をあんぐりとさせる正成に、後醍醐帝は眉の毛ひとつ動かすことなく下知《げち》した。

「尊氏との戦では、楠木に佩《は》かせし太刀を存分に揮《ふる》え」

正成は、腰の黒鞘に菊水紋の入った太刀に触れた。帝から下賜《かし》された一刀は儀礼の場で身につける餝剣《かざりたち》にあらず。実戦で朝敵を斬り倒す野太刀なのだ。

——正成と河内の兵がおりますれば、帝の御聖運は尽きておりません。

笠置山で帝にいってのけた大言壮語が蘇り、雷鳴のごとく正成の身のうちに轟いた。

終章
郷夢

一

正成が酒を注いでやると、正季は一礼して一気に呑み干した。

「兄やん、いよいよワイらもケツまくる時がきよったの」

弟の返杯を受けた兄も盃を干した。ふたりは目配《めくば》せし酒器を床に叩きつける。

「おんどれは馴染みの遊び女《め》にあんじょお（ねんごろに）したったんか？」

弟はニヤニヤと頬のあたりを撫でる。

「ワイは河内一の色男やさかい、別れを惜しむ女子《おなご》がぎょうさんおったで」

「最後までアホなことばっかりいうとる」

「エヘへ、それがワイのええとこやんけ」

ところで、と正季は表情を改めた。

「正行《まさつら》、正時《まさとき》、正儀《まさのり》らに何ぞしたるんかい？」

「そやな、小倅《こせがれ》どもには形見代わりのモンを、と思とる」

兄弟が言葉を交わしているところへ久子がきた。

「お館《やかた》。正行らの晴れ姿をみてやっておくんなはれ」

母は弾む声で息子たちを呼んだ。

三人の男児が緋と青それに白緘《おどし》の鎧に身を包んでいる。兜は父と同じ宝剣の前立て。

「お父ちゃん、ワイの武者ぶりどないや。緋緘は似合うとるやろか？」

嬉し恥ずかし、正行は懸命に唇を結ぼうとするが、その尻から口もとが緩《ゆる》んでしまう。

「おう、見違えたで。これでこそ次の河内の総大将や」

正時が胴にぶら下がった紐をいじりながら父と兄の間に割り込む。

「ワイかて兄やんに負けへんど、ワイのほうが強そうやろ」

父は片膝をつき、「ここが緩むと鎧が外れてまうさかいに」と胴の右の青い組紐、引合緒《ひきあわせのお》をしっかり締め直してやった。

「お父ちゃん、ワイは？」

三男の正儀は数え四つとは思えぬほど立派な体格、それでも兜がちょっと大きい。眉のあたりまで降りてくるから、しきりに眉庇《まびさし》へ手をやっている。

「正儀はいずれお父ちゃんより逞しゅうなるで」

ちびっこ勇者の揃い踏み、正成は久々に屈託のない笑顔を浮かべる。

正季が首ばかりか唇まで突き出して甥たちをおちょくった。

「ヘンッ、お父ちゃんにえらいもんこさえてもろたんやの。おんどれら、大きゅうなンのが早いし、鎧と兜はじっきにキチキチ（窮屈）になるで」

「今日からワイも河内の土ン侍じゃ、正季オッチャンも手下にしたらァ」

正行が腰の一刀に手をやる。正時は箙《えびら》から矢を抜き取った。

「まさしゅえオッチャン、勝負せんかれ」。正儀まで兜を上げあげ勇ましい。

「正時に正儀！　兄弟一緒にかかっていくど」

正行が弟たちに声がけするや、正季は大仰《おおぎょう》に後ずさった。

「おお怖っ。おんどれらにはオッサンも勝たれへんわ、堪忍したって」

叔父の降参に小躍りする息子たち、チラリと正成は妻に目配せする。

「楠木三兄弟、初陣で見事に勝ち戦やないか。あっぱれ、あっぱれ」

久子がうなずきながら袖を眼がしらに当てた。


河内の総大将が息子たちを引き連れてきたので、待っていた楠木一党は大歓声をあげた。

「おんどれら、耳の穴、きれいに掃除《そうじ》してききさらせ」

正成は臣下の喝采と金剛颪《おろし》に負けぬよう声を張りあげる。

「尊氏との戦《いくさ》は帝《みかど》のためだけにするんやない」

菊水の旗印に蟠龍起萬天《ばんりゅうまんてんにたつ》、非理法権天《ひりほうけんてん》の幟《のぼり》が林立するものの兵数は千五百ほどでしかない。だが正成には悲観も憂慮もなかった。

いっちゃん最初の戦はもっと少《すけ》ない軍勢やった。

正成は、身内も同然の強者たちにいってきかせる。

「民が気散じに（明るく）暮らして、ぎょうさん儲けるのにいっちゃん邪魔なんが戦や」

そいつを、わしらはもう五年も続けとる。河内のみならず奥州から関東、そして京に畿内、西国とくまなく戦火に見舞われ、殺戮《さつりく》があり強奪と恐慌が繰り広げられた。

「よう考えてみィ、民にとってはこないに迷惑でアホらしいこと、めっさにあらへんで」

それでも後醍醐帝と武家は懲りずに天下を巡って火花を散らしている。

「河内の土ン侍かて、お天子はんや北条それに足利と同罪じゃい」

ふ〜〜〜っ。楠木一党から太い息が漏れる。そうして、ある者は強く眼をつむり、別の者は唇を噛んだ。

「ええか。総大将から痛いところを衝かれ誰も反論できない。

「ええか。わしらの名分は後醍醐帝を御守りするこっちゃ」

正成はこういうと、声を押し殺した。

「せやけど、楠木一党の大義はまた別モンやで」

おんどれら、もそっとわしのねき（近く）へ寄ったらんかい。

諸将と兵が総大将を取り囲む。三人の息子も父を仰ぎみる。

「わしらは河内のため、可愛い女房や小倅どものために戦う」

河内のオッサンやオバハン、大和川に沼池、田畑と市場、生駒山や金剛山を守る。新しい世の中をこさえるためなら命を惜しまない。

「五年前に挙兵した時から、この想いはちっとも変わってへんのや」

正成は唸《うな》るようにいった。楠木一党は押し黙っている。だが吐く息、吸う息とも荒い。

「わしらは河内の土から生まれた侍ちゅうことを忘れんな！」

曳尾於塗中《えいびとちゅう》——土ン亀さながら、泥田を這いずりまわってみせよう。

「ただし、これは胸のうちに収めとけ。他言は無用や」

皆々はこぞって力強く顎を引く。息子たちも神妙な面持ちになった。

南河内を出た楠木一党は東高野街道から西国街道へ出た。

金剛、葛城、二上、信貴、生駒の緑なす山並みや大和川とその支流、沼池を横目に河内を縦断、淀川を渡る。道程は十二里（五十キロメートル）ほどにも及んだだろうか。

「おかげで生国の景色をしかと眼に焼きつけられたわい」

一行は、皇軍が足利軍と激戦を繰り広げた大渡や山崎に近い桜井についた。

「このあたりで、ちょっと休もか」

正成は子息たちに竹筒を回してやる。

受け取った長男はまず三男に水を呑ませてやった。その末弟の口を次兄が拭いてやる。おおきに、末弟が礼をいって長兄に水筒を戻そうとする。長兄は次兄を指し示す。次兄は、長兄に黙礼してから水筒を受け取った。正成はうなずく。

よしよし、常《つね》から兄弟仲良うやっとるな。

「お父ちゃんの水がのうなってしまうで」。ようやく最後に喉を潤《うるお》した正行がいう。

「かまへんさかい、せいだい呑め。お父ちゃんの分はまた汲んでくるわい」

「ワイが汲みにいったろか」。正時が腰を浮かせかけるのを正成は引き留めた。

父は息子たちを順にみまわす。穏健な表情に慈愛が滲む。

父は三人のきらめく瞳をみすえながら語り始めた。

「おんどれらは、こっから河内へ引き返せ」

「ん？」。兄弟はきょとんとしている。だが、ほどなく正行が嚙みついた。

「イヤや、ワイらはお父ちゃんと一緒に足利を成敗しにいくんじゃい」

「アホなことをいいさらすな」。諫《いさ》めはするものの温情あふれる口ぶりだ。

「お父ちゃんはもう河内に帰ってこられへん」

正行と正時に覚悟はあった。だが、父から面と向かっていわれると……。

「わしはおらんようになっても、三人の息子を残すことができる」

「お父ちゃん、死んでまうのん？」。正儀が無邪気に問いかける。

「そや」。正成は短くこたえた。たちまち正時の下瞼に涙が盛り上がる。

「死んだらあかん。お父ちゃん、死なんといて」

「この五年で他の人の千倍も万倍も濃《こ》ゆゥ太ゥ生きられたわい」

「そやから、死ぬのンが怖ないんか？」

正行はこういうと唇をへの字に曲げ、膝のあたりに眼を落とす。

「死ぬンはだんない（かまわない）」。正成は微笑した。

「そやけんど、夢が叶えられへんかったのだけが心残りや」

「お父ちゃんの夢って何や？」。正行が千切れるような声でいう。

「それは――河内の皆のために新しい世の中をこさえるこっちゃ」

「新《あたら》ちィ、世ン中？」

正儀が小首を傾げた。末子の頑是《がんぜ》ない振る舞い、父の胸は張り裂けそうになる。

「……お父ちゃんの代わりに新しい世の中をつくってくれ」

正行は、泣くまいという一念にすがりながら父に問い返す。

「新しい世ン中って、どんなんや？」

「おう、そのこっちゃ……これがまた、なかなか難しいんや」

「お父ちゃんにもわからんことなん？」。正時はズッズズーッと鼻を啜《すす》る。

「考えれば考えるほど、難しいのう」

武家に天下をとらせたら弓刀でド突きにきよる。かというて公家に任せては頼ンない。皇統は二手に別れてしまい、どっちゃのお天子はんがホンマの民の味方かわからへん。

「むちゅかしいな、ナンギやな」

ニコッ、正儀は父へ笑いかけた。末子はその笑顔を兄たちにも向ける。

正行がとうとう半泣きになって吼《ほ》えた。

「そんな、ややこしいことワイにできひんわい！」

「できいでか！　三人寄れば文殊の知恵、兄弟で考えたらんかい」

「ワイらでお父ちゃんの夢を……」

三兄弟は互いに顔を見合わせる。正時が堪《こら》えきれずに父に突進する。正儀も飛びついた。正行はそんな弟たちをじっと睨《にら》む。鼻はひくつき、唇が震えている。

父は右に次男、左に末っ子を抱きながら胸のあたりを空けた。

「正行、ワレもこんかれ！」

ゴツン、父の黒緘の鎧に長男の緋緘の鎧がぶつかる。

「ずっとお父ちゃんといたいんや！」。正行が咽《むせ》んだ。

父は肚の奥から湧きおこる激情にまかせ息子たちをぎゅっと抱きしめる。三人の肌のぬくもり、泣き声と息づかい、たちのぼる汗と髪の匂い。すべてが愛おしい。

耐えようとしても耐えられるはずがない。

まんで大和川の大洪水、滂沱《ぼうだ》の涙とはこのこっちゃ。

涙で霞む向こうに数人の姿、あれは正季に和田熊それから恩爺《おんじい》か。男たちも目頭に手をやっている。

雨の季節の束の間の青空、そこに虹色を刷いた彩雲《さいうん》が浮かんでいた。


しばしの休止を終え、楠木一党は再び兵庫を目指す。

だが、総大将は連銭葦毛《れんぜんあしげ》の愛馬に跨《また》がる前にいった。

「ここで軍勢をふたつに分ける」

河内の猛者《もさ》たちは、またまた、お館の奇策かと早合点しているようだ。

しかし、軍勢の中から恩爺がしおしおと前に出た。

「お館、いよいよお別れでっか」

うむ。正成は古株の近臣《きんしん》の手をとる。春、ふたりで河内を巡った際に後事《こうじ》を託した。恩爺は死処《しにどころ》をともにしたいと譲らなかったが、最後には折れてくれた。

「それから、八尾の大僧正も河内へ帰《い》んでくれ」

「河内の大将軍はド頭《たま》おかしなったんとちゃうか」。八尾顕幸がたちまち禿頭のてっぺんまで紅潮させる。

「違《ちゃ》う、違う。おんどれらを分け隔てするわけがあれへんがな」

河内へ戻る八百騎はそれぞれの領地、城を固めてほしい。

「尊氏との血戦で楠木一党が全滅してもたら、河内はどないなってまうねん？」

帝の御為《おんため》という名分はもちろん、河内を守り通すという大義を忘れたらあかん。

「わしの志は三人の小倅に継いでもらう」

涙と鼻水のあとこそ残っているが、正行と正時そして正儀は力強くうなずく。

「恩爺と八尾の大僧正には、小倅たちの後見役になってもらいたい」

正成はふたりの肩をポン、ポンと叩いた。

「後を任せられるンは他におれへん。よろしゅう頼んだで」

正行たちの学問のことは瀧覚和尚に託してある。正成の生涯の師はいってくれた。

「よっしゃ、わかった。心置きのう存分に戦うてこい」

それから、正成は水走康政の妹お吟《ぎん》に向き直った。お吟はとうにふくれっ面だ。

「例によって、女子やからちゅうて戦に連れてもらえへんの？」

「それも違うで。お吟のことは康政ともよう話し合うた」

お吟の秀でた舵さばきは宝物。水走一門のみならず、河内に伝えていくべき。

「古いモンに盾突いて、新しい事を起こそうちゅうお吟の気概も河内に残したい」

正成はつっと顔を寄せた。

「康政は討ち死にの覚悟や。これからはお吟の力で水走の家を盛り立ててい」

眼を据え、きつく口を結んだお吟に凄絶な美しさが宿った。

正成に正季、和田熊や志紀たち七百の軍勢は兵庫へ向け出発する。

河内へ戻る面々は名残り惜しさを露わにした。そんな中、正儀が父の腰のあたり、鎧《よろい》の草摺《くさずり》を引いた。

「お父ちゃん、シロも河内へ連れて帰ってええ？」

愛犬は物いえぬものの、とっくに覚悟を決めたらしい。しっかりと尾を立て三男の横に侍っている。

「そうせい（そうしろ）、シロの次のご主人はワレじゃ」

シロは鳴きもせずじっと正成をみつめた後、三男の頬を舐めた。正成もうなずいた。

「ほな、わしらはいくで。おんどれら達者でおるんやど！」

三人の息子と恩爺たちは、その姿が豆粒ほどになってもまだ見送っていた。

二

五月二十三日、新田将軍はようやく加古川を渡り兵庫まで戻ってきた。

しとしとと降る黴雨《ばいう》の中、打ちひしがれての退却だった。途中で脱落、投降した兵も多い。

正成は新田の憔悴《しょうすい》ぶりに驚いた。こけた頬と眼の下の濃い隈《くま》、かさついた唇。かつての腕白小僧を彷彿させた面影は消え去っていた。

そんな新田を嘲笑《あざわら》うかのように、足利船団は南に淡路島の松帆の浦、北岸に播磨の大蔵谷《おおくらだに》をみる沖で投錨した。陸路の直義《ただよし》軍も到着、大蔵谷には大陣営が設けられた。

「敵は海上に五万から六万、陸にも数万の兵がひしめいている」。新田は吐き捨てた。

「将軍のお手元は二万ちょいでっか？」

新田は否定も肯定もせず、虚《うつ》ろな眼で正成をみやった。

「楠木殿、後からくる摂河泉の軍は何万ほどになる？」

正成は静かに首を振った。

「いや、楠木一党は七百騎のみ。援軍はありまへん」

「…………」

絶句した新田は腰から崩れるようにして床几《しょうぎ》に座った。


その夜、楠木一党は兵庫の会下山《えげやま》に陣を敷いた。

すぐ東には湊川《みなとがわ》が流れ、浜からそれほど離れていない見晴らしのいい高台だ。

「兄やん、尊氏のガキ、下赤坂城や千剣破城のことを思い出してビビっとるで」

「尊氏は高みの見物を決め込んどったから、怖さが胴身に染《しゅん》どらへん」

「そやったのう。何や知らんけど、こっすい（狡猾な）やっちゃ」

「ほんに喰えんやっちゃで」

物見によると明石海峡は足利軍の船で埋め尽くされ、甲板の灯が星空のようにきらめいているという。大船団のいずこかに尊氏が乗る御座船が浮かんでいるはずだ。

「河内の土ン侍の死にざま、とくとみせたるさかいにな」

後顧の憂い、一切なし——正成の血潮が逆巻いた。


五月二十五日の辰の刻（午前八時）、まず敵軍が行動を開始した。

会下山からの眺望は抜群、海上と陸の足利軍さらには新田軍の動きも手に取るようにわかる。志紀が手にした地図と彼方の様子を交互に見比べた。

「西におる足利陸軍は三軍構成、水軍のほうは湊川河口から上陸しかけとります」

新田全軍も湊川を渡河《とか》、会下山のすぐ下の和田岬に陣をとった。

「足利陸軍の一軍は新田を攻め、二軍が西からこの山へのぼってきまっせ。三軍は……」

「三軍はわしらの後ろから奇襲をかけてきよるんやろな」

せやけど、あんだけぎょうさんおったら動きは丸わかり、奇襲になれへんがな。

「ワイがいて（行って）、キャンッいわしたろかい」

正季が抜いた鼻毛を吹き飛ばしながらいう。志紀が声を大にした。

「お館、新田軍が経島《きょうじま》の浜へ打ち出しました」

「敵は四国の細川定禅かいな」と水走。水軍のことだけに気が気でない。

「こらまた下手な漕ぎようやこと。せっかくの軍舟がわややがな」

その時ドシンドシンと足元が揺れた。「地震でっか？」。志紀が地図から顔をあげる。

「和田熊やがな」。正季は鼻クソを丸めて弾いた。

「よっぽど力が余ってくさるんやろ、大けな木ィに体当たりかましとるんや」

正成は吹き出す。ほんにケッタイな奴らやけど、わしはこいつらが好っきゃねん。

「あらら、足利水軍はたちまち新田にやられて西の沖へ逃げていきよりまっせ」

水走が訝《いぶか》る。志紀も首を捻った。正季は腕を組む。正成がいった。

「あれはワザとやで。行先はもうちょい東の紺部《こんべ》（神戸）あたりやろ」

紺部から再上陸し足利第一軍とで新田を挟《はさ》み撃ちする作戦に違いあるまい。

およそ一刻（二時間）、ようやく河内の総大将が腰をあげた。

「足利軍の動き、そないなったらええなと願うたとおりの展開や」

正季が餓狼の面立ちになった。志紀は地図を懐にしまう。水走も息を呑む。和田熊が髭からつたう汗を拭った。

竦《すく》むことを知らぬ男たち、頼もしい限りだ。正成は彼らに隊伍を整えるよう命じた。

「全軍で山を降りるで」

「ほう、兄やんが得意の山の上からの奇襲はヤンペ（中止）かい」

「アホ、敵の裏の裏の裏をかくんが楠木兵法じゃい」

「ややこしなァ。ほな、尊氏メを歌わし（音をあげさせ）にいこかい」

ヒラリ、副将は青毛の駿馬に飛び乗った。


刎《は》ねられた生首が毬を蹴とばしたかのように弾みをつけ転がっていく。

宙に残る鮮血の軌跡、湊川の空には鈍く重い雲が垂れこめていた。

「どぅぅぅりゃー！」

鬼面の正季が再び五尺の大太刀を揮《ふる》った。首をすくめ、身を捩《よじ》る間もなく、もうひとりの武将の頭部も胴から離れた。敵兵は唖然とするばかり。噴きあがった血しぶきが丸に二つ引きの紋の入った旗に飛び散った。

首を失った主を乗せた二頭の馬が狂ったように走り出す。奔馬《ほんば》は味方の歩兵を数人、蹴り倒した。

たちまち足利軍の隊列が乱れた。

和田熊は、なんと左右の手に槍を構えている。

巨漢は手綱をとらず、丸太ほどもある脚で馬の胴を締め緩めして乗りこなす。和田熊が跨るのが、これまたこっていい牛（牡牛）さながらの輓馬《ばんば》で頑強そのもの。

和田熊はもじゃもじゃの髭をピクピクさせた。

「ド甲斐性のないアホンダラども、楠木一党のド性骨《しょうぼね》をみしたるわい」

和田熊と愛馬の突撃は巨岩が突進するが如し。敵陣は意気地なく二手に分かれた。逃げ惑う歩兵を右槍でふたり、左槍は三人を串刺しにしてみせる。和田熊隊の面々も二組になり、足利軍を追いかけていく。


正成は楠木一党の緒戦、破竹の働きぶりをじっとみつめていた。

隣の馬上、志紀は兜の緒を締め直した。顔面蒼白、粉を吹いたようになっている。

「お館、ワイもいてきます」

「いや、もうちょい待て。わしと一緒に斬り込んだらええ」

連銭葦毛の愛馬は正面を向き、耳だけ左右に動かしている。鞍上《あんじょう》の正成はいった。

「おんどれのお父《と》うには、申し訳ないことをしてもたと気懸《きがか》りでならんのや」

計数に明るい新しい型の青年武将、この戦いであたら命を散らさずとも……生き永らえれば親父孝行はもとより河内の繁栄にも大いに寄与しよう。

「お館、その話はもうせェへん約束でんがな」。志紀は強《こわ》ばった頬を無理に崩してみせた。

「しゃーないガキやのう」。正成は苦笑する。

「わかった。おんどれの命はおんどれのモンじゃ、好きにせい」

連銭葦毛がたてがみを震わせると、志紀の黒毛も鼻の穴を膨らませた。

午の刻（正午）を過ぎ戦況に大きな変化が生じた。

「兄やん、新田がワイらを放ったらかしのまま西へさして（向かって）退却していっこるぞ！」

正季が舌打ちする。返り血で染まった鎧、駿馬のたてがみにもべったりと敵の血糊。それでも正季と馬は意気軒高、目立った手負いの傷もない。

「新田には構うな。急ぎ京へ帰らせてお天子はんを御守りしてもらう」

「兄やんはハナからそのつもりやったんやな」

そこへ志紀が急報をもたらす。

「新田将軍を取り逃した細川の軍勢がこっちゃへ攻めてきよります」

河内や京へ繋がる東を塞がれ、西に足利方の巨勢、北の山地でうごめく敵兵、南の海原にひしめく軍船——楠木一党は完全に孤立無援となった。

「和田熊や水走はどこで暴れとるんじゃ。皆を呼び集めい！」

肩で息をする河内のオッサンども、鎧の袖は取れ、籠手《こて》が外れてしまった者も少なくない。だが尾羽打ち枯らした様子の兵は皆無、誰もが殺気立っている。

「いよいよわしらもドン詰まり、すまんど（隅っこ）に追い込まれた鼠になったわい」

正成はさも愉快そうにいった。

「せやけど、窮鼠猫《きゅうそ》を嚙むっちゅうやろ。こういう時こそクソ力が出るんや」

たちまち「そうだんな」「もうひと暴れしまっせ」と合いの手が入る。

「敵は生粋《きっすい》の武家、こっちゃは河内の土ン侍じゃい。あっちは型にはまった戦しかでけへんが、わしらは型からはみ出てかまへん。自由自在、好き勝手にいてこましたれ！」

たちどころに「やったりまっせ」「眼ェ剝くほどいてもたる」の声、声、声。梅雨曇りの空のもと武者震いする楠木一党の雄叫《おたけ》びが響き渡った。

正季は血染めの太刀を、ことのほか丁寧に拭《ぬぐ》っている。

「さら（新しい）の手拭がボロボロの雑巾《ぞっきん》みたいになってもたわ」

強悍《きょうかん》どころか獰猛《どうもう》ですらある弟がふとみせる仕草や言葉、それがたわいもないものであるほど、兄の胸には痛切な想いが押し寄せてくる。弟はどんな時でも兄を慕い、助け、盛り立ててくれた。罪のないおちょけ（ふざけ）た言動が緊迫を解き、尖った心を和《なご》ませてくれたことも度々だ。

楠木一党の武名があがったのは正季がおったからこそや。

「わしより先に死にさらすなよ」

「えっ、何？　ロン中でごしゃごしゃいうたって、いっこもきこえへんで」

弟はプイッと横を向いてしまった。兄はあるったけの信愛を込めた。

「何もいうてへんわい、このドアホめ」

足利軍は幾重にも軍列を重ね楠木一党を取り囲んでいる。

正季や和田熊らが東へ北へ突撃していく。正成の正面にも西からの敵が迫っていた。

「まずは直義の首や、きゃつを殺《や》ったら必ず尊氏が船から出てきよる」

スルリ、後醍醐帝から下賜《かし》されし黒鞘の野太刀を抜いた。黄金拵《こしら》えの菊水の紋が光る。身の総毛が逆立ち、キリリと眦《まなじり》が吊りあがった。

「とぉっ」。気合と同時に愛馬の胴にひと蹴りを与える。連銭葦毛は大軍に向け凄まじい勢いで駆けだした。志紀はじめ総大将付きの隊が負けじと砂塵を舞いあげる。

まさかの楠木正成の正面突破、それだけで足利軍は動揺した。前衛の雑兵たちは猛風に吹き飛ばされる木の葉のように逃げ散っていく。

「足利直義はどこに、いさらすんじゃい！」

数十の徒士《かち》に囲まれた騎乗の武将がみえた。名も顔も知らぬが、いずれ足利方の指揮者には違いあるまい。だが、正成が狙うは尊氏が舎弟の命のみ。

「そこ、邪魔なんじゃ、どかんかい！」

愛馬が跳躍した。雷鳴さながらのいななき、背に羽が生えているかの如く高く遠くへ翔ぶ。敵が槍を突き上げても遥かに届かない。

正成と愛馬は敵将の前に降り立った。

まず、敵将の周りを固めた武士たちを容赦なく討つ。ひとりの首が落ち、もうひとりは大袖の肩口からざっくりと斬られ片腕を失った。たちまち従卒たちは総崩れだ。

「おのれ……楠木正成公とお見受けした」。敵将の声は震えている。年齢は三十ほどか。

「それが、どないしたんじゃい」

馬上の敵将は太刀を振りかざしてきた。正成は愛馬を進め、前のめりになった敵の頭部を横ざまに攻撃した。斬るのではなく、ありったけの力を込め、帝から賜《たまわ》った野太刀を叩きつける。兜を直撃され、敵将は脳震盪《しんとう》を起こし馬の首に顔を埋めた。

すかさず正成は相手の馬の尾筒《おづつ》、尻尾の付け根に切っ先を突き刺す。ここは急所、たちまち馬は正気を失い主を振り落とした。

敵将はもんどり打って地に叩きつけられ、そのままピクリとも動かなくなった。

三

右腕が痺れたら左に持ち替え、左腕も軋めば再び右で敵を斬り、刺し、叩きのめす。

愛馬も心得たとばかりに、主人が太刀を揮《ふる》う側と反対に首を振る。おかげで馬首が傷つくことはおろか、たなびく灰白色のたてがみの毛並みも艶やかなままだ。

いかほどの兵と将を屠《ほふ》ったのか。正成の後ろには死屍累々、湊川の地のあちこちに足利軍の血の池ができている。まさしく河内の鬼神の所業《しょぎょう》であった。

午後になり、雲に遮《さえぎ》られた鈍い陽光が少しだけ明るさを増したようだ。

西の向こう、小高くなったところに傲然《ごうぜん》と立ちはだかる一団がいる。

「ほう。ようよう御舎弟殿のお出ましかい」

臆することなく愛馬を進ませた。たちまち一丁（約百メートル）ほどまで近づく。

「………！」

卒然として正成は刮眼《かつがん》した。

そこにいるのは紛うことなき足利尊氏——豪奢な白糸褄取縅《しらいとつまどりおどし》、唐獅子牡丹の紋様を施した大鎧は威風堂々たるものだ。

正成はもっと距離を詰める。足利の士卒たちが武具を構えるなか、両雄の間は五間半（十メートル）になった。尊氏は存外に親しそうな口調でいった。

「いつも、ひょんなところでお眼にかかる」

「そやな。お互いに望もうが、そうでなかろうがに拘《かか》わらず」。正成も応じる。

「今さら、足利に寝返れといっても無駄であろう」

尊氏は気遣いとも皮肉ともつかぬ言い回しになった。

「みすみす後醍醐帝の捨て石になることもなかろうに」

「そのことはもうええねん、わしなりに吹っ切れとるんや」

「お主《ぬし》を死なすのは惜しい……帝という御方は人の使い途《みち》がわかっておられぬ」

「武家かて民をどやしときゃいうことときくと勘違いしとるやないか。民を護《まも》ってやるのはええが、縛りつけたらあかん」。正成は挑むように尊氏を見据えた。

「河内に武家の政事はいらんさかい」

「河内か、楠木正成は死ぬまでそれの一点張りだな」

「お褒めいただいた、と思うておくわ」

「ウフフ」。尊氏はうなずきながら小さく笑った。意外なほど嫌味のない笑顔だった。

「正成殿のいいかたを借りれば、お主はケッタイな男だ」

「尊氏はんの正体かて、ずぅっとわかれへんままや」。正成も口元を緩める。

尊氏はすっと眉をあげ「このわしが？」とでもいうように右手の親指で己を示す。そして、その手を左の腰へ回した。足利家に伝わる大典太光世《おおでんやみつよ》作の銘刀が抜かれた。正成も油断を怠っていない。いったん黒鞘に収めた野太刀が再び鋭利な輝きをみせた。

「ふんっ、後醍醐帝から賜ったという太刀だな」

「そうや、これが最後の勝負やで！」

連銭葦毛が猛然と駈け出し、尊氏を囲んだ徒士たちを馬蹄で蹴散らす。尊氏は怯えることなく凝然と馬上で太刀を構えている。

正成が尊氏の横を駈け抜けた。正成は凄まじい勢いのまま野太刀で斬りつける。待ち受けた尊氏が太刀を合わせ、正成の鋭鋒を撥《は》ね返す。両者はいったん、行き違った。

正成は連銭葦毛の馬体を返す。今度は尊氏の背後から襲いかかった。しかし、尊氏とてぬかっていない。正成に劣らぬ見事な馬さばきをみせ、クルリと正対する。

そうして、尊氏も果敢に突っ込んできた。もうもうたる土煙、傾きかけた陽を受け正成と尊氏がぶつかる。正成は野太刀を振りかぶった。尊氏も同じ構えで驀進《ばくしん》してくる。尊氏の形相《ぎょうそう》がみえた。眉根を寄せ、カッと口をあけている。

えらい顔してけっつかるわい。

ガシーーーン。両者の交錯と野太く伸びる交刃《こうじん》の残響音。

一幅の絵のような斬り込みだった。

どんどん正成と尊氏は遠ざかっていく。

手応えは、あったで――正成の一撃は容赦なく尊氏の兜を粉砕し、脳天まで砕いているはず。だが、正成の野太刀を握った手に走った衝撃も凄まじい。前腕から上腕を伝わり肩、首にまで達している。各部は激しく痙攣《けいれん》し、疼痛に襲われていた。

ただ、それでも振り返って討ち果たしたことを確かめずにはいられない。鞍から腰を浮かし、大きく上半身を捻る。

「うぬっ……！」。正成は絶句した。

まるで鏡をみているかのよう、尊氏も手綱をとりながらこちらを窺っているではないか。

すんでのところでわしの剣を受けよったんか。

さすがは尊氏、尋常な遣《つか》い手ではない。治天《ちてん》の君《きみ》の野太刀による入魂の打ち込み、それを武士の伝家の宝刀で二度までも弾き飛ばしたのだ。

終生の好敵手は正成に向け高々と刀を差しかざしてみせた。

どんなもんやと自慢しとるんかい。正成は思わず苦笑を漏らす。

だが、それも束の間、尊氏は歓声をあげる諸将や従者たちに迎え入れられた。さらには海上からの援軍も到着したらしく、巨万の足利の武士たちが追撃の隊列を整えつつあった。兵卒たちは圧倒的に無勢の楠木一党を殲滅《せんめつ》しようと舌なめずりしている。

正成はもう一度、野太刀をみやった。

「このままでは終わられへんぞ！」

四

湊川の血戦が始まったのは朝だった。

何万という足利軍に対しわずか七百騎ながら、楠木一党の勇猛果敢さが際立った。決戦の最中には、予期せぬ正成と尊氏との一騎打ちがあった。この後も正成たちは勇往邁進《ゆうおうまいしん》な戦いを繰り広げてみせた。

もう申の刻（午後五時）を過ぎている。正成が自ら打って出て六時間になろうとしていた。薄暮《はくぼ》の湊川一帯はまさに屍山血河《しざんけつが》、足利軍の遺体が折り重なっている。しかし奮戦の陰では楠木一党もかなりの犠牲者を出していた。

ある者は槍を杖にして、また徒輩に抱えられながら菊水の旗のもとへ戻ってきた。

「兄やん……ちゃんと生きとるか？」。正季も少し足を引きずっている。

「おんどれこそ、幽霊やないやろな」

「何回も地獄へいきかけたけど、その都度《たんび》に引き返してきたわい」

弟は薄笑いを浮かべる。しかし鎧はまるで針山、夥《おびただ》しい数の矢が突き刺さっていた。

かくいう正成もいくつか手傷を負っている。ことに尊氏との一騎打ちの余波、右腕が痛む。きっと骨に罅《ひび》くらいは入っているのだろう。

正季は左肩の大袖に喰い込んだ矢を抜き取り、へし折った。

「七回、敵へ斬り込んだとこまでは覚えとるけど、そのあとは勘定しきれんわ」

「敵の数はちっとも減れへんのに、河内勢はえらい少《すけ》のうなってしもた」

正成は逝《い》った数多くの麾下《きか》たちを偲《しの》び、そっと手を合わせる。弟も倣《なら》った。

「ワイらようやったんとちゃうか？　なあ、兄やん」

瞑目《めいもく》したままで、正季が柄にもなくしんみりと呟いた。


何とか持ちこたえていた薄灰色の空がとうとう崩れた。

だが、落ちてきたのは粒ではなく、糠《ぬか》を撒いたように細かい。そぼ降る雨が、楠木残党の頬をしっとりと湿らせる。それが心地よい。近くまで迫っているはずの足利軍の喚《おめ》き声も、こころなしか遠くにきこえた。

「あしこに大きな百姓家がありまっせ」

志紀が指さす。彼も満身創痍だ。皆より頭ふたつは背の高い正季が一党を見渡す。

「あれ？　水走がおらへんやんけ」

「ワイのせいですわ」。和田熊の巨体がいっぺんに縮こまった。

「敵を突き殺すのに夢中で背中がお留守になってしもた」

そこへ足利の猛者が四、五人がかりで襲ってきた。近くで奮闘していたのが水走、「和田熊、気ィつけい、後ろや後ろ！」と叫ぶや敵兵たちにぶつかっていってくれた――。

「ワイは眼の前のドアホに手こずってもうて……」

正面に槍を喰らわせ、態勢を変えた時には背後の敵たちと一緒に水走が倒れていた。

正成は和田熊の岩のような肩に手をおく。和田熊は眼を真っ赤にした。

「すんまへん……お館、先に百姓家へいっといとくんなはれ」

「よっしゃ、ええで」。正成は和田熊を覗き込んだ。

「あの世で水走が待ってくれとる。あいつがおったら、三途の川も別条《べっちょ》のう舟で渡してくれよるわ」


農家は空っぽだった。

家財道具はそのまま、取るものもとりあえず逃げ出したようだ。正成はため息をつく。

「湊川の百姓にまで、えらい迷惑をかけてしもたのう」

庭の隅には堂々たる楠《くすのき》がそびえている。小糠雨はなおも降りしきっていた。鬱蒼《うっそう》と生い繁った、口に含めば苦そうなほど濃い緑の葉から滴が落ちる。

正成は連銭葦毛の愛馬の手綱と鞍を外した。そうしてから、たてがみを撫でてやる。

「ワレともお別れや。長い間、ほんまにおおきに」

山ン中へ逃げてもええし、河内に帰《い》にたいんなら楠木屋敷まで突っ走れ。

「ワレほどの名馬や、敵に捕まってしもても殺されはせんわ」

ひょっとしたら尊氏に献上ということになるかもしれん。愛馬に尊氏が跨がる様子を想像し、正成は「ふふふ」と声に出して笑った。

「そン時は、遠慮のう振り落としたれ」

弟が井戸から水をくんできた。

「椀をかき集めても数が足らへん。しゃーない、桶の回し呑みで水盃《みずさかずき》じゃい」

乾いた笑い声がおこる。しかし、まず正成が桶の端に唇をつけると皆は粛然《しゅくぜん》となった。

農家へ至る道のあたりで怒声が飛びかっている。

盃ならぬ桶が回ってくるのを待つ何人かが、すばやく太刀や槍を手にした。しかし、正成はそれを制した。幾多の戦で片腕と恃《たの》んだ烈将への想いが滲む。

「和田熊も死に場所を決めよった、あいつならではの死に様をみせてくれよる」

果たして、和田熊は追いかけてきた数十人の敵隊の前に立ちはだかっていた。

「こっから先には一歩たりとも、いかせへんど！」

ペッ。自慢の大槍の穂先に唾をくれると、両手を挙げぐるぐる大身槍を回す。たちまち疾風が巻き起こった。足利軍の追手は息を呑み、後ずさった。

「どないしたんじゃい、かかってけえへんのやったら、こっちゃからいくで！」

鍾馗《しょうき》さながら、ふさふさの髭を震わせ巨軀《きょく》を揺らして前へ出る。敵の隊長は号令した。

「弓だ、弓を撃て。ありったけの矢を、あの大男に浴びせろ！」

シュッ、シュルシュル、シューッ。和田熊は矢衾《やぶすま》へ突進していく。

長槍で矢じりを薙《な》ぐ。しかし矢数が尋常ではない。それでも和田熊は間合いを詰める。

ズブッ。和田熊の右眼に矢が刺さった。

うぐっ。和田熊は矢柄をつかみ、引き抜こうとする。その動作が隙をつくってしまった。グサッ。猪首、しかも喉仏にもう一本が命中する。

ぐぅう、和田熊が濁声を漏らす。そこへ雨霰《あめあられ》のごとく矢、矢、矢。

隻眼《せきがん》となった和田熊は自慢の長槍を手にしたまま仁王立ちになった。眼から、首からとめどなく血を流しながらも、未曽有《みぞう》の巨兵は微動だにしない。その肩越しには百姓家がみえている。しかし、敵隊には和田熊の身体がいっそう大きく猛々《たけだけ》しく感じられた。気圧《けお》され、怯《おび》え、一兵たりとも前へ出ることができない。

いつしか雨があがり、農家の障子はすべて開け放たれた。河内の総大将、副将をはじめ諸将が屋内に座し、残りの一党は縁側や土間などに居場所を定めた。いちばん奥から正成の声が響く。

「河内はこっちゃやで」

正成は西南へ向いて正座した。楠の巨木がみえる。一党もこぞって端座した。

「長いようで短い五年間やった――おんどれら、よう戦うてくれたな」

「お館！」「思いっきし暴れましたで！」

兜を脱ぐと皆の烏帽子には血が滲んでいた。正成も例外ではない。

「死ぬ間際の一念で、来世にどこへ生まれてくンのかが決まるらしい」

地獄、餓鬼、畜生、修羅、人間、天上、声聞《しょうもん》、縁覚《えんがく》、菩薩。

「正季は九界のどこ生まれ変わりたい？」

「ワイか……」。正季は鼻の下をゴシゴシとこすった。

「畜生に堕ちてしもたら狼で決まりとちゃうか、知らんけど」

いかにも正季らしい諧謔《かいぎゃく》、あちこちで笑いがおこる。死を前にした峻烈《しゅんれつ》な緊張が、瞬時のことながらやわらいだ。

「兄やんはどないすんねん？」

弟だけでなく志紀や一党の面々の視線が集まる。

「そのこっちゃ……バチ当たりなことやが、わしはもう一回、人間になる」

静かなざわめき、そして真意を問う再びの注視。正成はこたえた。

「ほんでから、ぜひとも河内に生まれたい」

楠木一党は虚を衝かれ、押し黙った。反駁《はんばく》の声があがろうはずはなく、それぞれが総大将のいったことを噛みしめる。あたりに闇の気配が忍び寄っているものの、皆の顔はあかりが灯ったようになった。

「おんどれらと、また一緒に、新しい世の中ちゅうのをつくってこましたいんや」

「…………」

男泣き、忍び泣き、感泣、むくつけき河内のオッサンどもが袖を絞る。


正成はそっと脇差を抜いた。正季も刃を手にする。

「正季、ホンマにおおきに」

「やっぱり次も兄やんの弟がええわ」

「そうしてくれるか」

正成は微笑むと短刀をふりかざした。同時に正季の刃が迫ってくる。

弟の胸ぐらを突き刺した確かな手応え、直後に正成の心の臓にも熱い衝撃が走った。

正季の死に顔に苦悶はない。そこに河内の山々の稜線が重なり、ゆっくりぼやけていく。楠木一党も互いに差し違え、あるいは腹をかっ捌《さば》いて次々に逝った。

近くの田圃で蛙《かわず》たちが念仏を唱えるかのように鳴きはじめた。
河内の蛙のほうがええ声しとるで、なあ、おんどれらもそう思うやろ――。
楠木正成は弟を抱きかかえると、河内の方角へ倒れ込むようにして果てた。

（了）

地図作成：株式会社 千秋社

あとがき

下赤坂城址にたつと、崖下には幾重にも棚田が広がっていた。

すでに刈り入れは終わり、ところどころに稲藁を焼く白い煙がたちのぼっている。

本書執筆にとりかかる前の秋の好日——楠木正成と一党が鎌倉北条政権を相手に攻防戦を繰り広げた地を訪れた。下赤坂城址には私しかいない。辺りは草ぼうぼうで遺構もなく、石碑が午後のやわらかい陽を受け建っているだけ。何より平場の狭いこと、まさにネコの額だ。

せやけど、楠木正成はここで坂東武者と対峙しゃはったんや。

私はぐいっと胸を張ると、草の上に両脚を踏ん張り、やや半身となって遠方をみやった。

弘元元（一三三一）年の旧暦八月下旬、河内を熱風に巻き込んだ武将は巨万の敵軍を睨みつけていたはず。背後では正季や和田熊、恩爺に志紀ら一党も不敵な面構えを浮かべていたことだろう。

当時、山城を構えるという発想は珍しかった。

だが、高みから見下ろせば敵の様子は手にとるようにわかる。崖や岩石、狭隘な上り坂などは攻める側にとって厄介でしかない（千早赤阪村役場から下赤坂城址まではけっこうな勾配だった）。

果たして、河内の土ン侍の大将は眼下を黒々と埋め尽くした敵軍めがけ、塀を倒し岩や大木を転がし、果ては熱湯に糞尿までぶっかけた。小隊がチョコマカと敵の隙を衝き、やりたい放題のあとサッと逃げる。正成の策はことごとく痛快、鎌倉北条軍は事あるごとに地団駄を踏む。

正成は山岳ゲリラ戦の先駆者だ。

夜討ち朝駆けの電撃戦では軽装で俊敏な歩兵が役立った。広範な情報網を構築し敵の挙動を察知した。巧みに敵の不安をあおったり、反対に油断させる心理戦もお手の物。下赤坂城の戦しかり、二年後の千剣破（千早）城の戦でも注目に値する戦術を披露してくれた。おかげで正成は「智仁勇の三徳を備えた」「軍事的天才」であり「日本開闢《かいびゃく》以来の名将」と讃えられている。

余談ながら、昭和十一（一九三六）年生まれの母がいうには、国民学校の疎開先の学芸会の演目は「桜井の別れ」だったそうだ。明治期から太平洋戦争中にかけて正成は「大楠公」、正行も「小楠公」と尊称で呼ばれ、忠臣の鑑とされたことが偲ばれる。

とはいえ、楠木正成の言動が歴史に記されたのはわずか五年間でしかない。

河内で生まれ育ったことは間違いなかろう。しかし、出生や出自、祖先などに関しては決定的な資料がみつかっていない。河内でも「玉櫛で生まれた」「いや千早赤阪だ」と諸説がある。私はどちらに与するわけでもないが、こういう議論は互いが唾を飛ばしあうからこそおもしろい。

正成は建武三（一三三六）年の旧暦五月二十五日、湊川で自刃した。通説に従えば永仁二年（一二九四）春の生まれとあるから享年四十三、本書もそれに倣った。

河内のヒーローを河内弁で活写する――。

そんな企みの種を蒔いたのは、本書の編集担当でもある草思社の藤田博さんだった。

「大阪出身の主人公が土地の言葉を話さない、これって凄く違和感があるんです」

藤田さんが力説したのは、もう七、八年ほど前のことだったと記憶している。

「なかでも楠木正成なんかは河内の人でしょ。それが標準語でしゃべるなんて気色が悪い」

私は大阪の布施市、現在の東大阪市出身だ。布施は東河内に区分され、大人たちはこぞって河内弁を使っていた（とはいえ五分も歩けば大阪市との境、難波が手近な繁華街という土地柄だけに浪花言葉の影響も大きい）。

「楠木正成は、やはり河内弁で書ける作家が描くべきです！」

編集者はけしかける。それでも私は煮え切らない態度でいた。何しろ東京へ出て四十年近い。そろりと大阪弁や河内弁の太刀を抜いてみれば、全体に曇りが生じ、ところどころに錆まで浮いていた。

これは、まずい……いや違（ちゃ）う、えらいこっちゃ。

大好きな六代目笑福亭松鶴や先代桂文枝（というより小文枝）、桂枝雀、六代目笑福亭松喬らの落語をきき直した。こうして、まず大阪弁のファンダメンタルを鍛え直す。次いで敬愛する今東光の作品を読み返した。『闘鶏』『河内風土記』『悪名』『河内ぞろ』などなど。私が幼い頃に耳にした河内弁が文字としてよみがえる。改めて河内者の性状や土地柄を洗い直すこともできた。

それでも、私はまだ不安だった。

だから、本作の前に『S.O.P.大阪遷都プロジェクト』（ヨシモトブックス／二〇二〇年刊）を上梓させてもらった。こいつは昭和五十年代の布施駅前南口が舞台のスラップスティック小説、登場人物の大半は、河内弁やら大阪弁を使う、ナンギだけど気のいい連中だ。

そして、佐藤愛子さんにこの作品を献本した際、背中を押してもらったことが大きな力になった。

「時代を遡った河内や大阪のことを、あなたが書くというのは案外いいわよ」

じゅんさい（単純）な私は勇躍、胸をふくらませた。軍事の天才や大忠臣といった側面だけでない、今までにない生身の正成を創り出したい。

いっちょう、やらかしたろかい。


正成が躍動した五年の歳月はセンセーショナルかつエモーショナルだった。

およそ百五十年続いた武家政治は倒れ、建武新政が始まる。だが治天の君による独裁的親政はことごとく破綻、再び武家が覇権を奪還しようと行動を起こす。正成は激動する潮流の真っ只中にいた。後醍醐天皇、大塔宮護良親王、足利尊氏、新田義貞、北畠顕家……個性溢れる人物と交錯していく。『太平記』や『梅松論』といった古典はもちろん、現代にいたるまで数多くの作家がこの時代を題材にし、正成を登場させている（東光版『太平記』もある）。それらや歴史資料を渉猟しながら、新しい正成像を模索していった。

正成は河内の地、民を愛し仲間と家族をこよなく慈しむ。

正成は旧来の武家のカテゴリーからはみ出している。時に悪党と呼ばれ、商売や物流、鉱山経営などニュービジネスにも積極的だった。

同時に彼は反骨の士だ。偉そうにしているヤツには反発し、おちょくりたくなってくる。

そんな正成が、河内のために、新しい世の中を夢みて立ちあがった。

本書の執筆はコロナ禍の時期と重なる。

私は部屋に閉じ籠もるだけでなく、何度かガラガラの新幹線に乗り河内へ足をはこんだ。正成ゆかりの地のなかでも観心寺本堂や建水分《たけみくまり》神社と南木《なぎ》神社の静寂、霊妙さが強く印象に残っている。

執筆中にはロシアによるウクライナ侵攻も始まった。戦争によって誰がいちばん迷惑をこうむり、哀しむのか。やり切れない映像を何度も眼にしたことは、本書にも色濃く影を落としている。

そして、今回も苦吟の連続だった。原稿はいっかな進まぬ。そのせいで、刊行を心待ちにしてくださっていた、ふたりの師が先立ってしまわれた。中学や高校で出逢い、作家になってからも温かく見守ってくださった桑原昭吉先生と岡部淳一先生……本書を謹んで霊前に捧げたい。

執筆に際して、正成はもちろん正季はじめ楠木一党、瀧覚和尚やお吟らを描くという愉しみもあった。いつしか、私は彼らに惚れ込んでいった。

何とか、正成を死なさずにおくことはでけへんのやろか。

終盤に近付くにつれ、何度もつぶやいたことを告白しよう。

しかし、正成と楠木一党は散ってゆく――何のために、誰のために？

正成に自刃しか道はなかったという史実、それが今もって無念でならない。本書をご高覧いただいた皆さんの想いはいかがだろうか。

令和五（二〇二三）年初秋

増田晶文（ますだ まさふみ）

装画　ヤマモトマサアキ
装幀　間村俊一

著者略歴――

増田晶文 ますだ・まさふみ

作家。日本文藝家協会会員。1960年、大阪は河内の地に生まれ育つ。同志社大学法学部卒業。人間の「果てなき渇望」を通底テーマに、さまざまなモチーフの作品を発表している。文芸作品に『稀代の本屋 蔦屋重三郎』『絵師の魂 渓斎英泉』（草思社文庫）、『S.O.P. 大阪遷都プロジェクト』（ヨシモトブックス）、『ジョーの夢』（講談社）、『エデュケーション』（新潮社）など。デビュー作『果てなき渇望』で文藝春秋ナンバー・スポーツノンフィクション新人賞および文春ベスト・スポーツノンフィクション第1位を獲得、『フィリピデスの懊悩』（『速すぎたランナー』に改題）で小学館ノンフィクション大賞優秀賞を受賞。日本酒の神髄を描いた『うまい日本酒はどこにある？』『増補版・うまい日本酒をつくる人たち』（ともに草思社文庫）も話題に。

ご意見・ご感想は、
こちらのフォームからお寄せください。
https://bit.ly/sss-kanso

楠木正成 河内熱風録

2023年9月6日　第1刷発行

著　者　増田晶文
発行者　碇　高明
発行所　株式会社 草思社
〒160-0022　東京都新宿区新宿1-10-1
電話　営業 03(4580)7676　編集 03(4580)7680

本文組版　有限会社マーリンクレイン
本文印刷　株式会社三陽社
付物印刷　株式会社暁印刷
製本所　加藤製本株式会社

ISBN978-4-7942-2637-2　Printed in Japan　検印省略

草思社刊

草思社文庫
絵師の魂 渓斎英泉

増田晶文 著

頽廃的な美人画で人気の浮世絵師英泉。北斎を魂の師と仰ぎ、絵への渇望を心に秘めたその生涯を江戸の粋あふれる文体で描く。解説・日野原健司（太田記念美術館主席学芸員）

本体 980円

草思社文庫
稀代の本屋 蔦屋重三郎

増田晶文 著

歌麿、写楽、京伝、若き日の十返舎一九に北斎。きらめく才能を世に送り出した江戸随一の出版人蔦重。つねに「世をひっくり返す」作品を問いつづけた稀代の男の全生涯を描く。

本体 980円

草思社文庫
増補版 うまい日本酒をつくる人たち
酒屋万流

増田晶文 著

多種多様の日本酒のうまさを求めて全国各地の酒蔵を訪問。つくり手たちはどんな想いを抱き、どんな技で極上の銘酒を生み出しているのか。日本酒の神髄に触れられる一冊。

本体 900円

草思社文庫
うまい日本酒はどこにある？

増田晶文 著

世界的にも珍しい発酵技術で生み出されている日本酒。各地の銘酒酒蔵のみならず大手酒造メーカー、街の酒販店までさまざまな現場をつぶさに取材し、その深い魅力を堪能する。

本体 620円

＊定価は本体価格に消費税10％を加えた金額です。